LE DOMAINE

AQUILINO RIBEIRO

LE DOMAINE

chronique romanesque

Traduit du portugais par
Michelle Giudicelli et Olinda Kleiman

Préface de
José Cardoso Pires

Sylvie Messinger, Éditrice
24, rue de l'Abbé-Grégoire
PARIS-6e – FRANCE

Publié avec le concours
du Centre national des Lettres, Paris
et de la Fondation Calouste Gulbenkian, Lisbonne.

Sur simple envoi de votre carte
aux Éditions Sylvie Messinger
24, rue de l'Abbé-Grégoire, 75006 Paris
nous vous tiendrons régulièrement
au courant de nos publications.

Et pour le Canada à
Édipresse Inc., 945, avenue Beaumont
Montréal, Québec H3N 1W3, Canada.

L'édition originale de ce livre a été publiée sous le titre :
A CASA GRANDE DE ROMARIGÃES

Cinq ans avant la découverte du Guépard, *du Sicilien Lampedusa, était publiée au Portugal cette* Casa Grande de Romarigães, *reconnue aujourd'hui comme un des chefs-d'œuvre du roman ibérique contemporain. Son auteur était alors un patriarche des lettres qui, soixante-dix ans auparavant, était venu des montagnes où était né l'antique berger Viriato, ennemi des Romains et précurseur de l'esprit national portugais. Aquilino Ribeiro, villageois rebelle, était decendu à la ville et avait parcouru bien des chemins de son temps jusqu'à sa consécration comme écrivain : misère rurale et internats religieux, emprisonnements, exils politiques, contestation de la dictature portugaise de Salazar. A Paris il fut l'élève de Bergson et vit Blériot survoler l'Arc de Triomphe en ange annonciateur du siècle de l'âge planétaire; cinquante ans plus tard, avec les mêmes yeux émus, il assistait à l'arrivée des premiers hommes sur la lune. « La perfection matérialisée dans une œuvre humaine, dans un livre, une statue ou une symphonie est une hyperbole céleste », écrira-t-il beaucoup plus tard avec la sérénité de celui qui rédige son testament avant le voyage final.*

La « chronique romancée » d'Aquilino Ribeiro précède la « cronica di una decadenza » de Tomazi Lampedusa, mais l'important est que, sans se connaître l'une l'autre, les deux œuvres représentent deux visions complémen-

taires de l'ascension et de la chute de la Pax Ruris, deux fresques sentimentales de la tragédie de l'Ordre et de la Possession de la terre. Alors que, dans Le Guépard, *ce qui est en cause, c'est l'écroulement du principat féodal face à l'unification de la bourgeoisie, dans* Le Domaine, *c'est la bourgeoisie naissante qui se détruit elle-même lorsqu'elle est isolée et sans références politiques ni culturelles. D'un côté le fatalisme d'une aristocratie qui contemple son agonie avec une morbide lucidité, de l'autre l'individualisme aveugle d'une classe provinciale qui n'a pour la conduire que son instinct de propriété et ses alliances domestiques. D'un côté et de l'autre, l'Église du prince et du villageois, répartie comme garantie de la propriété et du droit rural : chez Lampedusa par la parole d'évêques et de cardinaux, chez Aquilino Ribeiro par la prudence soumise du curé de village.*

Mais c'est dans sa puissante capacité à révéler l'instinct paysan, avec toutes ses superstitions et tous ses subterfuges associés à l'obsession de la propriété, qu'Aquilino Ribeiro se montre unique et surprenant. C'est cela qui nous éblouit dès les premières pages du roman – cette adhésion charnelle avec laquelle il décrit la nature et l'homme, le baroquisme ironique de son écriture : un baroquisme travaillé dans une pierre primitive, chargé de signes sacrés et d'hérésies.

Une manière si personnelle de conter révèle une sage lecture des classiques, c'est évident. Mais, attention il s'agit d'une lecture, elle aussi, filtrée par des transparences d'hérésie – d'où la séduction formelle du Domaine. *Une grande part de son climat littéraire provient d'un certain « écho de classicisme », qui parcourt tout le récit avec une ironie destinée à accentuer le primitivisme des personnages.*

Dans un roman si peuplé de passions élémentaires, tout – hommes et bêtes, vérités et hallucinations – finit en fait par se conjuguer en un cantique pervers de l'harmonie rurale. Avec sa dynastie de provinciaux tempétueux, le domaine naquit des amours clandestines d'un abbé et d'une paysanne soumise – sous le signe du péché originel, par conséquent. De génération en génération il subsista, en se débattant, mais il subsista, au prix de bassesses et de corruptions; et, de génération en génération, l'Église domestique lui accorda les absolutions nécessaires à la légitimation de son pouvoir.

Le domaine vécut trois siècles. Et au long de ce parcours soufflèrent sur lui les vents de la malédiction qui dévastèrent le Portugal. De très loin lui parvenaient les clameurs du Saint-Office, mais éteintes, inconsistantes; à travers le crépitement des autodafés circulaient les nouvelles des naufrages coloniaux et, plus tard, il entendrait passer près de lui des troupes de cavaliers se dirigeant vers l'Espagne. Invasions, révoltes et guerres civiles, tout cela marqua le pays jusqu'à la proclamation du libéralisme portugais. Mais, là, point final, le domaine commença à agoniser.

Ce qui est admirable, pourtant, c'est que le tissu historique sur lequel repose le roman n'a aucune présence réelle dans le récit. Ce n'est ni une évocation d'une suite d'actions et de comportements des personnages, ni une illustration du paysage social. Nous ne pressentons tout cela que comme un écho de fond, une température adverse qui devient plus dense au fil des pages et qui isole encore plus ce petit monde, en le concentrant dans la voracité de ses passions.

A la fin, sans presque nous en apercevoir, nous reconnaissons que toute cette histoire provinciale est, elle aussi, corrodée par les signes implacables de l'univers en transformation. Mais il est tard. Dépourvu de valeurs culturelles, le domaine n'a pas même la ressource de la légende, du mythe ou de la tradition pour pouvoir s'illusionner et résister. Tout en lui est rude et immédiat, tout son parcours est ouvert par une main aveugle ou aventurière qui l'a mené à finir comme il a fini, désert et étouffé sous les herbes sauvages, comme une mémoire sans passé.

C'est donc cette mémoire, qu'Aquilino Ribeiro a déterrée en un trait de génie, qui lui a fait découvrir l'aventure et le secret que peuvent cacher quatre murs oubliés et livrés au temps sauvage. Il l'a bâtie pierre à pierre, chapitre après chapitre, jusqu'à la rendre exemplaire, car, lui-même l'a dit un jour, « toute œuvre d'écrivain est une marche vers la lumière » *.

JOSÉ CARDOSO PIRES

* Traduit par Michel Laban.

Quand on procéda à la restauration du manoir, qui fut la noble demeure des Meneses e Montenegro, il fallut démolir les murs d'un mètre d'épaisseur qui menaçaient ruine depuis un siècle, présentant de telles fissures que les martinets y pénétraient sans replier leurs ailes, et qui avaient un air tellement penché qu'on avait l'impression qu'ils allaient s'écrouler d'un moment à l'autre. Dans un meuble pas plus grand que la niche d'un saint, coincé dans l'embrasure d'une fenêtre et caché derrière le volet intérieur généralement ouvert, on trouva une volumineuse collection de vieux papiers. Comme Cid Hamet Ben-Engeli *, je suis incapable de voir le moindre chiffon imprimé sans me sentir poussé par la curiosité. Je retirai avidement de vieux bouquins sans frontispice et sans index, parmi lesquels un *Maître de la vie* qui présentait une typographie serrée et pâteuse, et dont les coins des feuilles étaient fortement retroussés, des avis et des reçus d'impôts fonciers, une liasse de bulles de la sainte croisade à un écu et à douze sols, des formules pharmaceutiques dont on devinait aux taches de graisse et à l'usure que certaines avaient été souvent manipulées, des almanachs datés d'années consécutives, et quelques cahiers d'écolier dont j'eus l'intuition qu'ils refermaient de quoi alimenter les

* Maure imaginaire que Miguel de Cervantes présente comme le véritable auteur de son ouvrage *L'ingénieux hidalgo Don Quichotte de la Manche*.

commérages. L'un d'eux, plié dans le sens de la longueur, devait avoir une centaine de pages et était protégé par une couverture en parchemin qui, à elle seule, lui conférait une respectable vétusté. Le titre, écrit en gros caractères tarabiscotés de couleur rouille, donnait déjà, non sans quelque emphase, une petite idée du contenu : *Livre qui doit servir à consigner les événements marquants qui se sont produits au manoir de Romarigães, également connu sous le nom de domaine de Notre-Dame du Bon-Secours. Avec un épitomé de l'origine, de la fondation, du site et du prestigieux arbre généalogique de ses seigneurs successifs, établi par le Père Sebastião Mendrugo, de la maison de Cachada, son chapelain. En l'an de grâce 1680.*

Je jetai un coup d'œil distrait au palimpseste, après avoir pris connaissance du titre. C'est tout juste si je n'autorisai pas les filles du fermier à en arracher les pages pour envelopper leurs fuseaux quand elles se mettent à leur rouet pour filer. Tout en déchiffrant par-ci par-là quelques phrases, dont la calligraphie, pour certains feuillets, obéissait à un sens profond de la géométrie, très différent de celui qu'on en a de nos jours, et qui, de surcroît, commençait à pâlir sur ce papier-chiffon, jaunâtre et taché, je me demandai en quoi la vie de ces gentilshommes semblables à tant d'autres pouvait être de quelque intérêt pour nous. A vrai dire, les chroniques de cette nature n'ont pas toujours un caractère très édifiant. Mais il était touchant de voir la simplicité avec laquelle l'historiographe rappelait les soirées passées, jusque tard dans la nuit, à se concentrer sur sa plume d'oie, comme le laboureur sur le manche de sa charrue, les yeux irrités par la flamme que réfléchissait le laiton de la lampe à trois becs. Ce qui l'a sauvé, c'est ce sens du respect, que les personnes âgées ont pour tout ce qui a sa place sur terre, et qui fait que dans leurs âmes brille la lumière de la nostalgie des choses. Le récit du révérend Mendrugo s'étendait sur des pages hautes et denses, il est vrai dans une écriture enchevêtrée dont les arabesques auraient pu contenir des phrases entières de Lima Bezerra, qui en écrivit lui-même d'une facture semblable et les faisait généralement d'une longueur sans fin.

L'autre manuscrit, dont l'écriture était fort élégante, s'intitulait *Vie de Dom Luis Antonio de Antas e Meneses, sergent-major de milices et délégué aux Cortès de 1828.* Il ressortait du style, émaillé de notations héraldiques et généalogiques, qu'il s'agissait là de l'œuvre d'un généalogiste du Haut Minho, Manuel Afonso, de Venade, qui aimait autant Dieu et le roi qu'il détestait les *malhados* *. Sa personnalité de chroniqueur méticuleux et scrupuleux, en règle avec sa patrie et son parti, se voyait au soin avec lequel il arrondissait la forme pansue de ses lettres et projetait leurs jambages jusqu'au zénith. En somme, sa calligraphie, tantôt raide comme une lance, tantôt pleine et renflée comme une calebasse, reflétait la personnalité de l'homme, comme cela se produit, paraît-il, pour les peintres quand ils font des portraits. Une foi, tantôt hérissée de pointes, tantôt

* Littéralement : tacheté. Sobriquet par lequel les absolutistes, partisans de Dom Miguel, qui se recrutaient essentiellement dans le Nord du pays et parmi les membres du clergé et de la noblesse, désignaient les libéraux, partisans de Dom Pedro, au cours de la guerre civile qui opposa les deux frères dans le deuxième quart du XIXe siècle.

sereine et bon enfant, s'exhalait de sa prose que seul l'office ésotérique du manoir avait permis de soustraire à la fureur du libéralisme triomphant.

Le troisième cahier avait l'allure d'un registre. Un registre où l'on aurait noté toutes sortes de choses, dans une écriture régulière, très indolente et au tracé exubérant comme les tiges de maïs de cette région céréalière. C'était le vaste recueil d'un indescriptible fatras : anecdotes, actes notariés, censures de livres faites par le père José Agostinho de Macedo, signe que le scribe avait des prétentions de littérateur, et même lettres d'amour. Ces dernières arboraient un titre autonome, *Lettres de deux vrais amants*, au milieu de tout cet invraisemblable bric-à-brac.

Quant aux auteurs de cette correspondance, par déduction, au vu de certains documents et de certains papiers, je n'eus aucun mal à les identifier. Grâce à d'autres informations de provenance diverse, le roman d'amour finit par prendre forme, un roman silencieux et profond comme les eaux des grands fleuves, et pour cela même plein de charme, malgré l'horrible péché qui l'entachait.

C'est pourquoi, dans la plus grande partie de ce livre, je n'ai rien fait d'autre que marcher sur les pas des chroniqueurs que je tiens pour dignes de foi, puisque aussi bien ils n'avaient aucun intérêt à mentir. Le Père l'était par honnêteté naturelle et par obligation professionnelle. Et, pour ce qui est des autres, qu'auraient-ils gagné à produire un faux témoignage alors qu'on ne les avait pas appelés à la barre ? Enfin, les pages extravagantes de la fin sont de ma main. Les autres, je les ai dépoussiérées, et j'ai renoué le fil d'Ariane, coupé çà et là. Il n'est pas besoin de dire que j'ai laissé de côté un abondant matériel, gloses, apostilles, considérations oiseuses et bon marché, toutes empreintes d'une philosophie de pacotille, et incompatibles avec l'ère d'Einstein et des avions à réaction. Les anciens avaient un souffle prodigieux et ignoraient la valeur monétaire du temps, de même que la valeur hygiénique de la virgule et du point virgule. En matière de style, ma plume est passée dessus comme le fer à repasser électrique sur la chemise qui revient de l'étendoir. Tenons-nous-en à l'exemple du Docteur séraphique * : je veux bien qu'on me coupe la main qui a trahi s'il y a jamais eu de secrétaire du roi plus fidèle au sujet et aux sources historiques.

Je dois cependant confesser mes péchés. Un de mes confrères, professeur à Argamasilla ** ou à l'université de Coimbra, je ne sais plus très bien, un jour où je lui avais lu quelques chapitres de ce livre, s'est exclamé sur un ton judicieux, et même tout à fait digne de Salomon :

– Mais finalement, c'est un roman que vous avez écrit là...

– Un roman...? Dieu m'en préserve! Mon ambition était tout autre. C'est une monographie, une histoire locale, une histoire romancée, si vous voulez, mais le diable m'emporte si c'est un roman! Malheur à moi si je me suis laissé entraîner dans de telles complications et de

* Surnom de saint Bonaventure (1221-1274), docteur de l'Église.

** Allusion à un passage de *Don Quichotte* où Cervantes feint de trouver des parchemins écrits par des « académiciens de l'Argamasilla, village de la Manche ». Les exégètes ont identifié cet endroit comme étant vraisemblablement Argamasilla de Alba.

tels labyrinthes! Dans le roman, l'écrivain choisit les épisodes; dans l'histoire, ce sont les épisodes qui s'imposent à lui. Ils sont consignés, impossible de leur échapper. Or, ce que j'ai tenté de faire, c'est de tirer de l'oubli des événements anciens et très particuliers, qui, du reste, n'ont guère affecté la marche du monde. Un roman...? Si ce que j'ai fait est un roman, c'est qu'il m'est arrivé la même chose qu'à un pauvre et modeste menuisier de chez moi, qui était la risée de tout le monde à cause d'un mauvais tour que le Saint-Esprit avait dû lui jouer : il voulait fabriquer une écuelle pour son chien et, en fin de compte, il a fait une guitare.

AQUILINO RIBEIRO

Lisbonne, printemps 1957

I

Le vent, qui est un diable à quatre libertin et curieux, pénétra dans le dortoir, souffla, imprima une secousse. La taule paraissait déserte. Mais non, quelqu'un dormait, à demi ramassé, couché la tête en dehors, dans son décubitus, quelqu'un qui remua mollement. Le vent se remit à souffler. Il agita les vêtements du dormeur, en fit claquer la toile à demi rigide et s'immobilisa. Encore un souffle. Cette fois, le pignon, tel un négrillon de Guinée au pagne voltigeant, se libéra de sa cellule et bondit dans l'espace. Quel parachutiste!

Précipité de toute la hauteur du pin solitaire, il se balança un instant et essaya un vol oblique. A mi-chemin, il virevolta, tournoya, vit les nuages au loin, la terre en bas puis, se trémoussant dans son pagne, il descendit en spirale. Il se posa sur un rocher, léger comme une libellule. Mais une nouvelle rafale l'envoya de côté, presque d'un coup, et son ailette, prise d'un souffle imprévu, l'expédia plus loin. Il s'en fut tomber sur une poignée de terre fraîchement remuée par les défricheurs, et resta là à attendre qu'une averse ou un talon d'homme l'enfouît dans le sol, à moins qu'un pigeon ramier ne le découvrît et ne l'avalât.

Tout près de là, par un morne après-midi d'octobre, arriva aussi un geai, voletant de chêne en chêne, cajolant d'un air maussade, comme c'est le propre de l'espèce.

Sur son jupon décoloré, deux coups de pinceau bleu, d'un bleu sombre, fulguraient pour que l'on sût qu'un geai est également un habitant des airs. Dans son bec, il avait un gland un peu plus petit que la galette que le corbeau portait à Daniel dans sa fosse, mais pour lui bien plus important. Il se disposait à savourer ce goûter bien mérité, quand ses yeux rencontrèrent son voyou de voisin avec lequel il s'était battu tout un printemps à cause d'une demoiselle geai que depuis il avait prise pour femme. Déjà, cet individu rancunier et méchant avait tout l'air de vouloir attaquer, plumes hérissées, toutes griffes dehors, l'aile prise de frénésie. Que faire sinon se préparer à le recevoir dignement? Et il laissa tomber le gland. Ce dernier alla heurter la face zénithale d'une vieille souche, ricocha de côté et alla se nicher bien douillettement dans un tas de feuilles sèches et de brindilles. Nul ne le voyait, et lui-même ne voyait pas le moindre petit bout du monde. Après avoir échangé beaucoup de cris de colère et quelques coups de bec, mais sans faire couler de sang, les deux geais se séparèrent. Le plus hargneux et le plus fier des deux sauta sur le sol pour rechercher son gland précieux. Il chercha et chercha encore en sautillant de-ci de-là, fouillant de son œil malin et rusé les moindres recoins et les plus petits trous, mais il ne découvrit rien. Il fit entendre deux ou trois fois sa voix grondeuse pour se plaindre aux dieux d'une telle impudence, et finit par perdre patience. Puis, pestant, secouant son aile encore à demi meurtrie par la bagarre, il s'en fut vers un autre bois de chênes où il y avait de quoi piller.

Le gros gland était resté là bien tranquille, très confortablement installé en vertu de son propre poids, enterré mieux qu'un boulet de canon après le passage des voitures et des charrettes. Que faire sinon se préparer à dormir? Il dormit une heure ou une vie entière, qui sait? Un lapereau arriva du diable vauvert, gratta la terre, creusa un trou, se soulagea, et le gland resta dessous, suffoqué, sans pouvoir respirer, dans l'obscurité la plus complète. Était-ce la fin des fins? Une égratignure, et de son flanc jaillit une sorte de flèche. Était-elle de lumière ou de vie? Était-elle source ou plutôt chant d'oiseau, d'eau courante, d'une gousse éclatant au soleil, d'un insecte à son premier matin, trilles musicaux de la terre ou des sphères? Il ressentait tout cela à la fois dans le feu sans flammes qui lui dévorait le flanc, verbe qui finit par irradier du propre mystère de son être.

Du pignon, qu'une rafale arracha au dortoir de la pomme de pin mère, et du gland qu'un oiseau laissa tomber sur le sol, l'acte se répétant des milliers de fois, prit naissance la forêt. Les oiseaux, les insectes, les rongeurs de toutes espèces accoururent pour la peupler. Sur son sol abrité et fertile poussèrent les herbes, dont la semence flotte dans les airs ou attend à la surface des jachères le temps de la germination. Au milieu de tout cela s'épanouirent les chardons, qui sont les fleurs de l'amertume, et l'asphodèle, la corne-de-bœuf, la branche-ursine, humbles fleurs, par là même trophées de victoire. Puis vinrent les loups, les sangliers, les bergers avec leurs troupeaux, une création rustique infinie. Il manquait le seigneur, mi-gentilhomme, mi-patriarche, à la mode du temps.

Et voici qu'un certain matin d'automne...

Un homme passa par là, et grande fut sa surprise. L'eau, Ave Maria très pur, dévalait des collines, formant d'innombrables ruisselets blancs, innocents et bavards, qui semblaient rivaliser de vitesse pour voir lequel d'entre eux serait le premier à arriver dans la vallée. Le sol était noir et semblait fertile, à en juger par le hallier qui s'élevait, touffu, haut et si dense qu'il lui était difficile de passer au travers et, à chaque pas que l'homme faisait, sautait de sous ses pieds un lapereau dodu. Comme il allait à la chasse, pliant sous le poids de tout son équipement, il avait soif, une soif ardente à laquelle n'étaient pas étrangers la fatigue du chemin parcouru depuis Rubiães et le filet en marinade, savoureux, mais un peu sur le sel, de son déjeuner. Alors, avidement, il se pencha sur le premier endroit propice pour boire de cette lymphe qui, selon le père Carvalho, est la plus légère et la plus fraîche du monde. Puis, après s'en être délecté, il sortit son mouchoir, grand comme l'étendard du Saint-Sacrement, et s'épongea. Jetant des regards émerveillés à la ronde, il découvrit le bouillonnement que les eaux formaient là en se rejoignant, et y surprit, avec leurs écailles aux paillettes étincelantes, deux belles truites d'un bon empan. Au-dessus, des libellules se rencontraient en une contredanse multicolore, mais il ne prêta pas attention à de telles fantaisies de la nature. En bon fils de paysan, par contre, il remarqua comme l'herbe des prés était drue, bien que la camomille, la laitue, le pourpier et l'oseille, plus avides que vaches affamées, s'entendissent comme larrons en foire pour se nourrir de l'humus gras.

Au milieu des chênes, il distingua un berger qui faisait paître son troupeau et il lui fit un brin de causette :

– Bonjour, l'ami. Il y a des loups par ici ?

– Dieu vous garde. Vous demandez s'il y a des loups ? Des bandes, Messire, et avec ça mauvais comme la gale. Hier encore il m'ont volé une agnelle. Heureusement que j'ai des limiers qui ne les laissent pas s'approcher du troupeau.

Le licencié Gonçalo da Cunha vit deux robustes molosses protégés par des colliers garnis de pointes, qui venaient vers lui d'un pas élastique, étouffant à grand-peine dans leurs crocs blancs un grondement menaçant.

– Ici, *Galizo*! *Mondego*, qu'est-ce qui te prend ? leur dit le berger, et ils s'arrêtèrent net, l'oreille dressée, regardant le nouveau venu, étrange dans sa tenue de batteur de fourrés, mais avec un air de bête humaine des plus inoffensives.

– Eh bien! Tu m'en dis des choses, reprit-il en s'adressant au berger qui lui en avait très peu dit, signe qu'une autre opération était en train de se réaliser dans son esprit. D'où es-tu ?

– Je suis de Labruja. Et vous, Messire, n'êtes-vous pas le révérend Gonçalo da Cunha ?

– Lui-même.

– C'est bien ce que je pensais. Je vous ai vu plusieurs fois célébrer la messe à Santa Maria de Rubiães.

– Et toi, tu es de Labruja et tu viens de si loin.. ?

– Tout droit, en passant par Portela, c'est à deux pas.

Mais vous savez pourquoi j'aime venir par ici? Dans ces vallons le bétail se repaît en deux temps trois mouvements. Voyez donc l'herbe..! Et regardez maintenant le hallier galicien... Hein? Cette terre est grasse comme du lard.

– Assurément, assurément. Et ces collines, à qui appartiennent-elles? Peut-être bien au vicomte?

– Oui, elles sont au vicomte, à qui voulez-vous qu'elles soient? Mon défunt père, Dieu ait son âme, disait que sur les terres du vicomte le soleil ne se couche pas. Lui-même ne sait ni où elles commencent ni où elles finissent. Tout ça, c'est les terres de Coura, et on dit aussi terres de Fraião.

Sur ces entrefaites arrivèrent les autres chasseurs qui s'étaient éloignés avec la meute sur les traces d'un lièvre qui avait franchi la colline du côté de Sampaio. Ils avaient avec eux un faucon et un émerillon dressés pour la chasse aux oiseaux, mais l'occasion de les lâcher ne s'était pas encore présentée. Vers le milieu de la matinée, un sanglier était sorti d'un buisson de cytise sous le nez des mâtins. Mais il en était sorti si à l'improviste que c'est à peine s'ils l'avaient vu filer comme l'éclair, à travers champs, en suivant l'une de ses pistes; en un clin d'œil il était arrivé du côté de Cabração, et là-haut, à en juger par les aboiements espacés, les chiens avaient perdu sa trace. Maintenant, malgré la chaleur, à chaque pas, les épagneuls faisaient entendre leur concert et les cris des chasseurs: *Coince-le; attrape; c'est ça, braves bêtes!* résonnaient joyeusement dans les collines alentour, sous un ciel sans nuages. De chaque côté du ruisseau, les genêts arrivaient à la taille d'un homme; des chênes-lièges et de petits chênes nains poussaient en breuils si épais que le gibier se sauvait facilement et avait un bon abri pour se tapir.

Le licencié était un homme corpulent et bien en chair. Visiblement harassé par sa longue marche, las de monter et de descendre, buisson après buisson, il avança lentement et en soufflant vers la route qui menait de Romarigães à Agualonga. Comme c'est le propre de l'animal qu'Aristote appelait politique, signifiant par là qu'il passe son temps à s'occuper de lui-même, il rêvait de choses et d'autres. Parfois lui venait à l'esprit que le sanglier lui avait tout bonnement filé sous le nez, et il disait alors à part soi : « Attends un peu, c'est l'occasion qui fait le larron. Dans quelques jours je vais revenir par ici et tu vas voir ce que tu vas voir. Mais il faut encercler le bois et te couper la retraite du côté de la montagne. Toi, tu vas revenir, et comment! Dans la montagne d'Arga, tu n'as pas de glands comme ici. Ce sont les glands qui vont te mener à ta perte! » Et aussitôt son imagination l'entraînait dans une autre direction. « Quel beau domaine on ferait avec ces bourbiers! Un domaine riche en lait et en miel, comme l'entendaient les anciens. Un domaine à dominer. Il suffirait de l'entourer de murs, et ensuite il n'y aurait plus qu'à retourner la terre. »

Comme il montait le sentier qui passait à mi-pente, une bande de perdrix fit entendre ses joyeuses clochettes. Toute la troupe partit sur ses traces, et à nouveau il se retrouva tout seul sous la voûte splendide du ciel, si resplendissante qu'elle semblait résonner comme une coupe de cristal sous les aboiements des épagneuls. Il se retourna vers le grand terrain en friche revêtu de l'étoffe roussâtre du maquis, piqueté de chênes-lièges, de rouvres et de pins, une forêt touffue au sud-ouest, le tout poussant librement selon la fantaisie de la nature, irrésistiblement, malgré les dents des cabris et la serpette des bûcherons. L'eau luisait çà et là dans les ravines des plaines et dans les lignes droites des rigoles, perdue et si mal utilisée que c'était abuser de la bonté de Dieu que de ne pas la conduire là où elle pourrait produire fleurs et fruits. Et le soleil, un soleil dur et pesant tout à fait génésique, s'installait sur la terre à la façon d'une couveuse sur les œufs qu'elle a pondus.

– Quelle belle ferme on ferait là! se redit-il à lui-même, en rude fils de paysan à qui la patène et le calice n'avaient pas fait perdre le sens de la terre.

En haut, sur le chemin, s'élevait, humble et tendre, la niche de Notre-Dame du Bon-Secours. Une fois là, il s'assit sur une pierre pour attendre ses compagnons. Dans son édicule, la Vierge, avec l'Enfant blotti dans son giron, le regardait comme elle regardait tous ceux qui s'adressaient à elle dans la tristesse ou dans le besoin. Bien qu'elle fût la mère attentionnée des affligés et des opprimés, prête à leur porter secours, il y avait une grille de fer entre elle et les gens malveillants. Mais, dans sa rudesse villageoise, mante bleue, robe écarlate, elle adressait aux gens un regard clair qui, pénétrant les âmes, semblait vouloir leur inspirer de bonnes actions et leur insuffler du courage. Et le licencié se surprit à lui adresser une prière, lui qui, en disant la messe ou en chantant les répons, avait toujours l'esprit ailleurs, tourné vers d'autres problèmes, d'autres affaires, d'autres lieux, la plus éloignée de ses idées étant celle qui passait, morte et cadavérique, dans ses oraisons. Mais maintenant, quelle ardeur ne mettait-il pas dans sa prière! – *Sainte Vierge, Notre-Dame du Bon-Secours, bonne mère, faites que cette terre qui s'étend sous mes yeux du levant au couchant et du nord au sud, faites que cette terre que vous assistez de votre présence ineffable devienne mienne. Si par votre grâce ce souhait se réalise, je vous promets une jolie petite chapelle où l'on pourra vous honorer et vous vénérer. Imaginez, Très Sainte Vierge, la gloire qui vous est réservée : celle d'être la reine d'une riche et belle propriété! Écoutez ma prière, impératrice des anges et mère des hommes!*

Lorsque arriva son cousin Baltasar Canedo de Frois, de la maison des Freixieiro, une perdrix à la main, il ne put s'empêcher de lui dire :

– Quelle belle ferme on ferait là, cousin Frois! Tout ce qu'on voit appartient au vicomte... Il m'a tout l'air d'un homme susceptible de louer...

– Louer, je ne pense pas. C'est contraire à ses habitudes. Mais vendre... Portez-vous donc acheteur, cousin...

Sitôt dit, sitôt fait. Le lendemain, il prit par la montagne – une chevauchée de trois heures – en direction de Vila Nova da Cerveira où l'important seigneur séjournait alors. Ses privilèges de banneret étaient illimités. Sa maison avait un pouvoir égal à celui du roi pour pourvoir tous les offices, partout sur les terres de Fraião. Voici ce qu'on trouvait sur un édit : *Un emploi d'huissier se trouvant vacant dans notre commune de Coira, il nous a plu d'en octroyer la charge à Alonso Ruiz...*

Malgré l'étendue latifondiaire du domaine, les fermages étaient maigres, recouvrés tard et en temps indu. Certains fermiers retiraient de ses terres dix fois plus de mesures de grain qu'ils ne lui en comptaient dans ses greniers. Qui eût pu croire que bon an mal an il ne gagnât au bas mot deux mille boisseaux en fermages, redevances et dîmes. Il avait pourtant là-bas ses chevaliers, hommes vaillants à la guerre, des braves à quatre poils, et il présentait des curés et des abbés dans presque toutes les paroisses, hormis celles qui revenaient aux héritiers de l'honorable Gabriel Pereira de Castro * et aux Barbosa de Lima, sans compter São Miguel das Porreiras avec les deux paroisses qui dépendaient du vicariat du diocèse. Dans celle de Romarigães aussi, la juridiction était répartie entre l'abbé de São Paio de Agualonga et l'archidiacre de Labruja. Il était pardessus tout, en raison de la tradition, de sa richesse et de son prestige, le gentilhomme le plus craint de la région d'Entre Douro et Minho. Sa volonté avait prévalu plus d'une fois sur celle du monarque, comme on le vit dans la terrible altercation qui l'opposa aux habitants de Ponte de Lima, lesquels ne purent faire autrement que de l'accepter comme alcade.

Le vicomte n'était pas seulement le parent du licencié Gonçalo da Cunha, il était aussi son ami. Quand il eut connaissance de la requête que ce dernier avait minimisée en la présentant comme répondant au désir de posséder un terrain de chasse bien à lui, le vicomte trancha :

– J'en fais une chasse réservée pour vous, mon révérend cousin.

Ce dernier avança timidement :

* Poète et jurisconsulte portugais né à Braga (1571-1632).

– C'est que je pourrais bien être tenté aussi de le faire cultiver.

– Si c'est pour ça, je vous donne un conseil : ne me demandez pas ces bourbiers pour les louer, achetez-les. Je les vends. A vous, cousin, je les vends les yeux fermés.

– Alors, c'est dit.

– Entendez-vous avec mon intendant.

Ce qui fut fait. En bonne et due forme, avec la signature du vicomte, il acquit pour une bouchée de pain la grande étendue de terres – avec toutes ses collines, tous ses ruisseaux, ses bois et ses forêts, libres et allodiaux – qui allaient, au levant, de Portela Pequena de Labruja, sur toute l'étendue des monts de Matacões, avec une bonne partie du ruisseau des Ermos, jusqu'à l'intersection, au sud, de la vallée et du pied de la montagne de Cabração, sur le chemin de São Martinho de Coura au nord, avec tout l'arc de montagnes qui dominaient la vieille route menant de São Roque à Ponte de Lima et touchaient au couchant les terres royales de Freita.

– C'est encore mieux qu'un comté! lui disaient les lettres rouges du missel, lorsqu'il lisait l'épître, au cours du saint sacrifice du troisième dimanche de l'Avent.

II

Lorsque les corbeaux qui, ce matin-là, volaient en estafette de la montagne d'Arga à Labruja, virent tout ce branle-bas de combat dans la plaine de Romarigães, ils croassèrent :

– Serions-nous encore en guerre ?

Dans la forêt, les piverts et les épeichettes partirent vers d'autres lieux. Les tourterelles se turent sur les cimes des pins et les huppes restèrent aux aguets, le peigne en l'air comme des Sévillanes aux arènes. Les bergers quittèrent les lieux avec leurs troupeaux et s'éloignèrent, perplexes : – Alors, nous devons partir ? Pour toujours ? – Eh oui, pour toujours; cette terre appartient désormais au révérend Gonçalo da Cunha !

En effet, une équipe d'hommes munis de leviers, de pelles et de pioches, s'attaquait à une carrière au flanc de la colline. Une autre s'efforçait au sud de creuser les fondations de la muraille qui devait entourer la propriété acquise dans la réserve de chasse du vicomte de Vila Nova da Cerveira.

Des experts en castramétation agricole délimitèrent la ligne de circonvallation et décidèrent de l'espace le mieux approprié pour le château, les logements des serviteurs et les étables. Tout cela présidé par le nouveau propriétaire, fébrile, actif, prévoyant, ne regardant pas à la dépense, d'autant plus qu'il venait de toucher, dans le district d'Insalde, l'héritage rondelet d'une tante qui avait bien voulu faire de lui son légataire universel et entrer au paradis, où ne manquent pas d'aller ceux qui donnent à leurs semblables une aussi grande joie.

Dans tous les villages alentour sévissait la faim, et il y avait beaucoup de gens sans travail. Ils s'offraient comme salariés à n'importe quel prix. Les contremaîtres gagnaient par journée soixante réaux, et les ouvriers, de trente à quarante-cinq. Les tâcherons gagnaient douze sols et demi par attelage. Les journées comptaient du lever au coucher du soleil.

Tout se passait donc au mieux de ses désirs. En moins d'un an, il put clôturer une vaste surface, capter les eaux perdues et planter de jeunes vignes avec lesquelles il se proposa de garnir, sous forme d'espaliers ou de treilles, les terrasses et les tertres de la propriété. Et il n'oublia pas d'installer des ruches dans les clairières ensoleillées de la forêt, car en cet endroit du monde la sentence *qui possède abeilles, brebis et moulin, le roi n'est pas son cousin* n'était pas lettre morte. Les difficultés qu'il rencontra, il en vint à bout facilement, principalement s'il s'agissait de démarcations avec des propriétaires mitoyens, qui se prévalaient de droits remontant à l'époque des premières donations ou au temps de Mathusalem, et n'avaient pas tenu compte des nouvelles ordonnances du royaume ou les avaient mal observées. Cette même année, il procéda à quelques-unes des semailles de printemps, et les terres irriguées, vers lesquelles coulait l'eau des sources de Portela Pequena et du mont de Raposa, au-dessus de Meijoeiro, donnèrent une linière haute et productive. Dans les plaines abritées, également réparti sur les deux rives du ruisseau, le maïs prit des proportions inouïes, tout aussi étonnantes que la grappe de raisin que Caleb apporta de la Terre Promise.

La maison à tourelle, comme il seyait à un homme de qualité, montrait déjà des toits à plusieurs pentes, et, dans les salons et les chambres, les maîtres charpentiers d'Azurara et de Barcelos installaient des plafonds à caissons ou voûtés en châtaignier et en bon chêne. Déjà, toutes les fenêtres, dans lesquelles on retrouvait un petit air lointain de la Renaissance, avaient leurs volets. Au bord du chemin qui reliait Sampaio à Romarigães, il avait laissé une place pour la chapelle qu'il avait promise à Notre-Dame du Bon-Secours. Qu'elle lui pardonnât de ne pas lui avoir édifié, à elle avant tout autre, une maison digne de ce nom. Bien ou mal, pour l'instant elle était logée, ce qui n'était pas son cas.

Le licencié ne tarda pas à disposer d'une chambre où il pouvait dormir. Ses obligations dans les deux paroisses, tout particulièrement les registres, l'empêchaient pour le moment de rester au domaine plus de temps qu'il n'était nécessaire. Tous les matins, alors que l'alouette avait encore son premier trille dans la gorge, il sautait du lit. Il faisait une toilette de chat, à la va-vite, comme tous les gens pressés en ces temps mal savonnés. Il buvait sa petite gorgée d'eau-de-vie, un marc fin et trouble qui n'enflammait pas l'haleine dans le gosier par où il passait, condition *sine qua non* pour la petite goutte du matin d'un prêtre.

Le licencié surveillait les ouvriers et, grâce aux longues jambes et à l'agilité de sa jument, il avait aussi vite fait d'arriver là que chez Pilate ou Hérode, comme le disait le bedeau. En réalité, il était partout à la fois, aussi bien auprès des pauvres bougres qui ameublissaient la terre qu'occupé à imposer la discipline aux aides-maçons qui, tout en cimentant les toits, s'amusaient à turlupiner les filles qui passaient sur le chemin.

Ce fut au cours de ces allées et venues entre São Roque et Romarigães qu'il lui arriva de rencontrer Maria Roriga, une jeune fille de Rubiães, qui allait porter à manger à son père, maître charpentier sur le chantier, et qu'il la remarqua.

Le licencié l'avait vue naître et grandir et, peut-être pour cette raison, n'avait pas remarqué que le bourgeon devenait fleur.

Pourquoi ne s'en était-il pas avisé plus tôt ? Ce sont de ces petits riens, de ces caprices de la nature humaine, de ces grains de blé spirituels qui, après avoir germé en secret dans la glèbe souterraine, éclosent en sentiments plus rouges et plus parfumés que roses d'Alexandrie.

Ce jour-là et la nuit qui suivit, à aucun moment il ne put la chasser de son esprit, plus troublé qu'un trou d'eau où l'on pêche les barbeaux. Mais, Seigneur, pourquoi ne s'en être aperçu que maintenant ?

Pendant des semaines, il fut au septième ciel. Un jour, maître Francisco Rorigo manqua au chantier, et la jeune fille, par des moyens détournés, put l'avertir que son père savait tout et avait voulu la tuer. S'il l'avait laissée en vie, pensait-elle, c'était parce qu'il voulait le tuer, lui, le premier. Et elle ajouta :

– Tout le mal qui peut m'arriver n'est rien à côté de mon amour pour vous. Si je meurs, tant pis. Mais vous, Messire, prenez garde.

Malgré le ton mélodramatique, cette pensée l'émut et, plein de reconnaissance envers la jeune fille, il décida de ne pas en rester là de cette aventure. Il prit ses précautions parce que le père passait pour être vindicatif, de ces hommes au caractère difficile, prompts à s'emporter, et dont on dit qu'il vaut mieux ne pas avoir affaire à eux.

Un jour, en effet, à la tombée de la nuit, il revenait de l'église quand, au moment où il sortait du parvis, un dard passa en sifflant tout près de sa poitrine. Il courut après son agresseur, mais celui-ci fila à toutes jambes et se perdit dans la ruelle.

Une autre fois, chez lui, avant de se coucher, il aperçut une tête qui, en face, derrière le mur, se montrait puis se cachait pour l'épier. Il eut l'intuition que c'était Rorigo; alors, il appela ses chiens et les excita contre l'ombre téméraire. On entendit un grand tumulte, les pas précipités de quelqu'un qui court... puis le silence, les mâtins qui s'arrêtaient, ayant certainement reconnu le fugitif.

– Ce sacripant est bien capable de m'ôter la vie si je n'y prends garde. Il faut que je reste sur le qui-vive. Et maintenant, Gonçalo, que faire?

Il résolut de mener les choses à bien et de se rendre maître de la situation par la ruse. Un après-midi qu'il lui sembla que Rorigo était à la maison, il se présenta chez lui. Il emmena tout de même comme garde du corps son valet qui, au cours de ses déplacements, lui servait toujours de muletier et jouissait d'une réputation de rude gaillard.

– Bonsoir, Francisco. On travaille... Alors, dis-moi un peu, pourquoi as-tu abandonné le chantier?

L'homme ne répondit pas, mais à ses battements de paupières on voyait qu'il ruminait de mauvaises pensées. Il était en train de réparer un tamis, et bien que les instruments dont il se servait fussent inoffensifs, le licencié se tint à une distance respectable. De plus, il restait sur ses gardes, comme tout bon chrétien qui aime Dieu et tient à sa peau.

– On te doit trois jours. Alors, veux-tu que je te paie, ou bien retournes-tu travailler et tu toucheras à la fin de la semaine?

– Vous ne me devez rien et je n'y retournerai pas.

– Ça alors!

Ils se turent. Il remarqua que la rage emplissait le cœur de cet homme simple mais fier. Et Gonçalo da Cunha, en homme intrépide et habitué à triompher des épreuves de la vie, joua la carte dangereuse. Se tournant vers son valet, il lui ordonna:

– Tu peux rentrer... Laisse-moi avec Francisco.

Le valet ne broncha pas, rivé sur place, sans dire un mot. Le licencié répéta sur un ton péremptoire:

– N'as-tu pas entendu? Déguerpis...

Alors le valet obéit, et lui, regardant bien en face l'homme qui, amené sur un terrain si imprévu, paraissait perplexe, proféra d'une voix posée et ferme:

– Je sais bien pourquoi tu ne viens pas sur le chantier, mais nous allons tirer les choses au clair. On t'a dit que j'ai abusé de ta fille. Oui ou non? Bien sûr que oui. Je sais qui est l'auteur de cette vilenie: nul autre que la servante que j'ai flanquée dehors à coups de pied dans le derrière comme une voleuse et une effrontée qu'elle est, Rita Concha. Est-ce que je mens?...

– Il n'y en a pas qu'un ni même deux qui le disent, rétorqua Rorigo d'une voix rauque et hésitante.

– Eh bien, c'est faux. Il n'y a rien de plus faux. Je te le jure sur l'hostie consacrée. Je n'ai pas abusé de ta fille.

– Oui, mais on n'empêchera pas les gens de parler...

– C'est vrai, et d'ailleurs j'ai été coupable jusqu'à un certain point.

Gonçalo da Cunha s'aperçut qu'il avait fait un pas téméraire. Mais maintenant, il n'y avait pas à hésiter. Il fallait continuer sur sa lancée. Et il s'engagea dans des explications si embrouillées et si confuses qu'il s'y perdit lui-même. « Il avait vu naître la petite, l'avait vue pousser d'année en année, devenir une grande jeune fille. Ce n'était pas lui qui l'avait baptisée, non, mais c'était tout comme. A ses yeux elle était toujours restée une enfant. C'est pourquoi, quand il la rencontrait, il plaisantait avec elle. Il ne le niait pas. Mais s'il lui faisait la causette, c'était sans malice. Que le diable l'emportât sur-le-champ en enfer s'il avait de mauvaises intentions! Une fois qu'il était tard et qu'elle allait à Romarigães avec le petit panier du déjeuner, il s'était offert à l'aider : *Donne-moi ton panier que je te le porte*... Était-ce un crime ? Non, mais il avait été imprudent, il le reconnaissait maintenant. Il aurait dû se méfier des mauvaises langues, des gens mal intentionnés qui instillent leur venin partout. » Le licencié avança d'autres arguments, certains en sa faveur, d'autres contre, dévida l'écheveau de l'innocence du mieux qu'il put, avec audace et témérité. Le charpentier, en bon paysan avare de paroles, restait sur ses positions, mais tout n'était pas perdu. La meilleure tactique était de semer la confusion, et cet objectif était garanti. Le licencié conclut en disant :

– Écoute, si j'ai été coupable en quoi que ce soit, je suis prêt à me racheter... On vient à bout de tout en ce monde, c'est une question de bonne volonté. Tu n'as qu'à le vouloir. Maintenant, dis-moi un peu : tu connais Joaquim Rebocho, de Freita ?

– Joaquim Rebocho, votre ancien valet... ? Je ne connais que lui !

– Eh bien, ce garçon m'a souvent dit qu'il aimerait épouser ta fille. Si tu y consentais et si elle était d'accord, ce serait chose faite.

Le charpentier émit un rire mi-dubitatif, mi-sarcastique, accompagné d'une grimace pleine d'amertume : avec le garçon en question, c'était un mariage en or. Fanfaron, connaissant beaucoup de monde, il n'avait pas son pareil dans la région. Et prêt à monter un ménage, avec ça. Il vivait avec sa mère qui, maintenant qu'elle était vieille, avait viré de bord et était devenue très sérieuse et bigote.

– Et lui serait d'accord ? Il a déjà ses vaches, son lopin de terre... C'est un gros bonnet.

Le voyant vaincu, car cette moue de sceptique où luisait un tant soit peu d'espoir ne signifiait rien d'autre, le licencié s'en émut, car il était au fond un brave homme, incapable de voir souffrir les autres. Et il lui prit l'envie d'accuser son cœur insensé, d'embrasser le charpentier, de maudire avec lui la fatalité de la chair pécheresse, de lui donner la réparation qui était en son pouvoir et qui lui souriait le plus : faire de la jeune fille sa gouvernante. Mais il se retint *in extremis*. L'homme accepterait-il ? Et la rumeur publique ? Alors, il modéra l'élan de tendresse prêt à jaillir de son cœur :

– Il a ses vaches, et moi je lui en achèterai d'autres. Je lui achèterai tout ce qu'il faudra. Laisse-moi faire.

Francisco Rorigo ne proféra pas une seule parole d'acquiescement, mais le licencié comprit parfaitement qu'il se rendait. Il n'était pas besoin d'être très malin pour s'apercevoir que le bonhomme ne croyait pas un traître mot de ce qu'il avait juré quant à sa conduite avec Maria. Mais dans le même genre de tromperie, il était aussi porté à reconnaître que la dénégation lui avait été agréable. N'était-ce pas mieux ainsi, plutôt que de se disputer violemment avec lui en jouant cartes sur table?

Quand le vin est tiré, il faut le boire; alors, comme le mal était fait, il compta sur le bon sens du bonhomme. Plus ses propres raisons mûriraient dans son esprit et plus elles gagneraient en force de persuasion. Mais, pour l'instant, il valait mieux ne pas trop remuer le couteau dans la plaie. Il prit congé :

– Écoute, Francisco, pense à ce que je te propose et décide-toi. La nuit porte conseil. Je ne veux que ton bien, parole d'honneur! Si tu es d'accord, – et bien entendu, ta fille aussi – viens me le dire demain. Ou alors fais-le-moi savoir. Bonsoir!

– Bonsoir! grommela le bonhomme.

Que le charpentier eût répondu à son salut était signe que le remède agissait sur son esprit de la façon la plus favorable. Le lendemain, qu'il passa dès l'aube à faire les cent pas et à se ronger les ongles, morose et lugubre, tout en scrutant la rue avec impatience, il s'aperçut que la petite sortait de chez elle. Sainte Vierge, venait-elle de son côté? Deux chapelets récités à genoux si elle venait. Et comment, qu'elle venait! La seule force de l'aimant de son désir suffisait à l'attirer. Il courut expédier la vieille Ludovina faire une course très loin.

Après la possession, acceptée et partagée, quelle est la femme qui n'abdique? C'est ainsi qu'Agar sortit de ces heures d'humilité et d'heureuse reconnaissance envers le tyran comblé. Bien qu'elle pleurât et sanglotât en entendant la voix de la raison, Maria était conquise:

– Tu te maries, ma petite Maria, tu épouses Joaquim Rebocho qui ne te touchera jamais, tu sais? D'abord parce que je ne veux pas; ensuite parce que tu ne te laisseras pas faire. Tu comprends? Entre nous, tout continuera comme avant. Joaquim Rebocho se jetterait dans le feu si je le lui demandais. Il est riche, et je le ferai plus riche encore. C'est la solution, ma petite Maria adorée. Il ne touchera pas à un seul de tes cheveux.

La jeune fille écoutait, tête basse, tout en réajustant son corset à lacets et en s'efforçant de réprimer un sanglot dans sa gorge. Gonçalo da Cunha allait et venait dans la chambre, les yeux fixés au sol, tantôt silencieux, tantôt parlant d'une voix saccadée.

– Et ce que tu craignais, c'est toujours sûr? dit-il en s'arrêtant brusquement devant elle. Ah oui? Eh bien, raison de plus! Tu te maries et tu t'en vas très loin. Moi, je me charge de l'enfant. Rebocho acceptera tout: lui, ce qu'il veut, c'est des sous. Mais on lui en donnera... On lui en donnera... Je lui fourrerai des doublons d'or dans la bouche jusqu'à ce qu'il en crève. Ah, c'est que tu ne sais pas; je le tiens... pour des histoires... des démêlés très sérieux avec la justice. Nous sommes donc d'accord, n'est-ce pas, mon cœur?

Deux dimanches plus tard, Maria Roriga épousait

Joaquim Rebocho, de Freita. Les grosses caisses et les triangles résonnèrent à Romarigães, à Cabração, à Labruja et dans beaucoup d'autres villages, là où s'étendait la parenté des mariés. Les mauvaises langues eurent aussi l'occasion de se régaler. Mais les racontars tombent plus vite dans l'oubli que l'eau des fleuves dans la mer.

En moins de cinq ans, le manoir était terminé : c'était un édifice à tourelle, avec de grands salons et de nombreuses pièces, flanqué de la chapelle de Notre-Dame du Bon-Secours et d'une cuisine dallée avec une cheminée monumentale, comprenant l'âtre, des armoires, deux fours où l'on pouvait griller un bœuf à la broche tout comme dans les communautés conventuelles. La fontaine, près du ruisseau, faisait couler, par la grande bouche d'un mascaron représentant une tête de Méduse, une eau fraîche et abondante. Et le bois de pins et de chênes nains couvrait déjà la colline d'en face, rejoignant la vieille forêt, cité populeuse des oiseaux. Le soir, la brise, qui montait de la côte par l'estuaire du Coura, faisait frissonner doucement les cimes, et un effluve embaumé et paradisiaque inondait le manoir.

Les prés produisaient à plein rendement et, d'une année sur l'autre, on manquait de tonneaux et de cuves pour les vignes en paisseaux et en hautins qui garnissaient les contours des champs irrigués. Du matin au soir il y avait là une foule de gens. Les taverniers de Cristelo et de Bico venaient remplir leurs outres, et les muletiers de Guimarães, avec les rênes voyantes de leurs bêtes surchargées de clochettes castillanes, venaient chercher des charrettes et des charrettes de maïs. Des troupeaux de vaches aux pis gonflés, mugissant doucement quand elles venaient de vêler, avec leurs cornes en forme de lyre, plus gracieuses que deux strophes de Diogo Bernardes *, voisin des terres du Lima, donnaient au vert monotone des vallées une douceur biblique. Les brebis bêlaient dans les communs, et c'était un plaisir de voir les jeunes poulains se lancer dans des courses vertigineuses à travers les collines et s'arrêter court comme le cheval de Fuas Roupinho ** sur la falaise de Nazaré.

En hiver, les oiseaux du pays, sauvages mais peu aventureux, comme le geai, le merle et le pivert, se réfugiaient dans la propriété. Certains animaux des bois, dont le renard, la fouine et le chat sauvage, choisissaient eux aussi la vieille forêt comme siège de leurs terriers et de leurs repaires. Quant aux lapins, ils pullulaient dans les ajoncs. Dès le coucher du soleil, ils passaient à l'attaque à travers les champs de sainfoin jusqu'au potager, au pied même de la maison. C'étaient eux qui, avant quiconque, devaient goûter le chou à côtes et la feuille de luzerne astringente. Mais le régisseur connaissait toutes sortes de pièges, depuis le lacet fait d'un fil de fer à nœud coulant jusqu'aux pièges à mâchoires que l'on place dans les trous où ils vont faire leurs besoins après leurs heures

* Poète portugais (1530-1595) qui se distingua essentiellement dans la poésie pastorale.

** Selon la légende, au cours d'une partie de chasse, le cheval de Fuas Roupinho, vaillant guerrier du XIIe siècle, se serait arrêté au bord de la falaise qui surplombe la mer à Nazaré, grâce à l'intervention de la Vierge.

d'amour et de ripaille, et il ne les ratait pas. Toutes les nuits il allait placer ses pièges pour les lever à l'aube. Et comme barrière supplémentaire à leurs incursions dévastatrices, il semait au bord des maisons une rangée de haricots noirs, sorte de plante magique dont ils raffolent et qui a la propriété de les envoyer là où ils ne font pas de mal. Les nuits de pleine lune, il n'est rien de plus amusant que de les voir gambader, rêver aux anges et se battre pour la dame de leur cœur ou pour leur fantaisie, tantôt l'oreille dressée, prête à recueillir le moindre murmure, partant au trot pour aller se cacher, tantôt courant ventre à terre, lançant de tous côtés mille pattes marathoniennes. Et quand ils s'approchaient des femelles par petits bonds, tapant du pied pour faire peur à leurs rivaux, ils étaient plus comiques que des cupidons dardant leurs flèches. Parfois, le renard, qui avait eu la patience de rester à les guetter pendant des heures, le museau enfoui dans les buissons, bondissait au milieu des fêtards. Et c'était un tragique et fulgurant sauve-qui-peut.

Les loups aussi descendaient de leurs tanières de la montagne d'Arga, attirés par l'odeur forte des bergeries. Mais ils venaient se heurter aux hautes murailles qu'ils contournaient un moment par acquit de conscience, et ils s'en allaient hurler du côté des collines de Meijoeiro. Quant aux sangliers, rien ne les arrêtait plus quand les glands commençaient à tomber des branches des chênes verts. Par où entraient-ils et ressortaient-ils? Dieu seul le sait. Les bergers trouvaient leurs laissées sur les sentiers de la forêt et se mettaient à crier à tue-tête :

– Le cochon sauvage est passé par ici!

Les serviteurs accouraient, armés de dards et de faux, excitant les mâtins et les limiers. Souvent se mêlaient à la troupe messire le licencié et le petit Dominguinhos. Quant au sanglier, où avait-il bien pu passer?

Au printemps, la ferme devenait un vrai paradis. De loin, d'au-delà des mers, revenaient les oiseaux migrateurs pour qui la forêt natale était la ville sainte. Les cimes des pins se peuplaient de tourterelles et de coucous, maîtres de solfège. Une huppe venait tous les ans faire son nid sous une tuile de l'étable. Elle y faisait à toute heure: *Hup! Hup!* Parfois elle était prise de frénésie et les notes se bousculaient en croches gutturales et heurtées. Alors, le fils du chevrier – car il y avait aussi des chèvres dans le domaine de Notre-Dame du Bon-Secours – l'imitait.

– *Happe le pain! Happe le pain!*

A cause de cela, Gonçalo da Cunha fit construire un grenier qui faisait l'admiration de tous ceux qui le voyaient, édifié sur la pierre, tout en bonnes planches de châtaignier avec des soliveaux de chêne, plus beau qu'un temple grec. Ses dimensions n'étaient pas moins surprenantes: vingt-sept mètres de long, avec une largeur et une hauteur en proportion. Les rats avaient du mal à y pénétrer. Il pouvait pleuvoir, l'épi ne moisissait pas. Aussi le grain arrivait-il en abondance dans la mesure après avoir passé de bons mois à dormir et à se nourrir de râpe. Il y avait également un bon nombre d'arbres fruitiers, tant à noyaux qu'à pépins, si florissants que c'en était une bénédiction, et ils embellissaient très joliment la propriété. Une propriété sans arbres est comme une femme sans cheveux. Le licencié appréciait toutes les luxuriances, à commencer par l'abondance de la chevelure chez les femelles et sur les plantes.

Il y eut un hiver où les truites se laissèrent tromper par l'eau de la rigole qui déborda et alla les déposer à sec sur la terre irriguée. Le vacher n'eut qu'à se baisser pour les pêcher, mais ce furent les patrons qui les mangèrent.

Tout cela, cet affairement, ce tumulte agricole et ce pullulement animal, parachevaient le domaine dans son essence et sa physionomie. De cette façon, avec ses collines et ses plaines, ses eaux et ses forêts, ses vergers et ses fleurs, ses oiseaux et ses animaux sauvages, son climat et son panorama particulier, la propriété constituait une mère qui contribuait pour beaucoup à modeler l'homme, le petit animal qui avait eu le privilège d'y naître et d'y vivre.

Or, s'il n'était pas né au manoir, le fils de Gonçalo da Cunha et de Maria Roriga y était venu dès son plus jeune âge. C'était lui le galopin qui montait sur les béliers quand le pâtre venait ouvrir la porte de la bergerie pour conduire les troupeaux aux champs; lui qui se cramponnait au cou des poulains qui filaient avec lui, ruant et bondissant; lui qui avait reçu d'une jument mère un coup de pied mémorable qui lui avait valu de rester au lit enveloppé dans des draps imbibés de vin; lui enfin qui barbotait dans la rivière, en somme le dieu et le diable de l'endroit. Même s'il l'avait hérité d'un de ses grands-pères, son prénom Domingos – Dimanche – convenait à merveille à cet enfant unique dont la vie s'annonçait comme une fête. Peu lui importait qu'il eût d'autres frères et sœurs, quatre ou cinq, tous de turbulents gamins, élevés la bride sur le cou, et dont on ne savait pas qui était le véritable géniteur, car Rebocho et Gonçalo da Cunha, en fin de compte, trempaient tous deux dans la même gamelle! C'était lui le petit seigneur pour qui le soleil se levait, et autour de qui tournaient ce même soleil, le licencié, les serviteurs, les amis du licencié, proches et lointains, bref tout ce qui comptait au monde. Et comment en eût-il été autrement puisque son père avait fait de lui l'héritier du domaine de Notre-Dame du Bon-Secours, ainsi que de tout ce qu'il avait, aurait et recevrait en héritage, en particulier à Romarigães et à Agualonga! Quand il eut vingt ans, il n'y avait pas une jeune fille dans les vieilles terres de Fraião qui ne soupirât après ce beau garçon agile et dégourdi, ni un seul père qui ne rêvât de l'avoir pour gendre en sa qualité de plus riche héritier d'entre Minho et Lima. Ce qui avait contribué à le former, et l'avait façonné dans un moule invisible, c'était le domaine de Romarigães.

III

Finalement, Domingos da Cunha se maria à deux pas de chez lui, à São Paio de Agualonga, avec Dona Francisca de Antas, sa cousine germaine, fille du capitaine général, Manuel de Antas, représentant des Antas de Fraião e Bustaranga, de la plus haute noblesse du Minho. Riche, jolie, vertueuse et dotée de divers talents, elle savait même l'art de la calligraphie et était capable d'écrire une lettre en faisant moins de fautes que la duchesse d'Olivares si on la lui dictait d'une voix posée et en détachant bien les syllabes. Même en cela sa bonne étoile le favorisa.

A quarante ans, opulent, chéri de la noblesse d'Entre Douro et Minho plus inextricable que, sous terre, les racines d'un vieux bois de chênes, il se retrouva avec cinq enfants. Luis, l'aîné, de dix ans, les autres s'échelonnant comme une flûte de Pan. Tout lui réussissait, mais l'avenir de ces cinq loupiots, comme il avait coutume de dire, ne le laissait pas en repos. Il savait parfaitement, élevé à bonne école comme il l'avait été par son licencié de père, que trois carrières s'ouvraient à un enfant bien né : les armes, les lettres et la cour. Il était risqué de choisir les deux premières car elles étaient trop soumises aux incertitudes du temps et de la fortune. Et même dans ce cas, la meilleure façon de s'en sortir serait encore la cour, quitte à y entrer par la petite porte. « Par conséquent, optons pour la cour », médita-t-il à part soi en édifiant l'avenir de son aîné, et il le dit ensuite sur l'oreiller à Dona Francisca, sa cousine et épouse. Le cousin Troilo, de Sotomaior, qui était à tu et à toi avec Olivares *, pourrait très bien intervenir en faveur de son cousin du Portugal.

Il se mit à faire les comptes de ses biens et revenus. Il se jugea assez riche pour pourvoir aux besoins d'une résidence dans n'importe quelle ville des deux royaumes et subvenir largement aux dépenses somptuaires qu'exige la condition de gentilhomme. Sa maison n'était-elle pas de taille à se mesurer avec celle des Meneses de Pentieiro ou avec celle des Matagansos de Freixomil, qui occupaient une aussi bonne place dans l'armorial que dans l'opulence? Bien sûr que si, et ce fut dans ce dessein ambitieux qu'il fit venir chez lui des maîtres ès lettres et arts qui lui revenaient à peine plus cher que le barbier et le chirurgien. Non qu'il fût utile de faire montre de connaissances, qui ne valaient que sur le terrain de la vanité, mais le savoir n'occupe pas de place. Dans son esprit, le summum de la bonne éducation consistait à manier les armes avec adresse et à dompter en deux coups d'éperon un poulain sauvage, en l'obligeant à aller au trot et à se mettre au pas. Il eut l'occasion, pour mener à bien ses projets, de tirer profit des talents d'un cousin qui était venu échouer dans les terres de Coura, Dom Florencio da Cunha Beça. Bâtard de Ribeira do Cavado, podagre, pauvre et toujours délirant, mais habile diplomate et fin connaisseur de l'étiquette, dans les maisons où il avait demeuré, il avait rendu les

* Comte-duc d'Olivares (1587-1645). Favori de Philippe IV d'Espagne, il fut le véritable maître du pouvoir et pratiqua une politique centraliste qui provoqua le soulèvement de la Catalogne, de la Biscaye et du Portugal, alors sous le joug espagnol.

jeunes nobles, lourdauds de par leur nature rude et leur puanteur, délicats comme des damoiseaux. Pour réduire les frais, il engagea, parmi les curés retraités, un abbé précepteur qui était un puits de science en ce qui concernait le latin de cuisine, et un gouffre pour le tabac à priser. Il venait à point nommé pour enseigner aux trois garçons la grammaire et la rhétorique afin que ceux qui se destinaient à la tonsure fussent capables, le moment venu, de fourrer leur nez dans le Genovesi *. Avec l'aîné, Luis, la graine annonça vite la moisson, et il s'en fallut de peu que la science du syllogisme ne lui liquéfiât la cervelle. Rien ne lui plaisait tant que de pratiquer l'escrime et de battre la campagne avec les gardes-chasse de la maison. Au fleuret moucheté, il appliquait déjà un revers si juste et si adroit qu'il en remontrait à son père, un aigle pourtant en la matière. Il en allait tout autrement des petits frères, Alexandre, Agostinho et Carlos, par ordre d'âge, qui, eux, étaient malins comme des singes. Le premier montrait un tel penchant pour la carrière ecclésiastique qu'il se mit aussitôt, évidemment plus par manie que par nécessité, à porter des lunettes. De grandes lunettes, car telle était la mode à la cour de San Isidro, et qui donnaient un air très savant et circonspect. Le second, petit château branlant, ânonnant le *rosa, rosae* et chantonnant dans ses culottes courtes de gamin malicieux *filia agricolae pulchra est*, avait la même inclination. Le troisième n'avait pas encore suffisamment laissé pointer l'oreille pour que l'on sût s'il était colombe ou faucon.

* Antonio Genovesi, économiste et écrivain italien (1713-1769), auteur notamment des *Méditations philosophiques sur la Religion et la Morale*. Le romancier commet ici un anachronisme manifeste.

Le dernier rejeton de la lignée était une fille, Cristina, et, à en juger par ses cheveux d'or, ses gambades et ses gazouillis à travers le domaine, on voyait bien quelle sorte de petit oiseau c'était.

Où caser ces cinq diablotins, quand on est enfermé dans ce défilé d'âpres montagnes, avec, d'un côté l'Arga alpestre, mont Calvaire que de problématiques anachorètes avaient infailliblement abandonné aux loups, et de l'autre le Labruja infesté de dangereux bandits et couronné par les rochers de Rubiães? Il ne lui suffisait pas de rouler sur l'or, comme le prétendaient, dans un style nettement ampoulé, ses cousins hobereaux, pendant des *duelos y quebrantos* *, de l'ingénieux gentilhomme Don Quichotte de la Manche, qui dormaient sur des sommiers en planches et n'avaient d'autre ordinaire que des bouillies de maïs et le cochon rôti des jours de fête. Il fallait que ces quatre moineaux ne vécussent pas aux crochets, bien ou mal, peu importe, de leur frère aîné. Alors, comptant sur l'appui du cousin Troilo, Domingos da Cunha médita un grand coup : rien moins que de transférer sa résidence, non pas à la cour de Lisbonne, ravalée à un rang subalterne par les Philippe, mais à celle de Madrid.

Un beau matin de décembre, blanc mais sans neige, alors qu'il avait déjà pour ainsi dire les pistolets dans leurs fontes et toute sa fortune en cruzades et en doublons entassée dans des malles de métal, de belles malles de voyage renforcées par des armatures de fer, voici qu'éclata la nouvelle apocalyptique : Lisbonne avait secoué le joug castillan. La nouvelle se répandait comme

* En espagnol dans le texte : œufs au lard. Citation d'un passage du *Quichotte*.

une traînée de poudre de ville en ville. On avait son propre monarque, celui à propos duquel Frei Luis de Sousa * écrivit : *à beau nom couronne légitime.*

Domingos da Cunha se mordit les lèvres. – Et maintenant, que faire, triple idiot ?

Il ne perdit pas son temps à se gratter la tête comme un quelconque *ankylosé de l'esprit.* Il prit ses renseignements ici et là, aussi bien en terre portugaise qu'en terre galicienne. Il avait toujours été bon calculateur. On lui représenta la Castille harcelée par ses ennemis, ne sachant auquel faire face, comme une laie entourée de nombreux épagneuls prêts à lui sauter à la gorge. Ses parents de la cour espagnole lui confirmèrent que, là-bas, les affaires publiques allaient mal, en raison de la turpitude et de l'incurie des hommes. Une grande partie du patrimoine impérial avait sombré. Rien que de mauvais pronostics. L'hésitation n'est pas le propre des bons joueurs. Il résolut de jouer la carte Bragance **, l'astre ascendant.

Quand, une nuit, lors des dites conférences sur l'oreiller, il s'en ouvrit à Dona Francisca, il était déjà plus que décidé :

– Tout doux, cousine, le passé est le passé. Ce ne fut qu'un rêve.

Lorsqu'il communiqua sa décision aux siens, il le fit comme s'il délivrait un message. Cette résolution, tous ceux que réjouissait la rumeur de l'Indépendance la

* Écrivain portugais (1555-1632).

** A l'époque où se situe l'action, le Portugal est sous la domination espagnole depuis 1580. Une opposition s'organise sous la direction du duc de Bragance qui deviendra le roi Jean IV au moment de la Restauration, en 1640.

considérèrent comme la généreuse impulsion d'un vrai patriote.

Et quand Dom Diogo de Lima, le vicomte de Vila Nova de Cerveira, comme on l'appelait dans toute la région du Minho, gouverneur militaire d'Entre Douro et Minho, convoqua les gens qui étaient ses obligés par devoir féodal, donations de terre ou serment d'allégeance, la première cohorte à battre la semelle dans la cour du manoir fut celle de Domingos da Cunha. Il lui amenait vingt hommes à cheval et autant à pied, équipés avec les moyens du bord, mais capables de semer la terreur en terre castillane. L'exemple donné, les volontaires commencèrent d'affluer. Malgré leur manque d'enthousiasme, ils n'en obéissaient pas moins à la voix ancestrale du suzerain. De son côté, le recrutement grossissait peu à peu la troupe, bien que le patriotisme marquât des températures très basses. L'Inde d'abord, la déroute d'Alcazarquivir * ensuite, avaient tempéré l'ardeur des vieux guerriers. A cette époque cependant, les hobereaux du Haut Minho savaient encore monter leur cheval à l'estradiot et bambocher dans les fêtes villageoises, du moment que les têtes qui apparaissaient fendues entre Viana et Esposende accusaient la marque du gourdin et pas seulement celle des chutes d'ivrognes.

La campagne à la frontière du nord commença par des palabres, des tirs d'arquebuse avec ripostes d'une rive à l'autre. Et ainsi la milice du Minho passa les premières années en guérilla avec la milice galicienne commandée, soit par le comte de San Esteban, soit par Don Baltasar

* Cette défaite des Portugais au Maroc en 1578 fut à l'origine de la perte de leur indépendance.

de Pantoja, en une fusillade spectaculaire, sans qu'une seule goutte de sang teignît les eaux du fleuve. Puis, quand les Portugais se furent emparés de Salvatierra, les Espagnols en firent autant de Monção. Domingos da Cunha, capitaine de cavalerie, mena cette vie de vagabond des années durant, jusqu'à ce qu'il perdît patience. Il y eut des périodes où il arrivait au manoir tout seul ou avec son ordonnance. Après avoir embrassé ses loupiots, s'être rempli la panse et avoir bâillé, il se mettait au lit et dormait huit jours d'affilée. Bien qu'il eût l'air d'être toujours par monts et par vaux, le peu de réjouissances qui se présentaient, et l'oisiveté chronique dans laquelle les combattants s'amollissaient, une oisiveté à vous faire prendre racine, tout cela le fatiguait plus que d'aller courir derrière des taureaux. Il ne sortait du lit que pour aller à la messe.

Or un jour, au cours d'une de ces semaines égayées d'oreilles de porc accompagnées de haricots beurre et de vin de Santo Tirso, alors qu'il écoutait d'un air amusé les anecdotes du cousin Florencio et les doléances du père précepteur Mendrugo au sujet des enfants aussi paresseux que mal élevés, on vint lui dire que les Portugais avaient été mis en déroute.

– Le diable t'emporte! Comment ça, mis en déroute?

– Mis en déroute, parfaitement, à Lapela. Il paraît que les nôtres ont filé comme s'ils avaient le diable aux trousses.

– Eh bien, s'ils ont filé, tout n'est pas perdu. L'ennui, c'est que nous avons ces fripons de Galiciens chez nous. Qu'un messager aille immédiatement se rendre compte de ce qui se passe. Qu'on fasse venir le commandant

Castelo Melhor chez moi. Je lui offre le gîte et le couvert. Et s'il est d'un tempérament ardent, on lui procurera aussi une femme. Que celui qui se trouve prêt à partir se mette en route.

– Père, si vous le permettez, c'est moi qui irai...

C'était son fils Luis qui se proposait pour cette mission. Accordé. Son père lui donna sa bénédiction, et aussitôt le jeune homme fit seller le meilleur cheval. Flanqué de deux serviteurs, il partit comme une flèche. Il traversa São Roque et São Bento da Porta Aberta d'une traite, et il faisait encore jour quand il surprit le reflux de l'armée portugaise aux environs de Cerdal, alors qu'elle prenait son billet de logement chez des paysans et des bergers.

Luis Antas fit partie du peloton de trente hommes qui, traversant le Minho à la nage en direction de Goyan avec leurs armes sur le dos, surprirent les sentinelles espagnoles dans l'assoupissement du petit matin et s'emparèrent du bastion principal. Mais, une fois l'alarme donnée, la position eût été insoutenable pour eux si le sergent-major Soares Pereira n'avait pas monté à la hâte un pont de bateaux par où affluèrent les renforts. De cette façon, la garnison, qui était composée de deux cents vieux soldats et de cinq pièces d'artillerie, fut jugulée et faite prisonnière en deux temps trois mouvements.

Domingos da Cunha pouvait se vanter d'avoir laissé

sa place à un homme en la personne de ce robuste et vaillant garçon, qui faisait toute sa joie et sa fierté. Il en avait bien besoin. Les neuf années de campagne qu'il avait passées, parfois enfoncé dans la boue du fleuve jusqu'à la ceinture, d'escarmouches en chevauchées frénétiques d'une ville à l'autre, et en embuscades contre les Espagnols, l'avaient pratiquement perclus de rhumatismes.

Avec la prise de Goyan, les Portugais disposèrent au bord du Minho d'une avenue qui, d'un côté, conduisait à Tuy et, de l'autre, à Val del Rosal. Pour les Espagnols c'était le casse-cou. C'est pourquoi Don Baltasar de Pantoja descendit à la rescousse en toute hâte, tagadatagada, cataclop-cataclop, à la tête de ses troupes retirées d'Orense, avec une quantité impressionnante de munitions et d'arquebuses, convaincu que, à son approche, les Portugais abandonneraient le château et prendraient la poudre d'escampette. Mais les Portugais lui jouèrent le bon tour de s'accrocher aux canons et de les recevoir par un tir bien nourri : tiens, attrape-moi ça! Et, le duel d'artillerie ayant commencé, en moins d'une semaine la fusillade fit partie des choses habituelles, comme le courant du fleuve que la brise printanière faisait frissonner tel un voile très léger. Dans les plaines, les petits paysans labouraient leurs champs, les pêcheurs lançaient leurs filets dans le fleuve, et seules les mouettes venaient, curieuses, planer au-dessus du mont de Santa Tecla pour observer le tumulte. Pantoja eut beau gaspiller force poudre et boulets, il ne réussit pas à prendre le bastion. Mais pour un Castillan qui se respecte, il n'est pas de mal sans remède; il fit dresser un fortin le plus près qu'il put, pour fermer à l'ennemi les avenues galiciennes. Et, pendant quelque temps, les Portugais n'avancèrent plus. Cette œuvre de fortification à bon marché prit le nom de *Fais-moi Peur*, ce qui lui convenait fort bien car son rôle était semblable à celui d'un épouvantail à moineaux au milieu des champs.

Prado, qui avait succédé au poste de commande à Castelo Melhor, décédé à Ponte de Lima, méditait, en se voyant acculé à Goyan, sur la manière de forcer le siège et de pénétrer dans l'opulente Galice. On eût dit Hannibal en face de l'alléchante Campanie. Les soldats réclamaient à cor et à cri du pain de maïs, du vin de Rivero et des *chicas* *. D'un autre côté, il était indispensable pour le quartier général de tenter de fortes actions de diversion sur la frontière du nord. Mais on manquait d'hommes et les munitions étaient maigres, elles aussi.

Dans ces conditions, on convoqua les vassaux, les chevaliers roturiers et les notables de la vaste contrée. Dans le district de Coura, on envoya un message à Domingos da Cunha, toujours résolu et prompt à servir la cause royale, et comment, puisqu'il ne perdait pas de vue qu'il avait cinq enfants, dont quatre qui aspiraient au canonicat! Outre les nombreux serviteurs et fermiers que la maison du Bon-Secours avait à Romarigães et dans les terres voisines, elle jouissait, à cause de ses liens de parenté, d'une grande influence sur la noblesse du Haut Minho. De son côté, il passa le mot aux Melo, de São Pedro da Castanheira, aux Coutinho, de Pico de Regalados, aux Araujo, des terres de Sabariz, aux Castro, de

* En espagnol dans le texte : filles.

São Martinho de Vascões et Insalde, aux Barbosa de Lima, de São Miguel de Porreiras, aux Antas, de Rubiães et de Santa Maria de Agualonga, aux Sotomayor e Gama, d'Infesta, aux Lira, de São Mamede de Ferreira, et aux Pereira da Silva, de Santa Maria da Cunha. Par monts et par vaux, là où il y avait une petite propriété ou un hameau, les crieurs publics firent retentir sur leur tambour le roulement de la guerre. Romarigaẽs fut désigné comme lieu de rassemblement. Jour après jour, arrivaient des recrues de toutes parts, de Fontoura, qui descend jusqu'aux rives du Minho, jusqu'à Corno de Bico, qui regarde en direction d'Arcos. Gondalim envoya une belle équipe de colosses, et Pardelhas et Covas de jeunes et vigoureux gaillards habitués à travailler la terre et à brûler les bruyères pour faire du charbon de bois. Il y eut un moment où la cour ressemblait à une foire. Dans les écuries, il ne restait plus de box pour un seul cheval. Force fut de les attacher dans les lieux abrités, sous les voûtes de la forêt et même dans les champs de maïs. Lorsque arrivèrent les colonnes de Vez et de Ribeira-Lima, il fallut les entasser dans les temples et même dans la chapelle de Notre-Dame du Bon-Secours. Nourrir une telle multitude de gens entraînait de grands frais et beaucoup de travail. Le ravitaillement fourni par l'armée était précaire, mais la propriété était bien pourvue et regorgeait de tout. Les greniers avaient été remplis à la Saint-Michel, et dans la cave il n'y avait pas un fût ou une barrique qui sonnât creux. Par ailleurs, les prairies produisaient une herbe si drue et si haute que les chevaux devenaient plus gros et plus vigoureux de jour en jour. Dans la cuisine, une douzaine de matrones s'affairaient. Les gentilshommes dormaient sur des paillasses, sous le toit; la canaille, où elle pouvait, dans des baraques improvisées, des hangars, et même à la belle étoile, sous le drap glacial des trois Mages. Du lever au coucher du soleil, c'était un enfer. Les oiseaux de la forêt prirent la fuite, et l'on n'entendit plus au milieu de la nuit ni au lever du jour le joyeux chant du coq, car tous les volatiles, poulets, poules, couveuses, pigeons et dindons, étaient passés dans le gosier des miliciens. La propriété était devenue le royaume du bruit et de la confusion : murs écroulés, arbres sans écorce et aux branches cassées, et dans les parterres, on ne voyait pas briller une seule rose à déposer aux pieds de Notre-Dame.

Plusieurs semaines se passèrent à rassembler les milices, puis plusieurs autres à apprendre le maniement des armes. Quand Domingos da Cunha vit sa huche sans un grain de maïs pour les rats, l'herbe dans les vallées broutée ou piétinée, les ajoncs et les buissons flétris et sans une pousse, les saloirs avec leur dernier pied de cochon, il se dit en son for intérieur : *Ça ne peut pas durer comme ça. Ce qui va me rester, c'est le domaine du Sans-Secours*. Alors, il avertit le comte :

– Si Votre Seigneurie n'emmène pas ces gens piller la Galice, ou bien ils nous dévorent comme dans l'histoire de la *Nau Catrineta* *, ou nous crevons tous de faim sur place. Romarigães sert d'exemple. La province est rongée jusqu'à l'os. Ils ne trouveront plus que des écorces de chêne à se mettre sous la dent.

* Poème traditionnel qui conte les mésaventures d'un navire et de son équipage en s'inspirant des tragédies maritimes de l'histoire portugaise.

IV

L'armée du comte de Prado, forte de douze mille fantassins et de deux mille cinq cents cavaliers, traversa le Minho hors de portée des canons de Goyan, après avoir fait peur au fort de *Fais-moi-Peur* en lui envoyant deux salves d'artillerie. Puis, elle s'engagea sur la route de La Guardia pour s'installer en bivouac à Tabajon, le premier village mis à sac et auquel, par ordre exprès de l'état-major, on ne causa pas trop de dommages. Le lendemain matin, alors qu'ils se dirigeaient vers Salcidos, les soldats portugais échangèrent les premiers coups de feu avec la troupe de reconnaissance détachée par le connétable de Castille.

Le jour suivant, ils entraient dans La Guardia sans coup férir. Rues et maisons, tout était désert. C'est tout juste s'il était resté un petit nombre de blessés à évacuer de l'hôpital de campagne. A l'exception de quelques vieillards et de quelques femmes qui sortaient sur le seuil des maisons, les mains en l'air, pour crier grâce, les habitants couraient comme des fous à travers champs et à travers bois. Seules les sœurs bénédictines attendaient de pied ferme la foudre exterminatrice, transies de peur, priant et chantant des hymnes.

Dans sa frénésie de pillage, la soldatesque se dispersa à l'intérieur des maisons d'habitation et des petites boutiques de commerce. Comme à Tabajon, on avait donné carte blanche, sauf pour assassiner et mettre le feu. Mais La Guardia était un pauvre village de pêcheurs, plutôt misérable dans l'ensemble, et les paysans du Minho et du Tras-os-Montes, qui mouraient de faim, se contentèrent de se remplir le ventre. Cela non plus n'était pas chose aisée en ces lieux, et ils se répandirent comme les eaux d'un torrent dans le Val del Rosal, commune aux dimensions réduites mais riche et prospère, à en juger par les belles et nombreuses panières qui garnissaient cours et aires. Finalement le bon sens l'emporta. Les villageois finirent par se montrer et les reçurent si bien, mettant à leur disposition leurs huches et leurs greniers, qu'ils passèrent d'eux-mêmes, automatiquement, de la condition d'ennemis à celle d'hôtes. De sorte que le pillage de la Galice, décrété par Schomberg et Marialva, se limita au vivre et au couvert, *grato Deo*, une vraie vie de sybarite. On se serait cru à Capoue, dans ce Val del Rosal, ou île des Amours*, avec d'authentiques nymphes vêtues de cotillons et de *mantelos*** en gros drap.

Dans la petite bourgade maritime, les officiers ne trouvèrent pour se distraire que la pêche ou les grilles du couvent qui enfermaient des pensionnaires et des novices, dont certaines, jolies et gracieuses, étaient là à leur corps défendant, contraintes la plupart du temps à choisir le Christ pour époux au nom d'intérêts inavouables. Il y avait même des Portugaises, car la guerre n'avait pas totalement coupé les relations avec

* Allusion à l'île imaginée par Camoens au chant IX des Lusiades.
** En espagnol dans le texte : tabliers.

la Galice, principalement en ce qui concerne les vieux et traditionnels liens des familles qui avaient une ascendance commune de part et d'autre du Minho.

L'une d'elles s'appelait Joana de Azevedo et appartenait à la maison des Azevedo, de Portela das Cabras, dans les environs de Barcelos; elle était fille de Simão de Vilas Boas, seigneur du domaine, et de sa première femme, Dona Ana de Barros Rego. Elle était la cousine au troisième degré de Luis Antas, leurs mères respectives descendant toutes deux d'une arrière-grand-mère de la maison des Bustaranga. Se prévalant de cette parenté, et dans l'intention de tranquilliser sa cousine et de lui offrir ses services, il se fit annoncer au parloir. Il s'attendait à rencontrer une fillette, mais il se trouva en présence d'une vraie fleur dans la radieuse lumière de l'aube. Il en fut ébloui. Le regard qu'ils échangèrent eut l'éclair fulminant de la grâce. De part et d'autre, un instinct fort et doux à la fois, douloureux et joyeux, les attira et les intimida. Joana était l'aînée de la famille. Pourtant, elle avait accepté de se retirer du monde et était même disposée à entrer dans les ordres, en faveur de son frère et pour qu'il ne fût gêné en rien dans la succession du nom ni dans l'héritage éventuel de vieilles parentes riches, célibataires, chargées d'ans et pleines de préjugés. Une fois ses vœux prononcés, l'héritage familial, qui n'était pas très important, passerait à la branche mâle, représentée par son frère, Gualter de Vilas Boas, fils d'un second lit. Son sacrifice était un hommage qu'elle rendait à la noblesse des Azevedo, et il était d'autant plus courageux qu'il représentait le refoulement de sa pétulante jeunesse.

Luis Antas perçut tout ce que signifiait cet acte d'abnégation. Il avait compris à demi-mot le secret de cette vocation cultivée dès l'enfance et imposée au profit d'un nom aussi fier de ses parchemins que dépourvu de biens. Et quand Joana se confia à lui, comme leurs âmes se parlaient, indifférentes à tout calcul et à toute convention, il vit ses yeux noyés de larmes et évalua parfaitement les limites dans lesquelles s'inscrivait le drame de son holocauste à la vésanie seigneuriale d'une famille qui s'enorgueillissait de remonter à Childéric par un fils de la main gauche.

Luis Antas avait quelques années de plus que Joana. Ces années d'écart représentaient précisément pour elle une garantie, une sorte d'assurance de son cœur et de sa bonne foi. La voix de sa conscience lui disait qu'elle n'avait pas d'autre responsabilité à prendre que celle que lui dictait la nature elle-même. Outre la part de confiance que cette décision impliquait psychologiquement, cela lui donnait par ailleurs la certitude de trouver un appui paternel, doux et autoritaire à la fois, que la femme aime à sentir chez l'homme auquel elle s'est promise.

D'après le tableau que l'on peut voir dans la galerie des portraits du manoir, Joana n'était pas belle, mais extrêmement séduisante. D'ailleurs les femmes n'ont pas besoin d'être jolies pour être aimées jusqu'à l'idolâtrie. Il leur suffit de posséder ce je-ne-sais-quoi de magnétique qui attire Monsieur Ver Luisant vers Mademoiselle Luciole à travers l'incommensurable obscurité. Elle était menue, avec des dents très blanches et régulières, des yeux d'un noir insondable, un doux sourire, de ceux qui, sans jamais s'évanouir, changent d'expression comme ceux des félins qui reflètent dans leurs pupilles les variations de la lumière. Sa taille était fine, et elle imprimait à sa démarche un tant soit peu ondulante, une inflexion si involontaire qu'elle prenait une allure naturellement langoureuse, indice de tempérament. Elle appartenait en somme à cette catégorie de femmes qui, tant par le corps que par l'esprit, deviennent des amantes parfaites. Avec elles, les liaisons ne connaissent pas de rupture. Celui qui les aime les aime jusqu'à la mort. Quand elles viennent à disparaître, elles laissent un brasier inextinguible. C'est parce qu'avec leur chair elles ont donné à boire le philtre qui ne pardonne pas, et où se sont concentrées la douceur et la séduction animale, principes suprêmes de la volupté créatrice.

Luis Antas aima sa cousine dès le premier jour, mais il n'était pas sûr d'être aimé. Tous les jours, à chaque heure où l'implacable règle du couvent ne retenait pas Joana, on les retrouvait tous deux, comme dans un rêve, à mille lieux des contingences de la guerre et de la paix. Mais, en ce qui la concernait, s'agissait-il d'autre chose que d'une fantaisie, du caprice d'une âme folâtre?

Pendant ce temps, Don Iñigo de Velasco, qui dirigeait les opérations sur la frontière rocailleuse du Tras-os-Montes, et passait pour être un agité et pour avoir un caractère emporté, descendit à marches forcées jusqu'à l'extrême sud de la province de Pontevedra. Initiative opportune. Cédant aux instances du haut commandement, les Portugais s'étaient mis à dévaster systématiquement la Galice.

Ce genre de nouvelles sema le plus grand trouble dans l'esprit des deux jeunes gens. Comme la fortune est versatile, à plus forte raison celle de la guerre, il se pouvait qu'ils fussent obligés de se séparer, Dieu sait pour combien de temps. Leur cœur les incitait donc à prendre un parti contre vents et marées. Au bout de quelques jours de réticence, de pauses pleines d'inquiétude, de regards lourds d'interrogations, ce fut Joana elle-même qui eut le courage de suggérer l'unique solution, la plus sûre :

– Pourquoi ne m'enlevez-vous pas, mon cousin ?

Cette issue, il l'avait tout de suite entrevue, mais il aimait sa cousine avec trop de tact et de délicatesse pour se décider à la lui soumettre. Cependant, puisqu'elle l'entendait ainsi et avait confiance en lui, mille grâces à la bonne Notre-Dame du Bon-Secours, sa marraine, sainte patronne de la maison. Et ils s'employèrent aussitôt à mettre leur projet à exécution.

Cette nuit-là, après avoir fait en cachette un ballot de ses quelques effets, Joana ouvrit la porte qui donnait sur le couloir, alors que le silence le plus absolu régnait dans les cellules. Elle tendit l'oreille. On n'entendait pas la moindre respiration humaine, ni le moindre bruit, hormis le martèlement des vagues, au-dehors, contre les brisants. Comme une ombre, elle descendit à tâtons jusqu'au rez-de-chaussée et, de là, par un fenestron bas et mal fermé, elle se faufila dans le cloître. A l'angle de la galerie sud, elle ouvrit la porte qui donnait sur l'enceinte et qui était la porte de service. Elle se retrouva brusquement en pleine nuit, centre abyssal de la voûte céleste, si constellée d'étoiles, si semi-opaque et velouteuse au ras du sol, qu'elle en fut sidérée. Il y avait longtemps qu'elle n'avait pas contemplé, les yeux naturellement levés vers le ciel, le spectacle de l'immensité infinie qui, selon le cas, écrasait ou exaltait la petitesse humaine. Et l'obscurité, la langueur de l'atmosphère, la brise marine, devinrent un breuvage qui l'enivrait. En elle se diffusait un poison dont elle n'aurait su préciser la nature et qui la médusait, au bord du temps. Alors, dans ce nirvana, dans cet oubli de soi, dans cette annihilation physique, l'immensité s'offrait à elle comme un bloc de bronze impénétrable à travers lequel elle ne se sentait pas capable de se frayer un chemin. Et elle était là, sans force, perplexe, désirant mourir, tout à fait certaine de ne pas arriver à bon terme. Mille lances lui traversaient le cœur et s'en arrachaient sans lui causer de douleur ni faire couler le sang. Elle songea à retourner dans sa cellule. Mais elle implora l'aide de Notre-Dame du Bon-Secours, celle que Luis lui avait présentée comme étant sa marraine, avec toute la ferveur et tout le désespoir dont elle était capable, et chassa l'effroi qui s'était emparé d'elle.

S'en remettant au plan que Luis lui avait fait de la maison et à ses propres estimations, elle courut à la porte qui donnait sur la ruelle et servait d'accès aux journaliers qui venaient travailler dans l'enceinte. D'un côté, cette ruelle menait à la partie haute du village; de l'autre, elle débouchait sur la plage. Mais, ô mon Dieu! la porte était fermée à clef et cette dernière ne se trouvait pas dans la serrure, contrairement à ce qu'on lui avait dit! Elle entendit Luis de l'autre côté et cela lui donna du courage. Ils échangèrent des explications au sujet de l'incident imprévu.

– La clef est certainement là. Cherchez-la, cousine...

Elle eut beau chercher la clef, elle ne la trouva pas; elle eut beau essayer d'ouvrir la porte de ses mains frêles et inexpertes, il n'y eut pas moyen non plus d'y parvenir. Elle se mit à pleurer, tout en poussant des cris de désespoir :

– Partez, cousin! Je ne pourrai que vous porter malheur. Laissez-moi, je suis née pour être infortunée!

De son côté, Luis Antas blasphémait et maudissait lui aussi son étoile. Il eut l'idée d'appeler son ordonnance, un sacré lascar des environs de Rendufe, qui faisait le guet quelques pas plus haut, pour le cas où il y aurait du vilain.

– Ne vous en faites pas, mon lieutenant. On va enfoncer la porte! Vous allez voir... Ça va être vite fait!

Le soldat se dirigea vers un tas de pierres et, soulevant un gros bloc qui pesait plusieurs kilos, il le brandit à bout de bras et le projeta contre la porte. Cette dernière grinça mais tint le choc. Quoiqu'il ne s'agît que d'une porte d'enceinte, c'était une porte de couvent, renforcée, comme toutes les portes de couvent, faite pour résister aux trois ennemis les plus redoutables : le monde, le diable et la chair. Le soldat prit un bloc de pierre encore plus gros. Il le lança lui aussi contre la porte, après avoir dit à la personne qu'il prenait pour une religieuse :

– Éloignez-vous de là, ma mère : cette porte va céder, ou alors c'est la fin du monde...

On entendit comme un coup de canon, et la porte se fendit. Encore deux ou trois boulets et elle sortit de ses gonds, la serrure ballante et le battant en pièces. Le tintamarre fit surgir des têtes ensommeillées. Effrayé de sa propre audace, Luis da Cunha leur vit faire des gestes d'épouvante et croiser les doigts pour conjurer le Malin, sur les seuils baignés par la lumière sidérale. Trouvant ces manifestations peu à son goût, l'ordonnance, qui était une forte tête, prit un caillou et le lança vers le haut de la ruelle, au ras des masures. Aussitôt, les têtes refluèrent à l'intérieur et les portes se refermèrent. Le pire, c'était que, dans l'enceinte du couvent, on commençait à donner l'alerte, ce qu'ils devinèrent à la lueur fugace qui passait successivement derrière les fenêtres plongées dans les ténèbres.

Luis Antas monta sur son cheval, l'ordonnance offrit son genou à Joana qui, d'un bond, s'assit en amazone derrière Luis, et ils partirent. Luis lui dit simplement :

– N'ayez pas peur, cousine. C'est comme si vous étiez chez vous.

– Avec vous, je n'ai peur de rien, mon cousin.

– Quant à moi, j'ai mes pistolets dans leurs fontes, prêts à faire feu. Soyez sans crainte!

Ce disant, l'ordonnance sauta sur la selle de son cheval qui était attaché un peu plus haut dans l'ombre.

Ils traversèrent la Guardia pétrifiée dans la nuit, et après avoir donné le mot de passe au guet de la ville, ils s'engagèrent sur le chemin qui longeait le fleuve, en direction de Goyan. Ils allaient en silence, fiers de leurs exploits. L'aventure leur eût donné des ailes, s'ils n'en avaient eu d'autres, nervurées comme celles des chérubins. A l'ombre des canons du fort qui était toujours aux mains des Portugais, Luis Antas confia son cheval à son ordonnance qui, monté sur le sien et tenant l'autre par la bride, rebroussa chemin pour regagner La Guardia. Luis Antas et Joana prirent la barque qui était appareillée à cet endroit et dont les rameurs, assis sur les bords, les mains sur les rames, étaient prêts à partir.

On était encore à une bonne heure du lever du jour, mais, du ciel sans nuages, irradiait une lactescence lumineuse qui laissait deviner les choses en les déformant, mais sans les diluer dans la pénombre. C'était la fin de l'hiver, et le Minho, torrentueux, roulait une énorme quantité d'eau limoneuse. Luis Antas hésita quelques secondes devant cette masse liquide qui lui semblait se déplacer avec fureur, profonde et menaçante. Les deux rameurs, qui étaient à l'évidence de solides gaillards, avaient en outre un air serein qui le tranquillisa. En effet, la barque fendit hardiment le courant, et la quille bondissait sur l'eau bouillonnante comme un marsouin sur les vagues. Et même si elle dérivait, comme la rive portugaise était basse sur plusieurs kilomètres, à moins d'aller s'échouer au milieu des souchets marécageux, ils ne couraient pas de bien grands risques. Joana, sans doute prise de frayeur, de la frayeur instinctive de l'animal qui a perdu tout contrôle, s'était blottie contre Luis Antas, la tête sur son épaule, les bras autour de son cou. Les yeux mi-clos, elle ne voulait pas voir l'eau qui clapotait, frappée par les rames, et qui, brisée dans son élan, s'ourlait d'écume au passage de la barque. Et son esprit vagabondait sur les allées présentes et passées de l'aventure. A mesure qu'ils avançaient vers le milieu du fleuve, le torrent redoublait de fureur. Autour de l'esquif, on voyait son contour mat, aux reflets neigeux, tournoyer en une sorte d'imbrication d'écailles sombres ou à peine distinctes. Il tourbillonnait, semblait même se tordre, sans cesser de se dérouler, tel un serpent infini et obstiné. Fasciné, Luis Antas regardait l'eau à demi ténébreuse et parsemée de reflets argentés, belle et vorace tout à la fois. – Sainte Vierge, finit-il par se dire au plus profond de lui-même, dans quelle aventure ai-je entraîné cette jeune fille?

A quelques bonnes brasses de la rive galicienne, malgré les efforts des bateliers, la petite embarcation commença à dériver. Le flux était bel et bien le plus fort, et on passait ainsi des risques sans gravité aux risques imprévisibles. Les îlots en face de Caminha étaient probablement inondés. Si on les heurtait, on coulait.

– Retenez la barque! s'écria-t-il en s'adressant aux rameurs. A quoi donc vous servent vos bras?

Les hommes ne répondirent pas et se cramponnèrent désespérément à leurs rames. La barque continuait à dériver dangereusement. Elle s'était d'abord écartée de sa route avec une légère inclinaison à bâbord, puis l'impression de dérive s'était sérieusement accentuée. Toutefois, si l'on obliquait, le danger, pour l'heure, ne semblait pas bien grand. Luis, qui avait si souvent traversé le fleuve qu'il considérait comme un ruisseau familier, se dit une fois de plus, avec angoisse, qu'il avait commis une grave imprudence en entreprenant la traversée dans ces conditions et sans prendre les précautions nécessaires. Mais il était trop tard pour revenir en arrière.

La nuit, où le dernier quartier de lune se levait derrière la colline du Facho, glacée et pleine de scintillations célestes, ne permettait pas de voir des rives autre chose que d'informes barrières où l'on ne pouvait deviner la forme du fort et des arbres qu'à la condensation des ténèbres. A la surface du fleuve étincelaient par moments des reflets étranges et subits, quelque poisson qui sautait ou un filet d'eau frappé par un rayon de lumière, selon le caprice du regard. Dominant le bruit sec et cadencé des rames, il entendait un clapotement sourd, dont il n'aurait su dire s'il correspondait au flux de la surface qui bousculait les couches plus profondes et plus lentes du courant et se répercutait sur la rive. De temps à autre, du côté de Gondarem ou de Figueiro da Galiza, un coq lançait dans l'air ensommeillé un vibrant cocorico pour appeler l'aube, qui était encore loin de la maison de Pilate.

La barque continuait à voguer au gré du courant, et pour comble de malheur, elle faisait eau. Luis Antas pensa que Joana, perdue dans son extase, ne s'en rendrait pas compte. Mais peu après, elle dut lever les pieds et retrousser sa robe pour ne pas être trempée. Luis ne proférait pas un mot pour ne pas l'effrayer. Mais il commença à envisager la situation sous ses plus sombres aspects. Plus il égrenait ses réflexions, plus il était empli d'effroi. Il porta la main à son front et la retira inondée de sueur. Puis, l'angoisse l'étreignant, cette sueur tomba à grosses gouttes sur son visage, malgré la fraîcheur de la nuit. Le regard halluciné, il voyait le courant rouler de plus en plus impétueusement et l'eau monter dans la barque. Et il se surprit à dire brutalement aux hommes :

– Vous ne voyez pas ? Vous ne voyez donc pas ? Vous avez un récipient, au moins ? Si vous en avez un, que l'un de vous enlève l'eau, sinon on va couler. Dépêchez-vous ! Je prends la rame...

L'un des rameurs finit par dénicher une gamelle puis, tout en invoquant à haute voix les saints et les saintes de la cour céleste et en claquant des dents, il se mit, non pas hâtivement, mais désespérément, à rejeter l'eau dans le fleuve. Luis s'était écarté de Joana pour prendre la rame. Mais elle avait voulu rester à côté de lui. Et, debout, elle lui donnait à boire, comme un baume, l'haleine tiède de sa bouche anxieuse.

En quelques coups de rame, la barque se redressa et se dirigea tout droit vers la berge. Quelle énergie s'était donc réveillée en Luis pour que la rame obéît ainsi à sa main et ne cédât pas à la violence du monstre ? Penché vers la proue, les yeux fixés sur le courant, il le voyait murmurer, un murmure presque animal, plaintif, rageur, de l'eau tailladée, déviée, coupée de sa route de vive force. L'autre rameur secondait Luis Antas avec vaillance, bien qu'il fût à bout de souffle. Et la barque pénétra comme une flèche dans les terres impaludées de Portugal.

Luis prit Joana dans ses bras pour la porter sur la terre ferme, dans un bois de chênes et d'aulnes épargné par la bave fluviale, non loin de l'endroit où ses valets devaient attendre avec deux montures. Il la déposa sur l'herbe, à demi morte d'émotion. L'un comme l'autre, ils avaient senti passer sur leurs âmes le vent déchaîné qui souffle aux frontières de la vie et de la mort. A présent, Luis exultait. Quand Joana revint à elle, faisant fi de toutes les contraintes morales, sous le regard des étoiles, car celles-ci les regardaient bel et bien, et bercés par une courtilière qui, au bout du pré, entonna sa petite chanson plaintive, sans l'interrompre pour ne rien entendre et n'avoir rien à raconter, ils étanchèrent leur soif d'amour.

Le trajet jusque Romarigães, en passant par Cerveira, le mont d'Ovas, Ponte, tantôt au trot, tantôt au galop, fut une promenade extatique. L'abbé précepteur, le révérend Sebastião Mendrugo, les bénit dans la petite chapelle du manoir, consacrée à Notre-Dame du Bon-Secours. Luis dut vaincre une petite résistance de la part de son père, Domingos da Cunha, si ouvert et si sûr de lui en apparence, mais au fond le plus chagrin des hommes, ainsi que de sa tendre et larmoyante maman. Le révérend encourait la peine d'anathème en se substituant au prêtre en titre, car il n'était pas habilité par une licence de la Chambre ecclésiastique à leur administrer la bénédiction nuptiale, et le mariage était nul, selon un rescrit du concile de Trente. Mais il se moquait bien des conséquences d'un acte pratiqué à l'ombre du tout-puissant Domingos da Cunha, et que cet acte fût valide ou nul et non avenu.

Des frères et sœurs de Luis Antas, seule Cristina se trouvait au manoir. Le bénéficier exerçait des fonctions à l'évêché et vivait là-bas; les deux autres frères s'étaient enrôlés dans l'armée du marquis de Marialva qui était parti en manœuvres dans l'Alentejo. Cristina était aimée d'un jeune homme de Ganfei. Mais chez ce dernier, les mérites de la naissance ne correspondaient pas à ceux de l'esprit et, ne fût-ce que dans l'espoir de s'en faire une alliée, elle accueillit Joana en gentille petite sœur, loyale et sincère.

Ce même jour, dans l'après-midi, quand Joana arriva sur la terrasse, curieuse de connaître les lieux où elle se trouvait, Luis vint la rejoindre aussitôt, non moins curieux de surprendre son impression.

– Que c'est beau!

Dans la forêt verdoyante se dressaient les chênes et les pins gigantesques, au-dessus du maquis tentaculaire, avec, çà et là, les touches jaunes des genêts. Franchissant le talus vert bronze, le regard découvrait à l'horizon les sommets des monts d'Arga et de Formigoso, vers lesquels le sol s'élevait, faisant alterner champs et forêts, velouteux et ondulants. Sous la lumière violette du couchant, les cimes semblaient se coiffer d'un halo vaporeux et triste, d'où émanait une sorte de spiritualité venue des anciennes cénobies et même de ce légendaire Grand Monastère* enseveli jusque dans la mémoire des hommes et qui flottait au-dessus de la terre et du temps.

– Que c'est beau! reprit-elle avec des trémolos dans la voix.

– Comme la vie est étrange! lui dit Luis. Hier encore, nous nous trouvions aux portes de la mort. Tu ne peux pas savoir à quel point j'étais angoissé pen-

* Aux premiers temps de la chrétienté, les communautés religieuses dépendaient d'un Grand Monastère.

dant la traversée du Minho! Tu ne t'en es pas rendu compte... Je suis bon nageur, mais avec toi et un courant comme celui-là, nous avons couru un grand danger...

– Je me suis très bien rendu compte de tout. Je ne sais pas si tu as remarqué comme je me suis serrée contre toi. Je n'avais qu'un seul désir : mourir dans tes bras.

– Eh bien, tu veux que je te dise? Mon angoisse a été telle que j'ai promis à Notre-Dame du Bon-Secours, qui est ma marraine et qui nous a sauvés, sois-en sûre, une résidence princière. La petite chapelle actuelle me chagrine tant elle est pauvre. Elle représente malgré tout un vœu de mon grand-père Gonçalo da Cunha, qui a bâti ce domaine pierre par pierre. Que la terre lui soit légère; ce fut un grand homme, même si sa condition de prêtre ne l'a pas empêché d'être un coureur de jupons impénitent. Un jour qu'il chassait dans les parages, il est tombé amoureux de cet endroit. Il a vu Notre-Dame du Bon-Secours dans une niche au bord du chemin et l'a implorée : s'il parvenait à acquérir ces terrains, il lui construirait une maison bien à elle, où elle serait vénérée. Comme il y est parvenu, et à des conditions avantageuses, semble-t-il, il a édifié la petite chapelle humble et minuscule que tu as vue. Mon grand-père était de ceux qui considèrent que Dieu et les saints peuvent aussi bien être adorés dans une étable que dans le palais d'un roi. Pas moi; j'ai du goût pour la magnificence. Je suis catholique romain, pontificalement romain. Comme tu as pu t'en apercevoir, Notre-Dame du Bon-Secours est associée aux vicissitudes de la famille en sa qualité de marraine et de protectrice. Le jour où le toit s'effondrera sur elle, c'en sera fini de la race des Cunha de Antas. C'est pour toutes ces raisons que je lui ai promis le plus beau temple qui soit entre le Douro et le Minho, si elle voulait bien nous porter secours pendant la traversée du fleuve, et si nous arrivions sains et saufs en terre portugaise. Voilà, mais pour l'instant, ne dis rien à mon père qui, pour ce qui est de la vénération que nous devons à la Divinité, a une conception très différente de la mienne et en tout point semblable à celle de mon grand-père. Ce qui ne fait pas l'ombre d'un doute, c'est que c'est bien Notre-Dame du Bon-Secours, notre Vierge du manoir, qui m'a insufflé du courage et nous a sauvés quand nous étions sur le point de mourir noyés. C'est pourquoi Notre-Dame mérite d'avoir – et elle l'aura – la chapelle la plus belle et la plus extraordinaire que jamais yeux humains aient contemplée et contempleront jamais, j'ose le dire, dans tout le Minho.

V

Florencio da Cunha Beça, apparenté à une noble famille de Ribeira do Cavado, mais par une branche bâtarde, homme d'ambassade et fin connaisseur de l'étiquette, fut envoyé comme plénipotentiaire auprès de Simão de Vilas Boas e Azevedo, seigneur de Portela das Cabras. Il avait échoué là avec sa podagre et sa pénurie; mais en tout lieu il était le bienvenu grâce à son inépuisable répertoire d'anecdotes et d'historiettes, et il n'avait pas son égal pour s'y retrouver dans l'armorial si embrouillé de la noblesse d'Entre Douro et Minho. C'était précisément des seigneurs de Couto et de la maison des Azevedo e Castro et des terres du Bouro qu'il avait à se plaindre, le premier héritier, Lopo Dias de Azevedo, ayant spolié sa famille des domaines de la commune de São João de Rei, et de la demeure des Cabreira e Ribeira qui appartenait à son trisaïeul, João Afonso de Beça, sous le prétexte, vrai ou faux, que stipendié par la Castille, ce dernier avait voulu attenter à la vie du Maître d'Avis *. Ce qui est certain, c'est que celui-ci, après l'avoir armé chevalier de sa propre main à la bataille d'Aljubarrota, lui avait accordé ces

* Le Maître d'Avis est le fondateur de la deuxième dynastie portugaise, qui porte son nom. Devenu Jean Ier en 1385, après une grave crise de succession, son nom est resté lié à la célèbre bataille d'Aljubarrota (1385) qui se solda par la victoire des troupes portugaises, mettant ainsi définitivement fin aux menaces de domination castillane.

titres et ces terres, auxquels il avait ajouté par ailleurs les domaines d'Aguiar de Pena et Jales dans le Tras-os-Montes, ainsi que les privilèges royaux de la seigneurerie de Frazão dans les environs de Porto, sans parler d'autres biens. Lopo eut un fils, João, qui engendra Diogo, et Diogo un autre Diogo, lequel vint à épouser Dona Maria Coutinho da Cunha, fille de Fernão Coutinho da Silva et de sa femme, Dona Maria da Cunha, seigneurs de Celorico de Basto. De ce mariage descendaient, par la branche mâle, non seulement Vasco (qui avait hérité du patrimoine réduit à néant, si bien que, comme il avait servi à Mazagan et dans la flotte, on l'avait admis dans l'ordre du Christ * et gratifié conjointement d'une pension de soixante mille réaux), mais aussi Rogério, qui était allé se marier à Barcelos et avait eu ce Simão de Vilas Boas e Azevedo, ainsi que deux bâtards nés d'une femme de Santa Maria de Rendulfinho : Antonio, qui avait été guide des armées au Maroc, et Carlos, grand veneur du comte de Cantanhede. C'est avec ce dernier que Florencio avait passé de nombreuses journées du bon vieux temps à chasser les chèvres dans le Gérès **.

Pour l'expert en blason, les archives généalogiques des Azevedo, qui se recoupaient avec celles des Cunha, n'avaient pas de secret. Selon lui, Joana était la cousine de Luis au sixième degré, par la branche maternelle.

C'est en grand équipage, en carrosse, accompagné d'un page, de laquais parés de riches livrées taillées dans les plus belles étoffes, comme pour les grandes ambas-

* Ordre militaire créé par le roi Denis Ier, en 1319, pour remplacer l'Ordre des Templiers.

** Montagne du nord du Portugal.

sades, qu'il alla frapper à la porte du seigneur de Portela das Cabras. La démarche paraissait simple, mais, en fait, elle était des plus délicates, s'agissant d'un homme de qualité, orgueilleux, pauvre et bigot, ce qui représentait en l'occurrence trois dragons redoutables, car le mariage de sa fille avec l'héritier de Romarigães équivalait, *in lato sensu*, à ruiner les projets de succession de la famille Azevedo. Pour l'amadouer, Florencio lui apportait en présent une aiguière au bec doré, avec sa cuvette, le tout en argent finement ciselé, orné de mascarons et pesant cent vingt-trois onces; il y avait aussi le bassin assorti, avec tout le nécessaire de toilette, y compris de très fines serviettes en fil, bordées de dentelles, ainsi qu'un *Agnus Dei* romain très ancien, destiné à l'oratoire particulier de Dona Floribela.

Le seigneur de Portela das Cabras consentit de mauvaise grâce à entendre l'émissaire. Et, lui faisant remarquer qu'il le recevait par égard pour sa personne, parce qu'il était son cousin et qu'il avait, pour ainsi dire, sucé le lait de la même louve, il le fit entrer dans l'antichambre, d'un air si solennel qu'on eût dit un baron recevant un autre baron et faisant baisser pour lui le pont-levis de son château. Florencio comprit aussitôt que la nouvelle de ce qui s'était passé à La Guardia était déjà parvenue jusque-là. Les précautions oratoires par lesquelles il était accueilli lui donnèrent également à penser que Simão de Vilas Boas pouvait très bien se douter du motif qui l'amenait.

En effet, dès les premières paroles, le gentilhomme fit une grimace qui laissait apparaître les grands chicots décharnés de son avide denture :

– Monsieur Domingos da Cunha ne me fait aucun honneur en sollicitant pour son héritier la main de ma fille. Il y a beau temps que je connais ses origines. N'est-il pas le petit-fils de l'abbé de São Paio de Agualonga et de São Tiago de Romarigães, et de sa concubine Maria Roriga, de Rubiães, arrachée au fumier et aux meules de foin qui constituaient tout son horizon chez son cultivateur de père, charpentier à ses heures? Trouvez-vous convenable, mon cousin, qu'un Azevedo admette dans son lignage des gens ayant une telle ascendance?

Dom Florencio rétorqua que ce qui faisait la noblesse, non seulement dans tout le Minho mais aussi dans le reste du Portugal, c'était la branche mâle. Ainsi l'entendaient les rois d'armes, de même que les princes et les seigneurs. On regarde toujours qui est le père. La mère, il suffit qu'elle soit belle et vertueuse, vase d'élection par sa personne et non par son sang. Et quant au fait qu'il soit de souche ecclésiastique, il y aurait encore moins à redire. L'honorable Francisco Sá de Miranda *, son prestigieux voisin du domaine de Tapada, n'était-il pas le fils d'un clerc? Et que son cousin voulût bien considérer que, dans la famille des Azevedo, personne, sans doute à commencer par lui, légitime représentant du nom, n'avait honte de Bento de Azevedo, d'ailleurs l'héritier le plus joyeux et le plus estimé de toute la région comprise entre Cavado et Homem, le fils du père Sebastião de Azevedo, abbé de Galegos sur recommandation de la maison de Moure, et

* Poète et humaniste portugais (1481-1558). Il fut l'introducteur de la Renaissance au Portugal, dans le domaine de la littérature.

d'une fille de Chamoim. Et n'avait-il pas également pour proche parent le révérend Olegario da Cunha, abbé de Santa Maria da Cunha, Resende et Mentrestido, père de sept enfants et souche de sept branches : la maison des Rapadoura, d'Igreja, et des Indiano, à Infesta; des Lisouro, à Cunha; des Amieira, à Resende; des Gorda, à Agualonga? Caldas da Honra e Beetria de Ovelha e Couto de Tabuado, qui était à tu et à toi avec le vicomte, n'avait-il pas épousé Dona Juliana? Se sentait-il d'aventure rabaissé à cause du calice et du manipule qui s'étaient glissés dans sa parentèle?

– Vous avez sans doute raison, mais en matière de susceptibilité quant à la noblesse du sang, chacun décide pour sa propre descendance. En ce qui concerne la mienne, ma décision est prise : Joana est rayée du livre des Azevedo... et la justice le confirmera, si Dieu le veut.

– La justice?

– La plainte a déjà été déposée devant le Conseil de la Conscience et des Ordres. J'ai les témoins qu'il faut. Et dès que la paix sera signée – ce qui ne saurait tarder, à ce que j'ai entendu dire –, le tribunal du Saint-Office, à Coimbra, aura le dernier mot. L'Inquisition espagnole se charge en ce moment de l'organisation du procès. Parmi les habitants de La Guardia, on a déjà entendu une douzaine de personnes, aussi bien des bourgeois que des gens du peuple.

– Je ne vois pas où vous voulez en venir, mon cousin...

– Ah non? C'est pourtant facile à comprendre. Ce capitaine de cavalerie, ou quelque chose du genre, n'a-t-il pas commis un horrible sacrilège en attaquant et en forçant un cloître dans le but d'enlever une novice pour assouvir sur elle sa luxure? N'est-ce pas là un des crimes relevant spécifiquement de pareille instance? Je vous dirai même plus, cousin Beça : les Azevedo et Vilas Boas ne seront pas lavés de cette infamie tant que ces deux-là ne seront pas montés sur la potence de la Praça da Lã *, revêtus du san-benito et coiffés du bonnet des pénitents.

Florencio se mit à rire, mais soudain il vit avec terreur dans quel guêpier s'était fourré l'imprudent jeune homme.

– Monsieur Simão de Vilas Boas, notre cousin Luis Antas est un militaire intrépide, et il a prouvé qu'il était un courageux patriote. Dans sa vie privée, on n'a rien à lui reprocher qui puisse porter atteinte à son honneur. En outre, il est riche, et à la tête d'un patrimoine comme il n'y en a pas deux entre le Minho et le Lima. Bien des familles s'honoreraient de l'accueillir en leur sein. Vous avez votre fierté, votre façon de penser, parfait. Permettez à un homme qui a vu bien des choses dans sa vie, et à qui est plus familière la mauvaise que la bonne fortune, de vous demander de ne pas contrarier une liaison qui n'est due à rien d'autre qu'à la volonté des deux jeunes gens.

– Je ne reviendrai pas sur ce que j'ai dit, Monsieur.

Florencio reprit, comme si ces propos péremptoires n'avaient pas été tenus :

– Je suis autorisé à vous proposer, de la part de Dona Joana et de son mari, le renoncement aux droits d'aînesse en faveur de son frère Gualter...

– Vous faites erreur, cousin Beça, s'interposa ledit

* Place de Lisbonne où avaient lieu les autodafés.

Gualter en intervenant dans la discussion, si vous pensez que dans cette maison on se laisse guider par de vils intérêts. Toute petite déjà, ma sœur rêvait d'être religieuse. Personne ne l'a forcée à aller au couvent. Si j'ai été élevé dans l'idée que c'était à moi que revenait la succession, c'est parce qu'elle l'a voulu.

C'était un jeune blanc-bec, petit et bedonnant, qui arborait une fine moustache retroussée avec art, et dont les cheveux étaient collés aux tempes par des cosmétiques français. Florencio l'examina de la tête aux pieds sans qu'il s'en aperçût. L'image même du petit marquis.

– Ma belle-fille – Dona Floribela Anastacia Ramundes e Cresconha, l'épouse de Vilas Boas, une femme toute petite, maigre, sèche comme un coup de trique, couronnée d'une abondante chevelure d'un noir de jais et pourvue d'une voix de fausset bien modulée, vint au secours de son rejeton –, ma belle-fille rêvait d'avoir sa place parmi les élus. Je lui ai souvent entendu dire : « Il faudrait un saint dans notre maison. Nous avons des navigateurs, des poètes, des généraux, un évêque, un écuyer tranchant et même un inquisiteur. Mais pas de bienheureux. Ah, maman, si cela pouvait être moi ! »

– Ce que cette jeune fille exprimait, n'était-ce pas par hasard l'écho de votre désir ? se permit d'observer Florencio.

– Non, ma fille pensait par elle-même. Dans cette maison, chacun pense par lui-même, rétorqua sèchement Simão de Vilas Boas. C'est le démon qui l'a tentée en la personne de cette crapule.

– Sans doute, mais vouloir lui arracher sa proie revient à sanctifier son acte.

– Ne vous fatiguez pas, émit Gualter.

– Votre cousin, Monsieur Domingos da Cunha, vous envoie un présent en gage de l'estime qu'il vous porte. Il n'a pas encore oublié les moments agréables et insouciants que vous avez passés ensemble à l'occasion de parties de chasse et de fêtes chez des amis et des proches...

– Même si vous m'apportiez tout l'or du Pérou, je n'accepterais aucun don venant d'une telle personne! J'ignore ce que vous m'apportez. Mais quoi que cela puisse être, et quand bien même ce serait le salut, je le rejette sans aucun remerciement.

– Ma mission est terminée, rétorqua Florencio en écartant les bras dans un geste qui semblait vouloir dire *orate fratres*. Ce que je suis venu vous demander, c'est de permettre à votre fille d'être heureuse et à ce jeune et valeureux soldat d'être heureux, car il ne veut rien et n'a nul besoin de ce que renferme votre maison. Vous répondez à ma requête en me montrant le poing et en proférant des menaces. Sachez, Monsieur Simão de Vilas Boas, que Monsieur Domingos da Cunha aussi bien que son fils, mon mandataire, comptent des amis puissants, non seulement dans la région, mais aussi à la cour...

– C'est possible. Qu'il s'accroche bien à leurs basques avant qu'on ne lui passe la cravate de chanvre autour du cou, conclut Simão de Vilas Boas sur un ton persifleur.

– Il y a encore une justice au Portugal, Monsieur mon cousin, proféra Gualter. Si d'aventure les magistrats ne la rendaient pas, nous nous en chargerions nous-mêmes.

– Mes seigneurs et cousins, avec votre permission, je vais me retirer, car je n'ai plus rien à faire ici. Je vois que vous êtes sous l'emprise de la passion, qui est mauvaise conseillère.

Florencio s'inclina en une profonde révérence, signifiant par là courtoisement qu'il prenait congé. Simão l'arrêta :

– Mais vous n'allez pas partir comme cela, mon cousin... Vous resterez bien dîner avec nous ?...

– J'ai promis d'aller voir Dom Diogo de Lima, notre vicomte, qui se trouve en ce moment dans sa maison de Ponte, où il m'attend. Merci infiniment.

Ils s'apprêtèrent à l'accompagner dans la cour, jusqu'à l'imaginaire pont-levis du château. Tout en lui faisant ses adieux, Dona Floribela Anastacia reprit en jacassant comme une vieille perruche.

– Nous n'avions pas le droit de nous opposer à pareille chose, n'est-ce pas ? C'est elle qui l'a voulu. Ç'aurait été un grand honneur d'avoir une sainte dans la famille, ne trouvez-vous pas, cousin ?

Domingos da Cunha fit avancer dans la cour le beau carrosse qu'en d'autres temps, plein d'illusions, il avait pensé exhiber dans la capitale espagnole. Il fit graisser les essieux, vérifier les crochets d'attelage et les traits, astiquer les cuivres. Et, après avoir doublé la ration d'avoine des mules, un beau matin, en compagnie de Florencio et de l'abbé précepteur, il partit pour Lisbonne.

La nouvelle de son voyage s'était répandue comme une traînée de poudre, de sorte qu'une foule nombreuse de proches et de relations, des environs de Coura et de

Ponte de Lima, s'était rassemblée pour lui faire ses adieux.

Le personnel de la propriété, serviteurs et journaliers, fit la haie dans la cour sous le commandement du régisseur, pour prendre congé du maître. Les voyant alignés et la mine grave comme pour un enterrement, Domingos da Cunha eut un coup au cœur et fut pris d'un pressentiment. A maintes reprises déjà, il s'était absenté du manoir pour se rendre à Porto ou en Espagne acheter des chevaux, ou à Lisbonne pour se fournir en esclaves, mais c'était la première fois qu'ils se présentaient devant lui avec tout ce cérémonial! Bien que cela éveillât les fantômes de ses superstitions, il donna l'accolade aux uns, serra la main aux autres, admonesta tel et tel d'entre eux sur un ton patriarcal, et monta dans son carrosse où l'attendaient le révérend Mendrugo au nez rubicond et Florencio, boudiné dans son pourpoint trop étroit.

Le cocher fit claquer son fouet par-dessus le dos des mules. La lanière de cuir, vibratile comme la langue d'un serpent, fulgura, se tordit, et fit entendre un sifflement. Le cocher la lança une seconde fois avec plus d'entrain, et celle-ci se déroula pour claquer à nouveau. Les mules, qui étaient fougueuses, partirent au galop.

La paix avec l'Espagne venait d'être signée, ce qui favorisait la fortune politique de Luis de Vasconcelos e Sousa, comte de Castelo Melhor, secrétaire du roi, fils de l'ancien maître du manoir. C'était le moment d'aller frapper à la porte du comte, afin de parer le coup que Simão de Vilas Boas allait porter à l'héritier du domaine du Bon-Secours, comme il l'annonçait à grand bruit dans tous les lieux publics et dans le moindre petit couvent, coup qui risquait d'être envenimé par le fanatisme espagnol.

Ils descendirent le Labruja en silence. Domingos da Cunha, qui n'était pas lui-même une poule mouillée, évaluait d'après la démarche et la carrure athlétique de ses quatre valets les possibilités offensives de la troupe. Il les emmenait comme gardes du corps, ce que ne manquait pas de faire, en ces temps troublés, tout voyageur tenant à sa peau et à sa bourse. Joaquim de Rendufe, qui avait été l'ordonnance de Luis dans la campagne d'Indépendance, en était le chef. Solide et téméraire, capable de se jeter dans le feu si on le lui demandait, il aimait à ses heures lutiner les servantes et les lorettes, une vraie tête brûlée. Mais pour l'essentiel, il était fort comme un Turc et n'avait pas son pareil. Outre ces durs à cuire, il y avait aussi le cocher et le postillon qui, eux non plus, n'étaient pas des mauviettes. Armés jusqu'aux dents comme ils l'étaient, y compris l'abbé précepteur à qui il ne fallait pas chercher noise, et lui-même qui ne laissait pas sa part au chat, pour reprendre l'expression de ses vieux amis quand ils improvisaient une partie de cartes, s'il prenait envie aux célèbres voleurs de Falperra et, avant Falperra, de Labruja même, de tester la bravoure des voyageurs, ils risquaient fort de tomber sur un os. C'était d'ailleurs inévitable car, avec la fin de la guerre, les chemins étaient plus que jamais infestés de malandrins et de brigands. Et les plus dangereux étaient justement ceux qui s'offraient pour aider à passer un gué à toute voiture ou à toute litière transportant des personnages de haut rang.

Ils avaient passé Rebordões quand, à un croisement

particulièrement sombre, un homme à la barbe noire et très drue, engoncé dans un manteau à capuche en gros drap surgit devant eux en hurlant :

– Halte-là! Qui vive?

Écartant les rideaux pour qu'on vît son rabat d'ecclésiastique, l'abbé précepteur lui répondit d'une voix aussi forte que conciliante :

– D'honnêtes gens. Nous venons de la commune de Coura et allons vers le sud... Vous voulez en savoir plus?

– Oui, Monsieur. J'aimerais savoir quel chemin vous allez prendre...

– Le chemin que nous allons prendre? Si on vous le demande, vous direz que vous n'en savez rien. Pouvez-vous nous dire si on peut passer le Neiva à gué à cette époque de l'année?

– A cette époque il n'y a pas de pontons sur le Neiva, ni de pierres à fleur d'eau. S'il est vrai que vous allez vers le sud et si vous voulez un itinéraire sûr, prenez la direction de Vila Verde par le Rio Mau, vous serez sur la bonne route. On peut passer le Cavado à pied sec.

– Nous prendrons à droite, merci.

– Prenez garde, le mieux c'est de passer par Nevogilde. Vous allez à Braga, pas vrai?

– Nous n'avons pas encore dit où nous allons. Il se trouve justement que nous n'allons pas à Braga. Nous allons où bon nous semble. En quoi cela vous intéresse-t-il, l'ami? intervint Florencio.

– Sachez que je suis grand veneur sur les terres du Geraz et qu'ici c'est moi qui commande. J'ai mes raisons. Vous passerez par le Rio Mau...

– Cocher! cria Domingos de Cunha, perdant patience. En route...

Mais au même instant, l'homme se mit deux doigts dans la bouche et émit un sifflement aigu; alors, d'un fourré sortirent cinq hommes noirs à la mine patibulaire, le tromblon prêt à faire feu.

Domingos da Cunha, capitaine de cavalerie, habitué à tuer, porta son pistolet à hauteur des yeux et tira. L'homme à la barbe noire tomba, la poitrine transpercée par une balle qui pénétra par le poumon et ressortit par le dos. Quand les cinq autres virent l'homme à terre, ils hésitèrent.

– Tirez, les gars, tirez donc sur eux, ils viennent nous assassiner! ordonna Domingos da Cunha.

Les quatre braves de l'escorte déchargèrent leurs mousquets sur les hommes qui s'étaient arrêtés net à l'orée de la pinède. Ce fut une salve à l'unisson; les brigands prirent la fuite, mais l'un d'eux s'effondra un peu plus loin. Les valets lui tombèrent sur le râble...

– Ah! chien! brailla Quim de Rendufe, le voyant lever son arme. Si tu tires, tu ne reverras plus ta mère...

– Je ne tirerai pas, mais ne me tuez pas, au nom de ce que vous avez de plus cher!

– Lâche ton arme! Bon. On ne tirera pas mais tu vas nous dire: qu'est-ce que vous nous vouliez? Qu'est-ce que vous aviez l'intention de faire? Vous saviez qui voyage là-dedans?

– Et comment qu'on le savait! Celui que vous avez abattu, c'est Freitas, de Portela. C'est Monsieur Simão de Vilas Boas qui nous a payés pour qu'on se trouve sur votre chemin.

– J'avais bien reconnu cette fripouille, confirma Domingos. C'était son sicaire attitré, bon pour tout ce qui se présentait. Mais comment diable ont-ils pu savoir que nous passerions par ici ?

Ils gardèrent le silence, cherchant une réponse. Florencio expliqua :

– Il a dû envoyer des espions qui sont allés le renseigner. Simão de Vilas Boas est du genre à tendre des embuscades, il est tout à fait capable de traîtrise et, dans le Labruja, ce ne sont pas les gens qui manquent pour accomplir de telles besognes.

– Mais que prétendait-il faire ?

– Il voulait qu'on vous barre la route pour vous faire aller vers le Cavado qui est en crue et où il est difficile de trouver un gué. Là, sous prétexte de vous aider à traverser, on devait vous faire tomber au milieu du torrent. Et voilà ! Freitas a tendu le piège comme vous avez pu le voir.

– Il a ruiné les projets de son patron. Eh bien, portez-lui secours ou priez pour son âme. Étant donné le service qu'il nous a rendu, vous n'allez pas lui donner l'absolution, Monsieur l'abbé ?...

– Non. Laissez-le aller en enfer où le diable l'attend. Son lit y est tout fait et on lui a même changé les draps...

Domingos da Cunha, en homme aussi prompt que déterminé, ordonna aux quatre valets de lâcher le brigand alors qu'ils se consultaient du regard pour savoir comment ils allaient se débarrasser de lui. Il avait bien assez de choses à raconter. Quant à celui qui était blessé ou mort, c'était à ses compagnons de s'occuper de lui.

Ils se remirent en route. Jusqu'à Barcelos, craignant une seconde embuscade, les hommes, y compris le cocher, gardèrent le doigt sur la détente. Domingos da Cunha les tranquillisa :

– Il ne se passera rien. Nous traversions les terres d'un brigand, et nous n'avions pas réglé le péage. Maintenant il n'a plus qu'à envoyer ses bandits à nos trousses! Mais de quelle race est-il donc, ce Simão de Vilas Boas e Azevedo, descendant de Childéric?

La première lettre de Domingos da Cunha, porteuse de bonnes nouvelles, arriva à Romarigães au moment où Luis Antas, secondé par Joaninha, sa femme, et par Dona Francisca, sa mère, s'employait à s'acquitter de la promesse qu'il avait faite à la Vierge du Bon-Secours. Il était hors de doute que son intrépide et très influent père éloignerait l'épée de Damoclès qui était suspendue au-dessus de leur tête. Il pouvait donc se consacrer à son rêve sans crainte et en toute tranquillité d'esprit. Il commença par envoyer quelqu'un du côté de Pontevedra, pays des belles églises, pour savoir s'il n'y aurait pas là-bas un maître architecte et des maçons disponibles. L'architecte, on le lui trouva à Valadares; il avait une longue chevelure à la nazaréenne, l'âme d'un poète, était un pur esprit et fort peu attaché au vil métal. Outre ces vertus si rares, il était aussi bien capable de dresser un plan que de sculpter la pierre. Il avait nom Cebreiro, et quand on avait affaire à lui ne fût-ce qu'une fois, on était fasciné par sa personnalité, une personnalité qui sortait de l'ordinaire. Mais il fallut le prendre par traîtrise, en alliant la force à la douceur, car c'était un être non pas négligent ni même dédaigneux, mais indifférent aux choses communes, et à qui il était bien égal que l'eau des fleuves coulât par-dessus ou par-dessous les ponts.

Ils finirent par le circonvenir. Il se mit alors à écouter les uns et les autres, Luis Antas, Joaninha, Dona Francisca, les esclaves, les paysans, et surtout s'attacha à connaître les motivations du vœu, les profonds désirs et les voix secrètes de la conscience qui régissent l'empire de la volonté. Après avoir beaucoup vagabondé dans le domaine et dans la forêt, après s'être empli les yeux du paysage, après avoir écouté la cantilène des eaux, ces eaux « si fraîches et si légères » qui ont en cet endroit comme nulle part ailleurs un timbre particulier, après avoir médité sur les monts et sur l'ombre qu'ils projettent sur la vie intérieure des hommes, après avoir beaucoup gribouillé et griffonné, il finit par tracer son fameux plan. Qu'il eût su ou non trouver le petit quelque chose qui convenait à l'esprit des lieux, la vérité est que ce plan suscita aussitôt l'enthousiasme des seigneurs du manoir. Mais rien ne causa plus de plaisir à l'artiste que le oh! émerveillé qui s'échappa des lèvres rubescentes de Joaninha. Et puiqu'il en était ainsi, en attendant l'arrivée des habiles maçons qu'il fit venir lui-même de Marin et de Cambados, des tâcherons du coin démolirent la vieille chapelle qui n'était guère plus qu'un grossier *humilladero* *.

Une fois la première pierre posée, avec la bénédiction de l'archiprêtre de Labruja, assisté de tous les prêtres de la région de Coura, le chantier ne connut pas un seul jour de répit et suivit rigoureusement le merveilleux plan.

Entre saint Pierre et saint Paul, chacun dans son absidiole, Notre-Dame du Bon-Secours devait occuper la place d'honneur qui revenait à sa magnificence. Elle aurait une sorte de retable exquis avec des colonnes his-

* En espagnol dans le texte : calvaire.

toriées et un entablement surmonté de deux statuettes célestes, auxquelles il ne manquait que des ailes pour faire des séraphins. Mais, quoique figurant des enfants potelés, du moins en apparence, bien stables sur leurs supports délicats, du point de vue de la statuaire, elles étaient on ne peut plus gracieuses. Au-dessus de ces absidioles et de ce retable, la façade, du plus pur plateresque, montrait encore plus de splendeur avec deux petits blasons qui devaient servir de plaques épigraphiques et, sous la corniche, au centre, une rosace joliment ouvragée où deux enfants aux reins cambrés et au torse gracile se profilaient dans l'ovale, tels deux hérauts d'armes. Le clocher rectangulaire qui la couronne porte une croix en son sommet, et est flanqué à chaque angle de quatre pyramides à la ligne très élancée, le tout débordant d'une exubérance tropicale, à laquelle n'était pas étrangère, semblait-il, l'inspiration sensuelle, de type indien, des temples consacrés à des déesses aux bras innombrables destinés à embrasser voluptueusement le monde, et aux mamelles innombrables, destinées à lui donner le lait de la paix et de la conformité. L'ensemble d'un baroque plein d'allant et de magnificence.

Sur toute la façade, à l'exception de la partie inférieure, avec sa porte très simple, dont les jambages se terminaient pourtant par des fleurons tenant lieu de chapiteaux, et ses deux fenêtres garnies de grilles qui rappelaient le style Renaissance par leur structure linéaire, il n'y avait pas une seule pierre qui ne fût l'œuvre d'un orfèvre plutôt que d'un sculpteur. Son polymorphisme aurait pu rivaliser de richesse avec le frontispice d'un livre du XVIIIe siècle. Et avec ses quatre pinacles dont la base arrondie sortait d'un pilastre carré et son clocher semblable à un kiosque, elle rappelait effectivement une pagode dont les aiguilles et les flèches répondaient aux cimes des pins et des ormes qui s'élevaient dans la forêt, plus loin, dans la lumière généreuse du ciel.

VI

A la capitale, Domingos da Cunha se donna à fond pour couper le mal à la racine. Son fils Alexandre, chanoine à la cathédrale de Braga, l'avait prévenu que les amis de Simão de Vilas Boas, tous partisans de l'infant et de la reine, complotaient contre Luis. Mais il était absolument certain d'être soutenu par Castelo Melhor, et le vicomte lui avait promis le plus ferme des appuis. Ces derniers devaient suffire à faire pencher la balance de la justice en sa faveur. Le bénéficier lui avait également appris, mais sous toute réserve, que l'un de ses ennemis, et sans doute un ennemi redoutable à cause des liens qu'il entretenait avec le Saint-Office, était l'archevêque de Braga en personne, Dom Francisco de Sotomaior. On savait que le seigneur de Portela das Cabras avait frappé à toutes les portes susceptibles de s'ouvrir devant ses plaintes. Les lamproies et les saumons du Cavado affluèrent dans les offices des grands de Lisbonne, sans parler des importants pots-de-vin, pièces d'argent ciselé, porcelaines de Chine et autres objets précieux d'un manoir ancestral dont les nobles seigneurs avaient pillé l'Asie. Le vicomte entendit l'histoire de son insensé cousin, qui lui fut contée de bout en bout avec la plus grande franchise et la plus grande honnêteté.

– Je vous donnerai une réponse demain, dit-il. Laissez-moi consulter mon chapelain qui est très versé dans Machiavel.

Le lendemain, quand Domingos da Cunha se présenta au palais, à pied, portant un rabat simple, pour être en accord avec les règles qu'on venait d'édicter sur la tenue et l'équipage des gentilshommes, le seigneur de Ponte de Lima lui lança tout de go :

– Il faut faire de ce gamin un familier du Saint-Office...

– Quel gamin ?

– Comment, quel gamin ? Votre fils, cousin Domingos. N'est-il pas un gamin pour nos cheveux blancs ? N'est-ce pas le fait d'un gamin que de procéder avec tant d'impétuosité ?

Domingos da Cunha sourit en entendant cette voix à la fois amicale et grondeuse, et demanda au vicomte d'excuser son manque de finesse.

– Tout le reste est bien précaire. Le parti de la reine ne cesse de croître dans l'ombre. Je ne sais même pas ce que je vais devenir. Ce que j'ai de mieux à faire, c'est de me retirer sur mes terres pour y planter mes choux. Une fois que Luis sera familier du Saint-Office, tout risque de tempête disparaîtra de l'horizon. Il existe un décret promulgué par le roi Dom Sebastião, et toujours en vigueur, qui, à première vue, semble annuler le recours que je vous conseille. Selon ce décret, si je me rappelle bien les propos de mon chapelain, « en cas de trahison, de viol ou d'enlèvement sur la personne d'une femme, de vol de deniers publics, d'entrée par effraction dans une maison, une église ou un monastère », et c'est là que le bât nous blesse, les familiers du Saint-Office relèvent du bras séculier. Or, si ce sont les tribunaux séculiers qui le jugent, il échappe *ipso facto* à la juridiction du tribunal de la Foi, lequel serait diablement dangereux pour nous. On objectera que la loi n'a pas d'effet rétroactif... Dans le cas présent, et contre toute attente, elle en a forcément. Ce qui est fait est fait. Une fois que Luis da Cunha Antas sera nommé familier du Saint-Office, il n'appartiendra plus à ce tribunal de lui demander des comptes pour un acte qui n'est pas de son ressort. Vous comprenez? Le Conseil du roi, j'en fais mon affaire. J'y ai encore de bons amis, et même si ce n'était pas le cas, le titre de familier ne manquerait pas de conférer à Luis un prestige, ou plutôt une immunité morale de premier ordre pour cette instance.

– Si je vous comprends bien, il s'agit de neutraliser le Saint-Office...

– Ni plus ni moins. Pour le reste, ça marchera comme sur des roulettes. Et faites vite, cousin! Si l'Inquisition espagnole y met sa patte, la grosse patte si douce du cardinal Cisneros, notre compte est bon. L'enquête peut prendre des années, mais elle ne s'arrêtera pas. Les Espagnols sont en compte avec Dieu pour l'éternité. Le procès d'une âme peut durer des siècles, mais il n'y aura pas le moindre grain de sable pour bloquer l'engrenage. C'est pire que les incendies dans les mines de charbon... Quant au rapt proprement dit, l'affaire est de peu d'importance, du moment que la jeune fille était majeure et qu'il s'est effectué avec son plein accord.

– Mais comme elle était novice dans un couvent...

– Oui, c'est bien ce qui est grave. S'il l'avait enlevée de n'importe où, cela aurait été sans conséquence. Maintenant, j'ajouterai que si l'histoire s'était passée en temps de paix, le cousin Luis aurait été un homme mort. Le roi lui-même n'aurait pu le sauver. Mais, étant donné les circonstances dans lesquelles s'est déroulé ce rapt, en pleine guerre et avec toute la soldatesque livrée à elle-même, on peut le considérer comme une précaution prise envers la personne prétendument enlevée. Si la plainte est reçue par la justice royale, c'est dans ce sens que la défense doit plaider. Il faut absolument que la porte que Luis a forcée n'apparaisse pas trop ouvertement dans les actes, devant Dieu et les hommes, et que l'Inquisition ne trouve pas un moyen détourné de jeter de l'huile sur le feu. Surtout sur le feu.

– C'est justement ce qui me fait peur.

– Sollicitez le titre de familier pour Luis. Il en revient vingt au district de Viana. Deux à Coura. Il y a des vacations en ce moment. Demandez-le, demandez-le. S'il n'y a pas eu de scandale public, si l'aventure s'est perdue dans toute la poussière qu'a soulevée la guerre, il ne sera pas difficile à obtenir. Une fois que Luis sera muni de ce viatique, les griffes du Saint-Office n'auront plus prise sur lui. Le dénommé Simão de Portela das Cabras aura beau se démener comme un diable, il n'obtiendra rien.

– A ce qu'on m'a dit, pour l'instant, la plainte n'est pas allée plus loin que le Conseil de la Conscience et des Ordres.

– Il convient de solliciter ce titre sans plus attendre. Je vais faire en sorte de rencontrer le Grand Inquisiteur et je lui recommanderai chaudement l'affaire.

La meilleure tactique était donc celle que préconisait le vicomte. Si le Saint-Office, institution aux pouvoirs absolus et farouchement attachée à défendre la pureté de ses membres, voyait l'un d'eux convaincu de gangrène, il s'en laverait les mains, à la façon de Pilate ou, dans le pire des cas, le rejetterait de son sein. Mais il était peu probable qu'on en arrivât à cette extrémité. En outre, le titre de familier pourrait agir comme un élixir contre toute action en justice. Et l'affaire tomberait dans le lac.

Comme on pouvait le prévoir, la demande eut un accueil favorable et on lui donna une suite immédiate. Un messager se rendit aussitôt dans le diocèse de Braga pour procéder aux enquêtes sur les *vita et moribus* du postulant. On sut plus tard que le député s'était arrêté à Braga, puis à Paredes et aussi à Ponte de Lima où il avait entendu de nombreuses personnes et dressé les actes respectifs, en vue de l'habilitation. Il n'avait pas manqué, semble-t-il, d'entendre l'archevêque primat, qui lui aurait fait part, avec une méchanceté consommée, de son aversion pour Luis da Cunha. Par ailleurs, les hautes instances de l'Inquisition lui étaient favorables. Dans cette affaire, le protonotaire, qui passait pour être habile et discret, devait avancer sur la pointe des pieds et ménager la chèvre et le chou. Il devait sans doute vouloir se donner toutes les apparences de l'impartialité et, sans encourir le mécontentement des inquisiteurs, satisfaire Dom Francisco de Sotomaior qui, outre le fait qu'il était quelqu'un de très influent, avait réussi à l'amadouer. Dans les mains d'un tel personnage, la balance est un instrument on ne peut plus délicat et d'une incroyable subtilité. Quand Domingos da Cunha apprit que le messager était arrivé, il alla frapper à sa porte avec de splendides présents, parmi lesquels figuraient notamment un cuissot de sanglier, pour satisfaire le temporel, et un crucifix en ivoire, au Christ orné de saphirs, sur un socle en argent, pour satisfaire le temporel et l'éternel. L'individu reçut les présents en rendant mille grâces et précisa qu'à l'avenir, si d'aventure on lui confiait le procès pour une suite quelconque, Domingos da Cunha pouvait compter sur lui. Mais il n'avait rien à craindre. Pût-il obtenir aussi sûrement son salut que le titre de familier!

Le tribunal compulsa le volumineux dossier. Les témoignages recueillis furent unanimes à considérer que Luis da Cunha Antas n'avait pas dans son sang la moindre trace d'impureté, de maures, de juifs, ou de nouveaux convertis à la Sainte Foi, et que rien ne venait entacher son honneur. Quant au fait qu'il eût ou non encouru l'infamie publique de fait ou de droit, il n'y avait rien à lui reprocher, si ce n'est des peccadilles de jeunesse. Il n'en allait certainement pas de même pour ses ascendants, car on savait de notoriété publique qu'il était le petit-fils du licencié Gonçalo da Cunha, abbé de São Tiago de Romarigães et de São Paio de Agualonga, prêtre fortuné qui avait introduit dans sa cure une fille de Rubiães appelée Maria Roriga (connue par la suite sous le nom de Maria da Cunha), à qui il avait fait un fils nommé Domingos da Cunha, qu'il avait d'ailleurs reconnu, et qui n'était autre que le père de l'impétrant, Luis da Cunha Antas. En outre, il était notoirement connu que ledit licencié, soit qu'il se fût lassé de sa concubine, soit qu'il eût voulu donner à ses agissements un air d'honnêteté, l'avait mariée à l'un de ses protégés, natif de Freita, de cette même commune de Romarigães, et qu'il avait continué à avoir des rapports charnels avec elle, puisqu'on l'avait souvent vue pénétrer dans le bois du manoir, où il l'attendait, alors que, quand on lui reprochait son comportement, elle prétendait être allée ramasser des pommes de pin ou des champignons. Cinq enfants étaient nés de ces accouplements répugnants, sans qu'on pût savoir lequel des deux était le père charnel des uns ou des autres, vu qu'ils partageaient amicalement et benoîtement la couche de la susdite femme.

Le dossier de l'enquête fut remis au tribunal et, malgré les allégations pressantes de l'avocat de Luis Antas, ce dernier se vit refuser le titre de familier. Domingos da Cunha en appela au fils de son grand ami, le comte de Castelo Melhor. Et ce ne fut pas en vain qu'il sollicita son aide. Le tout-puissant ministre demanda si Luis ne préférait pas un titre de noblesse : vicomte, comte ou marquis. La question fut posée sur un ton si affectueux que le vieillard en fut tout attendri. Mais plus l'arbre est haut, plus la foudre le menace. Pour l'instant, le titre de familier lui suffisait pour rabattre le caquet à cette vermine et faire plier les Azevedo. En effet, ce n'était pas le genre de titre qu'on trouvait sous le pas d'un cheval. C'était avant tout une sauvegarde.

Le ministre fit venir le Grand Inquisiteur, Dom Pedro de Lancastre. Et il lui soumit le cas en lui mettant pour ainsi dire le couteau sur la gorge.

– Votre Révérendissime va me rendre un grand service. Me prêter de quoi rembourser une dette qui me tourmente...

– Je ne suis pas très en fonds, mais dites toujours, Excellence...

– Vous allez prendre cette plume, fermer les yeux et, sans me demander quoi que ce soit, apposer votre nom à cet endroit...

– Je ne pourrais pas d'abord savoir ce que je signe?...

– Non. Mais rassurez-vous, ce n'est pas votre condamnation à mort.

L'Inquisiteur pinça les lèvres et prit la plume d'oie, prêt à mettre son nom à l'endroit que le ministre lui indiquait. Quand il le vit résigné, tel Abraham après qu'il eut fait valoir l'importance du sacrifice qui lui était demandé, le comte le délivra d'un grand poids en le mettant devant la réalité si infime et si peu coûteuse. Sans parvenir à réprimer un soupir de soulagement, l'Inquisiteur, ayant retrouvé son sourire, écrivit son nom en traçant les lettres les plus grosses, les plus belles et les plus lisibles que sa main à demi engourdie par la goutte eût formées depuis longtemps.

Le lendemain, sans autre forme de procès, l'héritier de Romarigães était nommé familier du Saint-Office. En plus de ce titre, et comme récompense pour ses faits militaires, il recevait des lettres de noblesse en tant que gentilhomme attaché au palais royal, ainsi que le titre de Dom.

Domingos da Cunha rentra à marches forcées dans sa propriété du Haut Minho.

Il était ravi, comme on peut l'imaginer, mais il en avait par-dessus la tête des antichambres. Il avait séjourné huit mois à Lisbonne où il avait laissé deux mille sept cents cruzades, parties en fumée. Il pleurait son cher argent, mais enfin, non seulement il avait obtenu gain de cause sur toute la ligne, avait réussi à mettre un terme au procès contre son fils, mais revenait gonflé d'importance.

Quand Luis Antas se vit gratifié du titre redoutable,

son premier mouvement fut de le rejeter. Mais les larmes de sa mère et les injonctions de Florencio eurent raison de sa réticence. Que diable, c'était là une arme qu'il laisserait toujours au fourreau!

– Oui, comme arme, on ne fait pas mieux! commenta-t-il sur un ton sarcastique.

– Imaginez-vous donc que c'est un flacon de poison. Ne le débouchez pas : vous n'avez pas besoin de le respirer.

Il s'avoua vaincu. Le problème était réglé. La petite chapelle s'élevait peu à peu sous le soleil radieux du Créateur; cela l'absorbait tout entier et chassait les nuages du firmament étoilé au-dessus de sa tête. Son père, qui n'était pas homme à mesurer ses paroles, envoya le message suivant à Simão de Vilas Boas :

– Espèce de sagouin de Portela das Cabras, vous n'avez pas voulu boire de petit lait dans l'aiguière que je vous avais envoyée, eh bien, je vous le ferai boire dans un pot de chambre, c'est moi qui vous le dis!

Luis da Cunha Antas et Joana de Azevedo Vilas Boas, tout simplement Dona Joaninha pour le cercle aristocratique des terres de Fraião, vivaient heureux et pleins de reconnaissance envers le Seigneur quand naquit leur premier enfant. Le père Mendrugo, que les ans avaient rendu tout tremblant et qui avait constamment sa boîte à priser sous le nez – c'était là son dernier vice –, avait coutume de dire que c'était pour mettre à l'épreuve la conscience chrétienne qu'était venu au monde cet enfant triste et malingre. A l'âge de huit ans, Placido – tel était son nom de baptême – faisait penser à un vieux nain ridé comme une vieille pomme, tant il était fripé, exsangue et rachitique. Il grandit vaille que vaille, car Notre-Dame du Bon-Secours était là pour veiller à la conservation et à la continuité de l'espèce dans la branche mâle des Antas. A cette époque de la chrétienté lusitanienne, la grâce de Dieu était également prévoyante et vigilante envers les enfants des gentilshommes, naturellement disposés à se regrouper sous sa houlette. Il n'avait pas encore fait ses premiers pas qu'il eut pourtant sa première attaque qui le laissa pour mort. C'était le mal Saint-Jehan; on l'emmena voir tous les sorciers et toutes les guérisseuses qu'il pouvait y avoir, et on ne manqua pas, par acquit de conscience, d'aller frapper à la porte de médecins de renom. Il grandit, et contrairement à ce qu'on eût pu supposer, son intelligence se montra aussi lucide que vive pour ce qui est de raisonner et de s'exprimer. A dix ans, il faisait les quatre opérations d'une traite et sans jamais se tromper, et traçait toutes sortes de lettres, aussi bien moulées que paléographiques. Ce surplus de dons intellectuels l'eût vengé de la nature ingrate si, l'âge aidant, cette dernière n'avait eu tendance à se corriger en le dotant d'une physionomie sympathique où les yeux noirs, lumineux et pourvus de longs cils, semblaient concentrer en eux la vivacité et la beauté des merveilles de la terre.

Son plus grand défaut était la mélancolie. Il était porté à la contemplation et aurait passé des heures, tout seul, à regarder une chose infime, parfois même rien du tout, perdu dans ses méandres intérieurs, si complexes et si inextricables qu'il n'aurait su dire lui-même où son esprit avait bien pu vagabonder. En dehors de cela, il manifestait la plus totale indifférence pour tout ce qui touchait au domaine. Il se savait l'héritier en titre, et pourtant les affaires du manoir étaient le dernier de ses soucis. De même, il lui importait peu d'être bien habillé ou en guenilles, de manger les mets les plus succulents ou d'être au pain sec et à l'eau.

– Il est fait pour être saint, disait Dona Ausenda, du domaine de Sabariz, arrière-arrière-petite-fille du gentilhomme Dom Ourique Velho, de la tour et du château de Nobriga, par Troilos de Araujo, seigneur de Milmanda, Louvil et São Paio, en Galice, et jouissant au Portugal de privilèges royaux à Monção. Moi, à votre place, cousins, je le vouerais à Notre-Dame la Blanche pour qu'elle le guide selon sa sainte volonté. Soit au couvent de Carreira, soit à celui de São Francisco do Monte; il ne peut trouver mieux. Et je ferais du cadet mon héritier...

– Comment! s'exclamait la mère. Mon Placido a la soutane en horreur. Il ne met pas les pieds à la chapelle. Certes, il se confesse, mais c'est uniquement pour nous être agréable.

– Alors, c'est qu'il est possédé du démon, rétorquait la très dévote dame.

Dona Joaninha souriait. Si le diable montre si souvent l'oreille derrière la croix, l'oreille qui pointait derrière cette âme toute dévouée au service de Dieu était à coup sûr celle du bon curé de São Paio de Capareiros, qui portait aussi l'habit et la cordelière des moines séraphiques.

Les mauvaises langues prétendaient qu'il avait été son confesseur lors des fêtes en l'honneur de la Vierge, à Viana do Castelo et par la suite, son cicérone spirituel au cours d'un pèlerinage à Compostelle. Au retour, à Porriño, à cause de la chaleur torride, Dona Ausenda, qui était d'un tempérament sanguin et suffoquait facilement, avait eu un épanchement pulmonaire qui avait failli la faire passer de vie à trépas. Elle avait été sauvée par le curé de Capareiros qui était allé au lac de Medros chercher les fameuses sangsues et avait parcouru plus de quinze lieues à bride abattue. C'est la vérité vraie! Mais les sangsues en question avaient été si providentielles que la noble dame avait fait la nique à la mort. C'est alors qu'en signe de reconnaissance elle en était venue à confier au curé le soin de son corps et de son âme, et à léguer sa fortune, présente et à venir, à São Francisco do Monte.

Cela affligeait beaucoup Luis Antas de voir en quelles mains, aussi insouciantes qu'inexpertes, allait tomber la succession de la maison. Ses parents et ses proches – au fond ravis de sa malchance, pensait-il – laissaient entendre que tout le mal venait du penchant du jeune homme pour la philosophie. Cela lui passerait avec le temps. Des êtres fantasques comme lui, il y en avait beaucoup de par le monde. Allons, il n'était pas dépensier, ne buvait pas, ne jouait pas, ne passait pas son temps à faire des bêtises. Que voulait-il de plus? Qu'il le laissât donc à ses rêveries, ce n'était pas cela qui allait ruiner la maison.

Luis Antas hochait la tête mais, tout au fond de lui, il se disait, dans un langage pittoresque qui mériterait de figurer dans les traités de psychiatrie : – Mon fils a une araignée au plafond. – Et il ajoutait avec amertume : – Quel mal ai-je bien pu faire au Bon Dieu pour qu'il me punisse de la sorte ?

Il n'était pas rare que la tendre maman trouvât son fils en larmes. Elle se sentait alors défaillir :

– Pourquoi pleures-tu ainsi, mon fils ? De quel mal souffres-tu ? Te manque-t-il quelque chose... ?

– Non, il ne me manque rien.

– Alors, pourquoi pleures-tu ?

Il gardait le silence, les yeux fixés au sol. Une fois, pourtant, il s'enhardit :

– Je pleure parce que je me sens inutile, maman. Je ne suis bon à rien. Père est désespéré de voir que je ne corresponds pas à ce qu'il attendait de moi. Pourquoi mon frère Fernando ne serait-il pas l'héritier ?

– Jamais, mon fils. C'est à toi que revient la succession. Ce serait manquer à nos devoirs envers ton grand-père et envers Dieu que de la détourner de son destin. Ton frère sera ecclésiastique, chanoine, chantre, évêque, que sais-je encore, et il n'aura pas à se plaindre.

Il se calmait, reconnaissant, au fond, de la rigueur de cette mère si dévouée et qui avait su flatter son égoïsme si renfermé, si silencieux, mais qui grondait malgré tout au plus profond de son âme malade.

Dona Joaninha aimait moins son second fils, qu'elle trouvait fainéant, sournois, et glouton comme pas un. Par contre, elle fondait de tendresse devant l'aîné, un garçon paisible, un peu poète ou lunatique, incapable de faire du mal à une mouche.

Son mari lui disait que c'était sa faute à elle s'il se

moquait ainsi du tiers comme du quart. Sa faute comme génitrice. C'était une tare familiale. *Les péchés de nos aïeux, c'est eux qui les ont commis, et c'est nous qui payons pour eux.* Les Vilas Boas de Portela des Cabras n'avaient-ils pas parmi leurs proches parents un certain Bartolomeu Vilas Boas Reimonde qui était le souffre-douleur des gamins de Viana? Tiens! Ne traînait-il pas dans les rues en faisant le pitre et, plus d'une fois, alors qu'il ne manquait de rien chez lui, n'était-il pas allé parcourir les villages pour demander l'aumône? Il lui était même arrivé d'aller jusqu'au manoir avec sa besace sur le dos.

Elle se mettait à pleurer, sans lui répondre. Luis Antas était injuste et s'en rendait parfaitement compte. La pauvre, pouvait-elle être responsable de tares ancestrales, d'ailleurs postérieures à sa naissance? Du reste, la nature morbide de ce parent se reflétait dans le caractère de son fils d'une façon encore plus lointaine que la face de la lune dans un lac. En quoi Placido ressemblait-il à ce fou à lier? C'est le propre des mécontents que de chercher un bouc émissaire et, outre qu'il était poussé par cet aiguillon, Luis se vengeait sur sa femme du mépris et des vexations dont il avait été l'objet de la part des seigneurs de Portela das Cabras.

Quoi qu'il en soit, la nature et le tempérament du jeune homme étaient venus lui gâcher la vie, alors qu'il était heureux comme un coq en pâte. Il ne s'attendait pas à pareil coup de la fortune. Puis, comme les cerises qui sont attachées les unes aux autres, les désagréments se succédèrent. Certains de ses esclaves se sauvèrent en Espagne et le bétail fut victime d'une telle épidémie qu'il ne lui resta plus une seule génisse dans ses étables. Il devint taciturne et méchant. N'en vint-on pas à l'accuser haut et fort d'être, en tant que familier du Saint-Office, intéressé par la part qui lui reviendrait sur les biens confisqués, l'âme damnée du parti de la dénonciation dans le procès que l'Inquisition intenta à un honnête commerçant de Ponte de Lima suspecté de judaïsme? Vrai ou faux, Luis Antas ne put se défaire de cette réputation. La victime était un homme tout à fait respectable et, la rage au cœur, il dit pis que pendre d'Antas. Pouvait-on admettre – avançaient ses zoïles d'un air ingénu – qu'un homme qui avait été si contrarié quand son père lui avait fait avoir le terrible titre de familier, pût en faire un usage aussi perfide? Des personnes au-dessus de tout soupçon, tant à Coura qu'à Ponte de Lima, convenaient que, oui, il en avait usé et abusé. Le temps, les revers de fortune, les honneurs, finissent par corroder le métal humain. Dans cette affaire religieuse, les gens partiaux prétendaient que le bonhomme devait avoir besoin de donner de temps en temps quelques preuves de son zèle. Ayant eu l'occasion d'être appelé à intervenir dans cette ténébreuse affaire, il avait été chargé de réunir tous les témoignages, anonymes ou non, les déclarations dignes de foi se retrouvant mêlées aux calomnieuses, que les ennemis du malheureux commerçant avaient dû faire en catimini pour lui porter tort.

Antas souffrit imperturbablement la vitupération tacite d'une opinion publique déchaînée. Plein de mépris pour son prochain, il se consacra entièrement à l'administration de son domaine. A force de travail et de parcimonie, il put se relever des pertes subies et, en peu de temps, le domaine atteint un degré élevé de prospérité. Il n'y avait pas un empan de terre qui ne produisît autant que le sol de Mésopotamie. Il eut l'opportunité d'acquérir, du côté de São Martinho de Covas, des terrains vastes et fertiles qu'il ajouta au patrimoine, acte précipité dont il se repentit mille fois, mais trop tard. Les coureurs de bois et autres voleurs du bien d'autrui abondaient dans ces parages et n'avaient pas froid aux yeux. Son régisseur ayant blessé de son dard l'un de ces vauriens à la jambe, cela lui coûta cher et lui valut bien des soucis. Un barbier poussant l'autre, le voleur finit par y laisser la jambe qu'on dut amputer quand la gangrène commença à se déclarer. Où qu'il allât, taverne, foire, fête de village, il poussait contre le gentilhomme les beuglements les plus puissants et les plus éhontés qui soient. Ce dernier dut lui faire une rente à vie pour lui clouer le bec.

A cause de l'infamie qui pesait sur son fils aîné, Luis da Cunha Antas se mit en quatre pour le cadet, Fernando Luis, qui avait opté pour le nom de Fernando de Mendonça, venu de sa mère, en se disant instinctivement que la roue de la fortune tourne et qu'il pourrait bien prendre un jour la succession. Luis le trouvait très avisé, agile et doté du bon sens le plus solide, contrairement à l'aîné qui lui faisait l'effet d'un âne bâté. Après avoir fait ses humanités à Braga avec un abbé précepteur, il était, à vingt ans, inscrit en droit canon à l'université de Coimbra. En lui proposant cette carrière, son père se comportait comme ceux qui suivent le vieux dicton : *brebis, abeilles, ou plume derrière l'oreille, sinon mets l'espoir dans l'Eglise pour assouvir ta convoitise.* Dès qu'il serait au bas mot bénéficier, comme son oncle Alexandre, l'un des grands personnages de l'archevêché, il serait vengé du sort qui l'avait déshérité en le faisant naître second. Quant à la petite Joana Luisa, son père s'efforça de lui donner la meilleure éducation qu'il pût. Elle était mignonnette, et il ne tarderait pas à venir un amateur de jupons qui s'enticherait d'elle. Il était à souhaiter qu'il ne lui arrivât pas la même chose qu'à sa tante Cristina, une vieille fille sèche, acariâtre et revêche, qui régnait sur la basse-cour et la fromagerie.

Quand Luis Antas rendit son âme au Créateur, rappelé à sa lumière perpétuelle dans l'église de Rubiães par les antiennes de vingt et quelques prêtres réunis autour d'un catafalque somptueux, les affaires du manoir avaient le vent en poupe. On ne devait pas un liard. Le séchoir et les greniers étaient pleins à craquer. Dans les prairies paissait un troupeau de vaches de belles proportions et de la meilleure race, comptant plus de vingt têtes. On avait reçu de Boticas un taureau reproducteur, de sorte que les génisses faisaient florès dans les foires. Il en allait de même pour les chevaux. Au bord du ruisseau gambadaient une douzaine de poulains si beaux et si fougueux que tout le monde s'arrêtait pour les voir s'ébattre et folâtrer.

Placido hérita du vaste patrimoine, n'ayant rien à objecter aux charges coutumières, ni aux autres, probablement accrues avec la passation des pouvoirs. C'est ainsi qu'il vit augmenter la somme que son frère recevait tous les mois, mais il ferma les yeux. On reconnaissait là la patte de la tante Cristina, très généreuse quand elle partageait le pain de la huche, si la tranche devait revenir à Fernando qui était son chouchou. De même, la gouvernante de sa sœur Joana Luisa reçut désormais des gages plus importants. Placido agit comme à son ordinaire : il fit comme si de rien n'était.

Mais le plus grave, c'est que les fermiers et les serviteurs se mirent aussitôt à abuser d'une indulgence aussi manifeste, qu'ils crurent être la marque d'un esprit borné ou négligent. C'est ainsi que l'un d'eux se prit de querelle avec un voisin de Moldes à cause d'une source qui naissait à Rossio da Raposa et dont l'autre détournait les eaux vers ses propriétés, sans se soucier de savoir s'il en avait le droit. Il s'ensuivit un procès empoisonnant et interminable qui le mena devant les tribunaux de Braga et de Viana et lui coûta les yeux de la tête, pour qu'en fin de compte la sentence lui fût défavorable. Il n'en avait pas fini avec celui-là qu'il lui en vint un autre, cette fois avec ses parents de Rubiães, au sujet de terres qui étaient enclavées dans les siennes et dont les limites prêtaient à confusion et occasionnaient des rixes entre les défricheurs. En dépit de son caractère conciliant, cette dernière affaire mobilisa tous les jurisconsultes d'Entre Douro et Minho et lui fit perdre un temps infini et des sommes considérables.

Même si ces désagréments semblaient ne pas avoir prise sur son esprit, indifférent à l'aspect contingent et immédiat des choses, cela ne manquait pas de l'affecter. Les incidents se répétèrent de plus en plus souvent. En même temps, son goût pour la solitude et la contemplation s'était accentué. Sa misanthropie semblait lui coller à la peau comme de la glu. Ses passe-temps favoris étaient la chasse et la pêche. Il partait avec un domestique chasser les chèvres sauvages dans le Gérès, ou pêcher la truite dans le Coura, pour ne rentrer souvent qu'au bout d'une semaine. C'était au cours de ses absences – comme on l'apprit par la suite – que la tante Cristina faisait main basse sur le grain, en donnant l'ordre de battre le blé prématurément, et sur le vin, en vidant les tonneaux par la bonde à l'aide d'un roseau recourbé. Si Fernando était présent, c'était lui qui organisait le détournement des denrées. Sinon, c'était elle qui en prenait l'initiative. Il arriva même que Fernando Mendonça vînt tout exprès de Coimbra pour procéder au pillage. Comme il n'était pas dans les habitudes de la maison de tenir des comptes, bien malin qui découvrirait le pot aux roses!

Dans la propriété, tout se mit à aller à vau-l'eau. D'autres esclaves s'enfuirent, et ceux qui restaient, deux noirs de la côte de Guinée, un Malgache et une Marocaine, ne valaient même pas le pain qu'ils mangeaient. On devait de nombreuses journées de travail aux journaliers de Romarigães et, à la fin du mois, il fallait faire les fonds de tiroirs pour envoyer sa mensualité à Fernando.

– Mon frère peut bien attendre un peu, dit un jour Placido à la tante Cristina.

– Tout sauf cela, mon neveu. Il n'est pas question qu'il attende! Ce serait une honte, sans parler de la gêne que cela lui causerait.

Cristina veillait plus que jamais sur les intérêts de Fernando. Au point qu'il y eut – Sainte Vierge! – des gens pour insinuer qu'elle avait avec lui des relations coupables. Ce qui est certain, c'est que l'étudiant en droit canon ne manquait de rien. Après qu'il eut dilapidé les économies de sa tante, elle s'arrangea pour aller puiser en cachette dans les greniers, les tiroirs et les revenus de la propriété, l'argent nécessaire pour permettre au futur prêtre de Coimbra de faire bonne figure dans le monde. Le résultat, que la bonne dame n'avait pas prévu, fut que l'étudiant se mit à faire des frasques, des beuveries, du tapage, et envoya au diable le droit canon et la théologie morale.

Placido continuait à ne s'apercevoir de rien ou à fermer les yeux. On le persuada que, dans le Minho, les propriétés rurales étaient sujettes à de telles vicissitudes. Les mauvaises années, les affaires périclitaient; les années de bonnes récoltes, elles remontaient. Les pique-assiettes et les notaires profitaient de ces fluctuations. Cela n'avait rien d'étonnant. Mais quand vint à nouveau le moment de payer la pension de Fernando et que l'on ne trouva pas un sou vaillant dans la caisse, il s'inquiéta. Cristina qui, dans les affaires de gestion, ne pensait qu'à l'immédiat, eut une idée :

– On n'a qu'à vendre les poulains. La grande foire de Ponte de Lima est pour bientôt. Emmène-les là-bas : on ne retrouvera pas de si tôt une aussi bonne occasion...

Et en effet on vendit les jeunes chevaux. Placido, qui avait toujours aimé les animaux et se délectait à les observer et à les voir s'ébattre librement, connut des jours sombres quand les champs perdirent l'air joyeux que leur communiquait leur turbulente mobilité.

VII

Un jour, on ne trouva pas dans les greniers assez de grain à envoyer au moulin. Cristina avait su s'y prendre pour confier en douce aux muletiers de Pico de Regalados, un chargement par-ci, deux chargements par-là, rien moins que deux boisseaux, sans compter ce qui passait dans la huche de la maison pour les besoins du personnel. C'était Coimbra qui engloutissait tout. Devant cette imprévisible pénurie, Placido s'exclama :

– Mais où est allé tout ce grain ?

– On l'a consommé. Les esclaves et les journaliers mangent comme des chancres, répondit Cristina. Tu sais, moi, à ta place, je louerais les terres. Et je vendrais les esclaves. Ils ne sont bons qu'à se remplir la panse.

– Vendre les esclaves... Les pauvres, personne ne donnerait un liard pour eux ! Mohamed n'a que la peau et les os ; Pero Alvarez est un gredin de la pire espèce ; cela se voit au premier coup d'œil : qui donc voudrait de lui ? La mauresque, elle, c'est une brave fille, mais elle a reçu le baptême et cela me ferait de la peine... Elle m'a porté dans ses bras. On m'a dit qu'elle est encore enceinte...

– Il paraît. Cette fois-ci, c'est du vacher, qui lui a couru après le jour de la fête de Notre-Dame du Rosaire.

On mit les trois esclaves en vente. Cristina détestait particulièrement Pero Alvarez à qui elle ne pardonnait pas les sourires gouailleurs de ses grandes dents blanches de Guinéen, non plus que certains ragots qui ne lui promettaient pas, après sa mort, une place dans la constellation des Onze Mille Vierges. Il vint des trafiquants et des négriers de différents endroits. Et ce fut un certain Hilario Folhadela, de Famalicão, qui emporta le marché. Mais il fallut passer un acte chez le notaire et garantir qu'ils étaient « sains des pieds et des mains, de la vue, du démon et d'autres tares occultes ». La mauresque criait si fort qu'on eût dit que la maison allait s'écrouler. Il fallut l'emmener de force.

Après les esclaves, on vendit les génisses de l'année précédente. Cela suffit à peine à boucher les trous du budget.

Ils se séparèrent d'une partie du troupeau de vaches; ils vendirent quelques-unes des poulinières qui auraient fait l'orgueil d'un haras. Placido se défit à Braga de quelques bijoux de sa mère. Mais le trou était encore béant.

Un soir :

– Écoute, mon neveu, il y aurait un moyen de venir à bout de tous nos ennuis. Ce serait que tu épouses une riche héritière...

– J'y ai déjà pensé, répondit-il en riant. Mais qui voudrait de moi ? Connaissez-vous une jeune fille honnête et de bonne famille qui pourrait apporter autre chose que sa chemise, ma tante ?

– Oui. Il y en a que je connais. Et d'autres dont j'ai entendu parler. Ce ne sont pas les jeunes filles vertueuses à marier qui manquent dans les manoirs de notre Minho. Quand elles n'appartiennent pas à la noblesse de haut rang, elles ont une dot qui redore les blasons. *Noir est le charbonnier, mais blancs sont ses deniers.* Regarde autour de toi...

– Où cela, ma tante? Dites voir...

– Écoute, à São Emilião de Mariz, au domaine de Fragoso, dans la maison des Aires Ferreira, tu as une jeune fille de premier ordre, Genebra Pereira. Elle ne connaît même pas l'étendue de sa fortune et elle est l'héritière du patrimoine.

– Je le sais bien. On dit qu'elle est juive, et idiote avec ça. Son père prête du maïs à la mesure et de l'argent à vingt pour cent. On a ici dans un tiroir une cédule du Saint-Office qui demande des informations sur son grand-père, un certain Gontrão Ferreira...

– A São Martinho de Cavalões, dans le canton de Vermoim, il y a une certaine Ana Dordia Pinta qu'on appelle l'Anesse d'or peinte... Elle frise la quarantaine, et si elle ne trouve pas de mari elle va en faire une maladie. Qu'elle soit un peu bêtasse... Mais enfin, les murs de sa maison sont couverts de clous d'or.

– Bêtasse? A ce que je vois, tout marche à quatre pattes là-bas! Vous ne connaissez pas les histoires qu'on raconte sur elle, ma tante? Écoutez un peu : elle est allée à São Julião do Calendario pour être la marraine d'une petite fille de la maison de Fralães. – « Quel nom allez-vous lui donner? » a demandé le prêtre. – « Mettez-y Ana. » – « *Métésiana?* a répété l'abbé, phonétiquement. Je ne connais pas ce nom. » – « Mettez-y l'mien. » – « *Métésilmien!* »

– La pauvre, ce n'est pas si drôle que cela.

– Attendez... Après une beuverie, son père a été pris de hoquets qui ressemblaient aux spasmes de la mort. Le curé est venu avec le viatique sous un dais. Constatant que ce n'était pas des sacrements que le bonhomme avait besoin, mais d'un émétique, il a dit à la fille : – « Il n'est pas dans un état tel qu'on doive lui administrer l'extrême-onction. » – « Ça, par exemple! » – Ils se sont mis à discuter ferme, et elle a dit pour finir : – « Vu qu'on ne sait pas trop, mettez-lui quand même votre chapeau. » Voilà ce que c'est que votre nymphe. J'ai entendu raconter ces histoires au curé de Ruivães.

– Si tu n'as pas de goût pour les cendrillons, je vais te dire où tu peux en trouver une qui vient de la capitale, et qui est si coquette – ou alors si peu – qu'elle ne sort pas sans robe à paniers ni sans s'être peinturluré le visage. Il s'agit d'Estevaninha Gonçalves, une veuve très renommée et qui habite à São Silvestre de Requião. Elle a hérité d'une maison tout ce qu'il y a de beau, et elle n'a pas d'enfants. Tous les dimanches, un certain nombre de voyous venaient à cheval de Vermoim, de Santiago de Piscos, et de Ponte de Louro, pour assister à la grand-messe et lui faire la cour. Ils arrivaient, attachaient leur bête de l'autre côté du parvis et entraient dans l'église en se faisant toutes sortes de courbettes et de saluts, comme s'il s'était agi d'un tournoi. Une fois la messe finie, ils remontaient à cheval et, après s'être encore fait des politesses : – Cher Monsieur! Très cher Monsieur! – ils passaient au trot sous sa fenêtre. Et voilà qu'une drôle d'idée a germé dans la tête d'un sacripant de Lagoa qui avait probablement été éconduit. Tandis que les autres étaient à l'église, il s'en est allé mettre une poignée d'ajoncs sous la queue des chevaux. D'abord, comme ils se tenaient tranquilles, il ne s'est rien passé. Mais dès que leurs maîtres se sont mis en selle et leur ont donné de l'éperon dans le but de caracoler, les animaux ont été piqués au vif et se sont mis à ruer des quatre fers. Rares sont les cavaliers qui ne se sont pas retrouvés par terre. On s'est tellement moqué d'eux qu'on ne les a plus revus. La jeune veuve est libre... Et nous sommes un peu parents avec l'abbé de Requião...

– Et c'est cette veuve d'opérette que vous me proposez, ma tante? répliqua-t-il au milieu des accès de fou rire que l'histoire lui avait donnés. De toute façon, je crains les veuves comme la peste. On ne peut pas savoir à quel point elles sont rouées. J'ai déjà entendu parler de cette Estevaninha. Il y en a plus d'un, semble-t-il, pour dire que c'est une écervelée. Certains font même courir le bruit que son régisseur, qui est plutôt beau garçon, se donne du plaisir avec elle. C'est peut-être une calomnie. Voyons la suite...

– Dans le manoir de Jozim, tu sais, du côté des terres de Gondufe, tu as une cousine, Suzana Antas, encore jeunette, qu'il ne faudrait pas négliger. Si ses parents étaient d'accord... Elle aura quatorze ans à la Saint-Jean.

– Je ne me vois pas jouer les nounous.

– On m'a dit aussi qu'à São Salvador de Bertiandos demeurent des jeunes filles à marier que leurs oncles doivent doter et qui sont très présentables. L'une d'elles, qui s'appelle Mécia, appartient à la famille des Ferreira de Cavaleiros, et l'autre, Brites, à la maison des Mazareses...

– A ce compte-là, les fillettes présentent des avantages et des inconvénients. L'ennui, c'est que les inconvénients l'emportent sur les avantages. Continuez donc à vous renseigner, ma tante, et nous en reparlerons. Laissez-moi vous dire quelque chose : j'ai déjà fait ma petite enquête... histoire de me faire une idée. Je n'ai rien trouvé à ma convenance. Et puis, quant à épouser des jeunes filles qui doivent recevoir une dot de leurs oncles, Dieu m'en garde! Qui court après les souliers d'un mort...! Tous les oncles du Minho sont de vrais personnages de roman. La plupart du temps, ils changent six fois d'avis avant de mourir. Ils gaspillent du papier timbré, et ça s'arrête là. Le plus souvent, ils épousent leurs nièces, même s'ils sont vieux et décrépits. Entre nous, puisque personne ne nous entend, en matière de consanguinité, nos contrées sont très proches de l'époque où nos ancêtres ont été chassés du paradis.

Cette conversation avec sa tante et les plaisanteries à jet continu donnaient à penser que Placido battait la campagne. Mais où irait-il dénicher l'oiseau rare qui lui apporterait dans son bec plus encore que la galette de Daniel ?

– J'ai entendu dire à la cousine Julia, de Covas, reprit Cristina, qu'il y a à Chamosinhos une très riche héritière, de la famille des Guterres da Silva, seigneurs de la tour et du château de Silva, arrière-petite-fille du gouverneur de la province, Sueiro de Bardudo, de la maison des Pires de Belmir, et qui est aussi sage que charmante. Mais il paraît que les moines d'Oya veillent sur elle comme des dragons!

– Oh, là, là! Il faudrait être grand clerc pour pouvoir l'emmener de là. Non, non, pas question! Avoir affaire à des moines, et galiciens par-dessus le marché, pour rien au monde. Je n'oublierai jamais ce que l'aventure du couvent de La Guardia a coûté à mon père.

– A Pico de Regalados, il y a des héritières à la pelle. Les yeux fermés, on n'a qu'à tendre la main pour attraper un morceau de choix...

– Quoi? Des filles de gitans et de muletiers? Vous me voyez épouser une de ces gueuses avec son poignard à la jarretière...!

– *L'argent redore les blasons et fait les barons.* D'ailleurs, dans toute cette province, on trouve de tout, comme au bazar. Les Coutinho da Camara ne feraient-elles pas ton affaire? N'oublie pas qu'il s'agit d'une famille qui appartient à la meilleure noblesse du royaume. Gastão José da Camara Coutinho, le seigneur de la maison de Taipa, par son mariage avec une Assumar, a laissé une ribambelle d'enfants, toute une colonie. Aujourd'hui encore, Moure est un vivier de bons partis. Il y en a une flopée. Elles suffiraient à renouveler la fine fleur de la noblesse d'Entre Douro et Minho. On m'a dit qu'il y en a des douzaines qui sont à prendre. Au moins des douzaines.

– Une fois déjà, on a voulu m'emmener à São Martinho de Babo, où il devait y avoir une fille unique, riche comme Crésus et, qui plus est, un lys virginal de la Seigneurerie des Fougasses. Vingt dieux, c'était au diable vauvert! Et tout ce que j'ai trouvé, c'est une effrontée qui se laissait faire la cour, et même d'autres choses, à en croire certains, par un nobliau de Landim et par l'héritier en titre de São Pedro de Esqueiros.

– Dis-moi un peu : tu aimes la pêche, non? Tu as une héritière à São Lourenço do Cabrão, où il y a une rivière qui regorge de truites. Un homme de São Paio de Jolda y a épousé la fille d'un passeur, et maintenant il est riche. Riche à en crever. On m'a assuré que sa fille aura bien vingt mille cruzades de dot...

– Elle pourrait bien en avoir cent mille. Je sais parfaitement qui est ce batelier du Lima, un fripon qu'on accuse ouvertement d'avoir noyé un marchand de bestiaux de Correlhã pour lui voler sa bourse.

Placido ne trouvait rien à son goût; rien ne semblait lui convenir. Il avait passé trente ans qu'il ne s'était pas encore choisi de fiancée, malgré les prières répétées de sa tante Cristina, qui était devenue sa tutrice et l'intendante de la maison, moyen infaillible de mener le domaine à la ruine. Tout ce qui était le moins susceptible de faire faillite allait clopin-clopant. Même les journaliers ne méritaient plus le pain qu'on leur donnait, et encore moins leur salaire. Ils se tournaient les pouces du matin au soir. Et tout était à l'avenant. On réduisit l'ordinaire et les dépenses du Bon-Secours; le moyen de faire autrement? La sœur de Placido accepta l'invitation d'un couple de vieux cousins qui vivaient seuls, sans enfants, et elle alla leur tenir compagnie; le bachelier, étudiant chronique en droit canon, avait reçu la première tonsure mais il promenait sa cape noire de maison en maison, là où il avait des parents, des amis et des condisciples, faisant de l'esprit et toujours grand seigneur. Il n'y avait plus un écu dans les tiroirs. Pour payer l'impôt, il fallut emprunter de l'argent à un taux élevé, à l'usurier de Valença, connu sous le sobriquet de *Cinq Secs*. Cristina, qui était grandement responsable du naufrage, scrutait l'horizon de tous côtés dans l'espoir de trouver le moyen de refaire surface.

En dehors de ses moments de misanthropie, Placido se voyait si maladroit et d'un naturel si nonchalant qu'il en vint à se convaincre qu'aucune femme ne voudrait de lui. Mais Cristina lui objectait :

– Taratata! Tout à demi ruiné que le domaine paraisse, il n'a pas son pareil dans toute la contrée qui se situe entre le Lima et le Minho. Ne désespérons pas. L'occasion fait le larron.

Dans la maison d'Outeiro Meão, à Calheiros, il y avait deux jeunes filles riches vivant dans l'opulence, et qui passaient pour être des parangons de modestie et de vertu. Au manoir, on savait tout cela, et bien d'autres choses encore, par Fernando Luis qui était le condisciple de leur frère, à Coimbra, ainsi que par ce dernier, qui venait en visite de temps à autre, arborait des airs de grand seigneur, flanqué d'un cheval et d'un page, et recevait souvent pour lui et pour ses sœurs, en guise de prémices, ce que le domaine du Bon-Secours produisait de meilleur. C'est ainsi qu'un jour où l'on tua un sanglier dans la forêt, on leur fit aussitôt parvenir les cuissots, et, s'il n'avait tenu qu'à la tante Cristina, l'animal y serait passé tout entier; mais une telle libéralité parut excessive aux chasseurs qui l'avaient attrapé, et qui ne manquaient pas de bon sens. Cependant, le va-et-vient fut tel que, malgré la distance, des relations régulières et suivies s'établirent entre les deux familles et finirent par revêtir un certain air d'intimité. Un jour, sous prétexte d'aller régulariser les démarcations de quelques terrains qui jouxtaient ceux du domaine dans les environs de Labruja, Cristina parvint à entraîner Placido jusqu'à Outeiro Meão. Les jeunes filles étaient gracieuses et appétissantes. En outre, dans le chaudron de leur beauté, on devinait des vertus fort alléchantes. L'aînée s'appelait Joana Angélica do Amaral Marinho et passait pour être une maîtresse de maison accomplie. Elle ne rougissait pas de mettre le fer au feu pour repasser une chemise. Les visiteurs pouvaient la surprendre accroupie sur une natte de joncs, occupée à faire le fromage dans des formes en fer-blanc. Comme elle était laborieuse et prévoyante pour tout ce qui touchait à la maison, grâce à elle la ferme ne connaissait pas de contretemps et le salon n'accusait pas le moindre désordre.

Cristina sut se faire accepter d'elle en faisant l'éloge de ses poules de race espagnole pierrées et noires, si jolies avec leur crête dentelée et leurs oreillons si blancs qu'on eût dit qu'elles riaient, puis en louant ses confitures infiniment variées, ainsi que la finesse de ses dentelles au fuseau et de ses frivolités. Et d'inviter les deux sœurs à aller passer quelques jours au manoir, avec leur frère qui aurait Fernando pour compagnon. Ils acceptèrent, et toute la troupe se mit en route. Pour la recevoir dignement Cristina eut bien du fil à retordre, mais elle sut habilement cacher les petites misères du domaine et mettre en valeur ses merveilles qui, d'ailleurs, l'emportaient amplement. Pour l'instant, la ruine n'affectait que la surface des choses, et il n'était pas bien difficile de la dissimuler.

Malgré ces vicissitudes, le domaine du Bon-Secours s'était peu dévalorisé. Cristina sut en montrer les grasses prairies, les granges et les étables, le rucher, le verger, et les forêts avec tous leurs oiseaux, qui appartiennent à tout le monde mais d'abord aux endroits où ils se posent et aux gens qu'ils enchantent. Elle n'eut pas grand-peine à éveiller la convoitise toujours nichée dans l'âme des filles du Minho qui aiment à avoir du bien sur lequel régner et sont paysannes par atavisme. Les regards de Joana Angélica s'attardèrent sur les prés, sur la forêt aux arbres séculaires, sur les eaux qui couraient à l'envi en un marathon qui les entraînait vers la vallée, tantôt chantantes, tantôt émaillant les rigoles des terres ensemencées, et s'écoulaient dans le ruisseau, tantôt calmes, tantôt bouillonnantes, si délicieuses que les truites emplissaient trous et bassins, attentives à l'appel de la multiplication. Pour avoir le domaine, il fallait faire la conquête de Placido. Le mariage fut décidé.

Le printemps était tardif et offrait tous les caprices des saisons tropicales. Encore qu'il se fît attendre au domaine du Bon-Secours, il ne se montrait pourtant pas moins intéressant que le printemps habituel, celui qui obéissait aux lois du calendrier. Ainsi, si du côté de la pinède, le coucou, la tourterelle et la huppe faisaient entendre leurs arias comme un trio de village jouant avec entrain, respectueux des règles du contrat, et si le soleil suivait sa course telle une boule de feu dans le firmament, d'un seul coup il tombait une averse digne du temps de Noé, et l'on n'entendait plus que les flèches liquides fustigeant la terre. Les chanteurs des futaies fermaient leur bec; le soleil disparaissait sous le capuchon d'un gros nuage noir, l'un de ces cumulus auxquels les poètes du vieux Latium donnaient le nom d'outres parce qu'ils sont oblongs, imbibés d'eau et prêts à crever. En un clin d'œil, les rigoles se défaisaient ou débordaient; les ruisseaux enflaient pour désenfler aussitôt. Le blé, gorgé de sève, pendait, fouetté par la pluie. Dans les champs – où le travail des semailles se faisait à la hâte – les hommes enfilaient leurs vestes ou leurs manteaux et se mettaient à courir pour gagner le premier abri, rocher ou arbre providentiels.

Pendant plusieurs minutes, parfois un quart d'heure, il tombait de l'eau à tout va et la nature entière semblait défaillir. Mais soudain, après s'être déchargés, les nuages s'en allaient, et leurs flancs s'effilochaient en formant d'invraisemblables filaments, avec un mouvement doux et léger de vieilles hourques dématées par la tempête. Le soleil reparaissait, fauve, beau et impétueux comme un jeune taureau reproducteur. Que venait-il faire sinon épouser la terre? Et en effet, on sentait qu'il la transperçait de son estocade génésique, et que sillons et jachères étaient pénétrés du spasme suprême. Dans l'air translucide montait une bouffée salubre de fécondité. Les pousses nouvelles des pins se redressaient et les branches des chênes redevenaient des kiosques à musique peuplés d'oiseaux, la tourterelle, le coucou et la huppe, auxquels venaient parfois s'associer le merle ou le pinson. Ils chantaient sans se lasser des airs interminables, pour rattraper le temps perdu. De l'intérieur des frondaisons faisaient chorus avec eux ces petits oiseaux habitants de la forêt qui, comme les roses des quatre saisons, ont toujours un cantique à offrir au monde – et c'était une symphonie ininterrompue. Sur le soir chantait le rossignol. Quand on commença à l'entendre, Ritão, le chevrier, fit observer qu'il était en train d'apprendre son répertoire. En vérité, ses envolées étaient brèves et sa tessiture mélodique bien pauvre. Il ne s'était pas encore accouplé, on pouvait donc le considérer comme un poète vagabond et débutant à la recherche de sa muse.

C'est au milieu de toute cette exubérance terrestre que l'on fixa le jour des accordailles. Et aussitôt d'innombrables estafettes partirent tambour battant faire le tour des bourgs et des villages, afin de porter l'invitation aux parents et aux amis. Comme ces derniers, entre les plus proches et les plus éloignés, étaient légion dans toute la province d'Entre Douro et Minho, il s'ensuivit aussitôt de partout une grande agitation chez les tailleurs et les charrons. La vague de ce raz de marée dépassa Braga et Viana pour aller mourir à Porto dans les boutiques de mode où celle-ci arrivait de Paris avec six ans de retard.

Placido renouvela son équipage en achetant une litière tirée par des mulets qu'il fit venir de Guimarães, fit crépir murs et plafonds, tapissa les salons après avoir fait réparer les planchers. Il se surprit à prendre soin de sa personne : il renouvela le linge de maison, ainsi que sa garde-robe, et fit venir tous les samedis matin le barbier de São Roque pour le raser et lui couper les cheveux. Le plus curieux, c'est que, ayant laissé de côté la thérapeutique à base de grains de bézoard que les médecins lui avaient prescrite, il cessa d'avoir des attaques et se retrouva rajeuni et heureux. Aimait-il Joana Angélica? Parmi le personnel de la maison qui lui était proche, il y eut des gens pour jurer l'avoir vu très inquiet en attendant le retour des messagers qu'il envoyait à Calheiros, soit avec des présents, soit simplement pour présenter ses salutations. Était-il aimé de Joana Angélica? Les mêmes colporteurs de nouvelles racontaient qu'il leur était arrivé plus d'une fois de voir cette demoiselle en pleurs, ou les yeux rougis, se promener dans le parc avec Fernando Luis, maintenant plus que jamais hôte habituel d'Outeiro Meão et inséparable de Marinho, l'étudiant en droit.

Sous ces nouveaux auspices, le personnel du manoir fut mieux traité et, en conséquence, se mit à produire plus raisonnablement. Il y avait de nombreuses ruines à réparer et bien des rigoles à creuser pour que la propriété retrouvât sa prospérité d'antan. On fit l'acquisition de nouveaux esclaves et, grâce à des emprunts contractés au taux de l'usure la plus éhontée, s'il faut en croire la rumeur, on repeupla étables et bergeries. La cour, qui était une sorte de mamelon schisteux, fut aplanie; désormais on pouvait y danser. On fit appel à tous les cornemuseux et à tous les chanteurs les plus célèbres, y compris ceux de Lixa qui vinrent danser la *chula*. Dans la chapelle de Notre-Dame du Bon-Secours, patronne du manoir, les nappes et les devants d'autel connurent leur première lessive. On fit venir des doreurs, et les autels retrouvèrent leur éclat doré primitif.

Or, un après-midi, un doux et fébrile après-midi de printemps, l'un des valets, qui était allé à Codesseira et avait pris le raccourci qui borde le ruisseau sur une bonne partie du parcours, revint hors d'haleine en poussant de grands cris :

– Venez vite, Dom Placido s'est noyé! Il s'est noyé dans le trou d'eau du moulin, après Poço!

Le domaine du Bon-Secours, Moldes et Casais furent tout en émoi, et une foule de gens se précipita vers le lieu en question. Le corps du gentilhomme gisait, immergé dans le bassin que le ruisseau forme à cet endroit et où il constitue, du côté de la rive opposée au moulin, à cause de la profondeur et du remous de l'eau frappée par la roue à aubes, un vivier à truites bien connu. Il était à demi tourné sur le ventre et ne présentait apparemment rien d'anormal, si ce n'est la jambe droite prise sous la gauche, mais on apercevait sur son front un grand trou d'où coulait doucement un filet de sang, rose et gluant, qui s'effilochait au contact de la masse liquide. L'un des bras était projeté en avant, dans le geste instinctif, eût-on dit, de parer un coup ou une chute. Sa canne à pêche – on pouvait bien s'en rendre compte – lui avait échappé des mains; elle était restée en partie sur la rive, le bout tombant en oblique au fond du bassin, suivant la direction de la ligne lancée au fil de l'eau.

On retira le corps de la rivière, et aussitôt la version se répandit en s'amplifiant que le gentilhomme était en train de pêcher quand il avait eu une de ces attaques auxquelles il était sujet, et était allé se cogner la tête sur l'arête vive de la pierre qui retenait le remblai. Les fermiers de Seara, un champ qui appartenait aussi au domaine, l'avaient vu passer, la canne en l'air, de bonne humeur, sifflotant, et ils avaient même échangé un salut avec lui. Il y eut juste une petite bergère pour apporter un instant, rien qu'un instant, de perplexité. Elle disait et jurait ses grands dieux qu'elle avait vu, de ses yeux vu, une ombre se glisser en se cachant le plus possible derrière la saussaie. Mais une ombre que personne d'autre n'avait aperçue, à qui pouvait-elle bien appartenir? L'un des gamins du hameau de Poço, qui serait allé dénicher les oiseaux, pouvait lui avoir causé cette impression trompeuse, à moins que ce ne fût Dom Placido lui-même, en se baissant pour ramasser un appât et le mettre sur son hameçon.

– A ce moment-là, Dom Placido, tu le voyais? s'enquit l'un des Salomão, de Freita.

– Non, Monsieur, je ne le voyais pas.

– C'est bien ça! C'était lui qui s'était penché et cherchait des vers pour son hameçon.

C'était donc une attaque qu'il avait eue. Il avait tout l'air d'être tombé en avant et de s'être cogné sur le rocher contre lequel s'appuyait le mur de soutènement du moulin, et qui affleurait à demi. Le médecin du bourg émit un diagnostic définitif: l'hémorragie cérébrale aurait suffi à provoquer la mort, en admettant qu'il n'y ait pas eu d'asphyxie.

– Pauvre homme! proclamaient les bonnes gens. Maintenant qu'il allait épouser l'héritière la plus riche des environs et que la vie lui souriait, voilà que Dieu était venu le reprendre! C'était écrit. Celui qui avait tout à y gagner, c'était son frère, qui avait déjà reçu la première tonsure et qui, selon toute apparence, était fâché avec la théologie.

Comment ce dernier avait-il reçu la nouvelle? Eh bien, le pauvre, il avait été surpris par l'attroupement, alors qu'il revenait de São Martinho de Covas par un chemin parallèle au ruisseau. En d'autres temps, les deux frères s'entendaient comme chien et chat et ne s'adressaient pratiquement la parole que pour se dire bonjour, bonsoir. Depuis peu, ils étaient devenus très bons amis et se montraient très empressés l'un envers l'autre. On les voyait partout ensemble, occupés à donner des ordres. Placido acceptait toujours les conseils de son frère et mettait à exécution ce qu'il lui dictait, comme si c'eût été lui le véritable maître du Bon-Secours. Ils s'étaient réconciliés sous les auspices de la nouvelle vie qui s'était emparée du domaine, et tout se déroulait selon les désirs de leurs cœurs fraternels. Imaginez un peu l'émotion de Fernando Luis quand on l'amena devant le cadavre de son frère! Elle fut si violente que, si on ne l'avait soutenu, il serait tombé à terre. Il prit le deuil le plus strict et, durant toutes les journées qui précédèrent les obsèques, il refusa d'ouvrir sa porte à tous les gens qui se présentèrent, tant il avait de peine et d'affliction. Sa douleur était si vive qu'elle ne lui permit pas non plus d'assister à la messe de *requiem* ni de faire acte de présence au service funèbre, aux offices que les prêtres de trois paroisses, sous la présidence de Monseigneur Alexandre, doyen de la cathédrale de Braga et oncle du défunt, modulèrent dans l'église de Rubiães, suivant le fastueux cérémonial du domaine. Qu'on lui pardonnât, mais il n'en avait pas la force. Il allait rester au Bon-Secours, prier à deux genoux pour l'âme de son frère afin que Dieu le reçût à sa droite, ce qu'il méritait bien car il avait été un homme juste et pieux. On n'insista pas davantage. Ceux qui le virent, les jours suivants, négligé dans sa mise, pâle et funèbre, prenaient pitié à le voir ainsi miné par ce mal profond que lui avait causé la fin tragique de son cher frère.

Dans le manoir, on ferma tous les volets, et des crêpes

neufs vinrent remplacer, sur l'écusson d'armes des Cunha Antas, les crêpes défraîchis et déchirés dont les pointes volaient au vent et que l'on avait mis pour la mort de Joana de Azevedo e Mendonça, la mère des actuels gentilshommes.

Finalement le manoir resta comme en suspens, statique, muré dans sa peine, au bord du fleuve du temps qui continuait à emporter avec lui le bien et le mal, les amours et les haines, dans son flux inexorable. Les houes et les charrues, elles, continuèrent à fendre la terre, car il y avait dans le domaine de nombreuses bouches à nourrir : des esclaves, de nouveaux serviteurs et des enfants nés des accouplements. Et les saisons n'arrêtèrent pas leur cours. Les tourterelles et le coucou vinrent, puis repartirent. La femelle d'un blaireau mit bas dans la forêt et l'un des valets de ferme prit les petits avec lui pour aller mendier de porte en porte. Il ramassa ainsi plus d'un cent d'œufs. Les pins se virent pousser un rejet de plus, et les petites truites devinrent grosses, car il n'y avait personne pour les pêcher.

L'année suivante, à Pâques, *alleluia*, deux fois *alleluia*, la cloche du Bon-Secours sonna pour le mariage de Fernando avec la fiancée du défunt. Rien d'étonnant à cela : ainsi, toutes ces dépenses n'avaient pas été engagées en vain et, de plus, cela évitait une cruelle déception à cette jeune fille modeste et réservée, Dona Joana Angélica do Amaral Marinho, qui avait donné libre cours à ses rêves de mariage. Comparé à son frère, Fernando était bel homme. Mince, élancé, beau parleur, affable malgré son tempérament froid et renfermé, il avait jeté allégrement le froc aux orties. De sa première tonsure, on n'apercevait plus qu'un petit rond de cheveux un peu plus court qui résistait à toutes les coupes. Joana Angélica n'avait pas perdu au change. Le penchant de Fernando pour les frasques, de même que les habitudes de vagabondage et de parasitisme qu'on lui reprochait ouvertement dans la famille, on les attribuait maintenant avec bienveillance à sa condition de cadet; ce n'était plus, en pareil cas, qu'une tare constitutionnelle. Tout, sur terre comme aux cieux, laissait présager qu'ils devaient jouir de la plus scandaleuse félicité.

VIII

Fernando de Mendonça – c'est ainsi que se fit appeler cet héritier occasionnel du titre qui, dès l'enfance, avait adopté le nom de sa mère, sans doute dans l'intention de cacher sa position de cadet, si ce n'est pour affirmer son indépendance –, Fernando de Mendonça et sa femme se mirent à mener la grande vie et furent aimés du riche comme du pauvre, leurs salons, fréquentés par la plus grande noblesse du Haut Minho, ne désemplissant pas. A tout instant, calèches et carrosses déversaient des visiteurs dans la cour, sous le regard accueillant de Notre-Dame, flanquée de saint Pierre et de saint Paul, hérauts de sa pureté. On venait de loin, même d'Amarante et de Penafiel, car le manoir était devenu l'agréable lieu de rencontre de tout ce qu'il y avait de plus aristocratique et de plus notable dans la région. Dona Joana Angélica laissa tomber les confitures et se mit à faire des vers, de bons vers, disait-on, à force de compter les syllabes sur ses doigts. Certains poètes de Ribeira-Lima la célébrèrent en d'innombrables acrostiches et complaintes que l'on trouve aujourd'hui encore dans les recueils manuscrits, quand par miracle, le grossier prosaïsme de l'époque ne les a pas mis en lambeaux pour envelopper des saucissons ou bourrer des fusils. Grâce aux avantages que lui procura la maison d'Outeiro Meão, le manoir put rapidement payer ses dettes et se libérer des hypothèques dont il était grevé. Et à nouveau de grands troupeaux de vaches et de chevaux égayèrent de leur allure indolente ou fringante les pentes caressées par le doux soleil des après-midi d'été, ou encore fraîches de la rosée du matin.

Dans la chapelle, pour répondre au désir du père Hipacio Leborinho, on célébra de belles fêtes pleines de senteurs, au cours desquelles les seigneurs du manoir ne manquaient jamais de purifier leur âme, et qui se terminaient toujours par un splendide festin auquel il n'était pas rare de voir s'attabler l'archevêque primat et le gouverneur militaire.

Ils étaient heureux comme des rois; c'est du moins ce que tout le monde croyait, mais le bât les blessait manifestement quelque part : ils souffraient de ne pas avoir d'enfant. Dona Joana Angélica prenait toutes les tisanes miraculeuses que lui conseillaient les guérisseuses, de même qu'elle faisait des promesses à tous les saints et à toutes les saintes de la cour céleste, mais ses entrailles continuaient à être aussi stériles que la pierre. Le miracle de Rébecca allait-il se reproduire, sur le tard, lors du déclin de sa jeunesse, au moment où elle s'y attendrait le moins ?

Un jour, elle alla consulter la magicienne de Padornelo, considérée par certains comme une femme de grande vertu et par d'autres comme une sorcière et une pauvre créature de bas étage. Peut-être à cause du respect que la grande dame lui inspirait, la bonne femme se montra prudente et avisée, tout en la tutoyant au nom de la transcendance hermétique de son ministère.

– Va, ma petite fleur, va voir sainte Justa, à São Pedro dos Arcos. Le pèlerinage tombe au début de l'été, quand les pêches commencent à se remplir de jus sur les pêchers. Le rut a alors abandonné les hommes et les animaux. Les poules qui devaient couver ont fini de couver. Seul le maquis conserve des sortilèges amoureux. Il suffit de s'enfoncer dans un champ de bruyères ou de genêts pour qu'une femme éprouve l'envie d'un homme comme jamais. Eh bien, tu dois aller à la fête avec ton époux et dormir avec lui sous un genêt qui fasse encore des fleurs. Tu m'as bien comprise, hein ? La veille au soir, mets-lui dans son pâté ou dans son bouillon des noix de jacapucayo. On en vend chez l'apothicaire. Si le mal ne vient pas de lui, c'est là que tu concevras l'héritier que tu souhaites avoir. Ne t'effraie pas de ce que tu verras ou entendras autour de toi. Tu sais, il y a beaucoup de gens qui vont là-bas dans le même but.

Dona Joana avait sur les lèvres la question compromettante : – et si le mal vient de lui ? – mais elle se domina, ayant appris par une cousine que la réponse était invariablement la même, et que la nature des choses la rendait en soi quelque peu inutile : – S'il sait vraiment s'y prendre, tu crois qu'il peut être stérile ? Alors, dis-moi un peu : n'as-tu pas un cousin ? Un valet fidèle et propre ? Arrange-toi avec lui...

Après avoir promis de suivre à la lettre les indications de la bonne femme, Dona Joana Angélica s'apprêtait à payer la consultation, quand elle s'entendit dire :

– N'oublie pas d'offrir à la vierge miraculeuse, sainte Justa, un couple de poulets blancs. Mais attention, ni le poulet ni la poulette ne doivent avoir été accouplés. C'est à cette seule condition que la vierge miraculeuse entendra ta prière.

De retour au manoir, Dona Joana fit part à son mari de la prescription qu'il lui faudrait suivre, d'après la sorcière de Padornelo, pour qu'ils eussent un héritier.

– Si c'est là le remède, dit Fernando de Mendonça avec condescendance, vous aurez un enfant, ma cousine. Nous ne manquerons pas d'aller au pèlerinage de sainte Justa, à São Pedro dos Arcos, vous pouvez y compter.

Avril passa, mai passa, un mois de mai frisquet et tardif, à grand-peine débarrassé des marques de l'hiver. Dans les bois, c'était tout juste si la gent ailée donnait signe de vie, et, sur les paisseaux, les bourgeons enflaient, devenaient énormes et apoplectiques, prenaient une teinte rose, tandis que, sur les pampres, seuls certains ceps de morillon, à l'abri de la maison, montraient de timides panaches. Il n'y avait que la fleur de l'ajonc, plante qui se rit des saisons, pour illuminer de son or les pentes de la forêt. Ce n'est que lorsque arriva juillet que l'on sentit que la terre était fécondée dans ses herbes et dans ses plantes, dans ses oiseaux et dans ses animaux sauvages, ainsi que dans d'innombrables autres créatures de Dieu. Les coqs de perdrix chantaient sur les murs et, au fond de leur rabouillère, les lapines s'arrachaient les poils du ventre pour préparer le nid de leurs lapereaux.

– Alors, nous allons au pèlerinage de sainte Justa? demanda un matin Joana Angélica à son mari.

– Oui, pourquoi n'irions-nous pas? Cela ne vous paraît-il pas nécessaire...? répondit Fernando.

Quand ils apprirent que leurs maîtres allaient à la fameuse fête, ce fut l'effervescence chez les domestiques. Et surtout chez les jeunes filles à marier qui, connaissant le pouvoir de marieuse de la sainte, préparèrent leurs affutiaux et des paniers de victuailles. Saint Antoine était de Lisbonne, il était vieux, grincheux, tombé en disgrâce, et ne leur tendait pas toujours une oreille complaisante. Notre-Dame d'Arga faisait, elle aussi, des miracles de ce genre, mais la sainte d'Arcos n'avait pas sa pareille dans le monde entier.

C'est par un après-midi ensoleillé que le cortège bigarré des pèlerins entreprit de grimper le Meijoeiro. Marchant d'un pied léger, dans la douce tiédeur, les jeunes filles laissaient flotter leur fichu sur leurs épaules et sautaient comme des cabris au son des tambourins. Un petit gars de Moldes, roux, aux yeux verts, menait un rythme endiablé sur un tambour qu'il tenait contre son ventre, tout en lançant en l'air sa baguette qu'il rattrapait avec adresse, d'un air désinvolte. Ils avançaient en marchant et en dansant, ne s'arrêtant que pour lever leurs gourdes, et les garçons profitaient de ces moments de répit pour peloter les jeunes filles en cachette, ou même au vu de tous, y compris du chapelain, le père Hipacio Leborinho. Monté sur l'une des juments poulinières du domaine, une jument courtaude, que la corpulence et la sagesse rendaient matriarcale, ce dernier ne détournait même pas les yeux pour ne rien voir ou faire semblant, comme l'exige la bonne éducation ecclésiastique. Quand ils ne furent plus très loin de l'ermitage, ils virent arriver, par les chemins muletiers et les sentiers qui descendaient les collines pour aboutir là, tortueux et étroits comme des lacets, d'autres groupes, tous animés de la même frénésie dans leurs danses, avec leurs abbés et leurs notables à cheval, le menu peuple allant à pied, jouant de la cornemuse et dansant la sarabande. Au milieu, les majordomes, dont les favoris descendaient jusqu'au col, portaient en travers de leur selle les croix et les lanternes, car la plupart des habitants de Ribeira-Lima, des terres de Coura et de Vez venaient là pour accomplir un vœu qui remontait à des temps immémoriaux, précédés de leurs clameurs et de leurs litanies.

Comme ils arrivaient en vue d'Arcos, le soleil déclinait. Le crépuscule tiède était tombé très vite dans un ciel lavé par la brise des cimes, et le croissant de lune au-dessus de l'Arga faisait penser à une caravelle prête à rentrer au port. Mais les crapauds, les grillons et les courtilières continuaient de se taire dans les fonds herbeux tout comme les grenouilles, en bas, dans la rivière, attendant le signal de la baguette du chef d'orchestre qu'eux seuls peuvent voir, pour attaquer tous en chœur leur tohu-bohu.

Autour de la petite chapelle qui resplendissait sur la colline, au milieu du parvis, son mur chaulé de frais lui faisant une blanche ceinture, sa cloche débordant de son logement, telle une jupe gonflée par les virevoltes de la *vira*, résonnaient les sérénades péripatétiques. D'autres personnes stationnaient sur les replats et les terrasses de la colline, et là, cachées ou à peine visibles, elles entonnaient leurs chants mi-liturgiques mi-païens, à la louange de sainte Justa. Sur la colline galopaient à toute allure, montés sur leurs bidets coiffés de franges et recouverts de peaux de veau dont les pattes marquaient la cadence, les coqs de village au chapeau à larges bords, le gourdin calé sous la cuisse et fiers comme Artaban. Il y avait des montures à foison dans le maquis; il y en avait tant qu'on eût dit une foire annuelle débordant sur les champs à la ronde. Des ânes en liberté, ou traînant la bride, broutaient les buissons et les cytises; d'autres, attachés aux chênes, philosophaient ou écoutaient la musique céleste, leurs longues oreilles pointées comme des antennes vers le lointain, les prairies, les voix crépusculaires du retour au bercail, une bourrique entrevue à un moment ou à un autre, ou bien ils se tordaient comme des serpents, dans leur désir d'attraper les brins d'herbe qui brillaient de façon provocante, verts, si verts, à deux doigts de leurs dents. Çà et là les chevaux grattaient le sol et hennissaient pour appeler leurs maîtres. Certains d'entre eux, qui étaient en groupe, ruaient et fringuaient à cause d'une jument en chaleur. D'autres, isolés, balançaient leur queue en cadence pour chasser les mouches ou, chose plus courante et que semblait justifier leur attitude recueillie, faisaient leur prière, aux dires des muletiers. De vieux baudets, gros et bonasses, semblaient méditer, fixant eux aussi l'aréole luisante de leurs fers. A côté d'eux, leurs maîtres, après les avoir débarrassés des bâts contenant leurs provisions, cassaient la croûte et dédiaient joyeusement leurs libations à sainte Justa.

Les timbales résonnaient et les petits tambours de basque faisaient entendre leur croassement flamenco. Et bada-boum-boum-boum, les pas cadencés des batteurs de la *chula*, les voix de tête des jeunes filles qui fusaient, telles des flèches, en direction de la petite chapelle, les braiments, les cris et le brouhaha des conversations emplissaient toute la colline du tintamarre le plus bambocheur, le plus universel et le plus incongru.

Les maîtres du manoir gravirent le sentier tortueux et

encombré de pèlerins qui menait au sanctuaire. Soudain, au détour d'un buisson de genêts, ils se trouvèrent nez à nez avec le seigneur de Lisouros, armé de sa cravache en gomme laque, son petit chapeau penché sur l'oreille, très parfumé, qui leur fit force salamalecs. Il avait courtisé Joana Angélica *in illo tempore*, et avait gardé l'habitude de lui jeter des regards langoureux et de faire le muguet quand il la voyait. Elle appréciait sa compagnie, à juste titre, car on lui reconnaissait, entre autres talents, celui d'être l'homme le plus spirituel de toute la région de Fraião, quoique très désinvolte pour ce qui est de respecter autrui, et assez infatué de sa personne! Fernando Luis avait du mal à cacher la répugnance qu'il lui inspirait et devait faire de gros efforts pour le supporter. Le gentilhomme se mit à chevaucher à côté de Joana Angélica et n'en bougea plus. Ils passaient à présent au milieu de groupes compacts en direction de la petite chapelle. Avec son toit mauresque aux tuiles posées de chant et surmonté par un clocher installé comme à califourchon, avec la chaux qui brillait sur les joints des pierres de taille, elle scintillait derrière les étendards et les arceaux garnis de festons très colorés, mais somptueux, que l'on avait dressés sur le parvis. A cet instant, les processions de la paroisse accomplissaient les tours rituels. Par la porte grande ouverte, on apercevait l'autel et la sainte au milieu des cierges allumés, au-dessus de brassées de roses et de bouquets fleuris, revêtue d'un péplum rouge broché d'or. L'une après l'autre, les processions de Rendufe, de Labruja, de Cristelo et de Cabração défilèrent et se dispersèrent, croix d'argent, lanternes multicolores, bannières, étendards, robes de confrérie écarlates et dalmatiques resplendissant dans le soleil couchant.

Joana Angélica, appuyée au bras de son mari, transportée par l'exaltation qui émanait de la foule, s'adressa en souriant au seigneur de Lisouros :

– Qu'en dites-vous, cousin? Sainte Justa est une sainte chrétienne, et pourtant, on lui rend un culte à première vue bien païen!

– Demandez au révérend Hipacio Leborinho de vous l'expliquer, Dona Joaninha. Où est-il passé? Il est resté en arrière...

– Racontez donc, cousin...

– C'est un art que je n'ai jamais réussi à apprendre, que celui de raconter une histoire, ou même de rapporter un bon mot. Je ne suis pas doué.

– Racontez tout de même.

Le seigneur de Lisouros regarda Fernando de Mendonça et, voyant qu'il était renfrogné, il se mit à débiter l'histoire surannée de sainte Justa pour le faire enrager encore plus.

– Si ma mémoire est bonne, comme je l'ai entendu dire à mon chapelain, il était une fois deux sœurs, Justa et Rufina, marchandes de vaisselle à Séville; en fait, elles vendaient des alcarazas, des cruchons, des pots de terre, tout ce qu'il y a de plus cassant et de plus fragile. Tous articles qui, de ce point de vue, sont très comparables... disons, aux jeunes filles. Une fois que les pots sont cassés, on les répare avec des agrafes, mais ils restent fendus à tout jamais. Il en est de même... – remarquant que Dom Fernando affichait un air sévère, un air de préfet de séminaire, il s'enhardit à conclure en mettant toute la malice dans l'intonation et dans le geste – il en est de même pour la chose... la chose que nous savons...

Dona Joana ne se permit pas de répondre à un raisonnement aussi réticent et aussi scabreux, mais elle fit entendre une cascade de petits rires satisfaits.

– Voilà une comparaison qu'on ne peut accepter qu'en y mettant beaucoup de bonne volonté, Dom Leonel Bacelar, intervint le chapelain qui avait l'ouïe fine et qui s'était rapproché.

– Mais, au point où nous en sommes, Dona Joaninha, écoutez donc la suite... reprit le seigneur de Lisouros sans relever l'observation. Des adoratrices de Vénus mendiaient en montrant la statue de la déesse; elles mendiaient comme on le fait aujourd'hui naturellement dans notre sainte religion pour les saints ou pour le repos des âmes. Elles se sont adressées à nos marchandes de vaisselle : *Une petite aumône en l'honneur et à la gloire de notre sainte patronne, s'il vous plaît...* Les deux jeunes filles ont été très scandalisées. Quelle audace! Venir leur demander à elles, ferventes chrétiennes, une aumône pour une déesse païenne! Et qui plus est, pour celle-là, la déesse de l'impudeur! Alors, elles n'ont fait ni une ni deux, elles ont attrapé la statue de Vénus et l'ont brisée en mille morceaux. Résultat : les païens les ont arrêtées et leur ont infligé de mauvais traitements, tous les mauvais traitements dont ces brigands étaient capables; c'est ce que dit le *Flos Sanctorum*, et je veux bien le croire. Je crois tout ce qu'il dit. Je crois que certains épisodes de l'histoire, ou même tous, sont véridiques, et il est même probable qu'on en a omis quelques-uns. L'un d'eux aurait été le viol de nos deux vierges marchandes de vaisselle, perpétré par les agents de l'ordre qui étaient aussi gredins alors qu'aujourd'hui, pour les obliger de cette façon à sacrifier à Vénus.

– Où s'est passée cette infamie? demanda Fernando de Mendoça en faisant une grimace.

– Cette infamie s'est passée à Séville, cousin, rétorqua Leonel Bacelar, terre chaude et propice à l'amour, on ne sait à quel moment du troisième siècle, siècle où, soit dit entre nous et que le père Leborinho me pardonne, l'on a forgé de vénérables légendes pour défendre le nom de Dieu. Mais pourquoi faites-vous cette tête, mon révérend? Ce n'est pas moi qui ai inventé cela. Je l'ai entendu dire à un professeur de l'université de Salamanque, un maître éminent! Tiens, il prisait, d'ailleurs! Et je lui ai entendu dire plus encore : Ces histoires de mythes, le seul point sur lequel elles ne se ressemblent pas, c'est dans la façon dont on les revêt.

– Vous oubliez que vous parlez devant un familier du Saint-Office, cousin, fit observer Joana sur un ton badin.

– C'est pour que vous sachiez tous que j'ai bien compris les intentions de mon oncle Domingos da Cunha Antas, répondit Lisouros en souriant également.

Joana tourna la tête pour rire furtivement, avec plaisir mais sans ostentation, connaissant l'esprit de son cousin de Lisouros qui tendait, maintenant comme toujours, à être facétieux, et celui de son mari, réservé et renfrogné.

Dans les processions, tout de suite après le dais, venaient les danses endiablées du roi David. Des jeunes filles charmantes et des hommes à l'air bourru jouaient des castagnettes les bras levés, et décrivaient ensemble, tout en avançant, une sarabande animée.

– Je voudrais tout de même qu'on m'explique comment il se fait que sainte Justa, en se montrant l'ennemie de Vénus, est devenue la patronne d'une chose aussi contraire à ses idées, reprit peu après Joana Angélica en s'adressant à son cousin de Lisouros.

– Je ne saurais vous le dire, cousine Joaninha, répondit-il en lui adressant un profond salut.

Il se mit pourtant à exposer sa thèse érotique. Il était probable qu'une fois la légende installée, les chrétiens avaient fini par considérer sainte Justa comme une martyre de Vénus. Vénus était la déesse de l'amour et de la procréation. Pourquoi la bonne marchande de vaisselle n'aurait-elle pas fini par exercer sa jurisprudence dans une cause aussi transcendante? C'était absurde, une sorte d'inversion de l'esprit, sans doute, mais quelle importance pour les gens qui avaient besoin de remède et d'espérance dans une juridiction aussi auguste? D'où le symbole. A qui les pauvres épouses privées du bonheur d'être mères pouvaient-elles s'adresser? Eh bien, à sainte Justa et à sainte Rufina, ou seulement à sainte Justa qui avait pris le pas sur sa sœur, Dieu sait pour quel motif.

Joana Angélica trouva l'histoire amusante encore qu'elle lui parût aussi invraisemblable que fabuleuse. Dieu écrit droit avec des lignes courbes, il est vrai, mais un pareil écrit, il ne l'aurait certainement pas signé de son nom.

Fernando de Mendonça crachota à plusieurs reprises sur le côté, ce que le seigneur de Lisouros feignit de ne pas remarquer.

– Et pourquoi ne serait-ce pas une survivance du culte païen? demanda le père Hipacio Leborinho, après un long silence qu'il avait manifestement passé à consulter d'un air méditatif les boutons théologiques de sa soutane.

– De cette façon ou d'une autre, tous les chemins mènent à Rome, proféra le seigneur de Lisouros avec une certaine emphase et sur un ton péremptoire.

Des hommes, qui portaient d'énormes rosaires autour du cou et avaient à la main des bâtons ferrés, passèrent à côté d'eux. Par moments, ils lançaient leurs bâtons en l'air avec une incroyable adresse et se tapaient dessus, en poussant des hurlements dignes du temps des cavernes. A la tête de la foule processionnelle, un prêtre, coiffé d'un tricorne et revêtu d'un rochet, entonnait en suivant un vieux livre d'heures la litanie de sainte Justa dont les termes, probablement d'origine aryenne, avaient survécu aux rites wisigoths et mozarabes :

– *Inupta puela suavissima...*
– *Ora pro nobis!*
– *Tenera caro rastro illibata...*
– *Ora pro nobis!*
– *Rudis et tenuis carina...*
– *Ora pro nobis!*
– *Excelsa unda voluptatis...*
– *Ora pro nobis!*
– *Sinus sanctus dealbatus...*
– *Ora pro nobis!*
– *Columba sine labe peracta...*
– *Ora pro nobis!*
– *Hoedula moris emendatissima...*
– *Ora pro nobis!*
– *Ineluctabilis delectatio...*
– *Ora pro nobis!*
– *Coeli gaudia dierumque laetitia...*
– *Ora pro nobis!*

– *Oculorum et tactus jucunditas...*
– *Ora pro nobis!*
– *Dulcedinis profundum mare...*
– *Ora pro nobis!*
– *Vitae et mortis amenitas...*
– *Ora pro nobis!*

La procession archaïque se défit, et hommes et femmes s'enfoncèrent par couples dans le champ de genêts en fleurs. Les seigneurs du domaine entrèrent dans le petit temple pour déposer aux pieds de la vierge sainte le couple de poulets blancs qu'une esclave portait dans une corbeille, pattes et ailes attachées par un ruban de soie également blanc pour ne pas trancher sur la couleur liturgique. A en juger par toutes les plumes qui jonchaient le sol, de nombreuses offrandes de gallinacés, mais aussi de colombes, avaient dû être faites. L'ermite avait tout emporté avec elle dans la sacristie. On y entendait les cocoricos pétulants et le fausset juvénile des caquètements des coquelets qui s'égosillaient à qui mieux mieux.

Joana Angélica se prosterna devant la petite sainte au visage poupin et aimable. Puis, elle lui demanda avec ferveur de bien vouloir intercéder pour elle auprès de Dieu, afin qu'elle eût un fils. Plus qu'un successeur, il serait l'ange qui viendrait la délivrer des affres de la mélancolie et de l'amertume à laquelle elle avait été condamnée. Oh! elle seule connaissait son tourment, et personne d'autre!

Fernando de Mendonça lui vit les yeux pleins de larmes; irrité, il lui tapa sur l'épaule. Sur le parvis, le seigneur de Lisouros, toujours galant et discret, prit congé. Ils entrèrent alors dans le bois sacré, précédés du guide qui avait pour mission de les mener à l'endroit où les esclaves avaient préparé leur lit. La nuit était complètement tombée, mais à la clarté des étoiles et du premier croissant de lune on devinait à chaque pas des couples saisis de délire amoureux. La pénombre était pleine de soupirs et de gémissements d'une musicalité inouïe. Une femme faisait entendre un chuintement semblable à celui d'une bouilloire pleine d'eau quand elle commence à être réchauffée par les flammes.

Dona Joana fermait les yeux et se bouchait les oreilles. Mais la sorcière de Padornelo ne l'avait-elle pas avertie qu'il fallait accomplir la promesse avec tous les sens bien en éveil?

Ils se couchèrent sous un gigantesque genêt doré. Les fleurs tombaient sur eux en une pluie douce, chargée de senteurs âcres, agitées par le rythme délicieux de l'étreinte. Dieu soit loué, ce n'était pas la mer à boire!

Les jours et les mois passèrent, le camélia de la fontaine devint plus beau qu'un firmament constellé d'étoiles, mais l'enfant auquel ils voulaient donner le nom de Lisuarte *, en sa qualité d'enfant miraculeux, ne fut pas apporté par les cigognes.

* Personnage du roman de chevalerie *Amadis de Gaule*.

IX

Comme Dieu n'avait pas voulu leur accorder ce fils tant désiré, les seigneurs du domaine se jetèrent dans le tourbillon des plaisirs mondains en une débauche de dépenses ruineuses. Que leur importait le lendemain s'ils n'étaient plus responsables du nom héréditaire?

Ils ne cessèrent de sillonner les routes, soit en carrosse, soit en chaise, de se montrer aux fêtes de village ou aux pèlerinages, dans les festivités mondaines ou religieuses, toutes celles qu'il pouvait y avoir à cinq lieues à la ronde. A Braga surtout, le seigneur de Romarigães se faisait remarquer par ses laquais en livrée – lisérés et galons orange sur drap émeraude –, et par ses hérauts armés de couteaux de chasse passés dans leurs ceinturons en daim et portant un tromblon sur l'épaule. Dans la capitale, en revanche, où ils se rendirent deux hivers de suite, on ne les traita pas avec toutes les attentions et les honneurs auxquels ils estimaient avoir droit sur la foi de leurs parchemins. Au troisième hiver, Lisbonne était en ruine, démolie par le tremblement de terre. Ils rendirent grâce à Dieu et aux hôteliers de la rue Correio-Mor qui, leur ayant extorqué jusqu'à leur dernier écu, les avaient confirmés dans leur intention de ne plus remettre les pieds dans la ville de marbre et de granit tant qu'on n'y réserverait pas un meilleur accueil aux gentilshommes d'Entre Douro et Minho.

– La peste soit de tous ces voleurs! les entendait-on s'écrier, et Fernando de Mendonça ponctuait tous ses discours de cette phrase, lorsqu'il rapportait les impressions que lui avait laissées la ville des mauvais garçons et des négresses de bas étage. Au fond, tout cela n'était que pour se venger de la cité et de la racaille qui l'habitait et n'était plus disposée à rendre hommage aux gentilshommes qui arboraient sur leurs blasons les monogrammes des Fruela * et des Vitiza **.

Avec cette vie si dissipée et passée à dépenser sans compter, les affaires du patrimoine allaient à vau-l'eau. Il pleuvait dans la maison comme à l'air libre et il n'y avait personne pour monter sur le toit. Çà et là, les murs d'enceinte s'écroulaient, et pas le moindre valet ni le moindre fermier ne prenait l'initiative de remettre une seule pierre en place. Les braconniers venaient poser des pièges pour les lapins dans la forêt et en profitaient pour piller le poulailler et dévaster le potager. Non contents de voler le bois et de prélever l'écorce des chênes-lièges à la faveur de la nuit, les coureurs de bois sciaient les jeunes arbres. Et certains voisins encore plus effrontés poussèrent l'audace jusqu'à dévier de la propriété le cours de l'eau de ruissellement, tandis que d'autres n'hésitèrent pas à changer les bornes dans les communs. Parmi les serviteurs et les esclaves régnait le laisser-aller le plus sordide. Le bétail était maigre, décharné, teigneux, et déjà deux juments avaient avorté faute de soins élémentaires.

* Fruela, roi des Asturies (722-768).
** Vitiza, avant-dernier roi Wisigoth de la péninsule Ibérique, mort en 710.

– Ah, domaine du Bon-Secours! Quand je pense à ta splendeur passée! se lamentait Fernando Luis à chaque fois que, de la terrasse, il le parcourait des yeux et y découvrait la ruine qui s'emparait de tout, des sources obstruées aux chênes-lièges écorchés.

Pour faire face aux dépenses supplémentaires, ils se mirent à aliéner, dans leur propriété de Calheiros, tantôt une parcelle, tantôt une friche, ou encore une chênaie. A quoi leur servaient des biens si lointains et si mal gérés? Ils vendaient le couteau sous la gorge et c'est pourquoi ils vendaient à bas prix, mais c'était le seul moyen de boucher les trous de leur budget sans alarmer le voisinage. Un qui prospérait, c'était le beau-frère de Fernando Luis, son ancien compagnon de bohème, Lourenço Joaquim Marinho qui, ainsi, peu à peu, trouva le moyen de redonner toute son opulence à la maison d'Outeiro Meão que la dot de Joana avait considérablement grevée.

Les frais ordinaires et les extras, de même que les dépenses occasionnées par un voyou de neveu, fils de Constantino, qui avait commis des malversations se montant à sept mille cruzades et était menacé d'aller au bagne s'il n'indemnisait pas sa victime, rendirent la situation financière du domaine encore plus précaire.

– Je n'ai rien à voir avec ce vaurien! dit Fernando, hors de lui, au père Hipacio Leborinho qui était venu lui présenter la requête.

– Mais si, Dom Fernando, c'est votre neveu. Votre neveu et votre héritier, si Dieu ne vous donne pas d'enfant. En outre, il porte le nom de votre illustre père Dom Luis da Cunha Antas de Azevedo, même s'il se fait appeler Luis de Azevedo, du nom de sa grand-mère Dona Joana de Azevedo. Comme vous le voyez, c'est le nom des Antas qui est sur la sellette.

– Chacun répond de soi. Je n'ai pas à répondre d'un tel gredin. C'est à peine si je le connais.

– C'est égal. Si vous n'étiez pas le seigneur et l'héritier du nom des Cunha Antas, vous n'auriez rien à voir avec lui. Mais votre orgueilleux blason n'est-il pas sur le portail ? Il y est bel et bien, par conséquent, il ne permet pas que votre nom soit traîné dans la boue.

– Chansons, chansons, père Hipacio. Mais dites-moi un peu : comment ce sacripant – Fernando Luis se plaisait à épuiser toute l'onomastique des insultes envers son neveu – comment ce sacripant a-t-il fait pour dépenser tant d'argent, qui plus est de l'argent qui ne lui appartient pas ?

– Comment il l'a dépensé ? Comme le dépensent les jeunes gens écervelés et au sang chaud. Avec des femmes et au jeu.

– Eh bien, pas un sou, mon révérend. Pas un sou !

– Il le faudra bien, Monsieur. J'ai toujours entendu dire : *Quand on n'a pas d'enfant par la grâce de Dieu, le diable vous donne des neveux.*

Il finit par payer pour sauver l'honneur de la maison, mais il le fit la rage au cœur. Il dut vendre les terres les plus fertiles de sa propriété de Calheiros. De telles dépenses imprévisibles eurent un autre effet : celui de serrer la vis aux fermiers et aux métayers du domaine. Jamais, depuis l'époque du licencié Gonçalo da Cunha, fondateur de la maison, les seigneurs du manoir n'avaient été autant aux abois. Avec les retardataires et les mauvais payeurs, Fernando de Mendonça devint inexorable : s'ils ne respectaient pas scrupuleusement les délais, ils étaient expulsés des terres par voie de justice, car les huissiers ont toujours prêté main forte aux riches pour écraser les pauvres. On commença à entendre toute sorte de protestations :

– Il veut nous écorcher vifs, après nous avoir pris notre chemise.

Après la première phase, toute de dissipation et de laisser-aller, venait maintenant celle de la gêne et de l'isolement. Fernando et Joana Angélica ne parlaient à personne. Ils s'enfermaient chez eux et se montraient rarement. Le dimanche, seulement, ils montraient le bout du nez à la messe célébrée au domaine, mais rien que le bout du nez car, pour se rendre au chœur de la chapelle, ils empruntaient le passage qui reliait cette dernière au manoir. Dona Joana semblait triste, elle était pâle, avait les yeux battus, avec parfois des traces de larmes, mais elle était toujours aussi jolie; lui, il avait vieilli et arborait un air sombre et rébarbatif. Le bruit courait qu'ils se détestaient cordialement, et qu'une fois où ils s'étaient disputés, Dona Joana, qui n'avait pas froid aux yeux, l'avait poursuivi avec un couteau de cuisine. Son mari, plus agile ou moins courageux, s'en était sorti en se mettant à courir autour de la table de la salle à manger jusqu'à ce qu'elle fût hors d'haleine. On disait aussi, mais à voix basse, qu'un jour le gentilhomme avait surpris le seigneur de Lisouros au petit matin, au moment où il sautait par la fenêtre. Il était allé en toute hâte chercher son espingole, mais, quand il avait été en mesure de tirer, l'ombre de l'individu s'évanouissait déjà dans l'obscurité à la hauteur de la terrasse du domaine d'Espinheiro. Vrai ou faux, le fait est que Leonel Bacelar ne figura plus jamais parmi les visiteurs, bien que le manoir continuât à être, quoique à un moindre degré, le caravansérail de la noblesse qui, allant de la vallée du Minho vers le sud, passait sur la route au long cours de Labruja et de Pedras Finas. Le scandale, s'il y en eut un, fit encore moins de bruit qu'une vitre qui tombe par terre et se brise. Il ne sortit pas de la maison.

De leurs habitudes d'autrefois, les seules auxquelles les seigneurs de Romarigães demeuraient fidèles étaient liées à la dévotion. Ils célébraient de nombreuses fêtes et étaient plus bigots que jamais. Si on allait les voir, on était à peu près sûr de les trouver le chapelet à la main, à prier tous les saints et les saintes de la cour céleste, ce qui leur prenait des heures, quand ils n'étaient pas occupés à réciter des neuvaines et à célébrer, au gré du calendrier, les mois particulièrement consacrés, Joseph, Marie, les morts. Le chapelain avait tant à faire que c'est à peine s'il avait le temps de sortir du manoir, ce qui l'empêchait de prendre part à des solennités qui se passaient en d'autres lieux, ou sur d'autres autels. En vertu de quoi il jugea bon de demander une augmentation de ses émoluments : il exigea trois mille cinq cents réaux par mois, alors que son salaire était de trois mille, et voulut qu'on lui payât cent vingt réaux pour chacune des messes dites spécialement à l'intention des maîtres du manoir, alors que jusque-là il ne touchait que cent réaux. Et il réclama deux chemises de lin en plus, ainsi que des galoches.

Fernando de Mendonça regimba. Pouvait-on marchander la parole de Dieu comme un vulgaire article de bazar? Ne faisait-il pas bonne chère, n'avait-il pas toujours de quoi se remplir la panse, et un pichet de vin vert toujours à portée de la main, en plus d'un bon lit, du feu dans l'âtre, et assez de bon temps pour réjouir toute une communauté de moines?

Le révérend Hipacio Leborinho tint bon et ne voulut pas en démordre. Il fallut céder. Mais ils le punirent en l'obligeant à venir tous les soirs réciter le rosaire en présence des domestiques, ce qu'il faisait de mauvaise grâce et en escamotant les prières. Et plus d'une fois, tandis qu'il faisait le tour des saints et des saintes, des vierges et des divinités, Fernando de Mendonça dut le rappeler à l'ordre :

– Dites, père Hipacio, vous avez sauté Notre-Dame des Lumières. Reprenez. Est-il rien de plus nécessaire que la clarté pour le corps et l'esprit?

– Nous avions déjà prié Notre-Dame des Chandelles, et cela suffit bien, grommelait le chapelain.

– Pas du tout. Les chandelles servent à éclairer les chemins et les sentiers de l'existence; la lumière de Notre-Dame des Lumières sert à éclairer la maison intérieure de chacun.

L'ancien étudiant en droit canon lui donnait une leçon de théologie mystique, et le père ne pouvait faire autrement que de se lancer dans l'invocation :

– Notre-Dame des Lumières, qui éclairez notre corps et notre âme, Ave Maria...

D'autres fois, c'était le nom d'un saint insignifiant du calendrier que le ritualiste écorchait.

– Saint Eliès?... Vous avez mal prononcé son nom! disait le gentilhomme. Ne savez-vous pas qu'il fait partie des saints les plus influents qu'il y ait au ciel? Il suffit qu'il veuille quelque chose pour que cela se réalise, car Dieu ne lui refuse rien. Allons, mon père, si vous avez sommeil, frottez-vous les yeux! Voulez-vous que je vous envoie chercher une pelure d'oignon?...

Fernando de Mendonça était devenu irascible et intraitable. La moindre contrariété le faisait sortir de ses gonds. Il criait si fort qu'on l'entendait de Casal. Il avait alors les inflexions d'un dément pris de fureur, ce qui se traduisait par un ton acerbe et une voix de crécelle évoquant le bruit de deux planchettes battant l'une contre l'autre. – *Entendez-moi ce grincheux,* disait le chapelain quand il se lançait dans ses objurgations, en réduisant l'impression acoustique à la plus grande douceur qu'il était capable de trouver dans la gamme vocale respective. Un jour, on surprit le gentilhomme en train de tirer par les cheveux l'esclave noire, Maria Quilomba, parce qu'elle avait oublié de lui coudre une agrafe sur le col de son caban. Une autre fois, il envoya la radoire de la huche à la tête du régisseur, qui l'évita de justesse. Mais l'objet alla frapper la jambe d'un gamin, le fils du vacher, et la lui cassa. Après cela, voyant le mal qu'il avait fait, il ne cessa de se désoler et de s'arracher les cheveux, et ce fut lui qui emmena l'enfant chez le rebouteux de Valença, lequel redressa la jambe du gamin et la lui maintint dans des attelles renforcées de poix. Il allait sur les chemins en se faisant de grands discours à haute voix, à tel point que tout le monde croyait qu'il y avait plusieurs personnes qui se donnaient la réplique tout en marchant. D'autres fois, il se réfugiait sur un tertre de la propriété et y restait, indifférent à lui-même et à tout ce qui l'entourait. Les heures passaient, les oiseaux volaient au-dessus de sa tête, les poulains et les petits ânes, curieux, venaient le renifler, amenés par leur mouvement naturel, broute que broute, jusqu'à la silhouette statufiée. Comme les grands poêles d'un catafalque, les ombres de la nuit descendaient sur la terre. Et ce n'est que lorsque le froid le transperçait ou lorsqu'on l'appelait qu'il sortait de cette extase à la saint Siméon le Stylite, comme le dénommait entre ses dents le père Hipacio Leborinho.

– Il n'a plus toute sa tête, disaient ses nobles parents quand il leur arrivait de parler de lui aux autres descendants de Léovigild *.

En effet, il ne raisonnait plus comme la plupart des gens. Pourtant, le bon sens commun lui revenait dès qu'il s'agissait de recevoir ses rentes et de recouvrer ses fermages. Celui qui ne l'aurait pas payé rubis sur l'ongle pouvait être sûr d'avoir l'huissier à ses trousses. Mais dans ses moments d'égarement les plus manifestes, quand il se mettait à rire ou à pleurer et quand il sortait des orbites morales ordinaires, alors là il n'avait plus figure humaine. Dona Joana Angélica avait peur de lui et le surveillait du coin de l'œil, aussi méfiante que prudente. Le père Hipacio lui faisait les cornes sous son surplis quand il lui parlait et lui souhaitait un enterrement de première classe avec une centaine de ses pairs pour lui chanter à pleins poumons le *De profundis*.

Un soir que le gentilhomme était plus misanthrope que jamais, se plaignant de ceci, se plaignant de cela, sans que les médecins pussent le comprendre, et bougon-

* Roi des Wisigoths (567 ou 568-586).

nant sans cesse à propos de tout et de rien, ils étaient en prière – *Pour le repos de l'âme de Dom Placido, pour que Dieu le place à sa droite, Pater noster et Ave Maria* –, lorsqu'il entendit un gémissement qui emplit toute la maison. Quel pouvait être ce gémissement qui ne venait pas d'une direction précise et qui lui semblait pourtant sortir de sous ses pieds, juste de sous la terre sur laquelle il marchait ?

– Vous n'avez pas entendu ? demanda-t-il en interrompant les prières.

– Quoi donc ? demanda Dona Joana Angélica.

– Un gémissement.

– Non. Ce doit être le vent, du côté de la forêt, dans les branches...

– Oui, il fait un vent à écorner tous les bœufs du Portugal, renchérit la femme de chambre qui ne savait s'exprimer que par des lieux communs.

– Quelque hibou, sans doute, émit le chapelain.

– Ou un animal en rut, avança le majordome.

Ils reprirent leurs prières :

– Que saint Jean protège nos moissons... *Pater noster et Ave Maria*.

Le gémissement retentit à nouveau dans les oreilles du gentilhomme. Il ne le dit pas, mais au mouvement de ses yeux, à son air épouvanté, à la façon effroyable dont il ouvrit sa bouche qui commençait à être édentée, on vit bien que le gémissement avait dû résonner au plus profond de ses entrailles pour le secouer d'une manière aussi brutale et dramatique.

– Qu'avez-vous, Dom Fernando ? s'enquit le chapelain. Vous êtes malade. Allez vous coucher...

– Vous n'avez pas entendu?

– Quoi?

– Le gémissement...

– Personne n'a rien entendu.

– Eh bien, moi, je l'ai entendu distinctement. Je l'ai entendu comme je vous entends. Et moi, je ne suis pas sourd. Vous devriez aller chez le forgeron vous faire déboucher les oreilles...

– C'est peut-être une hallucination, dit Dona Joana Angélica. Vous n'avez pas été bien ces derniers temps, cousin...

Suivant l'avis général, il alla se coucher. Il se réveilla en sursaut, en pleine nuit. Sa femme dormait dans la chambre voisine, avec son chat à ses pieds; il alla la réveiller. A la lumière de la veilleuse, il put voir l'animal, qui était en boule, se déplier et s'étirer en dressant ses griffes sorties de leur gaine.

– Vous n'entendez pas, Joana?

– Quoi donc?

– Ces gémissements...

Elle tendit l'oreille.

– Je n'entends rien du tout.

– Ça alors! Mais ils recommencent. On dirait, tant ils sont réguliers, les battements d'une horloge. Mon Dieu! Mon Dieu! Délivrez-moi! Délivrez-moi!

La voix du gentilhomme était si effrayante qu'elle prit peur. Elle alluma son chandelier. Quel funèbre visage il avait! Les yeux égarés, la bouche ouverte, il répétait:

– Vous n'entendez pas? Vous n'entendez vraiment pas?...

La pauvre dame suivit la direction qu'indiquait son

doigt, tourné vers le sol, et elle entendit. Elle entendit un gémissement étouffé, à peine plus fort qu'un soupir, mais tremblant et erratique comme un mille-pattes cherchant les fentes du plancher.

– Oui, dit-elle d'une voix oppressée. J'ai entendu... Il m'a semblé entendre...

– Écoutez encore...

Et elle entendit à nouveau, elle n'eût su dire si c'était à l'intérieur des murs, dans l'air, dans ses propres entrailles, un gémissement caverneux, tamisé, comme battant de l'aile, tout à fait sinistre.

Appelons le père Hipacio... Cela vaut mieux, n'est-ce pas? Je vais l'appeler. Père Hipacio!... Père Hipacio, père Hipacio!

Le cri retentit dans les longs couloirs, fit le tour de la maison, effraya les servantes qui dormaient sous les combles, au grenier, provoqua un tel remue-ménage que le chat sauta du lit et se sauva. Peu après, on vit arriver le père Leborinho, enveloppé dans sa soutane d'où dépassait son caleçon en étoupe avec un cordon défait et l'autre mal attaché au mollet, pieds nus dans de vieilles pantoufles faites d'étoffes assemblées.

– Qu'avez-vous, Dom Fernando, qu'avez-vous?

– Allez me chercher le bénitier et bénissez-moi cette chambre. Le diable est là. J'ai encore entendu ce gémissement.

– Taratata, Dom Fernando, vous êtes le seul à entendre ces choses.

– Comment? Dona Joana aussi l'a entendu. Vous l'avez entendu, oui ou non, cousine?

– Il m'a semblé l'entendre.

– Il vous a semblé... c'est différent.

– Pressez-vous un peu! Allez mettre votre surplis et bénissez-moi la maison. C'est moi qui commande.

Le chapelain, furieux, pestant tant qu'il pouvait – *le diable emporte ce fou! La peste soit de ce misérable!* – alla chercher son habit dans la chapelle puis, aidé du garçon de courses, Larica, il procéda à l'exorcisme. Il en était à la fin de la cérémonie quand le gentilhomme se mit à pousser de grands cris, le visage révulsé.

– Vous n'entendez pas? Bon sang, vous n'entendez pas? Pas même le son du canon!...

Alors, le chapelain entendit lui aussi le gémissement; il aurait juré l'avoir entendu. Puis, ce furent les servantes qui l'entendirent, et la femme de chambre de Dona Joana, la femme du vacher, les femmes qui travaillaient à la cuisine, le petit Larica des commissions. Et ils se mirent tous à trembler, le sang figé dans leurs veines. Tous entendaient ces gémissements, dont ils ne voyaient pas d'où ils pouvaient provenir, ni par quel organe de percussion, mais qui retentissaient dans toute la maison, emplissaient l'air, s'évaporaient comme une lumière intermittente dans l'immensité du ciel. Dom Fernando avait beau se boucher les oreilles, il continuait à les entendre. Dona Joana les entendait maintenant distinctement. Le chapelain fronçait les lèvres : tantôt il les entendait, tantôt il ne les entendait pas. Ce devait être un tour du Malin.

Au cours d'une de ces heures où le gémissement se manifestait, Dona Joana dit à son mari :

– Je viens de reconnaître le son de la voix. C'est la voix du défunt Placido...

– C'est bien ce qu'il m'avait semblé à moi aussi, dit-il, et il se mit à la regarder du fond de sa conscience, une conscience tapie derrière des monts et des vallées de terreur et d'iniquité.

– C'est son âme qui est en peine...

– Sans doute, sans doute, pour me punir de mes péchés. Ah! mon frère, que Dieu te reçoive en sa sainte garde; pardonne-moi, car je vais passer toute ma vie à genoux pour que Lui aussi me pardonne. Pardon, pardon, pardon. Ah! Ah! – et il pleurait et se barbouillait avec toutes les excrétions de sa nature décomposée.

– Il veut davantage de messes..., proféra Maria Angélica d'une petite voix d'enfant qui l'attendrit elle-même par la douceur et la commisération qui venaient la moduler.

– On va demander à tous les prêtres du Minho de dire des messes pour le repos de son âme. Si c'est ce qu'il veut, ça va. Et c'est certainement ça. S'il veut davantage de messes, il les aura.

Sa femme ne lui répondit pas, alors lui, voyant ses pensées traverser son esprit, grosses et lentes comme des charançons dans la farine :

– Vous êtes d'accord, n'est-ce pas, cousine? Je vais dépenser tout ce que j'ai pour le repos de son âme.

– Oh! dit-elle. L'an dernier, les redevances du domaine n'ont pas suffi à payer les offices, les messes et les répons. Alors, dépensons ce que nous pourrons en messes. Mais vous ne voulez pas venir en aide à votre neveu, encore une fois? Songez qu'il peut aller en prison!...

– Qu'il y aille. Je ne veux pas venir en aide à ce

gueux, non, Madame. Si je le pouvais, je le précipiterais moi-même dans les bouches de l'enfer. Ce qui m'intéresse, pour l'heure, c'est le repos de l'âme de mon pauvre frère. Quant à mon vaurien de neveu, qu'il se débrouille! Qui casse les verres les paye. Je vais dépenser tout ce que j'ai pour le repos de l'âme de mon frère. Ne vous y opposez pas, cousine, ne vous y opposez pas! Écoutez, après nous le déluge! Nous sommes vieux. Essayons d'échapper aux tourments de l'enfer!

Elle fit une grimace qui lui tordit les lèvres. Malgré la frayeur qui le tenaillait, il comprit parfaitement ce qu'elle voulait dire et ne disait pas, de peur qu'il ne l'étranglât, et elle avait mille fois raison. Voici ce qu'elle voulait dire : – *C'est lui qui est vieux, comme Satan, et celui-là, il va le mettre au pas! Moi, je ne suis pas vieille du tout. Il n'y a qu'à voir si le seigneur de Lisouros n'est pas prêt à se damner pour moi!* – La garce!

Ils se turent, pleins de haine l'un envers l'autre. Mais il eut le dernier mot. Le lendemain, il commanda d'innombrables trentains à l'abbé de São Paio de Agualonga, à celui de Santa Maria de Linhares, qui était un excellent diseur de chapelets, à celui de São Mamede de Ferreira, qui prononçait si bien le latin qu'on l'eût dit la lymphe du portugais, enfin à celui de Salvador de Resende, un fort bel homme, qu'on avait pressenti pour devenir archiprêtre.

Dans la maison, tout le monde entendait les gémissements, et c'étaient des gémissements si lugubres, si liés à l'au-delà que personne de l'extérieur ne voulut revenir travailler dans la propriété. Et peu à peu, poussés par une force qui n'avait pas de nom, qui n'avait pas d'explication, mais qui était réelle et effective, tous les serviteurs s'en allèrent : la première à rendre son tablier fut la cuisinière, bientôt suivie de la femme de chambre; aussitôt après, les vachers et les gardiens de chevaux réclamèrent leurs gages. Le majordome demanda qu'on fît ses comptes, et, par une matinée froide et brumeuse, la mère de Larica, qui était de Venade, vint chercher son garçon.

– Je retourne chez ma mère, se dit Joana Angélica en regardant autour d'elle, saisie de peur devant tout ce vide.

Sitôt dit, sitôt fait. Sans souffler mot à personne, elle harnacha elle-même la jument pie et partit pour Calheiros, peu après le lever du jour, toute seule comme une amazone intrépide.

Quand le gentilhomme se réveilla, au milieu de la matinée, après une heure de sommeil, de ces sommeils traversés de spasmes funestes, volés à l'enfer par le miracle des forces encore actives de la vie, il se sentit abandonné et mesura l'abîme de sa solitude et de son malheur.

– Seul ici? Ah! ça non! se dit-il. Cette grande catin veut se débarrasser de moi. Elle a Lisouros dans la tête. La garce!

Il courut à l'écurie et sella un cheval. Peu après, il galopait sur les traces de sa femme. Mais elle était déjà loin, ou alors on eût dit qu'elle était plus rapide que le vent. Quand il arriva à Calheiros, on l'informa que Dona Joana Angélica était partie tout droit à Vez où se trouvaient sa mère et sa sœur. Il demanda qu'on lui ouvrît la maison, car il était fatigué. La vieille nourrice de Joana lui ouvrit la porte, et il entra en trombe dans la pièce garnie de tout ce qui touche à la culture, des sacs de haricots, un boisseau avec des barbes de maïs, des rateaux et des fourches, bref, tout l'attirail agricole.

– Vous devez avoir faim, dit la femme. Je vais aller chercher à manger. Je vous fais des œufs avec des tranches de lard, ça vous va? On a cuit le pain hier. Du vin, j'en envoie chercher à la taverne...

– Faites donc. Mais surtout, dépêchez-vous...

La femme sortit. Il vit dans un coin la corde à atteler. Il demeura un moment à ressasser de sombres pensées. Puis il prit la corde, un pâle sourire aux lèvres; il fit un nœud coulant, la lança sur une poutre et monta sur un coffre.

La vieille trouva un pantin qui tirait la langue et dont les jambes s'entrechoquaient encore comme deux monstrueuses baguettes de tambour sous l'effet de leur propre battement.

X

Luis de Azevedo, « le voyou de neveu, le sacripant de neveu », hérita du domaine à la mort de Fernando de Mendonça. Il allait avoir quarante ans, et c'était un homme qui avait mené la grande vie. Qui l'avait menée et comptait bien la mener encore. Trapu, épais de taille, épais de cou, les oreilles bien collées aux tempes, des traits rudes qu'il éclairait souvent d'un sourire semblable au rayon de soleil qui, passant sur la jachère hivernale, l'illumine et l'humanise avant de lui rendre aussitôt la physionomie glacée dont l'a paré la nature. Sur le visage de Luis de Azevedo il y avait, aux commissures des lèvres, de rudes entailles dans lesquelles on lisait clairement le procès-verbal d'une vie qui avait dû connaître ses moments les plus doux dans la fièvre du jeu et les nombreux jours où l'estomac criait famine. Malgré ces traits d'amertume et les possibles indispositions occasionnelles, on reconnaissait en lui un homme volontaire, pourvu d'une carcasse d'acier qui pouvait durer de bonnes et solides années. L'impression générale, quand on l'observait de face et qu'il n'était pas sur ses gardes, était qu'on se trouvait devant un reître ou, mieux encore, devant un capitaine de pirates encore en activité.

Toutes ces circonstances devaient pousser Luis de Azevedo – et comment donc! – à considérer Romarigães comme la terre de Canaan. Le manoir lui revenait de droit, mais c'était un droit que la plus prospère des fortunes avait infléchi en sa faveur. En conséquence de quoi, il entreprit de ne pas y aller par quatre chemins. Sa tante, Dona Joana Angelica, n'avait pas voulu revenir dans la maison où elle n'avait pas été heureuse, et où de méchants spectres endeuillaient maintenant la perspective de jours paisibles. Elle se mura à Calheiros, comme une pénitente. Personne ne la revit plus jamais. Elle n'était plus de prime jeunesse et était trop flétrie pour pouvoir prétendre aux vanités du monde : on ne pouvait donc pas dire qu'elle faisait acte d'abnégation.

La première fois que Luis de Azevedo dormit au manoir, dans la chambre où étaient nées et mortes trois ou quatre générations de Cunha Antas, il ne rencontra pas de fantôme. Au contraire, ses yeux se tournèrent moins vers le tableau de la vie passée que vers celui de la vie à venir. Pour une certaine catégorie de personnes, la conscience est un tiroir bien fermé dont on a perdu la clef. En général, ce qui s'y trouve n'a pas d'utilité pratique. C'est pourquoi Luis de Azevedo, qui n'était pas vraiment préparé à la fraîcheur de ces murs de granit, gros comme ceux d'une forteresse, et dont le chêne des plafonds à caissons et des soffites avait poussé dans la forêt, voyait la vie se présenter à lui réglée comme du papier à musique. Il était endetté jusqu'au cou et il lui fallait payer. Elevé au rang d'héritier du domaine, il avait gaspillé sa fortune avec la largesse de quelqu'un à qui aucune espèce de liquidation ne fait peur. En compagnie de picadors et de comédiennes, soit à Lisbonne, soit à Séville, et partout où le menait sa vie dissolue, il s'était fait une réputation d'homme prodigue, à la bourse bien garnie. Maintenant, la meute de ses créanciers était à ses trousses, et il entendait déjà les aboiements des lévriers les plus proches. Comment les faire taire? Comme il ne lui était pas possible de continuer à grever d'hypothèques les terres du majorat, il lui restait la possibilité de vendre les alleux, qui n'étaient d'ailleurs pas nombreux. Mais un domaine comme le sien pouvait être comparé à une vieille barque qui ferait eau si on touchait à ses varangues. L'entamer était risqué. Alors, que faire, par tous les saints? Tout en se tournant et se retournant dans le lit qui lui était étranger, et en s'emmitouflant dans les couvertures pour se protéger du froid qui suintait des murs, à force de se creuser la cervelle, il finit par avoir une inspiration raisonnable. A Bravães, il y avait une demoiselle, plus très fraîche, mais si riche qu'elle ne connaissait même pas l'étendue de sa fortune. On appelait la maison de Violeiros: le château de la Vilaine. Peu de gens pouvaient se vanter d'avoir vu le pont-levis se baisser pour les laisser passer. Et ceux-là, peut-être poussés par l'amertume du dépit, firent courir le bruit qu'elle prisait comme un chanoine de Braga, et que tous les matins, en se levant, elle se rinçait le gosier avec des petits verres d'eau-de-vie comme n'importe quel manant au gosier blindé. A cette heure-là, sa bouche, d'ailleurs pourvue de la plus belle dentition du monde, dégageait une haleine qui aurait pris comme le gaz des mines si on en avait approché une allumette. Mais il y avait plus grave. Quand elle était prise de fureur, ce qui lui arrivait souvent au plus fort de ses cuites, elle s'armait d'un gourdin et serait venue à bout d'une troupe de moissonneurs ou d'une bande de laboureurs qui lui aurait tenu tête. Celui qui voudrait l'épouser devrait d'abord se mesurer avec elle et la battre. De quelle façon? Cela dépendait de son caprice ou de son humeur. Mais en général, c'était à la lutte romaine qu'elle testait ses prétendants. Dans cette histoire de combat, il y avait quelque chose de mythique et de légendaire, tenant à la fois de la baraque de foire et du château ensorcelé, qui tempérait l'ardeur des jeunes gens tentés d'approcher la donzelle, d'ailleurs fort appétissante, et dont la dot était encore plus alléchante. Ils tordaient tous le nez. Celui qui l'emporterait savait ce qui l'attendait: *Chez Roc, c'est la poule qui commande au coq*, ou *Malheur à celui chez qui la poule chante devant le coq.*

Toujours porté aux aphorismes et à la réflexion, Luis s'était dit: – Il doit y avoir à boire et à manger dans ce qu'on raconte.

La vérité est qu'il se réveilla tenté par l'aventure. Et un beau jour, paré d'une culotte de velours, de la jaquette de son oncle, adaptée à sa carcasse par le tailleur d'Insalde – une jaquette vert émeraude avec des boutons jaunes –, et d'une chemise à jabot, les cheveux bien frisés, il alla hardiment à la rencontre de la virago de Violeiros, de son nom Silvana Sousa de Meneses, tel Œdipe s'apprêtant à affronter le Sphynx. N'étaient-ils pas cousins? Et puis, n'était-ce pas la moindre des politesses que d'aller lui présenter ses hommages et de renouer des relations de bon voisinage qui remontaient à l'époque du licencié Gonçalo da Cunha?

Dona Silvana était sur l'aire de battage, occupée à engranger le maïs de culture sèche. On était alors en train de l'exposer au vent. Une servante le laissait retomber au gré de la brise, d'un grand panier qu'elle tenait à deux mains au-dessus de sa tête, en l'agitant légèrement. Les grains retombaient doucement en cascade dans le tas, et s'amoncelaient avec un petit bruit sec. Dona Silvana, accroupie, un balai de genêt à la main, faisait le tri, écartant du grain luisant l'enveloppe du dépiquage.

Luis de Azevedo s'arrêta devant le portail. Silvana avait de la vannure dans les sourcils et dans les cheveux. Elle était habillée comme à tous ses jours; elle portait une robe en indienne à ramages, un fichu sur les épaules et des bottes blanches en veau. Malgré ses allures de paysanne, elle avait un air capiteux et rayonnant de déesse Cérès, et n'était nullement redoutable en tant qu'objet d'adoration.

– Qui demandez-vous, Monsieur? proféra-t-elle en se tournant à demi et en le dévisageant.

– Je voudrais parler à Dona Silvana, répondit-il, pour le cas où il se serait trompé de personne.

– C'est moi. Je viens tout de suite. Il vous faut attendre un peu qu'on finisse de vanner le maïs et de le rentrer. Je vois venir là-bas de vilains nuages et j'ai peur qu'il ne se mette à pleuvoir.

Luis de Azevedo accéda à sa demande en lui faisant la révérence la plus gracieuse du monde, mais à part soi il se disait, dans le langage qui lui était propre : *C'est bien fait pour toi, Luis! Ça ne va pas aller tout seul. Mais la donzelle n'a pas l'air d'être aussi vilaine qu'on le dit. Et quel capitonnage!*

Comme il devait tuer le temps, il s'avança de quelques pas, et se planta, dans sa culotte de cachemire et ses souliers à boucle, d'un air tout à fait effronté, dans le dos de la dame. Cette dernière reprit son travail sans faire mine de s'apercevoir de sa présence, et continua à débarrasser les gros grains jaunâtres des résidus tenaces de l'épi et de toutes les saletés qui ne s'étaient pas envolées quand on les avait exposés au vent.

Dans le petit laps de temps au cours duquel la servante alla remplir son panier dans le premier tas et revint pour vanner le maïs en le laissant tomber de bien haut, Dona Silvana tourna vers Luis un regard ahuri, en ouvrant de grands yeux qui faisaient penser à ceux des vaches divinisées des religions méditerranéennes, ce qu'accentuait encore plus l'aspect broussailleux de ses sourcils pleins de vannure. Lui lançant un regard noir, ce qui la faisait passer de Cérès à Pallas, elle posa la question qui indiquait bien à quel point il était importun :

– Mais enfin, que me voulez-vous, Monsieur?

– Je viens vous saluer, Madame. C'est que nous sommes cousins. Je suis le seigneur du manoir de Romarigães, et je viens de prendre possession du domaine. Je me suis dit que cela ferait mauvais effet si, en pénétrant sur mes terres, je ne venais pas aussitôt offrir ma maison et mes modestes services à mes nobles parents qui habitent la région. Vous êtes la première de la liste, Dona Silvana. Vous êtes ma cousine au quatrième degré car, par ma grand-mère, Dona Joana de Azevedo, fille du seigneur de Portela das Cabras et de Dona Mécia de Sousa Arantes Padornilha de Castro Rocheta da Nobrega Gojim de Sousa, dame du domaine de Gondufe et de Pico de Regalados, nous nous retrouvons en Dona Sigismunda da Silva Silveira de Sousa, dame du château de Bouro et du domaine de Sabariz, qui était la tante du seigneur de Portela das Cabras et se trouvait être votre vénérable arrière-grand-mère.

– Tout ce que je sais, c'est que mon père était le seigneur de Bravães et que ma mère était la fille de Dom Francisco Teive Meneses de Soas, seigneur des terres de Arentim de Santo Estevão da Faixa. Mais si vous le dites, Monsieur, je veux bien vous croire. Nous sommes donc cousins au quatrième degré, ce qui n'est guère plus qu'une goutte d'eau dans la mer. Eh bien, soyez le bienvenu, Monsieur mon cousin. Ainsi, vous êtes le fils de ce pauvre diable qui s'est pendu à Calheiros? Qu'est-ce qui a bien pu lui passer par la tête?

– Non, Madame, pas du tout, c'était mon oncle.

– Ah! c'était votre oncle! J'ai bien connu Madame votre tante, Dona Joana Angelica. Elle m'a donné un livre qui a traîné longtemps sur les coffres jusqu'au jour où les servantes ont fini de le mettre en lambeaux pour pouvoir faire leurs pelotes de laine, ou alors ce sont les rats qui l'ont rongé, je ne sais pas au juste : *le Lima*, d'un poète – comment s'appelait-il donc?... Bernardo...? Ça me reviendra plus tard...

– Diogo Bernardes *...?

– C'est ça, c'est ça, Diogo Bernardes. Il chantait les terres et les coutumes de notre province. Notre père chapelain le savait tout entier sur le bout du doigt et je me souviens encore des vers qu'il répétait pour un oui pour un non :

* Voir note p. 39.

Tous ces monts que tu vois, tous les ai parcourus,
Par les vallées et par les bois m'en suis allé,
A la recherche d'un veau que j'avais perdu.

Tout au bord du Lima, fleuve limpide et frais,
Qu'en d'autres temps on avait appelé Léthé...

Un mot poussant l'autre, la jeune servante vanna tout le grain tandis qu'elle-même balayait les résidus d'un geste machinal, et la matinée opaque passa rapidement jusqu'à ce qu'arrivât midi. Entre-temps, deux femmes coiffées d'un grand chapeau de paille remontèrent le sentier jusqu'à eux, pieds nus, montrant leurs jambes rougeâtres, leurs fesses charnues se trémoussant sous leur jupe en haillons. Elles portaient des sacs, une mesure, et elles se mirent aussitôt à rader le maïs et à l'ensacher, tandis que Dona Silvana et la servante continuaient de vanner. Et peu à peu, les grands sacs ronds s'alignèrent autour de l'aire. De gros nuages se balançaient doucement aux confins de l'horizon, telles de grandes caravelles noires, annonçant la pluie. Dans un coude du chemin, en contrebas, apparut la charrette tintinnabulante qui revenait des champs, tirée par deux jolies vaches aux cornes dressées, très dociles et pataudes, sans doute pour transporter le maïs. En effet, Chacim, le régisseur, vint et proféra, après avoir regardé la colonnade formée par les sacs :

– On ne peut pas les prendre tous à la fois.

C'était un bonhomme d'âge moyen, de corpulence également moyenne, au visage grêlé, aux yeux si globuleux et si proches de son nez que cela leur donnait une drôle d'expression qui le faisait ressembler à un coléoptère. Il ôta sa veste et se mit à attacher les sacs. Il en attacha un, puis deux, et s'aperçut qu'ils étaient trop lourds pour lui.

– Et qui donc va me porter ces satanés machins dans la charrette ? proféra-t-il en bégayant. Vous les avez trop remplis! J'aimerais bien voir le costaud qui sera capable d'en venir à bout...! Moi, j'ai le dos en compote, je ne peux pas.

Les deux femmes essayèrent de mettre les sacs dans la charrette. Elles soupesèrent le premier et échangèrent un regard. Dona Silvana fit signe à celle qui lui parut être la plus robuste : – Viens ici, Rosa! – Puis, se prenant par la main, elles inclinèrent le sac sur leurs bras et, le soulevant sur leurs épaules rapprochées, elles allèrent le déposer sur le plancher de la charrette où Chacim le rangea à l'avant, contre le timon. Elles en transportèrent un deuxième, puis un troisième. Dona Silvana se comportait en bonne amazone qu'elle était, mais au quatrième sac, l'autre femme faiblit et le laissa tomber. Elles partirent d'un éclat de rire.

– On n'a qu'à lui enlever une mesure et le tour est joué, dit Rosa.

– Ce n'est pas la peine de lui retirer quoi que ce soit, proposa Luis de Azevedo. Si vous permettez, Madame ma cousine, je m'offre à vous donner un coup de main...

Il regretta d'avoir proféré une phrase aussi peu galante, mais comme c'était un homme qui savait s'accommoder de toutes les situations, il pensa que ce qui était dit était dit, et qu'il n'en mourrait pas pour autant. Il se mit en demeure d'ôter sa belle veste bleue, et la posa sur le mur, pliée en trois. Silvana le regardait, le sourire aux lèvres. Elle lui dit seulement, mais *pro forma* :

– Prenez garde, vous allez vous salir...

– Ça ne fait rien!

Ils se prirent par la main... Avec la volupté d'un homme expert en anatomie féminine, il sentit sa main dans la sienne, une main chaude et veloutée, aux doigts fuselés et faits au tour. Ils imprimèrent une petite secousse au sac pour le projeter sur leurs bras. Puis, avec agilité, comme quand ils étaient enfants et transportaient leurs camarades en faisant la chaise, ils portèrent sans coup férir, l'un après l'autre, tous les sacs au régisseur.

Dona Silvana se mit à considérer Luis de Azevedo d'un air respectueux non dépourvu d'une certaine méfiance souriante. Était-il aussi fort qu'il voulait le faire croire? Sans oser le regarder dans les yeux, elle lui dit :

– Ma foi, vous avez du nerf, cousin! Du nerf, sapristi! Je peux vous dire qu'il n'y en a pas beaucoup qui seraient capables d'accomplir une telle prouesse!

– Comment ça, une prouesse? Vous l'avez bien fait, Madame ma cousine, alors, pourquoi pas moi?...

– C'est différent. Vous, en bon gentilhomme, vous êtes habitué à marcher les bras ballants, mais moi, j'ai fait ça toute ma vie. Par plaisir, Dieu merci, par plaisir! Mais, nom de nom, j'ai vu peu d'hommes aussi lestes avec une telle charge sur le dos. L'an dernier, j'ai reçu la visite d'Ermigio Alencastre, de São João de Rei, de la maison des Verim.

– C'est un parent... éloigné. Notre bisaïeul, qui est mort à la bataille d'Alfarrobeira *, s'est marié avec

* Bataille qui, en 1449, opposa le jeune roi Alphonse V à son oncle, le régent Pierre, et qui coûta la vie à ce dernier.

une Alencastre, Aldegundes Restituta de Frejos, et ils ont eu un Sousa Alencastre qui s'est battu à Mazagan * et s'est marié avec une Meneses, dans les terres de Luzio. On l'appelait *le Spadassin*. C'est de là que vient la parenté.

– Je l'ignore. Ermigio Alencastre, c'est cet individu qui s'est jeté du haut du pont de Negrelos pour échapper à un taureau. Il est venu au moment du battage et a voulu m'aider... Eh bien, il a glissé en transportant le sac et s'est tordu le pied. Il a dû rester une semaine sans pouvoir bouger. Quand il a été rétabli, il en a fait un drame, tout avait été ma faute. – *J'aimerais bien savoir lequel de nous deux est le plus fort. – Non, cousin Ermigio, vous ne porterez plus de sacs avec moi. Pour que vous soyez encore paralysé une semaine à cause de moi? Pas question! – Alors, à la lutte?... – A la lutte, ce n'est pas très élégant. Écoutez, vous voulez que je vous dise? Épargnez donc vos forces et moi j'épargnerai les miennes. – Je parie une génisse au sevrage que vous ne l'emporterez pas, chère cousine... – Ne pariez pas, vous allez perdre... – Si, je parie, et je vais gagner.* – Sans ajouter un mot et, en vérité, sans que je le lui aie permis, il m'a prise à bras le corps. En moins de temps qu'il n'en faut pour le dire, il était par terre.

– Il n'y a pas de doute, vous êtes une femme forte et bien musclée, cousine Silvana. Moi, à la place d'Alencastre, j'aurais parié, oui, j'aurais parié, mais sans trop m'y fier...

– Vous auriez parié? Tiens donc! Figurez-vous que personne ne m'a encore battue!

* Place forte fondée par les Portugais au Maroc en 1502.

– J'aurais parié pour me laisser battre...

– De la sorte, cela n'aurait pas été du jeu.

– Bon, j'aurais parié pour avoir le grand plaisir de mesurer mes forces aux vôtres, cousins. En toute honnêteté.

Elle se mit alors à le regarder, à le jauger, tandis que lui, de son côté, la regardait sans mot dire, d'un air de défi. Et voilà que, sans crier gare, elle le ceintura. Il s'accrocha à elle et la serra à son tour dans ses bras. Était-ce une femme ou une tour? Une belle femelle en tout cas, aux chairs indéformables, contre laquelle se fondait, sans la pénétrer, la robuste musculature de ses quarante ans. S'arc-boutant contre elle, il neutralisa le premier assaut, qui fut violent, en raidissant tous ses tendons et en mobilisant une bonne partie de ses forces, mais pas toutes. Puis, elle lui passa la jambe par-derrière, mais le croc-en-jambe n'eut pas plus de succès. Elle le poussa vers la droite de toutes ses forces, pour aussitôt le pousser vers la gauche, mais il demeura ferme comme un roc. Silvana se tint un moment tranquille, comme en suspens, pour reprendre haleine. Puis, soudain, coup suprême, elle lui enfonça le menton dans le thorax, et il eut l'impression d'être écrasé par la carène d'un bateau. Elle l'étreignit en se jetant sur lui de tout le poids de son buste. Luis de Azevedo vacilla, commença à fléchir, mais il se remit à la verticale d'un violent coup de reins. L'amazone avait épuisé tous ses coups favoris. Souriante, empourprée par l'effort, elle lui donna une autre secousse, mais qui n'avait rien à voir avec les assauts précédents. Ce n'était plus la formidable géante qui devait le terrasser. On vit dans ses yeux qu'elle-même l'avait reconnu. Alors, chevaleresque, il fléchit les genoux et se laissa choir, en l'entraînant avec lui.

Silvana se redressa d'un bond et partit d'un grand éclat de rire franc et strident. Les yeux baissés, elle se mit ensuite à se recoiffer à deux mains. Elle rajusta sa jupe et secoua les brins de paille ramassés sur l'aire. Tout autour, les servantes riaient à gorge déployée. Le régisseur avait fini de passer la corde autour des montants du char à bœufs et, bouche bée, n'en croyant pas ses yeux, il souriait au gentilhomme. Dona Silvana murmura sans malice :

– Bon sang, cousin, nous sommes faits pour nous entendre.

– Cela ne tient qu'à vous, Madame ma cousine, murmura-t-il d'une voix sourde, avec une intonation pleine de sous-entendus.

Elle le regarda un moment, mais ne dit pas un mot. La charrette s'ébranla, tandis que les femmes restaient pour balayer l'aire. Silvana lui dit :

– Venez donc avec moi, Monsieur mon cousin!

C'était l'heure du déjeuner et ils se mirent à table : au menu, une soupe au lait, cuite avec des courges et des haricots rouges, une oreille de porc et du saucisson. Et comme vin, un petit rosé guilleret et pétillant fait du raisin des vignes et des treilles de la propriété.

Dona Silvana mangeait en silence, tout simplement parce que c'était une femme peu causante, ce qui ajoutait à sa grâce de chérubin. Mais elle savait écouter avec courtoisie et rire à propos, surtout aux endroits où les histoires plaisantes que Luis de Azevedo racontait s'y prêtaient par leur drôlerie ou par leur piquant. Ils allèrent visiter la propriété. Luis de Azevedo était moins versé qu'elle en agriculture, et ignorait quelles étaient les différentes sortes de vignes et leurs caractéristiques. En revanche, il connaissait les dix façons de préparer les truites sans parler des friandises faites à la maison, à base d'œufs et de vanille, et apprises, semble-t-il, auprès des bénédictines de Salvador de Vairão. De même, pour les maux de reins, elle ne connaissait que l'onguent de serpent appliqué *in loco* par friction. Luis de Azevedo, à partir de sa pharmacopée personnelle, lui donna la recette de l'onguent de comtesse, à base d'ambre, de corne de cerf brûlée et d'huile de vieux renard, le tout bien relevé avec du persil et du romarin, ce qui toucha Dona Silvana. Le malin chasseur de dot remarqua que la forteresse était ébranlée, et il continua d'en faire le siège avec douceur et assiduité. A partir de ce jour-là, la maison de Violeiros ne manqua plus jamais de perdrix, ni de truites, ni de cuissots de sanglier. C'était l'infaillible moyen de gagner un cœur. De son côté, elle lui envoyait des confitures de coing ou de potiron ainsi que des pots de miel, du miel de fleurs de bourrache et de ciste. Encore quelques visites, un échange de pots d'huile et de mesures d'olives, et les portes de l'église de Romarigães et de São Salvador de Bravães se parèrent des bans aristocratiques.

Ce fut un jour de gloire dans la chapelle de Notre-Dame du Bon-Secours que celui où le père José Mourinha, ancien curé de la famille des Cunha qui avait succédé dans la maison au père Hipacio Leborinho – le meilleur des chapelains, n'eussent été ses hémorroïdes et une insupportable maladie de foie qui lui empoisonnait l'existence –, célébra l'heureux mariage. Le révérend homme était mort penché sur une feuille de papier, alors qu'il taillait sa plume d'oie pour écrire une homélie. Paix à son âme de lévite, pour laquelle le délice suprême était un plat de sardines grillées avec un cruchon de vin vert! Vinrent les joueurs de tambour, de cornemuse et de grosse caisse de tout le Haut Minho, ainsi que tous les groupes de paysannes parées de fleurs qui dansaient la sarabande sur la côte. On mangea deux fournées de pain, les jambons et les saucissons de trois cochons, et on but plus de vingt muids de vin. L'apothicaire de Paredes employa tout l'arnica qu'il avait dans ses pots à réparer les têtes fendues à la fin du banquet. Deux abbés furent à deux doigts de mourir, frappés de congestion. Le père Mourinha trouva dans les boulettes de viande de quoi se consoler du régime hydrique auquel il avait été soumis au séminaire de Braga, régime qui, avec les énormes ventrées de pain de maïs rural qu'il s'était administrées lorsqu'il avait eu la charge des âmes de Corno de Bico, avait contribué à lui détraquer l'appareil digestif. Luis de Azevedo avait réussi à faire un emprunt d'une certaine importance; sa conjointe lui apporta une immense fortune, et l'on ne regarda pas à la dépense.

En quelques semaines, le domaine fut expurgé de toute dette et hypothèque, et récupéra les terres qui, quoique annexes à la propriété, ne faisaient pas partie du patrimoine. En même temps, Luis de Azevedo rénova les parquets du manoir, redressa les murs écroulés ou démantelés, capta les eaux courantes; de plus, il fit, dans les deux Portela, l'acquisition de terres enclavées dans celles du domaine. Une décennie plus tard, pour employer l'expression de l'un de ses fermiers, il avait fait du domaine un bijou. Et en même temps, il roulait sur l'or. Par-dessus le marché, sa femme, Dona Silvana, s'était avérée tendre et douce comme un agneau. Pour remercier Dieu et afin de lui marquer sa dévotion, il emmena son épouse à Guadalupe. C'était au bout du monde et, après avoir supporté mille tours et détours, les voitures, les auberges, les repas savoureux, mais qui ne convenaient pas à son palais, elle revint chez elle radieuse et exaltée comme une fée retournant dans son royaume. Pouvait-il y avoir rien au monde qui valût le calme du domaine du Bon-Secours?

Sur ces entrefaites, il arriva qu'une génisse véla et que, jalouse du petit, elle ne permit à personne de pénétrer dans l'étable. C'était une belle vache, achetée à prix d'or à la foire de Paredes, et ils y tenaient beaucoup.

– Comment! Personne ne veut y aller? C'est un peu fort! s'exclama Dona Silvana. Vous avez peur...? Eh bien, moi, je vais y aller...

Sitôt dit, sitôt fait. Le maître était à Bravães. Elle entra donc et s'avança dans l'étable, en appelant la vache, qui la connaissait:

– Galante!... Galante!...

La vache la laissa s'approcher, sans bouger, le regard fixe, mais subitement – à croire qu'elle était possédée du démon! – elle se leva de la litière où elle était avec son petit veau et se précipita impétueusement sur la bonne dame. Jésus, Marie, Joseph! Les pointes des cornes, qui étaient effilées, s'enfoncèrent dans son ventre comme des épées. C'était une grande femme corpulente: et ce ne fut pas une corne, mais les deux, qui la transpercèrent.

Seule Notre-Dame du Bon-Secours aurait pu la sauver, personne d'autre sur terre! Quand Luis de Azevedo revint chez lui, il pleura des larmes de sang. Et il dit :

– Qu'on me tue cette saleté de vache! Allez, qu'on lui donne un coup de hache entre les cornes...

– Ce serait dommage!

– Comment ça, ce serait dommage? Elle va payer ce qu'elle a fait...

On abattit l'animal.

– Et la viande, maître?

– La viande, qu'on l'enterre.

Chico Pelaio, qui était un fieffé coquin, fit semblant de l'enterrer et, à la nuit tombée, il s'en fut la vendre de porte en porte à Valença et à Torre.

Le plus triste est que la défunte laissait deux enfants : un garçon, encore très jeune, qui était tout son portrait, et Mécia, une petite fille à demi bègue, simplette et mélancolique.

XI

La douleur dans laquelle le plongea cette fin imprévisible, qui était peut-être dans l'ordre des choses, rendit Luis de Azevedo intraitable et coléreux. Un ami qui alla le voir et qui était médecin lui dit :

– Tout ça, c'est de l'atrabile. Il vous faut soigner votre foie, mon ami. Changez d'air, allez à Bravães, mangez les légumes frais du potager et ne vous faites plus de souci.

Il passa des jours et des jours la tête baissée, songeur, tirant à tout instant la langue devant un miroir : – Je vais mourir? Je vais m'en tirer? – Les guérisseurs l'assuraient qu'on lui avait jeté un mauvais sort. Il se décida à prendre l'avis d'autres médecins que son ami. Parmi ces derniers, tous très doctes mais d'opinions divergentes, ceux qui lui parurent le plus dignes d'être écoutés, probablement parce que leurs propos étaient le plus à son goût, lui conseillèrent les bains de mer. Quand on habite la campagne, une telle prescription n'est pas aussi facile à suivre qu'on pourrait le penser de prime abord. Les remèdes les plus rares, à base de grains de bézoard, ne seraient pas revenus plus cher. La bonne marche de la maison reposait entièrement sur ses épaules, sans parler de l'inventaire, toujours en cours devant les tribunaux, et qui requérait une attention constante. Mais il fallut se décider. Puisque c'était de sa santé que dépendait implicitement l'avenir de la maison et des siens, d'autant plus que l'exubérance du gamin laissait présager qu'il allait être tête en l'air, dépensier, pas sérieux pour un sou et peu enclin à travailler, il décida de prendre soin de sa chère carcasse. Quand le printemps arriva, il était non seulement plein de bonnes intentions mais impatient de les mettre en œuvre.

Il se trouva une gouvernante pour s'occuper de la maison, une femme d'environ trente-cinq ans, d'origine galicienne, qui avait déjà roulé sa bosse mais possédait de solides qualités, et s'était retrouvée à la rue après la mort du curé de Mozelos chez qui elle avait servi pendant une dizaine d'années. Tout en se faisant monter une maison à Moledo, il régla tous les problèmes afférents à la vie agricole – terres, greniers, autres biens, bétail, fermiers – de façon à ce que l'on sentît le moins possible l'absence de la main oganisatrice du maître. Il n'oublia rien, ni les barres pour fermer les portes des étables, ni le bois à débiter, ni les plants d'arbres, ni la réparation des toits. Il prêta de grosses sommes d'argent avec de solides garanties, et s'employa à mettre le reste – une véritable fortune – en lieu sûr, bien à l'abri. Une nuit, il alla à la chapelle et souleva la pierre d'autel. Par-dessous, dans la cavité que son aïeul avait fait aménager secrètement – à la manière des pharaons dans leur sépulcre – quand, au moment de la guerre d'Indépendance, il avait voulu mettre ses capitaux hors de portée des Espagnols, qui sont de ceux qui ont vite fait de s'emparer de tout ce qu'ils voient, il cacha son sac de doublons et plus d'une mesure d'écus. Il ne gardait avec lui que ce qu'il lui fallait pour payer en bord de mer le séjour d'un gentilhomme qui se respecte, et faire face aux dépenses du jeune homme qui, à Porto, payait cher les leçons de plusieurs précepteurs et autres pseudo-savants, quoiqu'il fût surtout doué, s'il fallait en croire son correspondant, pour s'amuser et s'adonner à la débauche. Un beau matin, accompagné de sa fille Mécia, du chapelain et de Dona Maria Carantonha de Montenegro, sa gouvernante, qui remplissait plusieurs fonctions, celle de conjointe, de cuisinière et de préceptrice, il prit le chemin de Covas et de Caminha pour gagner la plage salvatrice. Il emmenait avec lui deux valets fidèles, aussi sûrs que résolus, armés de tromblons, car la route était sinistre et, à ce qu'on disait, infestée de bandits. Grâce à son escorte, ou au sacro-saint ange gardien qui, en d'autres temps, accompagnait les gentilshommes partout où ils allaient, et surtout grâce au représentant de Dieu sur terre qu'il avait à ses côtés en la personne du chapelain, le père José Mourinha, homme qui n'avait pas son pareil pour jouer au bésigue et conduire les processions pour le repos des âmes en peine, il parvint à Seixas sans encombre et, moins d'une heure après, il arriva à la maison qui avait vue sur la mer par-delà l'étendue de verdure de la forêt qui avait poussé sur la plage. Le lendemain, les valets repartirent pour Romarigães, les besaces vides et le tromblon sur l'épaule, le gentilhomme n'ayant pas besoin de garde du corps à Moledo, car le village était situé sur la route au long cours patrouillée par la milice.

Toutes les semaines, les régisseurs venaient du riche domaine avec des produits du potager et du saloir, ainsi qu'avec le pain de maïs tout cuit – le maître de Romarigães n'avait que mépris pour le pain qui ne sortait pas de son four –, des cabris et des cochons de lait tout rôtis, quand ce n'étaient pas des cuisseaux de veau, si on abattait à Paredes, ou les cuissots d'un sanglier chassé dans la forêt. C'était ainsi qu'on réduisait les dépenses du séjour au bord de mer.

Or, un samedi, les estafettes du ravitaillement firent faux bond.

– Nom d'une pipe, il s'est passé quelque chose! s'exclama-t-il tout au long de la matinée, et de plus en plus inquiet, ce jour-là, il ne parvint même pas à faire la sieste.

Dans son énervement, il dut envoyer quelqu'un chez son voisin et compagnon de loisirs, Licinio Lanhelas, emprunter un demi-pain de maïs pour pouvoir tremper sa soupe aux choux dans son bol.

Le dimanche, même silence. Son inquiétude s'accrut. A tout bout de champ il allait se poster sur les dunes pour voir si l'on n'apercevait pas sur le chemin de Covas les voyageurs providentiels.

– Il n'y a pas de doute, il s'est passé quelque chose. Mes valets sont toujours exacts. Les ponts ne se sont pas écroulés... Il faut qu'on les ait tués!... Qui sait, un malheur arrive si vite.

Finalement, le lundi, à une heure bien avancée, arriva Manuel, le vacher, qui raconta que des voleurs commandés par Luis Montesinhos, un esclave que lui avait donné à la grande foire de Famalicão, en paiement de ce qu'il lui devait, un certain Veloso Marujo, négrier et trafiquant de sinistre réputation, avaient attaqué le manoir et fait main basse sur tout ce qu'ils avaient pu attraper. Comment cela s'était-il passé? A l'heure du souper, alors que l'angélus avait déjà sonné, ces vauriens étaient arrivés en se glissant le long des murs, les uns après les autres, et ils étaient montés sur la tour de saint Jacques. Et voilà, comme ça, les cloches n'avaient même pas pu se faire entendre, et encore moins sonner le tocsin! Ils avaient fait la même chose avec la clochette de Notre-Dame du Bon-Secours. Et puis, après ça, un certain nombre d'entre eux, une vingtaine, avaient fait irruption dans la maison. Ils avaient tout mis sens dessus dessous. Ils avaient fouillé les chambres, les ateliers, la cuisine, avaient empilé dans la cour le linge, les outils, les instruments de labour, tout le maïs qu'il y avait dans le grenier et avaient même fait sortir la jument.

Le gentilhomme écoutait, pâle et angoissé.

– Et la chapelle, ils y sont allés...? Ils ont emporté quelque chose...?

– Il faut vous dire que oui, Notre Maître. Ils ont emporté...

– Mon Dieu! Qu'est-ce qu'ils ont emporté? murmura-t-il d'une voix défaillante.

– Ils ont emporté les burettes.

– Ah! les burettes. Ah! les burettes; tant pis, par tous les diables. C'est tout...?

– Le calice, Paulina Gros Tétons l'avait caché dans l'étable des vaches, sous le pailler...

– ... Sous le pailler...? Ah! la maligne!... Et quoi encore?

– Dans la chapelle, en plus des burettes, eh bien, ils ont pris... ils ont pris le plateau des burettes. Et puis, il faut que je vous dise que Chico Caramelo est en train de mourir. Ils l'ont surpris au moment où il rentrait chez lui sans se douter de rien. Ils voulaient à toute force lui faire dire où était l'argent. Est-ce qu'il le savait? Pas plus que moi! Eh bien, ils l'ont fait mettre par terre, sur le dos, les pattes en l'air, et ils lui ont coupé la plante des pieds à coups de couteau, comme on coupe un oignon. Tu ne dis rien? Prends-moi ça! Après, ils lui ont tailladé la bedaine. On aurait dit le billot d'un boucher. Ils lui en ont tellement fait voir qu'il n'en a plus pour longtemps. Hier, on lui a donné l'extrême-onction...

– Et ce chien de Luis Montesinhos?

– Vous ne me croirez pas, Notre Maître! Il est allé dans la penderie et il a mis la veste de Monsieur votre oncle, paix à son âme. Après, il a sellé la jument pie, et quand il s'est retrouvé dans la cour, il commençait à faire jour, il lui a flanqué deux coups si forts que la pauvre bête est partie comme si elle avait eu le feu au derrière...

– Et du bétail? Ils en ont volé beaucoup?

– Non, du bétail, ils n'en ont pas volé. Ils n'ont pas eu le temps. Pendant qu'ils s'entêtaient à chercher l'argent, et qu'ils faisaient toutes ces misères à Caramelo, le jour a commencé à poindre. Alors là, ils ont eu peur, et avant le lever du soleil, ils avaient pris le large.

– On ne sait pas d'où ils venaient?

– On suppose que c'est la bande de *Sept Coups de Couteau*. Ce brigand a enrôlé tous les vauriens de son espèce qu'il y a à Cerdal et dans le Labruja, mais personne n'ose le dire. Les gens sont morts de trouille. Mais il y a pire, mon gentilhomme, il y a pire...

L'homme se grattait la tête et gardait les yeux rivés au sol, visiblement interdit. On sentait bien qu'il avait quelque chose à dire, mais il hésitait. Que pouvait-il bien y avoir derrière ces réticences et cette peur atavique de paysan?

– Comment ça, il y a pire? Accouche, mon vieux, personne ne nous entend...

– L'un des voleurs avait un bandeau sur les yeux. C'était un homme grand et gros... et il avait l'air de connaître la maison comme sa poche, aussi bien dedans que dehors.

– Tu n'as pas dit que c'était Montesinhos qui dirigeait l'assaut?...

– Hum, s'il n'y avait eu que lui...!

– Alors?

– Il faut que vous sachiez qu'on raconte que c'est votre neveu, Mem de Mendonça, qui a amené là *Sept Coups de Couteau*... S'il n'y avait pas eu de Judas dans la propriété, personne n'y serait entré!

Luis de Azevedo resta coi, mais en son for intérieur il savait bien que cette accusation correspondait à ce qu'on disait de son neveu: un vaurien capable de toutes les infamies. Cela ne valait pas la peine de faire un esclandre pour l'instant. Il se limita donc à dire de fort méchante humeur:

– On tirera cela au clair. Et toi, où étais-tu, espèce d'âne?

– Où j'étais? Où vouliez-vous que je sois, Notre Maître! Il y avait plus de voleurs que de cheveux sur ma tête. J'en ai compté plus de cinquante. Qu'est-ce que je pouvais faire? Je vous l'avais bien dit: donnez-nous des tromblons pour défendre le domaine. Vous savez, d'un instant à l'autre, au moment où on s'y attend le moins,

Sept Coups de Couteau peut nous tomber dessus... Est-ce que vous m'avez écouté?... Vous vous souvenez de ce que vous m'avez répondu? *Sept Coups de Couteau* est du même parti que moi. Il n'osera pas s'en prendre à nous.

– Je te vois venir, poltron! Tu t'es caché...

– Je me suis caché... Parfaitement, je me suis caché. Je me suis caché à Olho Marinho, tout au fond de la forêt. Vous auriez voulu que je me montre, pour manger maintenant les pissenlits par la racine? De là-bas, j'ai tout vu, et moi, personne ne m'a vu.

A force de questions et de réponses, Luis de Azevedo put évaluer le montant du vol. Dix mille cruzades n'auraient pas suffi à payer les dommages. Pas de chance, mais le principal avait échappé aux griffes de ces sacripants! C'est d'ailleurs pour cette raison qu'on le vit prendre ses dispositions de sang-froid, et presque le sourire aux lèvres. Il envoya le père Mourinha, après l'avoir instruit de ce qu'il fallait faire : donner deux boisseaux de maïs, à prendre dans le grenier, à la femme de Caramelo, un gallon à Paulina Gros Tétons et déposer une plainte en justice. Il avait un cousin au Conseil du roi; il fallait filer le train à Montesinhos. C'est par lui qu'on pouvait mettre le grappin sur toute la bande. Il n'y avait pas de temps à perdre.

Le messager partit et, comme il n'y avait pas eu trop de dommages et que sa petite santé passait avant tout le reste, Luis de Azevedo continua à prendre ses bains de mer. Il en était au vingt et unième quand on apprit l'horrible nouvelle : les Français étaient entrés au Portugal par Almeida et descendaient sur Lisbonne à marches forcées. Partout où ils passaient, ils s'enfonçaient comme dans du beurre. Et maintenant, Luis, dis-moi un peu, que vas-tu faire? Il ne perdit pas beaucoup de temps en conciliabules. Licinio l'appela à l'écart pour éviter les oreilles indiscrètes du bord du Camarido et lui dit en confidence :

– Mon ami, allez vite vendre vos bêtes et vos céréales. Débarrassez-vous-en! Tout ce sur quoi ces démons pourront faire main basse est en danger. Moi, je ne veux même pas conserver un pot de chambre. J'ai vendu certaines choses, j'en ai enterré d'autres... Je vais bazarder le reste!

Luis de Azevedo fit ses ballots, installa dans des paniers sa batterie de cuisine et partit sans attendre que ses charretiers de Romarigães vinssent le chercher. Il loua une voiture et se mit en route. Licinio, qui en savait long sur toutes les formes d'escroquerie et de filouterie, était d'avis que là où l'envahisseur passerait, il ferait table rase et ne laisserait pas un épi sur pied.

Dès que Luis de Azevedo fut arrivé au Bon-Secours, il se défit discrètement de tout ce que les Français pourraient rafler pour tromper leur faim, ou détruire pour assouvir leur rage. D'abord les chevaux, quoique à un prix très bas, car les maquignons voyaient déjà venir la ruine de leur négoce; puis, l'ensemble des vaches et le troupeau de cochons; après les cochons, ce fut le tour du maïs et du vin. Il vendit le tout à moitié prix, mais il put encore s'estimer heureux. Aussitôt après, il se livra à la même opération à Bravães où se trouvaient les biens de sa femme.

Cela fait, il fut pris de terreur à l'idée de laisser la propriété à l'abandon, sachant que, là où ils ne trouvaient que du vide, les Français pensaient que c'était fait exprès et se vengeaient sur les biens du propriétaire. Là où il n'y avait rien à voler, ils saccageaient, dévastaient, incendiaient. D'un autre côté, les vies humaines avaient moins de prix pour eux que l'eau dont ils remplissaient leurs bidons, aux sources, sur le bord des torrents. Il valait mieux s'en aller, mais où donc, Dieu du ciel? Il eut l'idée de se réfugier à Cabração, dans un trou perdu du mont d'Arga, où seule la fumée des cheminées indique que l'endroit est habité et où l'on rencontre autant de loups que d'hommes. Mais le coin était-il vraiment sûr? Il en allait de même pour Bravães. Ces Français de malheur, traqués par les habitants, ou se répandant de par le monde comme une épidémie, ne parviendraient-ils pas jusqu'à ces hauteurs?

Il eut beau chercher, il ne trouva rien de mieux que Braga, le siège de l'archevêché, pour se réfugier. En outre, c'était la ville primatiale de toutes les Espagnes. A l'intérieur de ses murs, on était sous la protection de Dieu. A tout instant, son nom était invoqué par les cloches, les clochettes des confréries, le gosier des chantres et des enfants de chœur dans les églises, les processions dans les rues. Il aurait fallu qu'Il eût le sommeil bien profond pour ne pas entendre les plaintes des malheureux. Et puis, si les Français voulaient faire un carnage, il y avait tant de gens qu'il y en aurait bien quelques-uns pour en réchapper. Il était même possible qu'ils se fatiguassent d'eux-mêmes: le nombre constituait une protection, la pluralité des choses un ensemble de barrières qui se protégeaient les unes les autres. Dans des situations aussi périlleuses, il valait mieux se trouver au milieu de la foule qu'isolé dans le maquis. Voilà ce qu'il médita, et il décida de se transporter à Braga avec Maria Carantonha et sa fille. Mais son argent, dont le montant s'était fortement accru depuis les dernières ventes, où donc le cacher ? Il n'eut pas le courage d'aller l'enterrer au fond de la forêt, près de la souche d'un chêne-liège, ni de le cacher dans un mur, car il pouvait ne plus se souvenir de l'endroit. Il se pouvait aussi qu'un coureur de bois vînt à passer par là et qu'il eût l'idée – encore que cette hypothèse occupât, dans le calcul des probabilités, une part infinitésimale – de faire un trou dans le sol. Sait-on jamais! Pour ce qui est du mur, un tremblement de terre pouvait le faire s'écrouler, de même qu'un chasseur voulant attaquer un lapin. Ce n'était pas sûr. Tant pis; il le laissa sous la pierre d'autel, tout au fond du trou, et le recouvrit de gravier et de mortier, à la grâce de Dieu. Le diable n'irait certainement pas le découvrir en un endroit pareil. N'avait-il pas échappé aux yeux perçants des bandits de Cerdal ? Si ces derniers, qui étaient au fait des ruses et des habitudes de leurs compatriotes, n'avaient pas deviné la cachette, pourquoi les Français auraient-ils plus de flair ?

Il partit, sinon tout à fait rassuré, du moins en règle avec les scrupules de sa conscience quant au choix d'une cachette idoine pour son numéraire. A Braga, il passa quelque temps dans une relative tranquillité d'esprit. Il ne sortait pas de chez lui à cause de la grossesse de sa gouvernante, car il fallait régler le problème le moment venu. Il fit bien : à peine eut-elle un garçon qu'il put, sans crier gare, le porter au tour du couvent destiné aux enfants abandonnés. C'était le second depuis son concubinage avec Maria Carantonha. La pauvre femme, fille du noble Galicien Don Telmo Iraizoz de Montenegro, qui s'était réfugié au Portugal pour avoir tué un prêtre, l'avait pourtant bien supplié :

– Laissez-moi mon bébé, Luis, mon amour! Ne me le volez pas, je passerai ma vie à vous adorer à genoux!...

– Tu as fait la même comédie au curé de Mozelos, hein ?

– Je vous jure que Monsieur le curé de Mozelos ne s'est jamais comporté de cette façon. J'ai eu un enfant de lui qui est mort à la naissance. Tout le monde le sait.

Allons, il dut fermer son cœur à tous ces cris, car la voix de la noblesse, les intérêts du majorat et sa commodité personnelle se faisaient mieux entendre. Pourquoi donc avait-on inventé cette institution charitable des Enfants Trouvés sinon pour tirer d'affaire en de pareilles circonstances les gentilhommes et les gens de bien ? Il sut par la suite que l'enfant avait été confié à un marchand de cierges de la rue de Trás da Sé, un homme qui avait quelques biens, un artisan qui se débrouillait honorablement dans la vie.

Moins d'un an plus tard, l'état d'énervement dans lequel le mit une série de choses peu ordinaires l'amena à avoir partie liée avec les agitateurs fanatiques. Derrière un énergumène qui portait un Christ haut levé, clergé, noblesse et tiers-état vociféraient contre les francs-maçons et les libres penseurs qui avaient vendu la nation aux Français. Puis il prit peur et personne ne le revit plus. Cependant, l'insurrection battait son plein du nord au sud et se propageait dans les villages de Povoa à Melgaço.

Entre-temps, on annonça que les Français avançaient à marches forcées sur la Rome portugaise. Dans les rues, la foule indomptée se remit à hurler, plus désespérée que jamais, tandis que dans les temples, tous cierges et bougies allumés, on implorait miséricorde à grands cris et on sollicitait l'intervention du Seigneur. Et le miracle eut lieu : le fauve altéré de sang, la bête de l'Apocalypse nommée Loison *, le manchot infernal, était arrivé jusqu'à Mesão Frio, mais il avait rebroussé chemin, n'osant pas monter jusqu'à Quintela par la vieille route du vin de Porto.

Malheureusement, l'accalmie fut de courte durée. En 1809, les Français refirent leur apparition. Cette fois, ils venaient de Galice, et leurs chevaux buvaient déjà l'eau du Minho quand les milices les accueillirent avec un feu nourri : un feu de salve, dicté par la panique, à tort et à travers. Alors, contournant la province par l'est, ils descendirent des montagnes du Tras-os-Montes, en direction de Porto.

Soult était, par tempérament ou par calcul, plus modéré que les autres maréchaux de France qui avaient commandé les troupes d'invasion, et il s'efforça de contenir ses fauves.

A l'instar des abeilles qui battent des ailes devant la porte de la ruche, il parvint même, grâce à ses attitudes

* Le Portugal a connu trois invasions françaises, à l'instigation de Napoléon Ier dans le cadre du Blocus continental, successivement en 1807, en 1809 et en 1810. La première fut conduite par le général Junot et provoqua le départ précipité de la cour qui alla se fixer au Brésil. Junot prit alors le pouvoir et s'installa à Lisbonne; en 1808, il envoya le général Loison dans le nord du pays, où une résistance populaire commençait à s'organiser. Lors de la seconde invasion, les troupes dirigées par le maréchal Soult, également connu sous le nom de duc de Dalmatie, envahirent le pays par le nord et pénétrèrent dans la ville de Porto.

mitigées, à faire en sorte qu'un souffle rafraîchissant apaisât les transes de la terre dévastée. Étant donné son esprit clément et généreux, il valait mieux se rendre à lui, corps et âme. Et une ambassade de trente-six notables du district, tonsurés et diplômés, banquiers et industriels, s'en fut à Porto pour lui dire :

– Notre roi s'est enfui au Brésil et c'est un couard, un maraud, un bélître indigne de l'onction divine; il ne devait y avoir que de l'huile rance dans les burettes. Personne n'éprouvait le moindre respect pour lui, et sa femme n'a pas arrêté de lui faire porter les cornes. Trouvez-nous-en un autre, *Mossiou,* nous l'accepterons. Mais trouvez-nous-en un vite, car un pauvre peuple comme ça sans roi, c'est comme un aveugle sans canne. Et d'ailleurs entre nous : *Mossiou* Junot a bien fait de lui donner un coup de pied dans le derrière! Maintenant, dites-nous un peu : quand est-ce que vous allez nous donner un successeur... ? C'est que nous ne pouvons pas nous passer de roi, non, nous ne le pouvons pas, peu importe d'où il vienne, de chez nous ou d'ailleurs, fait sur mesure ou descendant d'une bande de traînées. N'oubliez pas, *Mossiou...*

Le duc de Dalmatie vit leurs visages décomposés par l'angoisse et leur regard trouble : il les entendit tenir ces propos empressés et jurer sur leur père, sur leur mère, sur le Christ – et il jugea comme elle le méritait cette délégation de veaux. Éprouva-t-il de la pitié, du dégoût ? Il se borna à les renvoyer avec une aménité ironique et deux mots de remerciement feint, au nom de l'empereur.

Dans l'intervalle, la révolte, qui commençait à faire rage dans tout le pays, atteignit les régions pusillanimes, prêtes à transiger sur tout. Luis de Azevedo maudit son étoile. Partout où les Français passaient, ils laissaient la terre brûlée et imbibée du sang et de la bave de la bête fauve. Maudit le Suève ou le descendant de Pélage * qui avait tracé, sur les flancs du mont d'Arga et du côté du Labruja, ce chemin des Pedras Finas pour chèvres et montagnards, qui était devenu le plus fréquenté de tous entre les vallées du Minho et du Lima! Pendant ce temps, à ciel ouvert, Loison étripait chanoines de Braga et gouvernantes de chanoines, bigotes et harengères, épiciers et ouvriers; il imposait des tributs de guerre et prenait des otages. A l'église du Bon Jésus, ce que les soldats trouvaient de plus anodin était de faire sauter le nez des statues du chemin de croix ou de jouer à la balle avec leur tête. Ils se répandaient dans les riches demeures de la ville et du voisinage et, après avoir vidé les salons, les greniers et les caves de tout ce dont ils pouvaient tirer profit, ils y mettaient le feu. Démocratiquement unis dans le malheur, brûlaient ainsi palais et masures. Le but était de faire le vide. Heureusement, comme ils avaient les autres à leurs trousses, ils avaient à peine le temps de déglutir et de dévaster. Alors, ne voyant pas de subterfuge possible, Loison se mit à pousser en avant sa horde de démons, attaqués d'un côté par Silveira, et de l'autre par Wellesley **. L'Espagne était son lieu de repli, et il y courut, saccageant tout sur son passage. Labruja brûla comme un feu de paille; Romarigães fut pillé, et un pelo-

* Roi des Asturies, il fut le fondateur de la première monarchie chrétienne dans la péninsule ibérique. Il mourut en 737.

** Général anglais, Arthur Wellesley (1769-1852), devenu par la suite Lord Wellington, combattit aux côtés de l'armée portugaise contre les troupes napoléoniennes.

ton de la colonne en déroute alla au manoir pour y passer la nuit. Le lendemain matin, quand les clairons sonnèrent le rassemblement, la soldatesque cherchait dans tous les coins et recoins quelque chose à se mettre sous la dent. Ils défoncèrent huches et coffres; ils mirent en pièces les poulaillers et, dans un vacarme inouï, s'amusèrent à tuer à coups de fusil quelques poules égarées; dans les bergeries, ils ne laissèrent pas même une brebis teigneuse. Ils s'attaquèrent à la chapelle et, comme rien ne leur parut digne d'être volé, ils brisèrent les statues en mille morceaux, cassèrent la pierre d'autel en la lançant comme un vulgaire palet; ils montèrent sur la chaire, et l'un d'eux, quand il fut las de parodier un prêtre en train de prononcer un sermon, jeta les balustrades par terre. Sur ces entrefaites arriva un vétéran de la première invasion qui, plus au fait de l'âme péninsulaire, ou plus psychologue, dit à ses compagnons :

– Ces crétins d'aristocrates sont catholiques jusqu'à la moelle et ils sont persuadés qu'il y a une providence qui veille sur eux plus que la mère qui les a mis au monde. Regardez bien, c'est ici, dans la chapelle, là où on s'y attend le moins, dans le confessionnal, dans le bénitier, sous l'escalier, dans le chœur, derrière l'autel, qu'ils peuvent avoir caché leur *pognon* *.

Ils se mirent à démolir ce qui, à l'intérieur de la chapelle, était facile à détruire ou susceptible de servir de cachette. Et l'un d'eux alla dénicher sous la pierre d'autel, sous le mortier et les gravats, le trésor de Luis de Azevedo. Un hourra homérique, plus fort que toutes les voix réunies des orateurs, des lecteurs de psaumes, des

* En français dans le texte.

officiants, du chant grégorien ou de la musique chorale qui y avaient résonné depuis 1618, date où fut consacrée la chapelle, retentit à l'intérieur de ses murs, faisant trembler dans leur niche saint Pierre, saint Paul et Notre-Dame du Bon-Secours, saints patrons du domaine.

XII

Le fils aîné de Luis de Azevedo mourut noyé dans le Douro quand le pont de bateaux * s'écroula sous le poids des gens qui fuyaient les Français. De son côté, la petite fille rachitique et simplette ne résista pas aux vicissitudes que la famille eut à subir en ces temps de peste, de famine et de guerre. Quand on lui apprit que le corps de son fils avait été rejeté par une vague sur la plage de Matosinhos, Luis de Azevedo baissa la tête et pleura. Il pleura de chagrin et d'amertume. Dieu l'avait châtié implacablement pour ses innombrables péchés. Innombrables, oui, mais pas contre lui, ni contre son Église. Rien que des folies de jeune homme. Avait-il jamais blasphémé ? N'accomplissait-il pas toutes les pratiques qu'ordonne notre sainte mère l'Église à tout bon catholique, à savoir se munir en période sainte de la bulle de la Très Sainte Croisade, se confesser et communier pour la résurrection du Christ, abhorrer et détester les ennemis de sa foi, Juifs, Anglais, Tudesques, qui refusent l'entière vérité révélée ? La mort de son fils était un rude coup pour sa lignée et pour ses projets d'avenir. Quant au décès de la fillette, il avait été une délivrance pour elle et pour le monde. Dieu avait bien fait de la faire monter au ciel où elle prierait pour son âme. Mais, comme il s'était habitué à ces quatre sous

* En 1809, la deuxième invasion des troupes napoléoniennes contraint les habitants de Porto à quitter la ville. Alors qu'ils franchissaient le Douro, le pont de bateaux s'effondra, causant de nombreuses pertes parmi les civils.

de chair flasque et invertébrée, elle avait laissé dans sa vie le parfum éternel d'une tige de citronnelle qu'un soleil trop ardent aurait noircie. Durant de longues semaines, dans l'atmosphère confinée de la rue de São Geraldo, où il s'était établi, il respira un air de mort étouffant. Et maintenant, que faire? Suivant la loi de la succession, le domaine allait échoir à son neveu, ce Mem de Mendonça Soares, surnommé le *Chacal*, et qui était, comme le sobriquet le laissait supposer, une sale bête fourbe, un fieffé coquin rongé au plus haut point par les vices. C'était celui-là même sur qui pesait le soupçon d'avoir conduit jusqu'au manoir la bande de *Sept Coups de Couteau* qui, outre qu'il avait tué le vacher, avait fait main basse sur tous les vivres qu'il y avait dans le grenier, ainsi que sur l'argenterie et le linge des coffres et des armoires.

– Le démon n'aurait pas pu me jouer plus mauvais tour! se dit-il à part soi. Est-il vrai que l'histoire se répète? Moi aussi, j'ai fait toutes sortes de sottises, mais je ne suis pas descendu si bas. Je me suis corrigé à temps. Celui-là va finir sur le gibet. Mais il n'aura pas le domaine, dussé-je vendre mon âme au diable!

Il avait abandonné deux enfants, un garçon et une fille, qu'il avait eus tous deux de Maria Carantonha de Montenegro, et c'est de ce côté qu'il entrevit son salut. Dès le matin qui suivit le jour où il avait déposé le petit garçon au tour du couvent de Notre-Dame de la Conception, il avait pu s'informer sur la personne qui l'avait recueilli : un marchand de cierges honorablement connu qui avait sa boutique à deux pas de l'église de Notre-Dame la Blanche. Il était présenté de la façon suivante par une enseigne : *Bougies, cierges, pieds, mains et autres anatomies en cire : Aniceto Côté Béni.*

De temps à autre, il allait explorer l'endroit et y voyait le petit. Non qu'il y fût poussé par l'impérieuse voix du sang ou qu'il se fît du souci pour son sort. Il ne l'intéressait pas plus qu'un ongle noir qui se décolle, chassé de la phalange par un nouvel ongle. Par curiosité, ça oui. Le marmouset poussait sans problème, très vif et éveillé; il avait de grands yeux noirs comme sa mère, des yeux aussi perçants que ceux des étourneaux en quête de cerises, et, tenant de lui, peut-être, les cheveux vaguement roux et un menton volontaire. La première fois qu'il l'avait vu, il marchait à quatre pattes entre les jambes des clients, sa sucette dans la bouche et la morve pendant comme une chandelle, et il en avait conçu du dégoût. A Braga, en hiver, toute cette eau dans les fossés, sans parler de celle des bénitiers, l'air méphitique et salpêtreux des cloîtres et des églises ainsi que les brouillards d'encens étaient cause d'épidémies de coryza, un coryza persistant et œcuménique qui résistait aux infusions les plus fortes de salsepareille et aux électuaires de Curvo Semedo *. L'enfant devait être sous le coup de cette épidémie, d'où la morve jaunâtre qui lui coulait sur le menton et dégoûta Luis de la paternité. La seconde fois, il le trouva une rapière à la main, faisant un bruit assourdissant, enfin propre et potelé à souhait. Le marchand de cierges, penché sur son comptoir, les mains étendues comme les mandibules d'un cerf-volant, flanqué d'une matrone qui devait être son épouse, le

*** João Curvo Semedo, médecin portugais de la Maison Royale (1635-1719), auteur d'un ouvrage célèbre sur les plantes médicinales.**

regardait d'un air extasié et heureux. On eût dit des bigotes devant l'enfant Jésus. Le gamin avait eu de la chance, et Luis voyait en cela un signe de la bonté de Dieu envers lui et pour l'honneur de son nom.

Le problème, maintenant, était qu'on le lui rendît. Il lui avait laissé des signes grâce auxquels il espérait que le marchand de cierges, qui devait être un homme pragmatique et habitué aux réalités de cette vallée de larmes, ne se montrerait ni rétif ni difficile à convaincre. On rembourserait les dépenses auxquelles il avait dû faire face pour l'élever, on prendrait bonne note de toutes ses exigences, bref, on le rémunèrerait dignement.

Même dans ces conditions, l'opération ne laissait pas d'être délicate car, bien qu'il fût courant d'abandonner les enfants illégitimes, ce qui évitait le scandale au sein des familles chrétiennes – le scandale plus nocif que le vice lui-même que l'Église traitait avec la plus grande sévérité – cette pratique ne manquait pas de jeter un certain opprobre sur ceux qui y avaient recours. Reconnue sans aucun doute, *in jure*, elle continuait à répugner aux lois de la conscience. Faire des enfants et les élever impliquait, outre le respect de la procréation, le respect de la femme et le respect de soi-même. Les abandonner, c'était fuir la responsabilité d'un commandement aussi important, en dehors par conséquent de la morale que doivent suivre tous les individus. Cela impliquait en outre tout un abominable passé de jouisseur et de fornicateur esclave de ses passions.

Outre ces inconvénients, tout empreints de dignité personnelle, le marchand de cierges pouvait refuser de lui rendre l'enfant. Rien de plus naturel si ce digne couple s'était pris pour lui d'un véritable amour parental. Ces passions ne sont pas étrangères à la logique du cœur. Quant à la voix du sang n'était-ce pas plutôt une entité muette, inconnue, incapable par là-même d'avoir un véritable écho ?

Mais si le boutiquier s'était pris d'affection pour le petit, il devait implicitement vouloir son bonheur. Et son bonheur ne consisterait-il pas à ce qu'on le rendît à son père authentique, riche, noble, influent, dont il serait bientôt le successeur dans la fortune et dans les honneurs ? Ne serait-ce pas mieux que de rester attaché au marchand de cierges le plus florissant du monde, même si ce dernier lui laissait tout l'argent que, pendant des dizaines d'années, les dévots et les fidèles lui avaient donné sou à sou en paiement de ses bougies ? Par conséquent le bon sens lui ordonnait de sacrifier son égoïsme, si d'aventure un tel sentiment existait.

La charge que Luis de Azevedo occupait maintenant dans la région de Braga, celle d'auditeur à la Cour des comptes d'Entre Douro et Minho, et qu'il avait obtenue de Sa Majesté à son retour du Brésil *, à titre d'indemnisation pour les pertes qu'il avait subies lors de l'invasion – une fois passée en jugement l'ambassade dont il avait fait partie auprès du duc de Dalmatie – cette charge allait lui permettre de se refaire très vite de l'état de ruine où s'était retrouvé le manoir après le cambriolage pratiqué par *Sept Coups de Couteau* et le sac perpétré par les Français. Il avait l'espoir, grâce aux revenus inhérents à sa fonction et qui étaient loin d'être

* Alarmé par la révolution de 1820, à Porto, le roi Jean VI rentra du Brésil et accorda la constitution libérale de 1822.

négligeables, que son héritier trouverait le patrimoine en bon état. Et son héritier ne serait personne d'autre que cet enfant, le fils de Maria Carantonha de Montenegro, quand elle aurait été reçue comme légitime épouse, et qui serait alors déclaré comme étant né dans la période préconjugale. Une fois l'union de Luis de Azevedo et de Maria Carantonha légalisée, la succession du patrimoine reviendrait au descendant légitime, les enfants de sa première femme étant décédés. Le marchand de cierges serait-il homme à s'opposer ainsi au cours naturel des choses qui assurerait le bonheur de l'enfant et, par voie de conséquence, la tranquillité des parents? Pour ce qui était de recevoir Maria Carantonha de Montenegro pour femme, c'était chose décidée en son for intérieur. Il y avait six ans qu'il vivait avec elle et il n'aurait pu présenter une seule raison de se plaindre. Elle ne lui avait apporté de prémices d'aucune sorte, mais c'était une excellente femme. Elle en avait vu de toutes les couleurs, étant, pour ainsi dire, née sous une mauvaise étoile. Quand son père et sa mère, qui s'étaient réfugiés dans des petits villages du Tras-os-Montes, s'étaient retrouvés sans rien à se mettre sous la dent, elle s'était engagée au service des seigneurs de Murça de Panoia. Toute jeunette, et ne sachant pas grand-chose de la vie, il n'était en rien étonnant qu'ils eussent abusé d'elle. Déshonorée par l'un de ces vauriens et toujours poussée par le désir de venir en aide à ses parents, elle était passée aux mains de l'abbé de Mozelos, un vieux débauché à demi usé par le vice et la bonne chère, qui l'avait élevée au rang de gouvernante. On ne savait pratiquement rien de son concubinage avec le prêtre, sauf qu'elle avait continué d'être une fille toujours dévouée, remettant à ses parents presque tous ses gages, et leur faisant, avec le consentement du prêtre, tout le bien qu'elle pouvait. Grâce à son aide et sur ses conseils, ils s'étaient installés à deux pas, à Valadares, où le vieux Montenegro, le regard toujours tourné vers sa chère Galice, veillait à la bonne marche du procès dans lequel il était engagé à Salvatierra. Puis, était venue l'heure où fut rappelé auprès de la Divine Présence ledit abbé de Mozelos, après un bon dîner de lamproies arrosé de vin d'Arcos dans la taverne de Chacim, à Infesta. Maria Carantonha s'était retrouvée à la rue. C'est alors que, sur les indications de ses parents de Ferreira, Azevedo avait décidé de la prendre pour gouvernante et nourrice de ses enfants. Elle allait sur ses trente-cinq ans mais, malgré les coups du sort, elle était encore fraîche, et ses beaux yeux et la douceur de ses gestes séduisaient tous ceux qui la voyaient. Servir chez un homme seul dans la force de l'âge, la pauvre femme savait bien ce que cela signifiait. Son lit serait à l'occasion celui du maître. Elle ne résista même pas, et ne se fit pas prier non plus. Elle considéra cette fonction inhérente à l'autre. Cette soumission connut son moment crucial lorsqu'il lui fallut, pour l'honneur du nom et l'intérêt des successeurs de la lignée, abandonner ses enfants. Elle pleura tant que ses larmes tarirent. Son existence était une suite de résignations, et celle-là vint s'ajouter aux autres.

Malgré les bons arguments qui militaient en sa faveur pour que l'enfant lui fût remis sans trop de complications, Luis de Azevedo avait des craintes; pour régler cette affaire en s'insinuant dans la place, il décida de faire des travaux d'approche. Il se présenta chez le marchand de cierges en qualité de client :

– Je voudrais des cierges pour l'autel de ma chapelle de Romarigães, dit-il. Des cierges pour célébrer le saint sacrifice de la messe.

– Nous en avons en cire d'abeille... ou avec du suif de première qualité. Lesquels voulez-vous, Monsieur ? Si la chapelle en question, que nous n'avons pas encore eu l'honneur de fournir, est un temple où se célèbrent de grandes cérémonies, peut-être la cire vous conviendrait-elle davantage. C'est ce qu'utilise Son Excellence l'archevêque primat, Dom Frei Miguel da Madre de Deus...

– Eh bien, donnez-m'en aussi quelques-uns en cire d'abeille. Disons une demi-douzaine de cierges. Tous les candélabres ne sont pas encore dégarnis. Ainsi, Monsieur... Monsieur comment... ?

– Aniceto Côté Béni, pour vous servir...

– Monsieur Aniceto Côté Béni, si j'ai bien compris, vous ne connaissez pas la chapelle du Bon-Secours de Romarigães... ? A environ trois lieues après Ponte de Lima ? Vraiment, vous ne la connaissez pas ? Ça alors !... Sachez qu'il n'y a pas plus beau temple dans tout le Minho.

Le marchand de cierges avoua humblement son impardonnable ignorance. Sur la route de Braga à Valença, il n'était guère allé au-delà de Ponte de Lima. Il s'était rendu un jour au mont d'Arga, avec sa femme, à la fête de sainte Justa, car il y a là un ermitage. C'est tout au sommet, au-dessus de ruines qui sont, paraît-il, celles du château de Formiga. La miraculeuse sainte Justa était la patronne des femmes qui ne peuvent pas avoir d'enfants.

– Je croyais que la sainte Justa qui intervenait pour les femmes stériles se trouvait à São Pedro dos Arcos ?

– Il y a en effet à Arcos une sainte Justa très renommée pour des cas semblables. Mais il paraît que la sainte d'Arga est encore plus efficace. Dans toute la chrétienté, ce ne sont pas les saintes patronnes de ce genre qui manquent.

– En bien, Monsieur Côté Béni, si un jour vous passez par là, vous n'avez qu'à frapper et vous verrez un temple qui ferait honneur à votre place de Santa Ana. Il y a toujours un verre pour les amis...

L'honnête commerçant le remercia. Mais il ne put aller plus loin dans ses effusions, car il fut distrait par une cliente qui venait mesurer son fils pour accomplir le vœu qu'elle avait fait au Bon Jésus de Braga, de lui apporter un cierge aussi haut que l'enfant s'il guérissait de la vérole. Et Luis de Azevedo régla sa commande sans avoir marchandé le moins du monde, ce qui était exceptionnel, puis il se retira.

Il revint quelques jours plus tard après avoir guetté l'heure où l'enfant gambadait dans la boutique :

– Que Dieu soit avec vous, Monsieur Côté Béni. C'est bien Côté Béni ? ou Béni Côté ?

– Et qu'il soit encore plus avec vous, Monsieur. Vous ne vous êtes pas trompé, Côté Béni est bien le nom que mon parrain, qui était chanoine, a voulu me donner. C'est un nom comme un autre. Mais que désirez-vous, Monsieur ?

– Aujourd'hui, je voudrais des bougies à usage domestique. Il va sans dire que vous avez du choix...

– Mais certainement, nous avons des bougies de toutes sortes...

Tandis que le boutiquier allait chercher les articles, Luis de Azevedo entreprit de faire des caresses au petit garçon qui sautillait dans la boutique. Ce dernier allait sur ses quatre ans, mais il en paraissait plus, tant il était robuste. Sa marchande de mère le tenait très propre et l'habillait avec soin. Un petit gilet en velvétine par-dessus la culotte de flanelle fendue par derrière, ce qui laissait voir une peau très rose et très fine. Il portait de petits sabots à semelle de bois avec lesquels il faisait un vacarme infernal. Ses cheveux bouclés tombaient sur ses épaules, à la saint Jean-Baptiste, comme c'était alors la mode dans la Rome portugaise *. Les yeux de Luis de Azevedo brillaient de contentement en regardant le petiot dans les traits duquel il recherchait ceux de sa mère, Maria Carantonha, et les siens propres : la bouche sévère, le visage allongé, une peau tirant sur le roux, et les yeux noirs insondables d'une mère galicienne aux origines andalouses et mauresques.

Luis de Azevedo lui chatouilla le menton, ce qui ne lui plut guère. On voyait qu'il était un tantinet farouche, signe qu'on l'élevait avec sagesse et sollicitude.

Le marchand de cierges observait avec un plaisir manifeste les caresses que ce monsieur si digne faisait à son fils, et son visage, rasé de très près, à la façon des religieux, resplendissait de fierté paternelle.

– C'est votre fils, Monsieur ? demanda Luis de Azevedo, en omettant de dire Côté Béni, onomastique dont il

*** La ville de Braga fut la métropole religieuse de la chrétienté dans la péninsule ibérique.**

avait deviné qu'elle était le talon d'Achille du marchand de cierges.

– Hum!... C'est tout comme, et il lui fit des signes pour lui donner à entendre qu'il ne voulait pas en dire davantage devant l'enfant.

– Bien sûr, bien sûr! répondit Luis de Azevedo, pour signifier au marchand qu'il comprenait sa réserve et voyait jusqu'où allait l'explication...

– Vous voulez donc des bougies pour vous éclairer, n'est-ce pas, Monsieur? Je vais vous montrer celles que préfère Monseigneur l'archevêque primat. Elles ne font pas de fumée du tout et sont très économiques, car elles ont exactement la quantité de cire qu'il faut...

– Toute cette cire est travaillée chez vous?

– Mais oui, Monsieur. Nous avons notre propre fabrique... – puis, faisant un geste de la main – là-bas, dans l'arrière-boutique. J'emploie quatre hommes et deux femmes. Vous n'êtes pas de Braga, Monsieur? Je vois bien que non. C'est qu'il y a des siècles que cette maison existe. Mon grand-père a été le marchand de cierges de Monseigneur l'archevêque primat Dom Frei Bartolomeu dos Martires et mon père celui de Dom Frei Caetano. Deux gloires de l'Église de Braga. Moi, je suis celui de Dom Frei Miguel da Madre de Deus, l'archevêque actuel: que Dieu lui réserve encore de belles et longues années. Si vous étiez de Braga, vous sauriez qu'ici on travaille la cire depuis des temps immémoriaux, et que, dans tout le Minho, ma maison est connue pour offrir les meilleures conditions de prix et passe pour être digne de confiance.

Au cours de la conversation était arrivée une bonne

femme qui voulait un paquet de bougies. Le marchand la laissa plantée devant le comptoir tout le temps qu'il pérorait, et il semblait décidé à l'oublier, mais elle lui dit d'une voix courroucée :

– Voulez-vous me servir, Monsieur Aniceto? Ma maîtresse a besoin de bougies pour aller réciter son chapelet.

Le marchand alla s'occuper d'elle et Luis de Azevedo se remit à caresser le bambin. A la façon d'un chat qui avance une patte rapide et fugace, donne son coup de griffe et la retire instantanément, il faisait des chatouilles sur la tête du petit et prenait un air innocent, comme s'il n'avait pas été l'auteur de l'espièglerie. Il tenta la manœuvre deux ou trois fois, mais le petit, bien qu'il fît mine d'avoir compris, ne se laissa pas tenter par le jeu. La quatrième fois, il le regarda bien en face d'un œil mauvais, comme pour lui dire : « Allez donc faire vos mamours à vos enfants, moi je peux très bien m'en passer; je ne vous connais pas et ne veux pas vous connaître! » Et, d'un air très sérieux, comme s'il avait voulu lui faire comprendre qu'il n'obtiendrait rien de lui, il se glissa sous le comptoir et disparut dignement par la porte entrouverte qui menait à l'arrière-boutique.

Le marchand de cierges, auquel le manège du gamin n'avait pas échappé, partit à rire. Luis de Azevedo, qui n'en avait pourtant guère envie, sourit lui aussi.

– Il est très sauvage, dit le marchand. Vous m'avez demandé tout à l'heure si c'était mon fils, Monsieur. Voulez-vous que je vous dise? A vrai dire, non, mais c'est du pareil au même. Seulement, je ne voulais pas le dire devant le petit, car il est très sensible et comprend tout à demi-mot. Vous ne pouvez pas savoir, Monsieur, comme il est malin. Chez un petit enfant comme ça, c'est même stupéfiant.

– Alors, ce n'est pas votre fils?

– Non, mais c'est la même chose. Ma femme tout comme moi, nous donnerions notre vie pour lui. Je suis allé le chercher au tour du couvent de Notre-Dame de la Conception, par un matin glacial où – Sainte Vierge! – il gelait à pierre fendre. Je l'ai rapporté enveloppé dans mon manteau, en le réchauffant contre ma poitrine et en lui soufflant dessus pour qu'il ne prenne pas froid. Le pauvret, c'était un tout petit bout de chair. Ma Felismina, Dieu ne lui avait pas permis d'avoir d'enfant, et ce jour-là c'était son anniversaire: quarante-cinq ans, quand aujourd'hui encore elle en paraît trente. Elle m'avait dit en pleurant: *Pourquoi te tuer au travail, mon cher homme, puisque tu n'as pas d'enfant à qui léguer ta fortune? Et si tu allais me chercher un bébé abandonné?* J'ai fait ce qu'elle voulait, mais ce n'était pas de gaieté de cœur, parce que parfois, ces choses-là, ça tourne mal. Ce n'est pas tant les tracas que ça vous donne. Mais supposez, mon cher Monsieur, qu'un jour ce père dénaturé qui s'est montré indigne et n'a eu ni honte ni remords quand il a jeté son fils dans le ruisseau, se présente devant nous pour nous dire: – *Donnez-moi cet enfant, il est à moi!* Heureusement, jusqu'à présent, il n'a pas donné le moindre signe de vie, et il n'en donnera pas, j'espère en Dieu et en ma chère Notre-Dame la Blanche qui m'a touché de sa couronne bénie sur les fonts baptismaux. C'est certainement un enfant d'aristocrates qui ont accompli cet exploit et l'ont oublié à tout jamais.

Luis de Azevedo se tâta pour savoir s'il allait vider son sac, mais il n'en eut pas le courage. Entre-temps un chanoine, important personnage de la ville métropolitaine, était entré dans la boutique, et la conversation en resta là.

Dès que Maria Carantonha de Montenegro fut mise au courant de ce que Luis de Azevedo méditait de faire au sujet de son fils, et du plan qu'il avait ourdi, elle lui sauta au cou, riant et pleurant, avec une impétuosité si folle qu'il dut la secouer pour lui faire lâcher prise, sinon elle l'aurait étranglé :

– Du calme, voyons! Je regrette déjà de t'avoir parlé.

– Ah, mon cher petit enfant! Et Monsieur Loulou qui ne me disait rien! Pourquoi ne me disiez-vous rien? Alors, vous savez où est mon enfant? Dites, vous me permettez d'aller le voir? Montrez-le-moi de loin. Je ne dirai pas qui je suis, je resterai bouche cousue, je vous le jure! Je ferai comme s'il n'était pas à moi. C'est juste pour le voir un peu, comme ça, en passant!

– Tout se fera en son temps. Pour l'instant, du calme! du calme!

– Mais quel mal y aurait-il? Je ne dirais rien du tout! Il doit être déjà grand, non? Il a presque quatre ans. Vous vous souvenez? Il est né le samedi avant Noël qui, cette année-là, tombait un mercredi. Il neigeait. Et dites-moi, mon ami, la petite fille, on ne sait rien d'elle? Non? Et pourquoi ne la rechercheriez-vous pas? Dites? Il est beau, mon Telmo? Oh! il doit être très beau. Mais laissez-moi aller le voir, je vous en supplie, pour l'amour de Dieu... sur le salut de votre père...!

Elle se jeta à genoux, se prosterna devant lui à plusieurs reprises. Cela finit par agacer Luis de Azevedo qui lui donna une bourrade; alors, Maria Carantonha se reprit et, tête basse, lentement, avec des gestes solennels, elle se retira dans le cagibi où elle dormait.

Par une belle matinée de printemps, Luis de Azevedo se présenta dans la boutique de Côté Béni. Le marchand de cierges venait d'en ouvrir les portes. Les bigotes sortaient de l'église de Notre-Dame-la-Blanche, isolées ou en groupe, le chapelet pendant à leur poignet, le nez en l'air pour chercher à savoir ce qui avait bien pu se passer sur la place pendant qu'elles recommandaient leur âme et le monde au Seigneur Tout-Puissant. Certaines étaient encore en train de moucher, dans une feuille de chou, la bougie qu'elles avaient allumée à la messe afin de formuler un vœu. La petite place était inondée de soleil. Quelques pauvres miséreux, pieds-nus, en haillons, dépoitraillés, coiffés pour deux d'entre eux d'un calot de soldat, étaient adossés au mur donnant au levant et s'y réchauffaient voluptueusement pour oublier leur misère cancéreuse. C'étaient les mendiants de l'église. Mais la chaleur du soleil valait bien le croûton de pain, la pomme minuscule et les deux ou trois châtaignes séchées que les dévotes sortaient de leur sac en même temps qu'une dent qu'elles avaient perdue en mangeant du pain de maïs, parfois une tête de vipère, prodigieuse amulette, ou les quelques sous divisés en quatre qu'ils parvenaient à glaner de temps à autre. Et elles passaient sans qu'ils se précipitent sur elles, la main tendue. Tenté lui aussi par la chaleur, un chien errant vint se coucher à leurs pieds, mais le museau levé et l'œil en éveil, car les coups de pied envoyés par les pauvres, pendant leurs heures de loisir, ne sont pas moins cuisants que ceux des gens satisfaits de Dieu et d'eux-mêmes.

Tout en déposant sur le comptoir les paquets qu'il portait sous le bras, Luis de Azevedo salua le boutiquier :

– Dieu soit avec vous, mon ami. Comment ça va?

– Qu'il soit également avec vous. Pour ce qui est de la santé, ça peut aller, ça peut aller. Et vous, Monsieur, solide comme un chêne de cette propriété où vous avez une si jolie chapelle?

– Eh bien, non, figurez-vous. Mes hémorroïdes ne me laissent pas en paix. C'est de famille.

– Pourquoi n'allez-vous pas prendre des bains à Caldas Santas?

– Et mes occupations? Qui pourrait me remplacer? Je voudrais bien! Hier encore on est venu me voir pour que je fasse un discours à l'occasion des fêtes que la ville va organiser pour célébrer la restauration de la monarchie absolue. Dom Miguel * est enfin roi du Portugal, il règne sur les corps et sur les âmes. Cela a été dur, mais le bon droit est très fort, mon ami. Très fort! Les francs-maçons et les libéraux ** tirent tous une tête de trois pieds.

* Dom Miguel, fils cadet de Jean VI, se fit proclamer roi en juillet 1828 par les Cortès qu'il avait convoquées en mai de cette même année. L'absolutisme fut ainsi rétabli au Portugal pour six ans. L'auteur anticipe un peu, puisque ces Cortès ne s'étaient pas encore réunies, ainsi qu'il ressort du texte.

** Partisans de Pierre IV.

– C'est maintenant qu'il faudrait en finir avec cette vermine!

– Ne vous en faites pas, ils ont déjà eu leur compte! On n'entend plus parler d'eux. Mais, comme je vous le disais, il va y avoir de grandes fêtes... profanes et religieuses...

– Dieu vous entende! Il y a beau temps qu'on ne célèbre plus dans la cathédrale de *lausperene*, ni de *tantum ergo* dignes de Braga.

– Dignes de Bracara Augusta *, parfaitement. Mais maintenant, il va y en avoir de sensationnelles, c'est moi qui vous le dis. Vous pouvez préparer la cire...

– Elles peuvent venir, la cire ne manquera pas.

– Et vous savez : non seulement on m'a demandé de faire un discours – continua Luis de Azevedo après une pause, toute consacrée à une introspection pleine de délices – mais on veut m'envoyer comme représentant aux Cortès. C'est maintenant qu'on va choisir les représentants, voyez-vous... On ne me laisse pas tranquille... on veut que j'y aille... de vrais crampons!

– Allez-y, monsieur, allez-y! Des honneurs comme ceux-là, ça en vaut vraiment la peine. C'est de l'honneur et du profit. Si c'était moi, je répondrais présent tout de suite!

Une cliente entra, Deolindinha de Populo, et Luis de Azevedo dit, tout en posant les mains sur ses paquets :

– Et le petit ?

Le marchand de cierges comprit ce qu'il y avait dans

* Le nom actuel de la ville de Braga est dérivé du nom latin Bracara Augusta qui lui avait été donné par les Romains, en raison de son importance administrative et religieuse.

le geste, d'ailleurs plein de sous-entendus, et accompagné d'un regard affectueux, et il répondit :

– Il fait dodo.

– A cette heure ?

– Pas étonnant! Il se réveille dès potron-minet, et se met à gazouiller comme un petit oiseau. Nous le levons à sept heures... C'est notre heure, l'heure des premières messes... Il trotte toute la matinée... et à dix heures il dort à poings fermés.

– Eh bien, laissez-le dormir tant qu'il voudra. Pendant qu'il dort, il grandit. Moi, j'ai tout mon temps. Tenez, je lui apporte là un petit cadeau. Je l'aime bien... Je lui apporte un petit bonnet en poil de chameau, une trompette en terre cuite de Barcelos et deux petits ânes. Les petits ânes aussi sont en faïence. Mais laissez-le dormir, j'attendrai..., dit-il tout en défaisant les paquets.

Le marchand de cierges se mit à le regarder très attentivement, certain qu'il ne s'en apercevait pas, puis il reprit :

– Le petit, quand il dort, il dort comme une souche. Une fois que le marchand de sable est passé, il en a pour des heures. Dieu sait quand il se réveillera. Il n'y a pas moyen de le savoir et ce n'est pas la peine que vous l'attendiez, Monsieur. Vous lui apportez une trompette et des ânes... ? Merci beaucoup, merci beaucoup! Mais vous savez, il aura tout cassé en un rien de temps...

– Ils ont été faits pour être cassés.

– Oui, sans doute, mais ce n'était pas la peine de vous déranger. Merci. Grâce à Dieu, ce ne sont pas les jouets qui lui manquent. Et aujourd'hui, Monsieur, je suppose que vous n'avez rien à nous acheter ?

– Les bougies que je vous ai prises sont encore toutes neuves...

Il n'avait pas plutôt proféré ces paroles que le bambin fit irruption par la porte du fond et s'appuya au comptoir en sautant de joie et en riant aux éclats à la vue des petits ânes. Dès qu'il l'aperçut, Luis de Azevedo l'attrapa par son tablier. L'enfant voulut se dégager et tomba à la renverse. Aussitôt, Côté Béni, qui avait tout d'abord semblé décontenancé, courut le relever sans que l'autre lâchât prise.

– Laissez ce petit, vous pourriez lui arracher le bras..., murmura le marchand à l'adresse de Luis de Azevedo qui, de sa main libre, mettait les jouets devant les yeux de l'enfant.

Soit que la main du gentilhomme lui parût lourde, soit qu'il trouvât cette pression antipathique, l'enfant méprisa l'offre et se mit à faire la lippe. Peu après, il poussait des cris perçants qui, alertant Madame Côté Béni dans l'atelier où elle donnait des ordres aux employés, la firent arriver dans la boutique comme un boulet de canon. C'était une grande femme très charpentée qui n'avait pas dû être vilaine dans sa jeunesse, aux cheveux tressés roulés en chignon sur la nuque, la poitrine plus plate que rebondie, serrée dans un corset fermé par des agrafes et très fleuri, ce qui contrastait avec la blancheur des manches de sa chemise en fil tissé à la main.

– Eh bien, mon tout petit, eh bien, personne ne te veut du mal! s'écria-t-elle en lui tendant les bras. Ce Monsieur n'est pas un ogre. Regarde... regarde... ce Monsieur t'a apporté des petits ânes...

L'enfant continuait à pleurer à chaudes larmes, et le marchand dit à sa femme :

– Emmène-le.

– Non, n'emmenez pas l'enfant. Laissez-le ici...

Luis de Azevedo prononça ces mots d'une voix si altérée que le marchand répliqua :

– Comment cela, laissez-le ici... ? Et pourquoi, je vous prie ?

– L'enfant est à moi. Il est à moi et je veux l'emmener avec moi.

Sans dire un mot, la femme prit l'enfant dans ses bras et se sauva avec lui dans l'arrière-boutique, mais elle s'arrêta sur le pas de la porte qu'elle maintint entrouverte, le corps à demi dedans, à demi dehors. Luis de Azevedo vit passer dans ses yeux l'éclair d'une haine mortelle, tandis que le petit s'accrochait très fort à elle en lui passant ses petits bras autour du cou et en inclinant la tête contre son sein. Le marchand de cierges était devenu blanc comme un linge, puis, au bout d'un long silence, il émergea du fleuve tempétueux de ses pensées et, se raccrochant à l'argument le plus tangible qu'il put trouver, il balbutia :

– L'enfant est à vous ? Ah ! ah ! laissez-moi rire. L'enfant est à nous, à ma femme et à moi, mille fois à nous. Qui donc l'a empêché de mourir par ce matin glacial, car en fin de compte, sur le tour du couvent, il y en a peu qui en réchappent ? Hein ? Qui ? Et qui l'a réchauffé ? Qui l'a habillé ? Qui le nourrit et le tient propre ? Figurez-vous que nous avons même acheté une chèvre pour lui donner du lait. Alors, comme ça, vous voudriez nous enlever l'enfant ? Et puis quoi encore ? Et de quel droit, s'il vous plaît ?

– L'enfant est à moi, et je vais vous dire ce qu'il avait quand on l'a déposé sur le tour. Il avait autour de son cou une petite bourse en soie bleue avec son nom, Telmo, écrit sur un bout de parchemin. Dites-moi : n'est-ce pas ainsi qu'il s'appelle ?

– Il s'appelle Telmo, oui, mais qu'est-ce que ça prouve ? Vous n'arrêtez pas de m'entendre dire son nom...

– Dans cette même petite bourse il y avait aussi un doublon d'or enveloppé dans un papier. Sur le papier était écrit : *Pour les premières dépenses. Le reste viendra plus tard.* Vrai ou faux ?

– Nous n'avons rien trouvé dedans, Dieu nous en soit témoin. Ce qu'il y avait, c'était une gousse d'ail et cinq grains de sel. Parfaitement ! C'est ce qu'ont tous les enfants trouvés, s'écria de l'intérieur la femme dont la voix traduisait une surprise réticente mêlée à des mots aigus marquant l'indignation.

– Les couches étaient en batiste et bordées de bleu...

– Ni en batiste ni en métis ! Il était emmailloté dans de l'étoupe, dans une grosse serviette en étoupe, qu'on doit encore avoir quelque part par là. Si bien que son corps était tout écorché.

– Alors, c'est qu'on a volé ce qui avait été déposé sur le tour...

– Comment ça, on a volé ? On n'a rien volé du tout ! Les sœurs seraient incapables d'une aussi mauvaise action. Et encore moins celle qui était alors la sœur tourière, et qui l'est encore, au couvent de Notre-Dame de la Conception. Tout le monde dit qu'à Braga il n'y a pas plus honnête qu'elle.

– Et qui me garantit que c'est la mère tourière qui a fait le coup? C'est peut-être les servantes qui ont volé ce qui avait été déposé...

– C'est vous qui voudriez nous voler maintenant, mais vous vous trompez, rétorqua la marchande. Même si le préfet venait avec tous les policiers qu'il y a à Braga, je ne me séparerais pas de lui. Je voudrais bien voir ça; on se prend d'affection pour un bébé, on le chérit, on passe ses jours et ses nuits à l'adorer, et voilà qu'un beau jour arrive un plaisantin qui vous dit : *Donnez-moi l'enfant, il est à moi!* Tout ce que je vous donnerai c'est un grand coup de bâton! De quel droit? Non mais des fois, dites-moi un peu.

– Monsieur Aniceto Côté Béni et vous, Madame, je suis prêt à vous payer sans marchander les dépenses que vous avez faites pour le petit, et même à vous récompenser avec la plus grande largesse pour la tendresse et l'amour que vous lui avez portés. Mais il faut que je l'emmène coûte que coûte. Le procès est instruit par le juge pour enfants. Il vaut mieux que vous le donniez de bon gré...

– L'enfant est à nous, et bien à nous! s'écria Felismina, les yeux étincelants de colère. Dites-vous bien une bonne fois pour toutes que vous ne l'emmènerez pas. Même si je devais le jeter dans un brasier. Vous m'avez bien entendue? Hein, vous l'avez trouvé mignon, vous vouliez l'avoir, Dieu sait dans quelle intention! Ne seriez-vous pas de ceux qui font des onguents miraculeux avec les enfants? Ce n'est pas par hasard quelque guérisseur du diable qui vous a donné cette recette pour vour guérir du mal napolitain ou de quelque autre maladie de la même espèce?...

Luis de Azevedo vit qu'il perdait son temps à discuter avec des gens aussi passionnés. Mais il avait tout de même fait le premier pas. Le tribunal ferait le reste.

– C'est moi qui ait été un âne bâté quand j'ai dit qu'il s'agissait d'un enfant trouvé. Comment ai-je pu être aussi bête ? murmura le sieur Aniceto d'un air désespéré.

– Allons, mon ami, ne te fais pas de souci, l'enfant est à nous, et bien à nous. Est-ce que ce bonhomme a donné une preuve certaine qu'il est à lui ?

– Il doit avoir sur l'épaule une tache brune ovale. Regardez donc...

– Pff! s'exclama la femme, il n'a rien! Rien du tout. Son corps est lisse et blanc comme du marbre. Vous voulez voir ?

Elle releva la chemise de l'enfant pour le déshabiller. Luis de Azevedo s'approcha alors avec l'intention de s'en assurer de ses yeux. Mais l'enfant se mit aussitôt à pleurer si fort, de façon si déchirante, qu'on arrêta la vérification. Pourtant, le gentilhomme mit la main sur le petit poignet, tout en disant d'une voix altérée :

– Demandez-moi tout ce que vous voudrez, Madame Côté Béni, mais laissez-moi emmener l'enfant. Demandez-moi tout ce que vous voudrez.

– Je n'ai rien à vous demander!

D'un geste vif, elle mit l'enfant à terre et le poussa dans l'arrière-boutique. Elle referma la porte sur lui et s'avança vers Luis de Azevedo. Tout cela se fit en moins de temps qu'il n'en faut pour le dire. Sur le comptoir se trouvait la coudée avec laquelle le marchand établissait la hauteur des cierges en la mettant à la verticale contre le dos des pénitents. Elle s'en saisit et, la pointant tout droit sur le gentilhomme, elle se jeta sur lui comme un faucon sur sa proie. Mais la colère l'aveugla et le premier coup tomba à côté. Luis de Azevedo n'attendit pas le suivant; il fuit l'établissement à reculons et en agitant les bras comme les ailes d'un moulin. Quand il se retrouva dans la rue, il partit à toute vitesse, en jetant des regards apeurés derrière lui, pour le cas où ce dragon aurait été à ses trousses. Felismina n'avait pas atteint le seuil qu'il traversait la place à grandes enjambées. Elle se limita à lui faire les cornes, comme pour chasser le Malin, l'un des principaux personnages toujours présents dans son répertoire, comme dans celui de tout habitant de Braga qui se respecte.

XIII

En 1828, à la mi-avril, par une de ces journées de printemps si agréables qu'on ne quitterait sa maison ou son jardin pour rien au monde, même pour aller au paradis, au milieu des chœurs des anges s'époumonant et des groupes de vierges souriant derrière leurs éventails, Dom Luis de Azevedo partit pour la capitale. Il allait acclamer joyeusement Dom Miguel, roi absolu, en qualité de représentant du peuple laborieux de la vieille terre de Coura.

Installé dans un carrosse neuf en compagnie de son chapelain, le père Tirteu dos Santos, il n'était escorté que de deux hommes à cheval, car, à Ponte de Lima, les procureurs locaux, Alexandre Malheiro de Sousa e Meneses et João de Calheiros e Meneses se joindraient au cortège. Ils étaient tous deux ses cousins, descendants, comme lui, de Dona Briolanja Aiala de Pina Fajardo e Meneses, trisaïeule de sa mère. Plusieurs lieues plus loin, il était convenu que la représentation de Barcelos se joindrait également à eux. Elle était composée du capitaine général Antonio de Matos Faria Barbosa et de Joaquim de Magalhães e Meneses, eux aussi ses cousins, mais au vingt-sixième degré, l'un par la branche mâle descendant du seigneur de Portela das Cabras, l'autre par la branche féminine descendant de cette dame infortunée qui s'était laissé séduire sur le tard par un don juan campagnard, le seigneur de Lisouros, et qui faisait partie de la lignée des Meneses de Cantanhede d'où dérivait la maison d'Outeiro Meão. Tous par conséquent de vieille souche suève et issus de familles installées entre les deux fleuves, susceptibles de faire bourse, table et défense communes au cours de leur odyssée en direction de Lisbonne.

Le gentilhomme était parti tout content de lui-même et du monde entier, circonstance remarquable par ce qu'elle laisse transparaître de tranquillité et de santé du corps et de l'esprit. Il avait laissé ses affaires bien en règle : le manoir était enfin libre de procès, pas une ombre de nuage ne se profilait à l'horizon. Grâce aux bons offices de son oncle, Monseigneur Alexandre da Cunha, archidiacre de Labruja à la cathédrale métropolitaine de Braga, qui avait une grande influence dans le milieu ecclésiastique en dépit de ses quatre-vingt-cinq printemps, Luis de Azevedo avait encore pu mener à bien la légitimation de son fils Telmo. Mais l'affaire avait connu mille tours et détours et d'innombrables péripéties, les unes fâcheuses, les autres délectables.

La première fois que Luis de Azevedo avait eu recours à son oncle, un homme qui ne sortait pas de son fauteuil, sa colonne décrivant un arc surbaissé tout aussi accentué que celui de la Porta Nova, ce dernier lui dit :

– A qui es-tu allé chercher noise, mon pauvre enfant! A Côté Bandit! Il aurait mieux valu pour toi que tu aies maille à partir avec des bandits de Falperra.

– Ne me dites pas cela, mon très révérend oncle. Je tiens Aniceto Côté Béni pour un homme de bien. La façon dont il s'est occupé de l'enfant, dont il s'est pris d'affection pour lui, dont il prétend s'opposer à ce qu'on le lui enlève, tout cela ne peut que témoigner de ses bons sentiments.

– Ah! Ah! l'un n'empêche pas l'autre, mon neveu. L'un n'empêche pas l'autre. C'est sous le nom de Côté Bandit que le connaissent ecclésiastiques et laïques, curés et paroissiens. Il s'est enrichi à millions en vendant de la cire. Tu imagines un peu, mon neveu, en vendant de la cire, quelque chose de rien du tout, qui s'en va en fumée! J'ai entendu dire qu'il use d'artifices subtils dans son négoce, soit pour peser les bougies et les autres produits, soit pour mélanger à la vraie cire, la cire d'abeille qui seule est digne d'éclairer Dieu et les saints, de la graisse de mouton et de chèvre qu'on vend aux abattoirs pour deux fois rien.

– J'ai du mal à croire...

– Je vais te dire... Il n'y a rien de commun entre le boutiquier dans son commerce et ce même boutiquier dans la vie courante. Le bonhomme peut voler sur le poids de ses bougies et être tout à fait honnête en dehors de sa boutique. Ces ambiguïtés sont le propre de l'animal appelé homme, et plus encore dans notre grande ville de Braga où, dès que Dieu apparaît à droite, le diable surgit à gauche. Si on voit l'un, il faut se demander où est passé l'autre. Pour que le marchand de cierges soit le père putatif que tu admires, il faut obligatoirement qu'il mette la main dans ma poche, dans celle des autres prêtres, dans celle des bigotes et des dévots en général. Dieu lui pardonnera, car il est père lui aussi. Mais venons-en à ce qui nous intéresse. Que désire donc mon illustre neveu?

– Mon oncle, vous avez de bonnes relations avec le

père Urbano? Sans doute, car il n'est personne dans la ville qui ne soit venu vous baiser la main. Le père Urbano est le confesseur de Felismina, la femme de Côté Béni. C'est cette géante qui garde le petit dans sa forteresse.

– Je ne sais pas si elle voudra écouter Urbano. Quoi qu'il en soit, Urbano est malin comme un singe. Et que faudrait-il qu'il fasse?

– Ce qu'il faudrait qu'il fasse? Persuader la brave femme de me donner l'enfant. De bon gré, car de mauvais gré je sais que je le lui enlèverai un jour où l'autre. Il reste à entendre deux ou trois témoins, et on peut considérer le procès comme terminé. L'issue ne fait pour moi aucun doute. La déposition des sœurs franciscaines suffit à elle seule pour obtenir du tribunal des enfants une sentence en ma faveur. Mais je ne voudrais pas en arriver là. Seulement en ultime recours. Outre qu'il me répugne de traiter l'affaire à rebrousse-poil, je suis pressé d'en terminer. Une sentence entraîne toujours un appel. Et puis, à combien de tribunaux ne devrais-je pas recourir? Le marchand de cierges m'a déjà fait savoir qu'il avait beaucoup d'argent à perdre. Eh bien, moi, je n'en ai pas. Je n'en ai pas, et quand bien même j'en aurais que ce ne serait pas pour le dépenser en procès, en frais d'huissiers et de greffiers.

– De sorte que..?

– De sorte que mon propos est de composer avec le bonhomme. Je lui paierai sans compter l'argent qu'il jugera bon de me demander. L'enfant sera... comment dire... moitié à eux, moitié à moi. Ils l'auront un jour ou une semaine, et moi je l'aurai le jour suivant ou la semaine suivante. En outre, ma maison leur sera ouverte; ils y auront leur chambre et un couvert à table. Le manoir de Romarigães est également à leur disposition pour qu'ils s'y installent quelque temps ou pour toujours. Vous comprenez, mon oncle? Je donnerai tout, je ferai tout, je serai prêt à tous les arrangements qui ne m'empêcheront pas de reconnaître le petit comme mon fils et par conséquent comme mon héritier. Laisser le titre au *Chacal* qui a poussé la bande de *Sept Coups de Couteau* à piller ma maison et à tuer un de mes serviteurs, ça, pour rien au monde!

– Tu as mille fois raison, bien que cela me fasse de la peine qu'on s'acharne sur les hommes de mon sang. Ce Mendonça est notre honte. Il finit toujours par y avoir une tache sur le plus beau tissu. On est venu me dire qu'il s'est régénéré, ou plutôt qu'il est à la tête d'une bande d'absolutistes qui ont caressé les côtes à plus d'un *malhado* *...

– S'il en est ainsi, il a ma bénédiction!

– Oui, mais il faut se méfier du zèle des mercenaires. Dans le cas présent, si les *malhados* reprennent le dessus, il passera dans leurs rangs. Mais pour revenir à nos moutons, il faut donc convertir Côté Bandit. Oui, il est possible que ça prenne. Le Bon Larron lui aussi a fini par marcher droit. Je vais faire appeler le père Urbano. Mais il faut que tu lui graisses la patte, mon neveu...

– Bah, on lui en graissera deux...

– Des cadeaux comestibles. Tu as du miel à la propriété? Eh bien, tu n'as qu'à lui en envoyer un gallon. *Qui donne son miel à goûter voit ses vœux exaucés*. Sur-

* Voir note p. 13.

tout avec ces gens qui portent robe et sont gourmands de nature. Et lui, il passe pour un fieffé goulu.

Monseigneur da Cunha fit entendre son rire moqueur et fin, légèrement cynique, fils en ligne directe du libertinage que Voltaire avait mis en vogue quelques dizaines d'années plus tôt, écume de l'esprit si fugace qu'elle était devenue l'une des très bonnes manières de la société, clergé y compris.

– Si tu veux être assuré du résultat, rajoute un gallon d'huile et deux cents d'œufs. Depuis que le bienheureux saint Benoît est le commanditaire du pâtissier d'en face, les œufs continuent à être, tant pour ce qui est des œufs couvés que des œufs frais, la monnaie de toutes les transactions de notre église primatiale.

– Eh bien, il aura tout cela. Tout de suite?

– Non, non, après. Je vais faire appeler Urbano. Je me fais fort d'obtenir que, une fois l'affaire engagée sur cette voie, le marchand n'hésite pas : ou l'enfant par moitié, ou pas d'enfant du tout. L'affaire va se conclure.

Et elle fut conclue. Elle fut conclue pour la plus grande satisfaction de tous. Et, contrairement au jugement défavorable ou tendancieux de Monseigneur Alexandre da Cunha, archidiacre de Labruja, la plus mauvaise langue de la ville des archevêques, Aniceto Côté Béni refusa d'accepter quoi que ce fût en règlement des dépenses engagées afin d'élever l'enfant. Mais pour ce qui était de s'en séparer, pas question d'accorder le moindre instant, de jour ou de nuit. L'enfant était à lui et à sa femme Felismina vingt-quatre heures sur vingt-quatre. Pour Dona Maria Carantonha de Montenegro da Cunha de Antas e Azevedo, maintenant épouse légitime de Luis de Azevedo qui venait d'arborer le titre de façon plus ou moins régulière, l'enfant était son fils extra-temporel ou intemporel, à certaines heures du jour, ce dont la vraie mère se contentait. L'accord fut célébré de part et d'autre les larmes aux yeux. Aniceto et sa digne épouse souscrivirent pourtant au *modus vivendi* le cœur déchiré. Ils savaient bien, eux qui travaillaient la cire, à quoi allaient aboutir ces concessions. Car l'âme de l'enfant était-elle autre chose que de la cire molle? Elle cédait autant à la pression du doigt qu'elle se conformait au moule. Ce n'était pas elle qui se forgeait son monde: c'était le monde, une forme du monde, coexistante dans l'espace, dans la famille, dans les choses, dans le temps, qui s'imprimait en elle. Mais quel autre moyen pouvait-il y avoir d'échapper à l'inéluctable fatalité?

Sans être formulées, toutes ces pensées traversaient l'esprit d'Aniceto et de Felismina. D'où, conformément à l'idée qui se dégage de tous les autres faits réels de cette véridique histoire, comme eût dit Cid Hamet Ben-Engeli, on conclut que, dans la bonne ville de Braga, il n'était pas incompatible qu'un marchand de cierges ait pu voler les bigotes et les chanoines sur le poids et la qualité de la cire qu'ils allaient acheter dans sa boutique – peut-être du fait qu'il s'agit d'un article destiné à se dissiper en fumée pour la gloire de Dieu, toujours de la fumée, de toute façon – et qu'il ait un cœur en or, réceptacle de hautes et ferventes vertus humaines. Pour moi, ces natures protéiques et doubles ne se rencontrent pas seulement à Bracara Augusta, mais de par le globe universel. Aniceto n'est qu'une note sur cette immense partition.

Tout ce beau monde se réconcilia si bien que, lorsque le gentilhomme fit ses adieux, en haut du Meijoeiro, il y avait là Aniceto Côté Béni et son épouse Felismina de Jésus Côté Béni avec le petit Telmo dans les bras, ainsi que les grands-parents galiciens, qu'on avait fait venir au manoir : Don Telmo Diego Iraizoz Sottomayor de Montenegro et Francisca Emerenciana de Valadares Montenegro, seigneurs de Salvatierra y Moz. La toute rayonnante Dona Maria Carantonha n'accompagnait pas son époux, car son voyage dépendait d'une décision ultérieure, et cette dernière ne serait prise qu'une fois qu'il saurait où en étaient les modes en matière de politique nationale. Mais le gentilhomme galicien réfugié au Portugal était *ipso facto* investi dans ses fonctions d'administrateur du domaine du Bon-Secours. Pour lui, c'était comme si on lui avait remis les clefs du paradis.

Encore deux sanglots, des adieux touchants – *Félicitations à notre cher roi! Se va en hora buena!* * *N'oubliez pas vos bains de siège, Luis! Adieu*, encore un *adieu*! – et, comme il se doit, le postillon fit claquer son fouet, tout neuf lui aussi. Ils restèrent sur la colline pour le voir partir. Mais lui, les yeux pleins de larmes et de tristesse, ne regarda en arrière qu'en descendant la côte de Portela Grande, et il ne les vit plus.

A Ponte de Lima l'attendaient avec une juste impatience le procureur Alexandre Malheiro de Sousa e Meneses et João Lopes de Calheiros e Meneses, non seulement ses parents et amis, mais aussi fervents partisans du roi absolu. Le temps très bref qu'ils passèrent à parlementer dans la maison fut consacré à établir l'itiné-

* En Espagnol dans le texte : bon voyage.

raire qu'ils suivraient pour se rendre à Lisbonne. Il s'en présentait un très sûr, par la mer, en embarquant à Viana. Mais y aurait-il un bateau? N'y en aurait-il pas? Le chemin le plus rapide passait par Braga, Famalicão, Ermezinde. A la grâce de Dieu. Ils prendraient le chemin que leur dicteraient les circonstances et l'opportunité. Tous les chemins mènent à Rome, si l'on fait abstraction des problèmes de temps et d'argent. Pour l'heure, il valait mieux supposer qu'ils prendraient le trajet habituel. Une fois tous d'accord, en route sans perdre une minute, de façon à arriver avant la nuit à Santiago da Cruz où, dans le château des Melo, protégé par des meurtrières et des bombardes, ils pourraient dormir à poings fermés. Les *malhados*, qui de nouveau infestaient les chemins, s'y casseraient les dents. Déjà, dans le malheureux canton de Porto, c'étaient eux qui faisaient la loi. Pour ces raisons, Luis de Azevedo n'était pas plutôt arrivé que, après un brin de discussion, ils lui laissèrent tout juste le temps de boire un verre d'eau car le déjeuner, qui avait été assaisonné *a morrones* * par Don Telmo, lui avait mis le gosier en feu. On éperonna les mules, et le convoi partit au galop en traversant des villages dont les indigènes sortaient, affolés, sur le pas de leur porte. Et, à Prado, sans attendre les procureurs de Vila Nova da Cerveira et de Caminha, ils filèrent à toute vitesse sur la route de Guimarães.

Ils arrivèrent à la ville entre chien et loup, alors qu'on sonnait l'angélus à Notre-Dame d'Oliveira. L'auberge de *Joaninha*, réquisitionnée par le capitaine général de

* En espagnol dans le texte : avec force piments.

Cabeceiras pour ses gens, était pleine comme un œuf, et il n'y avait pas non plus de mangeoire pour les bêtes à l'écurie. Ils s'adressèrent au premier loueur de chevaux venu qui leva les bras au ciel : – *Braves gens, si vous trouvez un anneau libre dans les écuries, attachez-y vos bêtes.* – Pourquoi diable y avait-il tant de monde à Guimarães d'un seul coup? – C'était Porto qui se vidait – leur expliqua-t-on – Une vraie marée. Les chemins étaient noirs de gens qui s'enfuyaient. D'un autre côté, les milices se dirigeaient par là, venant des quatre horizons...

Ils allèrent alors chez Rafael, un muletier très renommé dans la profession et qui avait une maison fort spacieuse où pouvaient s'accommoder hommes et animaux. Mais elle était pleine à craquer. Ils étaient devant la porte, occupés à bavarder avec animation quand un homme, qui allait son chemin, s'arrêta, manifestement pour bien dévisager les voyageurs, puis pour les écouter.

– Ne vous fatiguez pas à chercher, proféra-t-il d'un ton assuré, en avançant vers eux. Vous êtes aux arrêts et vous allez me suivre...

A cette époque-là, être arrêté ou être libre étaient des termes très ressemblants, aussi se préparaient-ils à toute éventualité, sans grande frayeur, mais avec résolution, quand João Lopes de Calheiro regarda l'homme : une cape espagnole sur les épaules, des brandebourgs en argent non attachés, un chapeau en castor dont le grand rebord faisait de l'ombre sur ses yeux, un sourire canaille, mais amical, aux lèvres.

– Le diable t'emporte, Pedro José de Tresmonde, tu m'as fait peur!

Le nouveau venu partit d'un grand éclat de rire tout en ouvrant les bras à son interlocuteur :

– Le lit est fait et le dîner va se faire.

Ils suivirent Pedro José Alvim de Tresmonde jusqu'à la place du Toural où il avait une maison, tout en l'informant des motifs qui les amenaient là.

– Je ne vous conseille pas de prendre la route de Famalicão. Ça grouille de partout. Et on y trouve de tout, du vrai gredin au voleur, au guérillero et au *malhado* qui se voit aux abois. Vous voulez prendre un chemin sûr – c'est une façon de parler parce qu'à chaque pas peut surgir un bandit – enfin, le plus sûr en ces temps de misère ? Vous prenez par Lixa, Marco, Mesão Frio, vous descendez le Douro et vous prenez le bac de Bernardo pour aller sur l'autre rive. En moins de deux heures, à petit trot, vous serez à Lamego, et à partir de là vous irez à la grâce de Dieu.

– C'est un très grand détour..., objecta Malheiro.

– Grand ? Pas tant que ça. Le chemin est plus mauvais, sans doute. Mais nous sommes au printemps, sur les routes il n'y a pas de boue, et les rivières, une fois passé le Douro, n'ont pas assez d'eau pour couvrir les pierres du gué.

– Et après Lamego, comment ça se présente ?

– Après Lamego, vous passerez aussi. Là où il y a des villages, il y a des chemins, plus ou moins bons. En ce qui me concerne, il y a longtemps que je ne suis pas sorti de chez moi et je ne peux pas vous dire quel est celui qui vous conviendra le mieux, mais allez frapper à la porte d'Hilario de Castro, de la maison des Brolhas; il vous donnera un homme qui vous mènera tout droit là où il faut. J'ai entendu dire qu'il y a un chemin rapide et très sûr par le mont de Lapa, Outeiro de Ferreira, Cavernães, excellent en cette saison. Allez, venez. Jusqu'à Mesão Frio, si vous vous décidez pour cette route, je vous donnerai un guide à la hauteur.

Ils furent royalement traités, comme il était d'usage chez le seigneur de Tresmonde, dont la largesse était proverbiale et chez qui les serviteurs étaient empressés et dévoués. Pour le lit, on ne peut pas dire qu'il fût des plus moelleux, mais Luis de Azevedo aurait dormi toute la nuit d'un seul trait, n'eussent été les punaises. Il est certain que les punaises, dans une maison seigneuriale qui remonte à Dieu sait quand, sont aussi inévitables et décoratives que les dagues sur une panoplie. Elles font partie de la tradition. Elle sont liées aux vicissitudes du lignage et pourraient témoigner des ébats conjugaux. Quand c'est l'heure, les voilà qui arrivent, captieuses et sournoises, toutes les ventouses prêtes à sucer le sang wisigoth. Si elles tombent sur un vilain, il en crève. Celles de la lignée des Tresmonde étaient particulièrement abondantes et carnassières. Elle se jetèrent sur Luis de Azevedo par myriades et, quand il s'en aperçut, il était submergé, plus constellé d'assaillants que la Voie lactée ne compte d'étoiles. Il bondit hors du lit en poussant un juron obscène. Cependant, il craignait de faire un scandale. Il n'eut pourtant pas le choix, et il se prémunit d'un mensonge diplomatique, pour le cas où on viendrait lui demander pourquoi il avait abandonné ses draps en toile de Hollande pour faire les cent pas, sans trêve ni répit, sur le vieux plancher de châtaignier : il dirait qu'il souffrait d'insomnie. Mais tant les gens de la maison que les deux procureurs de Ponte de Lima dormaient à poings fermés, comme des souches, benoîtement et profondément. Sur le plancher grinçaient les larges lattes coupées dans les châtaigneraies de Mumadona, eh bien, qu'elles grincent! Il pouvait bien passer au-dessus de leur tête des chars et des charrettes, les milices de Saldanha * et la trompette de la vallée de Josaphat faire entendre sa terrifiante aubade! Ils avaient certainement été attaqués par des hordes de parasites tout aussi féroces que ceux qui lui avaient fait passer une nuit blanche. Mais tous ceux qui s'étaient multipliés là depuis la nuit des temps, depuis le comté galicien, et s'y étaient propagés, faméliques et phtisiques au dernier degré, soumis à la diète hydrique des hobereaux anémiques, seigneurs de Reçozinhos et de Terroso, d'Airão et de Figueiroas, de Sezim et d'Aldão, qui de temps à autre venaient échoir dans ces lits de palissandre – il aurait juré qu'ils ne se seraient pas réveillés.

L'angélus du matin sonnait quand ils partirent après avoir donné l'accolade au seigneur de Tresmonde qui avait insisté pour venir leur faire ses adieux et donner ses instructions au guide, Daniel dos Cardais. Ce dernier était un homme trapu, à la mine patibulaire, avec un cou de taureau et la tête surmontée d'une énorme tignasse noire. Tandis qu'il se préparait dans la casemate du manoir qui se trouvait au rez-de-chaussée, contiguë à la chambre infestée de punaises, Luis de Azevedo observa ses gestes d'un air visiblement intéressé. Sur la fesse

* Célèbre maréchal portugais (1790-1876) connu comme étant l'un des plus grands chefs militaires libéraux; il mit en déroute les troupes de Dom Miguel qui dut renoncer et prendre le chemin de l'exil, en 1834. Le maréchal, devenu duc de Saldanha, joua par la suite un important rôle politique.

gauche, dans un fourreau de cuir prévu à cet effet, l'homme glissa un poignard. Un poignard? Plutôt un couteau de chasse aiguisé comme une lancette. Il vérifia les pistolets dans leurs fontes qu'il attacha soigneusement à l'arçon de la selle. Il prit son tromblon dont il fit jouer le chien une ou deux fois, en inspecta l'amorce et se le mit en bandoulière. Puis, persuadé qu'on l'observait d'un air admiratif, il dit avec une certaine emphase :

– Ils peuvent venir.

Un demi-sourire un peu canaille flottait sur les lèvres de Luis de Azevedo, et Tresmonde, qui s'en aperçut, vint lui dire dans un simulacre de confidence :

– Il en a déjà eu au moins cinq...

– Cinq quoi ?

– Cinq *malhados*, et il fit de la main le geste sinueux de celui qui étripe.

Luis de Azevedo hocha la tête pour montrer qu'il avait compris. Tresmonde se crut obligé de dire un mot à son homme-lige :

– Daniel, accompagne ces messieurs, mais fais comme si c'était moi qui voyageais... ou Sa Majesté Dom Miguel...

– Ne vous en faites pas, patron, que le diable m'emporte s'ils n'arrivent pas à Mesão Frio.

Cahin-caha, ils parvinrent à Lixa avec le soleil de midi, un soleil printanier, jouvenceau et tout à fait insolent. Ils étaient tenaillés par une faim homérique et firent étape dans la première auberge venue. Dans la hâte qu'ils mirent à ouvrir leurs paniers de victuailles, ils ne prêtèrent pas attention à des hommes qui étaient tout près de là chez le maréchal-ferrant, occupés à ferrer un mulet et qui, dès leur arrivée, ne les quittèrent plus des yeux. Seul le père Tirteu, qui n'avait pas les yeux dans sa poche, remarqua la chose. Ils avaient l'air d'être des voyageurs d'une certaine condition car, sur les crosses de leurs pistolets qui dépassaient de leurs gaines, brillaient des plaques en argent.

Les procureurs demandèrent à l'aubergiste de les conseiller sur la route à prendre. Celui-ci leur répondit :

– Vous allez passer par Marco, Messieurs ? Faites attention, parce que ce n'est pas le chemin le plus recommandable. La bande d'un certain Serafim de Anreade, qui en a fait voir de toutes les couleurs aux troupes du général Silveira – Dieu ait son âme – rôde par là. On a bien organisé des battues, mais il leur file entre les doigts, traverse le Douro à la nage et file sur Montemuro, où il a son repaire. Vous feriez tout aussi bien de prendre par Teixeira, si vous allez vers le sud...

– Par Teixeira, ça veut dire qu'il faut gravir le Marão ? Et, par là-bas, n'y a-t-il pas de bandes de soldats ? Et, même si ce n'est pas le cas, la montée est si raide que ça vous crève le cœur d'y engager les chevaux. J'y suis passé une fois, et je me suis juré que ce serait la dernière, dit João de Calheiros.

– Il passe par là tous les jours des voitures et des chars à bœufs. On a réparé la chaussée. Est-ce qu'on ne l'appelle pas la route du vin de Porto ?

– Sans doute, mais elle a été faite pour que les propriétaires des domaines du Douro aillent et viennent en litière. Les tonneaux descendent le fleuve sur les bateaux – rétorqua Malheiro.

– Peut-être bien. *Le Marão est un pays qui n'a feuille*

ni épi, mais il est aussi sans surprise, proféra l'autre en s'éloignant pour suivre un voyageur.

Ils demeurèrent perplexes, tout en rotant devant leurs paniers ouverts, la barbe luisante de graisse et la panse repue. Luis de Azevedo penchait pour la route de Marco, ainsi que Calheiros, mais Malheiro préférait le Marão. Ils appelèrent Daniel dos Cardais :

– Eh! l'ami, tu connais bien le chemin des deux côtés, n'est-ce pas? Lequel vaut-il mieux prendre?

– Écoutez, Messieurs, par Marco le chemin est meilleur, il n'y a pas de doute, il est bien meilleur. Mais, par là, il faut compter cinq bonnes heures de plus. Par le Marão, après Amarante, il faut grimper, toujours grimper, mais dès qu'on se retrouve à Quintela, on est presque arrivé à Mesão Frio. On y descend tout droit.

– Oui, sans doute. Mais quel est le chemin le plus sûr?

– Celui du Marão est aussi sûr que celui de Quintela. Il y a des voleurs en veux-tu en voilà, il y en a partout. Pour ce qui est des *malhados* et des *chamorros* * ou Dieu sait quoi encore, je dirai la même chose. C'est du pareil au même. Mais dites-moi un peu, pourquoi est-ce que vous avez une escorte de sept hommes armés jusqu'aux dents?

– Tu as raison, dirent en même temps Calheiros, qui était fanfaron, et Alexandre Malheiro, qui pour rien au monde n'aurait voulu passer pour poltron et faire honte aux cendres des Meneses.

Les deux procureurs de Ponte de Lima optèrent donc

* Littéralement : tondus. Autre sobriquet par lequel les absolutistes désignaient les libéraux.

pour le Marão. Mais à ce moment-là, il prit la fantaisie à Luis de Azevedo, secondé par le père Tirteu, de faire la mauvaise tête. Ils votèrent, mais il leur fallut encore bien du temps avant de se décider. Le repas trop copieux les avait pris par leur faible. Ils se mirent à se faire des confidences, et chacun de se vanter de ce qu'il était ou prétendait être. Ils avaient tant de revenus, tant de valets, tant de chevaux, tant de chiens et tant de maîtresses. Calheiros évoqua ses amours, pimentées d'aventures picaresques, avec la femme de son tailleur; Alexandre décrivit la façon dont il avait violé la fille d'une fermière qu'il avait ensuite abusée. Et ils finirent en célébrant les sacrifices consentis en faveur de l'archange Dom Miguel. Ce voyage à Lisbonne allait leur revenir cher. Rien que le trajet, avec les sept hommes de l'escorte à nourrir, sans parler de leur salaire, coûtait une fortune. Calheiros en avait trois pour son compte, Alexandre deux, le cousin Luis deux autres. Mais c'étaient sept sacrés gaillards sur qui on pouvait compter pour en faire voir de toutes les couleurs à Anreade et à tous les Anreade qui militaient dans le camp de Pedro. De José *Barbe d'Acier*, on pouvait dire que c'était un costaud, capable de casser une pièce de monnaie entre ses doigts. Combien en avait-il envoyé chez le Pied Fourchu? Ils eurent l'idée de l'appeler :

– Eh! *Barbe d'Acier*, combien de *chamorros* as-tu à ton actif?

L'homme refusa de dire le nombre, encore que son sourire donnât à entendre qu'il en avait exterminé une bonne quantité.

– Deux? Trois? Davantage? reprit Malheiro.

Barbe d'Acier eut un second sourire énigmatique et plein de sous-entendus.

– Daniel dos Cardais en a déjà expédié cinq, dit Luis de Azevedo.

Alors, *Barbe d'Acier* fronça les lèvres d'un air dédaigneux et déclara, comme s'il avait craché :

– Ah! si vous saviez combien j'en ai envoyé en enfer, vous-mêmes vous auriez peur de moi!

– C'est un vrai dur, observèrent les trois procureurs. Mais attention, les autres ne sont pas en reste. Et vos hommes, Dom Luis?

Luis de Azevedo, au fond, était écœuré par toutes ces fanfaronnades, auxquelles il n'accordait pas le moindre crédit.

– Les miens sont tout juste bons à grignoter du pain de maïs. Et ils ne donnent des coups de pied que quand on leur gratte le ventre.

Il était temps de se mettre en route. A force de se rafraîchir le gosier, de se partager les petits pâtés de morue, les ailes de poulet et les tranches de saucisson, de panser les bêtes, de lever le coude en franche camaraderie, hommes d'escorte, postillons et gentilshommes, seuls ces derniers se réservant le droit de boire directement au pot car, à l'auberge, il n'y avait pas de pichet, le temps avait passé et ils ne s'en étaient pas rendu compte. Quand ils arrivèrent à Amarante, le dernier rayon de soleil teintait le Tamega, qui avait tout d'un émail de Limoges. Ils allaient traverser le pont de São Gonçalo quand, juste en face du couvent qui brillait de mille feux à cause de la semaine sainte, Calheiros, qui était connu comme le loup blanc, se trouva devant un visage familier.

Un grand seigneur d'Entre Douro et Minho a des amis partout, même en enfer. João Lopes de Calheiros e Meneses était un grand nom de l'armorial d'entre les deux fleuves, de sorte qu'on ne s'étonna pas qu'il eût dans cette ville non seulement des connaissances, mais même des intimes. Qui cela pouvait-il être? Carlos Peixoto, de la maison des Ruborosa, qui vint à sa rencontre en ouvrant de grands yeux étonnés. Et il fut plus étonné encore quand Calheiros lui dit qu'ils allaient dans la montagne.

– Dans la montagne, à cette heure-ci, Dieu vous en garde! s'écria-t-il. Supposez que vous cassiez l'essieu de votre voiture, qu'un mulet soit pris de coliques... Qui pourra vous secourir, la nuit, sur une route où on ne rencontre que des cabanes et où il n'y a qu'un petit village, Carneiro, dans les hauteurs? N'en faites rien! Et puis, j'ai entendu dire, mais je ne le jurerais pas, que Serafim de Anreade rôde dans les parages. On m'a assuré qu'on l'avait vu du côté de Teixeira. J'en doute. C'est un enragé. Dernièrement, il a échangé des coups de feu à Quintela avec des soldats qui venaient de Vila Real, et il les a poursuivis jusqu'à Basto. A ce qu'on raconte, il n'est pas homme à s'attaquer aux simples voyageurs. Quel dommage qu'il ne soit pas des nôtres! Vous vous rendez compte : toute cette fureur dirigée contre les légitimistes!

– Eh bien, nous voilà dans de beaux draps, dit Luis de Azevedo.

– Il n'a pas besoin de savoir qui nous sommes, intervint le père Tirteu. Nous serions bien sots aussi, si nous lui disions qui nous sommes.

– Ça oui! approuva Peixoto. Allez votre chemin. Mais pensez à ce que je vous ai dit. Faites comme si vous alliez à Lamego, pour la semaine sainte...

– Bonne idée, s'exclama le père Tirteu. Demain, c'est le jeudi saint et je vais prononcer le sermon de la Passion.

– Très bien. Mais restez donc ici. N'allez pas vous perdre dans la montagne à des heures pareilles. Demain, à l'aube, vous aurez vite fait d'être à Mesão Frio.

– Le danger sera le même avec le Serafim en question, fit observer João Lopes de Calheiros.

– C'est différent. La nuit, tous les chats sont gris.

– Et où allons-nous dormir?

– Je ne vous offre pas ma maison, car ma femme et les servantes sont à Gatão. Mais vous trouverez bien des auberges. Sinon, il est possible de loger au couvent. Pour des personnes de votre condition, Messieurs les procureurs, et qui plus est, légitimistes, les frères ont toujours leurs portes à demi ouvertes et deux ou trois cellules toutes prêtes avec des matelas de laine.

XIV

Messieurs les procureurs dormirent dans le couvent, ainsi que le père Tirteu. Comme l'avait annoncé Peixoto, compte tenu de la qualité des personnages et de leur mission, le prieur des dominicains accepta de bonne grâce de les loger dans les cellules du cloître réservées aux archevêques et à leur suite. Les hommes de l'escorte et les postillons allèrent passer la nuit chez un certain Zé da Calçada, qui tenait une gargote très ancienne où l'on était sûr de trouver, à la belle saison, de la morue frite et du vin vert, conservé dans des petits tonneaux que l'on mettait à rafraîchir au bout d'une corde dans le Tamega qui coulait juste derrière. Mais ils tombèrent sur des servantes très zélées qui s'avérèrent être de rusées diablesses, encore que l'on fût un mercredi saint; et, un petit vin de Candemil aidant, capiteux et grisant, ils passèrent la nuit à festoyer et à faire bombance. Le matin, il fallut qu'Alexandre Malheiro se décidât à aller les appeler car ils ne donnaient pas signe de vie. Il les retrouva les jambes en coton, abrutis de sommeil, le teint verdâtre, la langue encore pâteuse à cause du tanin de la vinasse. Mais quand il faut y aller, il faut y aller; ils plongèrent donc leur museau dans un seau d'eau froide, attelèrent les mules, et fouette cocher!

Là-haut dans le ciel, le soleil commençait tout juste à émerger de ses draps de soie orangés et roses, prémices d'une belle journée printanière, qu'ils arrivaient déjà en haut de la montée, là où le chemin bifurque en direction de Jazente. Les mules, revigorées par le repos de la nuit et la bonne ration d'avoine, faisaient jouer à leur collier à grelots une fougueuse tarentelle qui s'harmonisait avec les chants que certains oiseaux faisaient entendre dans les feuillages. Et, d'un trot léger et décidé, elles dévoraient le chemin qui sillonnait la montagne à mi-hauteur. Sur leurs bêtes, les hommes, qui n'avaient pas assez dormi et que le rythme lent berçait maintenant, promenaient un regard morne sur les reliefs de la terre, se souvenant vaguement qu'il leur incombait de garder les précieuses carcasses de ces gentilshommes. Passé Cavalinho, l'escalade commença. Par moments, pour pouvoir monter, les mules devaient s'arrêter court, tous jarrets tendus, avant de s'élancer. Et, comme les carrosses étaient lourds, ils obligeaient les chevaux à prendre une allure encore plus lente que celle des haridelles. Profitant de ce qu'on leur avait lâché la bride, ils donnaient çà et là, plus par vice que par faim, des coups de dents féroces aux herbes qui poussaient sur les pentes et aux pampres des vignes qui surplombaient le chemin.

Luis de Azevedo n'avait pas de chance. Il avait eu du mal à trouver le sommeil dans la cellule de São Domingos, bien qu'il n'eût pas fermé l'œil à Guimarães. Maintenant, il dodelinait de la tête, esquissant en direction du père Tirteu des courbettes qui le touchaient presque et qui, dans les cahots, se transformaient tout naturellement en coups de tête. On l'avait logé dans une cellule voisine de celle du prieur, d'ailleurs superbe et donnant sur le jardin du couvent. Le malheur est que le saint homme ronflait, et que ses ronflements étaient plus forts, plus variés et plus plaintifs qu'un orgue le vendredi saint. Fallait-il y voir l'œuvre du tabac à priser, ainsi qu'une obstruction partielle de ses fosses nasales ? Toujours est-il qu'à l'intérieur de ces narines monastiques, tantôt mugissaient dix cornemuses galiciennes, tantôt sifflait le chalumeau moqueur que les gamins fabriquent avec le blé en herbe. La partition était entrecoupée de solos qui retentissaient dans le cloître et devaient, en débordant sur l'extérieur, ravir le ciel et la terre. Quand, à l'occasion d'un *piano pianissimo,* car la trompe prodigieuse avait aussi des variantes de ce type, Luis de Azevedo parvenait à s'endormir, elle entonnait aussitôt un *larghetto,* avec des notes de hautbois et de contrebasse, et c'en était fini de son sommeil de bienheureux. A six heures du matin, quand l'œil-de-bœuf du corridor commença à s'éclairer et qu'une alouette vint faire entendre sa musique du côté des lauriers du cloître, il se tournait encore dans tous les sens. Il s'habilla en jurant : – Puisse ce prieur griller en enfer sur autant de flammes qu'il y eut de bûchers allumés par les frères de saint Dominique pour les autodafés! Chienne de vie, encore une nuit blanche! Je deviens fou!

Quelle nature, ce père Tirteu! Habitué dès le séminaire aux lits ascétiques et infestés de punaises, il avait pu dormir quelques bonnes heures, et, histoire de passer le temps et d'être en paix avec sa conscience – il faut s'attirer la bienveillance de son ange gardien dans des voyages aussi problématiques –, il récitait maintenant à mi-voix les heures qu'il savait sur le bout du doigt, tout en jetant sur son bréviaire un regard distrait. Il faisait une matinée splendide et, au train où allaient les carrosses, rien de plus facile pour un chrétien que de respirer de tout son corps et de toute son âme pour s'imprégner de la bonté de Dieu et de la douceur de l'atmosphère. A gauche, commençait à se dessiner la vallée alpestre, avec ses cultures de primeurs et ses vergers qui grimpaient sur le versant opposé jusqu'à mi-hauteur, à en juger par la barre verte. Dans la partie supérieure, ce n'étaient que maquis et pierraille. En bas, sur les petits replats, brillaient les tuiles rouges d'un moulin, d'une ou deux fermes, et de tous côtés les eaux scintillaient comme des lames de couteau en tombant des terrasses. On ne pouvait pas mesurer la profondeur du précipice qu'ils longeaient, mais on le devinait perfide et plein de ravines à pic. Aussi bien sur les hauteurs que sur le versant opposé, à la droite du chemin, la terre cultivée resplendissait sous l'effet du printemps. Au sommet des mamelons, tout le long de la montagne, les genêts en fleur déployaient de grandes voiles jaunes. Çà et là s'y mêlaient les genêts blancs, non moins fleuris, et leur blancheur faisait comme une touche d'argent sur le brocart lourd et dense des genêts sauvages. Les bruyères étaient recouvertes d'un manteau rugueux, couleur café; les romarins arboraient de minuscules massues pavoisées de pétales mauves, et les cistes des parasols blancs, orientaux; l'or des ajoncs fulgurait; et les plantes sans nom, toujours prêtes dans la ronde de l'année à se donner au lapereau qui a faim et à la chèvre que la vieille fait paître au bord des chemins, offraient des fleurs invraisemblables pour que l'abeille, le cerf-volant et le taon joueur de guitare, répugnant mais vif, pussent trouver du nectar en abondance.

Ah! tout ce flanc du Marão lui semblait beau comme

une église le dimanche de Pâques! Le père Tirteu était d'autant moins insensible à la contemplation qu'il n'était pas obligé de réciter les heures. En bon paysan du Minho, il évaluait les petites plaines du fond de la vallée qui devaient produire des épis énormes et mésopotamiques. Il avait été chasseur dans sa jeunesse, et quand un levreau, effrayé par le bruit, lui montrait son derrière, il le suivait d'un œil finaud, en observant ses bonds, sa queue blanche qui se trémoussait et ses oreilles couchées. Au moment voulu, il tirait : *pan!* Il le voyait lever les pattes et, mentalement, il recommandait son âme à Dieu : *Il fallait que tu y passes, mon vieux, le bon saint Antoine lui-même n'aurait pas pu te sauver!*

Maintenant, les deux voitures montaient difficilement la côte et se traînaient désespérément. Ils n'avaient pas encore parcouru la moitié du chemin qui va d'Amarante à Quintela, et tant le cocher de Luis de Azevedo que celui des gentilshommes de Ponte de Lima s'éreintaient à faire claquer leur fouet sur le dos des mules en les excitant de la voix :

– Hue, mules! Hue! Vous faites vos prières ou quoi?... Je vais vous en donner, moi, des prières!

Les hommes de l'escorte somnolaient sur leurs chevaux. L'un d'eux dormait plus profondément que s'il avait été couché sur sa paillasse. Et s'ils ne tombaient pas du haut de leurs selles, c'est parce que les étriers, tout autant que l'habitude, contribuaient à les maintenir en équilibre. Le voyage se faisait donc le plus paisiblement du monde et dans la plus grande décontraction. Un cheval louchait sur une touffe d'herbe : ça, il fallait qu'il l'attrape, pour ne la lâcher que quand il ne resterait plus le moindre brin. Pendant ce temps, le cortège avait pris de l'avance et le cavalier ne s'en rendait même pas compte.

Plus ils avançaient, plus la côte devenait raide, avec des virages en épingle à cheveux, et, à gauche, des ravins plus profonds. Çà et là, le sol s'était effondré; par le trou qu'il avait laissé, on voyait se profiler le fond de l'abîme. Il fallait se coller à la paroi, sur la droite, mais les montures, plus prudentes que les hommes, savaient se garder dans de pareilles circonstances. On n'était pourtant pas à l'abri de voir une roue glisser, et pataches, hommes et bêtes, rouler au fond du précipice. Le père Tirteu, parce qu'il avait hérité cette bonne coutume de ses parents et de ses aïeux, recommanda son âme à Dieu et à la sainte Vierge.

A droite, sur le côté naturellement opposé au précipice, la terre se redressait, au-delà des murs de soutènement faits en maçonnerie et en pierres sèches. Et derrière ces murs hauts parfois de trois à quatre mètres, dépassaient différentes variétés de légumes, des arbres fruitiers de toute sorte, des vignes en espaliers et en hautins. Des masures, de loin en loin, et des hameaux, Bostelo, Rechãozinho, Curvaceiro, pas plus grands que des campements de gitans, prouvaient que cet endroit n'était pas un désert absolu. Et à chaque pas, l'eau dégringolait en jets obliques, ou ruisselait en cascade, et se perdait dans les torrents et les mares en chantonnant sa litanie. Tous en chœur, les petits oiseaux que l'homme ne convoite pas, car ils sont petits et ne lui rempliraient pas même une dent creuse, ou alors qui sont si vifs et si méfiants qu'ils ne se laissent pas attraper, sillonnaient l'air et la terre dans leur labeur ou leur désœuvrement.

A partir de Noveleiros, l'ascension devint encore plus

raide si possible, et déjà, à certains endroits, non seulement les voitures s'arrêtaient, mais elles patinaient... Le cocher de Luis de Azevedo se retourna sur son siège et dit :

– Messieurs, si vous vouliez bien descendre un peu. Juste le temps de passer le col...

Le seigneur de Romarigães et le père Tirteu mirent pied à terre incontinent, et la voiture, allégée de près de deux quintaux, dont la plus grande part revenait au chapelain, se mit à rouler, visiblement soulagée. Dans la voiture des procureurs de Ponte de Lima, également par nécessité ou pour suivre l'exemple, on eut recours au même expédient.

En haut du mamelon, comme venait ensuite une ligne droite peu pentue, ils remontèrent dans les carrosses. Mais au bout de quelques centaines de mètres, l'aurige reprit :

– Les mules ne tirent plus, Messieurs. Voudriez-vous descendre encore un peu, s'il vous plaît?...

La scène se répéta quatre ou cinq fois, à quelques minutes d'intervalle, jusqu'à ce qu'ils arrivassent à un hameau où les cochers demandèrent s'ils pouvaient donner une ration de maïs à leurs chevaux. Y avait-il une auberge dans les environs? Parfaitement, une taverne d'ailleurs bien achalandée en vin, en olives, et en bogues en escabèche pour se caler une dent creuse. Mais comme ils avaient l'intention d'aller déjeuner du côté de Carneiro, d'autant plus qu'à ce qu'on leur avait dit ce village se trouvait juste au-dessus, ils se contentèrent de se rafraîchir le gosier. Entre-temps, une foule compacte de sauvages troglodytes se massa autour d'eux, curieux de fourrer leur nez dans le carrosse, de voir qui ils étaient, qui ils n'étaient pas, éberlués devant l'allure guerrière des gardes du corps. Bon sang, quels richards! Même les mules mangeaient du pain trempé dans du vin, et les chevaux avaient droit à des rations de maïs. Mais pour ce qui est de la distance, s'il y en eut un pour ne pas croire aux informations qu'on leur donnait, ce fut le père Tirteu. Il sortit de son sac un croûton de pain de maïs et un saucisson qu'il avait en réserve, enveloppés dans un bout de journal, et, avant de les porter à la bouche, il en offrit à la ronde. Il mordit dedans avec manifestement beaucoup d'appétit, savoura, déglutit, et d'autres bouchées suivirent avec le même cérémonial, jusqu'à ce que tout eût disparu dans le défilé de saint Goulu, selon la façon dont un vieil auteur de l'Église appelait l'œsophage. Puis il demanda l'autorisation d'aller se mouiller les lèvres à la taverne avec le petit verdagon du pays, car son saucisson était fortement épicé de poivre et de piment. Quand il revint, son nez rubicond proclamait qu'il s'était réconcilié avec Dieu et avec lui-même.

– Il nous reste encore beaucoup à monter? demanda Alexandre Malheiro à l'un des culs-terreux qui le regardaient bouche bée.

– Non, Monsieur, il n'y a plus beaucoup à monter. Mais un peu plus loin, il va vous falloir pousser la voiture.

– C'est un peu fort! Alors comme ça, il n'y a pas beaucoup à monter, et il faut qu'on retienne la voiture avec notre dos?

– C'est des côtes de rien du tout! répondit l'autre en montrant ses dents de loup. Si vous montiez de Barro au domaine de Ramalhoto avec des paniers à vendanger sur le dos, alors là vous verriez ce que c'est que grimper!

– Mes amis! dit Malheiro en s'adressant à l'escorte, jusqu'ici vous êtes toujours restés à cheval et nous, nous avons parfois dû marcher à pied. Ne vous en déplaise, maintenant c'est à nous d'aller un peu à cheval et vous à pied...

Sitôt dit, sitôt fait. Quatre des hommes cédèrent leurs chevaux à leurs maîtres, et les carrosses se mirent aussitôt à rouler avec plus d'aisance. Restèrent à cheval, à condition de relayer les autres, Daniel dos Cardais, *Barbe d'Acier,* et un certain João Padilha, natif de Samodães. C'est au milieu du remue-ménage et de la grande confusion provoquée par la foule que le père Tirteu eut l'impression que les deux cavaliers qui rebroussaient chemin, dans la ruelle menant à la route un peu plus loin, et qui se lançaient dans la côte au grand galop, n'étaient autres que les hommes qu'il avait vus d'abord à Lixa, puis à Amarante. Il aurait presque pu le jurer sur l'hostie consacrée. Mais à quoi cela eût-il servi de le dire, sinon à alarmer les autres inutilement?

Le cortège se remit en marche selon la nouvelle disposition : devant, les trois cavaliers de l'escorte, ensuite les gentilshommes, puis les carrosses et, à l'arrière-marche, les hommes *pedibus calcantibus.* Ils repartirent à une bonne allure. Mais le soleil commençait à taper et la montée devenait de plus en plus pénible, tantôt abrupte, tantôt tout en zigzags. C'était comme faire de l'escalade sur un rocher. Il ne fallut pas longtemps pour que la sueur dégoulinât sur leur front, et l'un des hommes eut l'idée de disposer son tromblon à l'intérieur du carrosse. Aussitôt les autres suivirent son exemple avec un soulagement manifeste. Mais l'expédient fut aléatoire. Chevaux, mules et hommes ne tardèrent pas à souffler comme des phoques et à se traîner comme des limaces.

– Au diable ce chemin! Le gredin qui l'a tracé ne l'a pas fait pour aller se marier, jura *Barbe d'Acier*.

– Il doit être en train de brûler dans les flammes de l'enfer, renchérit Malheiro.

Alors, ces fantassins à la mie de pain ôtèrent leurs vestes qu'ils déposèrent dans les carrosses et restèrent en bras de chemise. Bien que soulagées d'une bonne part de leur charge, les mules elles-mêmes semblaient avancer avec les jarrets entravés. Elles ne continuaient leur marche qu'à grand-peine et en trébuchant. A chaque pas, le fouet claquait et reclaquait au-dessus de leur garrot, et on entendait répéter avec rage :

– Hue, sales bêtes! Hue! Hue! Ah! les vauriennes. Même la soupe au vin ne vous fait pas d'effet!

A gauche, la vallée prenait de l'amplitude au fur et à mesure que le sol s'élevait, recouverte d'un bord à l'autre par l'étoffe jaune des genêts, de plus en plus splendide et luxuriante. L'eau bouillonnait; on l'entendait chanter des mélopées ou des chants grégoriens, et devant eux, comme par un fait exprès, accompagnant leur marche sans se montrer, un coucou moqueur reprenait invariablement son chant.

A quelques pas de Terroeiro, quatre toits envahis par le riz et les herbes folles, l'essieu de la voiture des procureurs de Ponte de Lima cassa.

– Qu'allons-nous faire? demandèrent les gentilshommes, qui se réunirent en conseil avec le père Tirteu.

– Peixoto avait vu juste, le diable l'emporte!

– Continuez, Dom Luis, dit João Lopes de Calheiros

d'un air décidé. Nous, on arrivera quand on arrivera, comme disent les Espagnols.

– Je vous propose plutôt de venir dans mon carrosse, répondit le seigneur de Romarigães. Avec un peu de chance, il tiendra jusqu'au bout...

– Si, avec deux, les mules avaient déjà du mal à monter, qu'est-ce que ce serait avec quatre! Il y a une autre solution : partir à cheval, sans escorte...

– C'est risqué, dit Alexandre, qui était prudent. On trouvera peut-être un forgeron qui nous réparera la voiture. Je vais voir.

Il prit le chemin et rencontra un paysan qui allait à sa blachère, un panier au bras et une faucille à la main. Il lui demanda ce qu'il voulait savoir et revint à toute allure, le visage rayonnant et même l'air malicieux :

– A Carneiro, d'après ce que dit ce bonhomme, il y a un vulcain formidable. On va y réparer l'essieu. C'est juste à dix minutes à pinces.

Ils montèrent la côte d'un bon pas, en laissant le carrosse en panne avec les mules et l'automédon. Dans le village, il y avait en effet un forgeron, mais il était de ceux qu'on appelle forgerons de tous les démons : quand ils ont le fer, ils n'ont pas le charbon. Il n'avait effectivement pas de charbon; il fallut donc commencer par aller réquisitionner chez ses voisins toutes les racines de bruyère disponibles. Cela prit une bonne heure. Puis, tandis qu'on allumait la forge, on s'ingénia à remorquer jusqu'au village le carrosse détraqué en rafistolant l'essieu avec des bouts de bois et du fil de fer. *Barbe d'Acier* actionna le soufflet : les plis de cuir se défroissèrent et le poumon asthmatique fit entendre un souffle rauque; les braises lancèrent des étincelles. Dieu soit loué, ils étaient tirés d'affaire! C'est alors seulement qu'ils prirent les croupières où étaient leurs victuailles, et ils allèrent déjeuner dans un champ, tout près de là. Ils s'installèrent du mieux qu'ils purent, sur des souches de pin et des pierres, chacun cherchant de l'ombre, car le soleil d'avril brûle quand il se met à taper sur les hautes montagnes.

Ils mangeaient en silence, le pain dans la main gauche, le reste piqué sur la pointe du couteau, mais ils étaient sur le qui-vive. Ils entendirent enfin tinter les premiers coups de maillet et, sur les joues gonflées par la nourriture, refleurit alors un sourire réconfortant. A partir de cet instant, ils ne s'occupèrent plus que de se délecter les papilles. Lopes Calheiro avait apporté un morceau de filet qui avait mariné dans du vin et de l'ail, le fin du fin du Minho gastronomique. Et ils se plaisaient à échanger des impressions sur des recettes de cuisine – rien de tel que le riz à la lamproie, si on lui ajoute une cuillerée de graisse de canard; une tranche de saumon avec une salade de laitue et des rondelles d'oignon bien tendres vaut une année de paradis, pas vrai, père Tirteu? Allons donc, une perdrix avec du chou de Murcie fermenté l'emporte sur tous les plats inventés et à inventer – quand ils se virent encerclés par une bande de quinze à vingt hommes armés qui, avant toute chose, firent main basse sur les tromblons. L'opération fut exécutée avec tant d'agilité et de diligence qu'elle dura moins de temps qu'il n'en fallut à Azevedo pour s'essuyer la bouche et au père Tirteu pour murmurer dans son rabat: – Notre-Dame du Bon-Secours!

Un homme, grand et bien bâti, avec une barbe de huit jours et un béret basque sur la tête, apostropha le groupe:

– Qui êtes-vous ? Où allez-vous ?

Les procureurs, d'un regard unanime, déléguèrent le père Tirteu pour répondre :

– Bonne question, obtempéra ce dernier d'un air doucereux, mais non dépourvu de fermeté, tout en se levant avec une certaine mollesse, pour donner le temps à son esprit de venir en aide aux glandes de la malice. Qu'est-ce que cela peut vous faire, l'ami ? Il suffira de vous dire que nous sommes animés de bonnes intentions, et que nous voulons arriver paisiblement à notre destination. Pourrons-nous espérer la même chose de vous ?

– Mon père, cessez de tourner autour du pot et dites-nous donc un peu qui vous êtes et où vous allez. Si vous ne savez pas à qui vous avez affaire, je vais vous le dire. Vous avez affaire à Serafim de Anreade qui a juré de briser les os à tous les *corcundas* * qu'il peut y avoir au Portugal.

– Alors, comme, ça, vous êtes Serafim de Anreade ?

– Parfaitement. Voyez-vous quelque chose à redire ?

– Eh bien, que Dieu vous réserve de belles et longues années. Nous avons déjà entendu parler de vous. Moi, du moins. Si ce qu'on dit est vrai, nous avons affaire à un vrai gentilhomme, et il n'y a rien à craindre.

Au lieu de paraître flatté, le chef de bande fronça le sourcil :

– Cela dépend. Il m'arrive d'être gentilhomme, mais je peux aussi être plus retors qu'un absolutiste. Venons-en à ce qui nous intéresse : où allez-vous et qui êtes-vous ?

– Apprenez donc, mon cher Monsieur, que nous allons

*** Littéralement « bossus ». Sobriquet par lequel les libéraux désignaient les absolutistes.**

à Lamego pour la semaine sainte. On m'a demandé d'aller y faire le sermon de la Passion. Mes amis ici présents vont également dans la même direction. Ils y ont leurs affaires. – Et, tout en désignant les deux procureurs de Ponte de Lima, il les regardait alternativement pour les inciter à préparer une réponse adéquate au subterfuge. Puis, montrant Luis de Azevedo, il ajouta : – Ce monsieur est venu avec moi pour le plaisir. Je suis son chapelain.

– Comment s'appelle-t-il ?

– Il s'appelle... Il s'appelle...

– Je m'appelle Dom Luis de Azevedo, seigneur de Romarigães. L'abbé semble avoir peur de dire mon nom. Voyons, il n'y a rien à craindre quand on n'a rien à se reprocher.

– Et ces messieurs, qui sont-ils?

Ils déclinèrent leur véritable identité, et João Lopes de Calheiros ajouta, pour répondre au regard du père Tirteu :

– Nous allons accomplir une promesse que nous avons faite à Notre-Dame des Remèdes et régler une affaire de dettes concernant des terrains à Penajoia. Nous sommes cousins et cohéritiers dans une succession actuellement en cours dans la juridiction de Lamego.

Le chef de bande eut l'air de ne pas croire à des réponses aussi opportunes, et, après les avoir dévisagés un moment, il reprit :

– Vous avez un parti, sans doute? Vive qui?

– Vive le Portugal, Sa Majesté Dona Maria da Glória * et la charte, répondit le père si précipitamment qu'il faillit en perdre le souffle.

* Marie II (1819-1853). Son règne connut d'incessantes luttes civiles.

– Ah! Ah! voilà une chose rare chez un prêtre. Bien rare! Alors, comme ça, vous n'êtes pas légitimiste, Monsieur le prieur?

– Pas du tout. Je suis *malhado.*

– *Malhado?* Qui vous a rendu malade?

– C'est-à-dire... je suis pour la constitution.

– Alors, à bas Dom Miguel?

– A bas Dom Miguel.

– Vive la liberté?

– Vive la liberté.

– Vive Dom Pedro?

– Vive Dom Pedro.

– Je vois que vous êtes prêt à tous les vivats et tous les à mort qu'on vous demandera. C'est une habitude que vous avez prise avec les amen de la messe. Et vous, Messieurs, vous vous alignez sur les positions de votre porte-parole?...

– Si nous nous alignons? Et comment! s'empressa de répondre Calheiros, comme s'il avait été l'un des plus fervents partisans de la révolution.

Les autres gardaient le silence d'un air un peu contrit. Les hommes de l'escorte, principalement Daniel dos Cardais et *Barbe d'Acier,* les yeux baissés, avaient une mine sinistre et renfrognée.

– Eh! Lobelhe! s'écria alors le chef de la bande en lançant un signe de tête. Il y a là un garçon du canton de Ponte de Lima, de Refoios, non? Qu'il vienne reconnaître ces individus...

– Mon lieutenant, je dois vous dire qu'il est allé faire une course à Soalhães. Il ne reviendra qu'à la nuit.

– Eh bien, il vous faudra attendre jusqu'à ce soir pour

pouvoir continuer votre voyage. Eh! Lobelhe, je te confie ces gens; emmène-les dans la maison au bout du village. Qu'ils s'y installent, et ne les perds pas de vue, hein? Colle-leur deux sentinelles devant la porte... – Puis, se tournant vers les procureurs, il ajouta : – Cela m'ennuie beaucoup de retarder votre voyage. A ce que je vois, le carrosse est aussi en réparation. Le soldat arrivera d'ici là.

Ils les conduisirent désarmés à la maison en question, en fait à un premier étage d'une bâtisse qui avait tout juste un plancher et un toit à tuiles apparentes. Les hautes fenêtres, garnies de volets, mais sans vitres, donnaient, au nord-ouest, sur la vallée, et au sud-ouest et à l'ouest sur la montagne, sur les collines de Carvalho de Rei et Ovil. On leur permit d'aller chercher dans les carrosses l'essentiel de leurs affaires, ainsi que les besaces, mais pas les armes. Les montures furent confiées à un paysan qui promit d'en prendre soin, sous réserve d'être payé. Tout ayant été réglé au mieux, il ne leur restait plus qu'à faire contre mauvaise fortune bon cœur. Le pire était encore à venir, mais, comme on dit, entre deux coups de bâton, les côtes se reposent.

– Dites donc, mon père, vous avez répondu à ce voyou de guérillero avec une telle impudence que j'en suis resté pantois, dit João Lopes. Il faut avoir une longue pratique pour savoir mentir comme ça, mais sans vous, mon révérend, nous serions raides morts.

– Seulement de l'impudence, Monsieur? rétorqua le prêtre en fusillant le procureur de Ponte de Lima du regard. Pour l'instant, c'est moi qui vous ai sauvé la vie, pour ce qui nous attend, remettez-vous-en à Dieu et à la Sainte Vierge. Mais croyez bien que je n'ai pas menti. Si vous pensez que j'ai failli à la vérité que j'ai juré d'observer quand j'ai prononcé mes vœux, même en danger de mort, vous vous trompez lourdement.

– Ne vous fâchez pas, cela n'en vaut pas la peine. Dieu me garde de vous critiquer. Au contraire, j'admire la promptitude et les ressources de votre esprit. Dans certaines occasions, le mensonge est aussi honorable que la vérité. Comme dans celle-ci, par exemple...

– Je vous ai déjà dit que vous vous trompez lourdement si vous vous imaginez que j'ai menti. Toutes les réponses que j'ai faites, je les ai accompagnées de la réserve mentale correspondante. Vous comprenez, maintenant, ou vous ne comprenez pas...?

– Comment cela?

– Eh bien : quand cet individu m'a demandé si j'étais légitimiste, j'ai répondu que j'étais *malhado,* je me suis mis à penser à un bouton que j'ai sur la poitrine et qui me permet de penser que je suis malade.

– Elle est bien bonne, mon père, elle est bien bonne! Mais vous vous êtes prétendu partisan de la constitution?

– Eh bien, chacun de nous n'a-t-il pas sa propre constitution? Qu'est-ce donc que la carcasse d'un pauvre pécheur?

Tous partirent d'un grand éclat de rire. Et même Daniel dos Cardais desserra ses sinistres dents.

– Et pour à bas Dom Miguel, comment vous en êtes-vous sorti?

– Très simplement: à bas Dom Miguel s'il voulait prendre la place de Dieu.

– Et vive la liberté?

– Vive la liberté de chacun pour faire chez lui ce que bon lui semble avec sa femme et ses enfants.

– Et vive Dom Pedro? demanda Luis de Azevedo, gagné par le jeu dialectique.

– Vive Dom Pedro jusqu'à ce qu'il meure. Que voulez-vous de plus innocent? Vous voyez bien!

Dom Luis partit d'un nouveau rire :

– Bien joué! – Puis, vivement, après y avoir réfléchi : – Réserve mentale, eh oui, mentale.

– Ça change tout, Dom Luis. Tel que vous me voyez, je n'ai jamais triché. Je n'ai fait que remplir mes devoirs envers vous et envers moi-même qui suis bon chrétien, non seulement dans l'âme, mais jusqu'à la moelle. Mais à quoi bon? D'ici peu va arriver l'oiseau de malheur de Refoios, et il va nous démasquer. Cela vaut bien la peine de venir au monde! dit-il pour finir, avant de rester bouche bée devant la fenêtre qui donnait sur le Marão.

Toute la pente, couverte de fleurs, était un enchantement. Une épiphanie! De même, si on regardait tout en bas, on était fasciné par la sensation de vertige qui émanait des abîmes. Inondé par la lumière crue de l'après-midi, le tapis qui recouvrait la terre, et que l'on devinait d'un vert très vert, se revêtait tout au long de la vallée de mille teintes chatoyantes, on ne peut plus irréelles et fantastiques.

– Allons donc, père Tirteu, notre cher roi vaut bien tous les sacrifices, le consola Luis de Azevedo.

– Sans doute, sans doute. N'est-il pas un archange? Ce qui est embêtant, c'est qu'on soit tombé sur un Serafim.

– Dans l'ordre des esprits, lequel est le plus fort?

– Le séraphin, dix fois plus.

– Malédiction!

– Malédiction, c'est aussi ce que je dis. N'y voyez pas

un mauvais présage, Monsieur! La théodicée, dans bien des cas, est comme la logique des sabbatines : ça ne vaut rien. Et puis, vous savez, *aide-toi, le ciel t'aidera!*

Fichtre, quel pays, père Tirteur! – s'exclama Luis de Azevedo, qui était à la fenêtre depuis plus d'une heure, le regard perdu au fond de la vallée.

– *Le Marão est un pays qui n'a ni feuille ni épi,* ce qui est faux. Voyez plutôt, Dom Luis : ces petits champs, logés dans les moindres recoins de la terre, ont de tout. Regardez-moi ces potagers... Peut-on imaginer des feuilles de chou plus charnues et plus vertes? Regardez-moi ces belles vaches... En avons-nous dans la propriété de plus grosses que celles qui paissent en bas, dans la plaine? On trouve de tout, ici.

– Les loups doivent être une spécialité.

– Ah, ça!

– Et des bandits? Il y a au moins des *malhados*.

– Aujourd'hui, dans une terre de quelque valeur, il y a et les uns et les autres. Qui eût cru que nous allions tomber sur cette calamité en plein Marão! Mais ne vous faites pas de bile. Dieu nous tirera de leurs griffes comme il a fait sortir Daniel de la fosse aux lions.

Les deux costauds du village de Ponte de Lima, étendus, le ventre en l'air, sur des fagots de genêt, le regard au plafond, faisaient manifestement leur examen de conscience. Les pauvres, si Dieu ne venait pas à leur secours, ils n'allaient pas tarder à manger les pissenlits par la racine. Ils n'avaient qu'à être moins ambitieux! Les hommes de l'escorte, les cochers et le guide pris à Guimarães parvinrent à dénicher un jeu de cartes et disputaient une partie de bésigue acharnée. Mais sans piquette, le jeu était comme un sermon sans larmes et une fête de village sans bagarre. Ils n'avaient plus de vin et demandèrent aux deux gardiens l'autorisation d'aller au carrosse chercher un baril qui y était resté. Ah! ils y avaient un de ces petits rosés d'Arcos qui vous chantait dans le gosier la musique de la régalade – et ils se pourléchaient les lèvres avec un geste de tentation qui aurait fait damner un saint, à plus forte raison deux pauvres diables, patauds, gourmands et mal dégrossis –! Alléchés par le nectar, ils autorisèrent Daniel dos Cardais à y aller, et ce dernier en profita pleinement pour bien étudier le terrain et examiner la situation sous toutes les coutures. Il revint avec le vin, et ils s'en mirent plein la lampe. Ils associèrent à leurs libations les deux gardiens qui ne tardèrent pas à fraterniser avec eux en toute confiance. A mots couverts, Cardais raconta qu'il avait trouvé le carrosse réparé et toutes leurs affaires, y compris les tromblons, à leur place : pas de doute, on avait affaire à des gens sérieux! Entre-temps le soir était tombé. Le versant orienté vers le couchant s'illumina d'un jaune pâle, comme si une vague d'huile d'olive pure l'avait recouvert de haut en bas. Le coucou et la huppe chantaient encore plus frénétiquement. Maintenant qu'ils avaient repris courage, et puisque les pleurs ne font pas revenir les morts, ils se remirent à manger et à boire, et les deux nigauds purent se remplir la panse. Un mot poussant l'autre, ils contèrent les exploits de Serafim de Anreade, dirent dans quels hameaux il trouvait refuge, combien il haïssait les *corcundas*. Et tous deux se vantaient tant qu'ils pouvaient, fiers d'appartenir à la troupe des guérilleros. Calheiros eut même un moment l'idée de les suborner, en leur mettant une bonne poignée de doublons dans le creux de la main. Mais Cardais comprit son intention et lui serra le bras à temps, tout en lui soufflant :

– Pas comme ça. Laissez-moi faire.

Encore un toast – on va se vexer si tu ne bois pas; allez-y, celui-là ne fait pas l'ordinaire de n'importe quel fils de garce –, et ils finirent par se sentir plus lourds que des oies qu'on gave. Les autres apprirent alors de leur bouche ce qu'ils avaient besoin de savoir : le lieutenant était allé couper la route à une patrouille de miguelistes détachée de Marco en direction de Vila Real. Ce serait un miracle s'il revenait avant minuit. Ils avaient plus de temps qu'il n'en fallait pour faire un somme.

Les hommes de l'escorte entendirent la nouvelle. Daniel dos Cardais fit un clin d'œil au garde du corps de Calheiros, un homme peu loquace qui avait l'air obtus mais attentif. Il fallait profiter de l'occasion : une chance que la divine providence leur eût envoyé comme geôliers ces deux innocents, pas le moins du monde au fait des ruses de la guérilla. Ils se donnèrent le mot, après s'être abouchés avec les procureurs, et chacun se prépara à dormir en se jetant sur les bottes de paille. Peu après, les uns gisaient à plat ventre, dormant d'un sommeil de plomb, tandis que d'autres ronflaient tout à fait comme les orgues de la cathédrale. Quand les deux gardiens les virent dans cet état, ils sortirent. Ils étaient soûls comme des grives, et ils eurent toutes les peines du monde à fermer la porte. Ils s'y essayèrent trois fois sans succès, au milieu des insultes et des bousculades :

– Lâche-moi ça, espèce de bon à rien, lâche-moi ça!

– Tu n'es pas plus habile que moi! Même les cornes de ton père ne pourraient rien pour toi!

– Passe-moi la clef et tu vas voir, espèce d'âne! Passe-la moi ou je te casse la figure!

Ce n'est qu'au troisième essai qu'ils réussirent à verrouiller la porte, aucun des deux ne s'étant rendu compte qu'ils s'appuyaient dessus en même temps qu'ils tournaient la clef. Cela fait, très réjouis, ils se couchèrent en chien de fusil sur le seuil puis, tout en se donnant des bourrades amicales, ils tombèrent dans la léthargie des bons ivrognes.

Cardais, qui avait suivi leur manœuvre à travers une fente du volet, émit un coup de sifflet qui sonna le branle-bas de combat.

– C'est maintenant ou jamais! proféra-t-il d'un air décidé. Il faut qu'on parte en vitesse. Vous êtes prêts à jouer le tout pour le tout?

Après bien des parlotes, après des opinions divergentes et même conflictuelles, ils parvinrent à un accord. Daniel dos Cardais et José *Barbe d'Acier* iraient voir s'il était possible de libérer les chevaux et les mules sans donner l'éveil. En même temps, ils mettraient la main sur les tromblons. S'ils étaient toujours au même endroit, l'affaire serait bien engagée. Le Seigneur ferait en sorte qu'il en fût ainsi. Ils attelleraient et tenteraient de s'échapper. Et si la populace se mettait en émoi...? C'était sans importance! Un coup de poing sur une caboche, deux coups de crosse sur une autre, et ils leur cloueraient le bec. Si tout allait bien, en une demi-heure, trois quarts d'heure tout au plus, ils seraient à Quintela.

Et de là ils arriveraient à Mesão Frio en un rien de temps. Après, les autres pourraient toujours leur filer le train. Pour que ça se passât bien, il fallait que le carrosse fût en mesure de rouler et qu'ils pussent récupérer les armes; on avait tout lieu de croire qu'il en irait ainsi. En si peu de temps, qui pourrait les avoir prises, puisque Serafim avait piqué des deux avant la sortie de Cardais?

Le père Tirteu émit de timides objections: et si les *malhados* revenaient entre-temps en nombre et en force suffisants pour les battre? Et si les deux sentinelles se réveillaient et donnaient l'alarme?

– Ne vous en faites pas, murmura Cardais. Ces deux-là, je m'en charge.

– Quoi qu'il arrive, tous les expédients valent mieux que d'être identifiés par le *malhado* de Refoios, dit João Lopes Calheiros. Il se peut qu'il ne nous reconnaisse pas, mais j'en doute. Refoios se trouve à deux pas de Ponte de Lima. Je me souviens d'un garçon du coin qui est allé au séminaire de Braga et qui a jeté le froc aux orties. C'est peut-être celui-là. Si c'est lui, nous nous sommes bagarrés dans notre jeunesse à la grande foire. Mais j'étais persuadé qu'il était de Vilar do Monte. Si c'est lui, vous pouvez en être sûrs; demain, dès l'aube, ou ils nous fusillent ou ils nous jettent dans un ravin, parce qu'ils doivent vouloir économiser leurs munitions. Il s'offre à nous une possibilité de nous échapper, nous serions bien couards ou bien bêtes si nous n'en profitions pas. En ce qui me concerne, vous avez carte blanche, Daniel dos Cardais.

– Très bien. Je descends faire les vérifications indispensables. J'y vais avec Monsieur José, dit Cardais en désignant *Barbe d'Acier*. Et fiez-vous à moi. Foi de Cardais, je vous ferai arriver sains et saufs à Mesão Frio. Je l'ai promis à mon patron, Dom Pedro de Tresmonde, et je tiendrai parole.

– Topez là, s'écria Calheiros en lui tendant la main.

Cardais et *Barbe d'Acier* se suspendirent à l'appui de la fenêtre qui donnait sur les terres de Canaveses, du côté du couchant, et se laissèrent glisser. Pouf, ils tombèrent sur un lit d'ajoncs et de bruyères sans rien se casser. Luis de Azevedo et le père Tirteu refermèrent les volets tout doucement et allèrent à la fenêtre qui donnait sur la vallée. C'est là que le drame allait se jouer.

Il faisait nuit noire, et l'on ne distinguait pas la silhouette des objets à plus d'une portée de fusil. Une immensité vague et ténébreuse s'étendait alentour, vide mais pleine de frémissements, presque silencieuse mais parcourue par une sonorité secrète, des voix, de la musique et le mouvement des choses non seulement sur la terre mais aussi au ciel. Le prêtre regardait devant lui et avait l'impression de planer au-dessus de l'obscurité, porté par une aile impondérable. Soudain, une courtilière lança deux notes plaintives, et ce fut comme si la pointe d'un poignard avait percé l'outre des ténèbres. En un instant l'espace s'emplit et se vida. Puis la chouette se mit à hululer quelque part dans les hauteurs, derrière la maison, au-dessus de la croix noire d'un homme mort. Alors, Luis de Azevedo eut un frisson de mauvais augure. Tout comme le chapelain, il était suspendu aux bruits du monde. C'était à Carneiro qu'était rédigée la sentence décidant de leur vie ou de leur mort. En tendant l'oreille, ils crurent percevoir le bruit d'une sonnaille au milieu du bruissement des eaux qui faisaient entendre leur inaltérable litanie de tous côtés, et dont le murmure mélancolique ou joyeux épousait le silence. Sinon, tout n'était que paix, la paix spatiale des déserts, la paix immense, sans faille depuis le début du monde malgré les cris de vie ou de mort des hommes et des peuples qui, à peine lancés, retombaient dans la course même du temps. Là-dessus, on entendit un hennissement, et leur sang se figea. Peut-être étaient-ce leurs chevaux, dont les mangeoires étaient vides depuis Dieu sait quand et qui, ayant entendu quelqu'un devant la porte de l'étable, se plaignaient. Puis vint un autre hennissement. Il n'y avait pas de doute. Les chevaux s'agitaient.

Et les carrosses?

Il s'était peut-être écoulé une demi-heure quand la chouette qui chantait tout près de là se tut. Les deux hommes revenaient en catimini. Luis de Azevedo devina, plus qu'il ne les vit, leurs ombres diffuses qui se condensaient dans l'obscurité et avançaient à pas de loup, courbées comme des bêtes féroces prêtes à attaquer. Ils gravirent les marches du perron et s'arrêtèrent un instant devant les deux gaillards recroquevillés dans l'obscurité. Luis de Azevedo et le père Tirteu eurent l'impression de voir se dessiner dans l'ombre une scène hallucinante : un bras armé d'un couteau qui montait et descendait à une vitesse fulgurante et refaisait le même geste, obliquement, dans l'amas d'ombres. Mais ils ne pipèrent mot, se refusant à accepter ce qui était pour eux moins une conviction visuelle qu'un pressentiment instinctif. Les silhouettes, penchées vers le sol, s'immobilisèrent un bref instant pour achever leur forfait ou s'efforcer de lire quelque chose dans la profondeur opaque de la nuit. Mais ils reprirent espoir aussitôt. Ils en avaient reconnu un, *Barbe d'Acier,* qui fit tourner la clef d'un air décidé et cria du seuil de la porte :

– Dépêchez-vous de sortir! Vite! Allons!... Allons!...

Ils étaient tous prêts, leurs affaires à la main, et aussitôt ils se glissèrent dans la pénombre, d'abord les plus hardis, puis les plus timides. Sur le palier, le père Tirteu vit descendre le long des marches, partant des deux ombres condensées, un ruban plus obscur que l'obscurité elle-même, qui se dédoublait et sautait de marche en marche, agile et irrégulier. Il se pencha vers le sol pour mieux voir, mais Malheiro lui disait déjà :

– Allez, venez! Vous voulez leur administrer l'extrême-onction?

Le village dormait à poings fermés. Ils firent sortir les chevaux et les mules et essayèrent de les atteler. Comme ils le faisaient avec précipitation, ils avaient du mal à coordonner leurs gestes. Après avoir perdu quelques minutes précieuses, ils finirent par être prêts à se mettre en route. Ils commençaient à respirer. Ils sentaient que Dieu les protégeait. Et les armes? Les armes se trouvaient à l'intérieur des carrosses. On pouvait dire que Serafim était plus honnête qu'on ne le croyait, plus honnête ou plus stupide. Puisse Dieu lui envoyer une balle qui l'expédiât au fin fond de l'enfer sans lui donner le temps de souffrir!

Pendant ce temps, bien qu'ils eussent manœuvré le plus silencieusement qu'ils pouvaient, le bruit de leur départ se répercuta tout de même et réveilla les gens du village dans leurs maisons et dans leurs chaumières.

L'homme qui s'était chargé de panser les chevaux déboula le premier; il était bien bâti et armé d'un gourdin. Il fallait lui payer son travail et ce qu'il avait donné à manger aux bêtes, sinon il casserait tout! *Barbe d'Acier* lui mit la main au collet et le poussa dans le ravin. Des jeunes filles virent la scène et se mirent à pousser de grands cris. Aussitôt il y eut un grand remue-ménage. Des torches surgirent de chaque côté de la route. Les femmes, en tas, caquetaient plus fort qu'un poulailler assailli par un renard. Et l'obscurité, avec les gens qui allaient, venaient, tentaient de venir en aide à l'homme jeté dans le bourbier, se peuplait de silhouettes chaotiques, compactes, et d'ombres incertaines, mouchetées de taches claires sous l'effet de la réverbération des lumières. Il fallait allumer les lanternes des carrosses, et ils eurent un mal fou à faire prendre les mèches. Mais tout autour, le tumulte croissait, un tumulte dans lequel il était maintenant difficile d'entendre les ordres. Enfin, les hommes de l'escorte montèrent sur leurs chevaux, leurs tromblons en bandoulière, et les gentilshommes dans leurs carrosses. Tandis qu'ils n'en finissaient pas de partir, un manant leva sa lampe et, se trouvant devant un prêtre en soutane, il lui demanda :

– Mon révérend, vous ne voudriez pas donner l'absolution à l'homme qui est en train de mourir?

– Quel homme? Enlevez-moi cette lanterne de là, vous m'aveuglez...

– L'homme qu'on a jeté dans le ravin...

– Je l'absous au nom de Dieu le Père Tout-Puissant. Dites-moi un peu : c'est encore loin, Quintela?

– Non, mon père, c'est juste au-dessus. C'est comme si

vous y étiez. La route est plate comme la paume de ma main, reprit l'homme à la lanterne... Enfin, elle a ses côtes et ses virages. Tenez-vous toujours bien à droite, sinon il vous arrivera la même chose qu'à mon ami...

– Votre ami?

– L'homme qu'on a jeté dans le ravin. Et justement par malheur il est plus haut que la tour des Clérigos *.

– Vous connaissez Porto?

– J'y ai été sacristain à l'église Sainte-Catherine.

La voiture allait se mettre à rouler, ce qui lui épargnait de poursuivre le dialogue. Quel but poursuivait cet homme en lui parlant si *manu a manu*? Le distraire, sans doute. Ni plus ni moins. On avait calé les roues à l'avant avec une grosse pierre. La voiture était clouée au sol. *Barbe d'Acier* dut descendre de cheval, ce qu'il fit en menaçant le ciel et la terre. De son pied il poussa la grosse pierre pour la faire sortir, puis il la souleva et la jeta dans la pente. Il remonta; une fois en selle, il ordonna:

– En avant!

On entendit le bruit des timons et des bricoles; les mules partirent au trot; les roues labourèrent le sol. *Barbe d'Acier* se retourna sur sa monture.

– Si vous m'obligez encore une fois à descendre, j'en envoie une demi-douzaine en enfer. – Puis, se portant à la hauteur du cocher: – Tout est en ordre?

– Oui.

– Alors fouette, espèce de mollasson! Fouette dur!

* Célèbre monument de Porto. Cette tour de granit de six étages est le plus haut clocher du Portugal (75 mètres); elle fut édifiée en 1748 par l'Italien Nazzoni.

La route montait sans arrêt. Les voitures roulaient avec une lenteur désespérante. Quatre hommes allaient à l'arrière-garde avec *Barbe d'Acier,* le tromblon en bandoulière; les trois autres, parmi lesquels Daniel dos Cardais, ouvraient la marche. Ils étaient muets comme des carpes. A l'intérieur des carrosses, les gentilshommes retenaient leur souffle. Si seulement Dieu voulait bien les amener à bon port! Le pas rythmé des chevaux et le crissement des roues sur le sol, la sarabande des ombres dans la lumière tremblante des lanternes qui fouettait au hasard les murs de soutènement et les précipices dont ils devinaient le gouffre à tout instant, sur leur gauche, le fracas continuel des eaux, rendaient la marche lugubre et presque macabre. Le père Tirteu avait le credo à la bouche et priait avec ferveur Notre-Dame du Bon-Secours de les faire sortir de ce mauvais pas dans lequel il n'était absolument pour rien, en lui promettant de célébrer un trentain selon le rituel le plus scrupuleux.

Tous les deux mètres, les voitures s'arrêtaient. A un moment donné, il fallut mettre pied à terre. Ce ne fut pas suffisant. A mi-côte, même en s'arc-boutant pour pousser, on ne parvenait plus à les faire avancer. Les mules n'avaient pas mangé de toute la journée et ne tiraient plus malgré les incitations et les coups de fouet du cocher. Pour que les hommes de l'escorte pussent tirer les voitures, les gentilshommes durent conduire les chevaux en les tenant par la bride. Ce fut dans une de ces circonstances qu'il arriva à Luis de Azevedo de sentir l'épaule de Daniel dos Cardais frôler la sienne. S'écartant avec dégoût, il se crut obligé de dire, tout en riant pour atténuer la critique:

– Vous auriez pu vous dispenser de les tuer. Ils étaient

soûls comme des grives, il suffisait de les ligoter... Le garde du corps du seigneur de Tresmonde ne répondit pas tout de suite. Azevedo pensa qu'il ne répondrait pas, soit par dédain, soit parce qu'il ne savait pas comment se justifier, mais il l'entendit dire entre ses dents, comme un serpent qui siffle :

– Écoutez, mon beau Monsieur, j'en avais déjà cinq à mon actif. Je n'étais pas fier de moi. Il m'en fallait deux autres pour compléter les sept péchés capitaux. Je me suis fait ce petit plaisir. J'ai éliminé les sept péchés capitaux de la liberté. Si d'autres faisaient ce que j'ai fait, il n'y aurait bientôt plus de *malhados* au Portugal.

Cette fois, les voitures n'allaient plus ni en avant ni en arrière. Daniel dos Cardais courut apostropher furieusement le cocher :

– Le diable t'emporte, imbécile, tu as mis la voiture dans un bourbier.

Ils en étaient là quand retentit une grande galopade à l'arrière. D'énormes torches, agitées en l'air, se découpaient dans l'obscurité de la nuit. Les hommes de l'escorte de Cardais eurent tout de même le temps de prendre position derrière les carrosses et d'armer leurs tromblons. Les silhouettes et les cris des cavaliers se rapprochaient, et leur masse infernale se dessinait à tous les tournants du chemin. Quand ils apparurent au bas de la côte, Daniel dos Cardais cria à ses compagnons :

– Tenez-vous prêts! Laissez-les s'approcher...

Étaient-ce des hommes ou des démons? Le bruit de la galopade se répercutait dans les concavités de la vallée en un effroyable fracas :

– Feu! ordonna Cardais.

Ils avaient tiré dans le tas, et ce n'est que lorsqu'ils se virent encerclés par une horde hurlante qui les fusillait à bout portant et les poignardait, qu'ils se rendirent compte que pas un coup de feu n'était parti de leurs tromblons ni de leurs pistolets.

– Ne tuez pas les bêtes, nous en avons besoin! cria par-dessus le tumulte une voix impérieuse.

La matinée était très avancée lorsque Luis de Azevedo sortit du coma, à mi-hauteur du défilé, le père Tirteu agenouillé à ses pieds. Il referma les yeux, les rouvrit, tordit ses lèvres violettes avec une expression de chagrin infini, et murmura quelques mots qui exprimaient sans doute toutes ses amours, avec son dernier soupir :

– Domaine de Romarigães... Mon cher domaine, je ne te reverrai plus!

– Que Notre-Dame du Bon-Secours vous reçoive dans ses bras maternels!

XV

Ce portail, étroit et à demi démoli, par où l'on pouvait difficilement faire passer deux chevaux de front, il le fit aussitôt abattre et reconstruire. Au lieu d'une seule entrée, il fit aménager une porte cochère et une porte piétonne, avec de grands jambages en pierre taillée et des moines montant la garde de chaque côté. Sans pour autant trahir le tracé d'origine du dix-septième siècle, il le couronna de sveltes pyramides. Sur le fronton – belle pièce héraldique, délicatement ciselée – il fit graver les armes des Montenegro entrelacées à celles des premiers propriétaires. Rien de plus superbe ni de plus orgueilleux que cette entrée avec son portail en fer au-dessus duquel un habile maître-ferronnier avait encore gravé son prestigieux blason. De loin, des hauteurs du chemin qui montait de Pedras Finas, il semblait proclamer.

– Ici habite un Montenegro!

L'enfant abandonné dans le couvent des franciscaines de Braga, par un matin de gel, et recueilli par le bon marchand de cire Aniceto Côté Béni, avait succédé dans la possession du manoir à son père, Dom Luis Antonio de Antas de Azevedo e Meneses. Il en était le sixième maître et seigneur. Cependant, eu égard à sa minorité, ce fut son aïeul et tuteur, Don Telmo Montenegro Iraizoz Sottomayor y Valadares qui assura la possession virtuelle de l'héritage. Les voix du Seigneur sont impénétrables. Mille grâces lui soient rendues, car il avait absous de ses péchés le descendant de Favila et l'avait conduit en un lieu semblable à celui de la Terre promise.

La première chose que le gentilhomme entreprit fut de marquer sa présence. Une fois achevée la somptueuse construction du portail, pour rehausser son arrogante héraldique, il fit planter sur le parvis de l'église deux araucarias destinés à être en quelque sorte les hérauts du manoir. Pour subsister, les plantes de ce genre doivent conserver l'illusion de leur idiosyncrasie de flore subtropicale, tant elles sont fragiles et frileuses. Elles crevèrent sous l'effet de la gelée qui survint un matin de décembre, si glaciale et si rude que la glace recouvrit les arbres de cristaux fantasmagoriques et pénétra dans le sol plus profondément que des aiguilles à tricoter. Don Telmo s'entêta dans ses fantaisies botaniques. Les nouveaux plants, il les mit à l'abri des intempéries en les recouvrant de grandes bottes de paille en forme de chapeau. A force de soins et d'engrais, ils poussèrent contre la volonté de Dieu durant deux ou trois années. Puis ils se mirent à prendre un air pensif et crevèrent. Alors Don Telmo en conclut que ces sortes de plantes aiment un sol riche, léger et dans lequel les racines peuvent facilement pénétrer, tant elles sont indolentes et aristocratiques. Au Bon-Secours, la terre était plutôt faite pour des plantes viriles, les chênes, les pins, les châtaigniers, qui fabriquent leur propre sol en faisant éclater le rocher et en désagrégeant le schiste feuilleté comme les pages d'un livre entrouvert. Alors il renonça à voir la maison de son petit-fils bien-aimé s'annoncer au voyageur par ces arbres gracieux comme des pagodes et où la brise aime à faire naître une douce mélancolie.

Il planta des cyprès qui, peut-être parce qu'ils voyaient de près l'ascétique mont d'Arga, se mirent à pousser, impatients de grandir jusqu'à atteindre les nuages. Il y eut, tout au long de l'avenue, une haie de géants alignés dans leurs cottes de velours et de bronze, qui donnait à la propriété un air distingué et seigneurial.

Il fit venir également trois couples de paons qu'il lâcha dans la forêt, et ces oiseaux donnèrent la touche finale à toute cette magnificence. Tant pour Don Telmo que pour son petit-fils, c'était un régal de les voir promener dans la cour leur chape d'archevêques de Byzance quand la servante venait leur jeter leur ration de maïs, au milieu des autres volailles. Les dindons, atrabilaires de nature, n'aimaient pas voir leurs cousins dans leurs habits sacerdotaux, et parfois ils fonçaient sur eux d'un air indigné. Cependant, comme ils sont extrêmement poltrons, ils s'arrêtaient au beau milieu de l'attaque d'un air de matamore qui dédaigne l'adversaire. Ils se pavanaient également et, très fiers, se déplaçant avec une lenteur liturgique dans un espace restreint, faisant la roue à droite, faisant la route à gauche, il n'était pas rare de les voir esquisser un semblant de *zapateado* *. Toute leur manœuvre consistait à montrer leur magnificence, tels des satrapes bouffis d'orgueil. Pendant ce temps, les paons se promenaient de-ci de-là, la tête baissée, l'air nonchalant, en faisant tourner dans leurs orbites leurs petits yeux brillants et sarcastiques, peut-être pour se moquer de ces nigauds. Puis, soudain, obéissant

* Le *zapateado* est l'une des figures de la danse *flamenco,* au cours de laquelle le danseur accompagne le rythme de la guitare en frappant dans ses mains et en tapant du pied.

à la voix de l'un d'entre eux qu'ils avaient dû choisir comme chef, ils s'envolaient d'un coup d'aile, droit vers la forêt, le verger ou le potager, dont ils avaient la primeur. Le jardinier les détestait cordialement. Non seulement ils picoraient ses choux, au point qu'il n'y en avait pas un seul qui fût intact, mais ils lui saccageaient ses jeunes plants en cherchant des vers de terre.

– *Cléo, cléo*! criaient-ils d'entre les arbres en un feulement si âpre, dans la quiétude de l'après-midi, que les poules dans le poulailler et les génisses dans les pâturages semblaient en être toutes retournées.

– Quelle voix horrible! s'écriait le petit. Les dindons sont vengés...

– C'est pour appeler Cléopâtre, reine d'Égypte, qui était toujours entourée de paons.

– Mais ils disent *Cléo, Cléo*...!

– A la française, mon enfant, ils l'appellent dans un français familier. La langue des pharaons s'est perdue, commentait le vieux coquin avec un sourire visiblement facétieux.

– Ils ont l'air stupide..., reprit l'enfant en regardant leur petite tête en forme d'épi, couronnée d'un minuscule panache de *grisette** parisienne. Ils ont de vilains pieds...

– Ils sont plus intelligents que Maria das Dornas qui vient leur donner à manger. S'ils étaient stupides, les Grecs n'auraient pas choisi ce genre d'oiseaux pour figurer sur le même plan que leurs divinités. Les Grecs ne dissociaient jamais l'intelligence de la beauté. Regarde, Telmito, comme ils s'estiment et se comprennent... Pour

* En français dans le texte.

ce qui est de leurs pattes, c'est parce qu'ils ont été punis... pour qu'ils ne deviennent pas plus sots qu'ils ne le sont déjà.

Le petit s'arrêtait net pour observer leurs mœurs intimes ou familières. Il arrivait que l'un des paons eût une paupière attaquée par les poux. De son pied en forme de sérançoir, il se grattait, se griffait et, ne ressentant pas de soulagement, se frottait la tête contre une pierre. Mais la vermine, tenace, bien accrochée, ne cédait pas pour autant. Il allait alors montrer la paupière infestée à la paonne, son épouse. Cette dernière regardait attentivement : elle tendait le cou comme un médecin qui fait appel à toute sa science quand on lui montre tel ou tel mal. Et, une fois qu'elle avait repéré le bobo, comme si elle avait utilisé une pince, elle lui donnait quelques coups de becs, exacts et rigoureux, tout à fait comme il fallait, pour enlever les bestioles. Toute cette opération, la paonne la pratiquait avec adresse, méticuleusement, c'est-à-dire en donnant autant de coups de becs qu'elle le jugeait nécessaire pour enlever toute la vermine de la paupière de son époux.

Souvent, le paon, après avoir fait quelques pas, revenait présenter sa face à l'examen de la paonne en baissant la tête. Elle comprenait : le nid de poux n'avait pas été entièrement extirpé. Alors, avec le même soin et la même délicatesse qu'auparavant, elle se remettait à épouiller la paupière : tap! tap! tap! Si le paon se jugeait débarrassé de la vermine, après avoir fait deux cabrioles en battant des ailes pour marquer sa satisfaction, il mettait d'un air reconnaissant sa face contre celle de la paonne ou lui caressait le cou avec le sien comme pour lui dire : *all right*!

– *All right*! s'exclamait l'enfant qui avait bien écouté l'explication de son grand-père.

– Oui. Je l'ai traduit en anglais avec ta permission et sans vouloir les vexer.

Les gens de la campagne venaient admirer les volatiles et les yeux chromatiques de leur éventail caudal, plus beaux que des pensées ou que le soleil couchant, et les gandins, s'ils pouvaient arracher en douce l'une de leurs plumes pour orner leur chapeau du dimanche, le faisaient en moins de temps qu'il n'en faut pour le dire.

Les vaches paisibles, au demeurant de superbes bêtes, avec lesquelles Don Telmo avait égayé les pentes vertes de la propriété, ne pouvaient pas voir les paons en peinture, elles non plus. Elles broutaient le plus béatement et le plus méticuleusement du monde quand, brusquement, ils passaient au-dessus d'elles en un vertigineux et arrogant arc-en-ciel. Ce cyclone les effrayait et elles couraient de tous côtés, soufflant jusqu'à ce qu'elles aient retrouvé leur calme.

Aïeul et petit-fils riaient aux éclats devant un tel spectacle. Don Telmo ne se consacrait pas qu'aux paons, mais aux oiseaux d'une façon générale. Il avait deux cacatoès, deux aras, un perroquet gris et un autre vert, de nombreuses perruches et un flamant; lorsque ce dernier était perché sur un pied au milieu de la plaine, la tête recourbée sur son cou, on se demandait en le voyant s'il s'agissait d'un oiseau ou d'une rose. Le gentilhomme était également fier de ses jolies grives musiciennes et de ses troupiales; si on leur montrait un morceau de gâteau trempé dans du bon vin, en leur disant : *chante, troupiale*! l'un d'entre eux chantait comme une boîte à musique. Les merles – il y en avait deux ou trois – vivaient en bonne entente avec les tourterelles d'Inde. En outre, deux rossignols, qui n'étaient pas aveugles, habitaient un petit palais de bambou, à part, dans la solitude des lauriers; traités de la sorte, ils oubliaient leur captivité et, quand venait l'heure, ils n'en finissaient pas de chanter motets et épithalames. Les cacatoès et les aras reconnaissaient de loin le gentilhomme avec sa moustache à la Vercingétorix et, dès qu'il approchait, ils se mettaient à pousser de grands cris en récitant des palinodies pour l'accueillir. Simultanément, les perroquets dansaient la sarabande sur leurs perchoirs en zinc, et les perruches jacassaient, sautillant et voletant contre les grilles de leur cage, excitées comme des enfants en classe à qui l'on a annoncé Guignol.

Tel était le paradis qui venait récompenser Don Telmo de longues années d'exil et de pénitence passées dans des fermes misérables et dans des taudis, loqueteux et désespéré, et si souvent réduit à l'eau et au pain sec. Au milieu de tout cela, il rendait grâces aux ciel! En bon Espagnol, il croyait à l'autre monde et à la résurrection des corps. Mais il prenait son plaisir ici-bas du mieux qu'il pouvait, selon une conception particulière de la vie, fondée sur les Saintes Écritures.

A cause des paons, le vieux gentilhomme, lointain rejeton des rois wisigoths asturiens, eut à payer cher la félicité et le plaisir qu'il savourait dans l'éden de Romarigães.

De tous les coins de la forêt, celui où ces oiseaux capricieux préféraient se percher pour faire la sieste ou passer la nuit se trouvait de l'autre côté de la colline, sur un mimosa colossal qui avait poussé tout près de la chapelle Saint-Jacques, sur le chemin de Casais. La nuit était à peine tombée qu'ils arrivaient, ce qu'ils annonçaient eux-mêmes par leur cri plaintif, de tigre royal, mi-nostalgique, mi-furieux : *cléo! cléo!*

Aux chênes séculaires et barbus, qui avaient vu passer les guerriers wisigoths d'Herménégild *, et aux pins parasols, arbres si pacifiques et si solennels qu'ils semblent parodier la voûte du firmament, ils préféraient cette plante échevelée, sans patrie, et pourtant parfaitement dévergondée et luxurieuse, pleine de *sex-appeal.* Du moins était-elle tout aussi exotique qu'eux, émigrée d'on ne sait où, ce qui expliquait peut-être l'affection qu'ils lui portaient. Il est vrai qu'elle tenait aussi sous son charme les pèlerins qui l'ébranchaient, le jour de la fête du saint patron, les jeunes filles pour orner leur décolleté, les jeunes gens pour fleurir leur boutonnière ou encore pour s'en mettre un brin derrière l'oreille. Ce jaune épais, lourd et sensuel, était une tentation pour les yeux. Même quand les mimosas n'étaient pas fleuris, les paons aimaient aller se jucher sur leurs branches, peut-être attirés par cette parenté intime qui les unissait à l'arbre et leur transmettait des goûts, des penchants et des façons d'être identiques. Le fait est qu'à son ombre embaumée les dévots déballaient leurs provisions, et que les amoureux offraient leurs lèvres au goulot des gourdes et des calebasses, quand ils ne s'embrassaient pas à bouche que veux-tu derrière un chêne nain ou de toute autre façon plus ou moins paradisiaque.

* Saint Herménégild, roi wisigoth, fils de Léovigild, se convertit au catholicisme en 579, et fut exécuté à Tarragone en 585 pour avoir refusé de renier sa foi.

Don Telmo regrettait que ses oiseaux chéris allassent passer la nuit si loin, hors de portée de son regard vigilant. Mais le matin ils étaient de nouveau sous ses fenêtres, égayant les prés ou la cour après avoir fait retentir maintes fois leur fière et hiéroglyphique fanfare.

Or, un matin, l'une des paonnes arriva en retard à la première ration de maïs, toute meurtrie et sautillant sur une seule patte. Maria das Dornas finit par l'attraper pour voir de quoi elle souffrait. Elle avait une patte cassée. Que s'était-il passé? Comment cela avait-il pu se produire? On fut d'accord pour penser que ce n'avait pas été un renard ni quelque autre bête sauvage, car ce n'étaient pas des oiseaux à se laisser attraper par de tels animaux. Il devait plutôt s'agir d'un coup manqué, œuvre d'un braconnier qui leur avait lancé une pierre ou envoyé un coup de bâton. Celui qui avait fait cela reviendrait à la charge, et Don Telmo fit le guet. Ses limiers, de même que les deux saint-bernard, lui obéissaient au doigt et à l'œil, et au son de sa trompe mieux que des soldats au son du clairon. Tous les soirs, après l'angélus, laissant les chiens à la maison, il battait la forêt et les champs d'ajoncs, lentement et en tapinois. Les chats-huants hululaient sur la cime des vieux pins, alarmés Dieu sait pourquoi, et les paons transperçaient le silence, de temps à autre, de leur cri plaintif et strident.

Les lapins sortaient des fourrés et s'avançaient en faisant de petits bonds, tout doucement, en direction du verger et de la fourragère, les oreilles collées au dos, ou bien l'une couchée et l'autre dressée. Et derrière eux, assez loin, sous le couvert des troncs et des monticules du terrain, venaient les furets, avec leurs pupilles voilées comme des lanternes sourdes, attendant d'avoir suffisamment d'espace pour leur sauter sur le râble. Les engoulevents voletaient en traçant des paraboles au fur et à mesure qu'ils se rapprochaient du gentilhomme, et il les voyait plus loin, sur le chemin de servitude, les yeux brillants comme des chandelles, surveiller sa marche. Les pigeons ramiers s'envolaient à la débandade des hautes branches des pins et partaient dans l'obscurité vers d'autres parages dans un grand bruit d'ailes. L'homme était l'ennemi numéro un de ces animaux, et cette méfiance, cette crainte instinctive, Don Telmo les pressentait à tout instant dans leur fuite et dans les mille précautions qu'ils prenaient tous au moindre bruit de pas.

Nuit après nuit, Don Telmo traqua, avec autant de flegme que de patience, le braconnier qui s'en prenait à ses paons. Quelque chose lui disait que, tôt ou tard, ce dernier se montrerait. Et il y mit tant d'insistance qu'il finit par identifier l'homme fantomatique dans une silhouette qui plaçait des pièges pour les lapins à un croisement de chemins. Par acquit de conscience, il le laissa finir son travail et même s'en aller tranquillement sans se douter qu'il était surveillé. Plusieurs jours plus tard, il le surprit en train d'installer ses collets dans le sentier qui partait de la forêt, tout droit en direction du marais, refuge secret des lièvres qui venaient manger dans le potager. Il se contenta de défaire le lacs. Puis il le surprit, occupé à tendre un piège à une perdrix, après avoir mis des glands à la place des œufs, car la période de la pondaison avait commencé. Qui était-ce? Pimpolim, un savetier que l'on pouvait voir plus souvent occupé à jouer aux cartes dans les tavernes que devant les empeignes et les semelles de son entresol. Don Telmo avait même entendu dire que la forêt du Bon-Secours lui servait de saloir, puisqu'il n'avait pas de cochon à tuer. Mais comme avec ça il avait deux ou trois enfants à nourrir et que c'était un pauvre diable, déguenillé, fâché avec son alène, rebelle, impertinent et pitoyable dans son vagabondage, Don Telmo fit celui qui n'avait rien vu. Il avait un faible pour ces gens qui vivaient en marge du monde, peut-être parce qu'il l'avait fait lui-même à un niveau supérieur. Qu'on lui prît ses lapins et ses lièvres était un délit véniel, mais qu'on lui tuât ses paons était chose impardonnable dans le prétoire de sa conscience, si indulgent fût-il. Décidé à lui donner une leçon, il redoubla de vigilance et multiplia ses rondes. D'ailleurs, qui sait si c'était vraiment lui le coupable?

Une nuit, après une courte farandole au-dessus des pins parasols, les paons profitèrent de la douceur du temps pour aller méditer sur le toit de la chapelle du domaine, les uns sur les pyramides, les autres sur le clocher, puis ils descendirent vers leur perchoir habituel, à côté de saint Jacques. Don Telmo voyait l'ombre dense et oblongue qu'ils formaient contre la lactescence céleste constellée sur le feuillage du mimosa. Comme elle avait été échaudée, la paonne, dont la patte s'était remise à force de soins et après une quarantaine passée à l'infirmerie, avait maintenant choisi de s'installer avec son mâle sur l'un des vieux pins les plus proches pour passer la nuit. Les deux autres couples, soit par méfiance, soit parce qu'ils avaient flairé le danger, continuaient à se jucher sur le mimosa, mais maintenant, ils se posaient systématiquement sur les branches de la cime.

Faisant sa ronde avec finesse et ruse derrière les chênes nains et les ajoncs tendres qui, à cet endroit, étaient d'une taille supérieure à celle d'un homme, Don Telmo ne perdait pas de vue les précieux volatiles. Et, par une nuit sombre, où le ciel était livide comme du plomb, à peine éclairé par le premier croissant de lune, il vit arriver Pimpolim avec des pièges à lapins sur le dos, les disposer, et parler tout seul, le nez en l'air, sous le mimosa. Le lendemain, le savetier revint entre chien et loup, muni d'une sorte de gourdin à peine plus grand que le bâton dont se servent les muletiers pour arrimer leur charge, et presque autant que celui avec lequel on joue à la *bilharda* *, mais un peu plus gros. Puis, à pas feutrés, aussi discret qu'un blaireau, pieds nus comme il était, il alla se poster sous le mimosa. Après avoir jeté autour de lui des regards soupçonneux, il se mit à étudier la position des paons.

Il resta immobile un bon bout de temps et finit par se retirer. Retenant son souffle, Don Telmo le vit passer tout près de lui, presque à le toucher, traînant les pieds et courbant la tête, sans doute l'oreille basse. Il se dit alors : « *Il a trouvé que les paons étaient perchés trop haut pour être sûr de ne pas rater son coup. Il est certain que, s'il l'avait raté, ils se seraient envolés et auraient donné l'alarme. Et ça, il ne le voudrait pour rien au monde. Combien de fois le coquin ne s'est-il pas dit : si les paons n'étaient pas des oiseaux aussi vigoureux, je les attraperais avec de la glu et je leur ferais leur fête! Et*

*** Jeu qui consiste à faire sauter un bâtonnet en le frappant avec un grand bâton tout en s'efforçant de le faire retomber hors d'un cercle tracé sur le sol.**

comment!... Mais avec les grappins qui leur servent de pieds, va te faire fiche!»

La nuit suivante, Pimpolim reprit son manège, avant de renoncer à nouveau en hochant la tête. La troisième nuit, soit qu'il se fût fermement décidé, soit que la position des paons lui parût plus propice, il adopta d'emblée une autre tactique pour parvenir à ses fins. Ainsi, après avoir bien scruté la cime de l'arbre, d'un côté et de l'autre, la tête renversée en arrière, se penchant tantôt à droite, tantôt à gauche, dardant son regard sur la cible, il s'arrêta net, sans doute parce qu'il venait de trouver un angle favorable pour viser. Et en effet, il faisait déjà tournoyer son javelot dans sa main, en tendant son bras à l'oblique au-dessus de sa jambe droite, prêt à le lancer, quand Don Telmo, d'un bond, lui mit la main au collet:

– Ah! mon gaillard, cette fois-ci je te tiens! Tu voulais avoir du paon pour ton déjeuner, hein?

Pimpolim, qui était robuste, s'arc-bouta pour résister au gentilhomme. Mais quand ce dernier vit qu'il allait lever son gourdin pour le lui envoyer à la figure, il lui asséna deux coups de sa grosse canne, dont la poignée était en bois de renne, en plein sur l'épaule, avec tant de vigueur et de rapidité que l'autre laissa aussitôt retomber le gourdin, le bras cassé ou engourdi. Pourtant, au lieu de souffrir sans rien dire, Pimpolim, effronté comme pas un, se mit à hurler comme un possédé:

– Au secours, l'Espagnol du manoir veut me tuer! Au secours, il m'a déjà cassé un bras! Au secou-ou-ours!

Il hurla tant que les paons s'envolèrent, affolés, en poussant leur cri félin, et que les gens de Casais, du plus petit au plus grand, accoururent, leur bol de soupe à la main.

Don Telmo s'aperçut que Pimpolim avait le visage ensanglanté car il s'était écorché contre un ajonc en voulant esquiver le coup de canne, et que, par malice, il s'égratignait encore plus avec les ongles. Mais cela ne se voyait pas à la lueur du quartier de lune. Approchant leur nez de celui du savetier, les gens de Casais finirent par le voir dans ce qu'ils appelaient « un joli état », sale et couvert de sang comme un martyr sur la croix. Alors s'éleva une rumeur subite. Les villageois n'éprouvaient aucune sympathie pour Don Telmo à cause de ses grands airs d'Espagnol, descendant de Favila, roi des Wisigoths, et l'opinion lui fut aussitôt hostile. Pimpolim excitait les esprits.

– Je passais en direction du moulin de Pedrosa – ils étaient effectivement tout près du sentier qui, avec le temps, était devenu un passage public – quand cet homme a sauté devant moi et m'a roué de coups sans crier gare. Vous êtes témoins! Si je meurs, vous saurez de quoi je suis mort. Je ne peux plus bouger le bras. Il me l'a cassé! Il me l'a cassé! Il m'a démoli! J'ai la bouche pleine de sang. Vous êtes témoins!

– Le pauvre! Quel mal lui a fait le *malhéroux*?

– Est-ce que c'est des façons? Ici, c'est le passage des *gensses*...

– Moi, j'allais à mes affaires, sur mon âme! grondait Pimpolim.

– Il voulait tuer mes paons, balbutia Don Telmo. Il y a plusieurs jours que je l'avais à l'œil...

– Tuer vos paons...? Je veux bien être pendu si j'ai jamais pensé à ces bestiaux! Où est-ce que je les ai tués?

– Je ne voulais pas lui faire de mal, alléguait le gentilhomme. C'est lui qui m'a sauté dessus en levant son bâton, et j'ai dû me défendre...

– C'est faux! Moi, je *marchions* tranquillement. C'est faux! C'est lui qui est une sale engeance! Comme s'il avait pas tué le curé!

– Je vous l'ai déjà dit, cet homme en voulait aux paons. C'est lui qui a cassé la patte d'une paonne il y a quinze jours...

– Alors, comme ça, à cause d'un oiseau on vous liquide un homme? demanda sur un ton menaçant un vaurien qu'on avait plusieurs fois pris en train de voler du bois dans le domaine sans qu'on lui eût rien dit.

– Mais est-ce qu'il est mort? rétorqua Don Telmo, d'un air offensé:

– Il m'a démoli. Je ne peux même plus respirer.

A la lumière imprécise de la nouvelle lune, bien qu'étant dans une clairière de la forêt, Don Telmo vit autour de lui une foule peu engageante. Déjà, une voix suraiguë de mégère clamait:

– A mort l'Espagnol! A mort. Est-ce qu'il avait besoin de venir chez nous pour embêter les braves gens?

– A mort! glapit un autre.

– Ici il n'est pas chez lui. Il n'a pas à faire la loi chez nous.

– A mort! A mort!

Don Telmo s'aperçut que quelques hommes marchaient à quatre pattes, et il comprit qu'ils cherchaient des pierres sur le sol pour les lancer sur lui. Mais outre qu'en cet endroit, le terrain, de par sa nature, ne devait pas en présenter beaucoup à sa surface, il leur serait difficile de les trouver dans la nuit, avec si peu de lumière.

Pour parer à toute éventualité, sans rien perdre de son calme mais toujours sur ses gardes, il saisit sa canne par la pointe et, instinctivement, alla s'adosser à un pieu qu'il reconnut aussitôt comme étant le meilleur moyen d'éviter, dans toute la mesure du possible, qu'on l'attaquât par derrière. C'est alors qu'il sentit quelque chose de froid sur son poignet : c'était son cor. Comme la foule grossissait, le plus prudent était de s'en servir. A l'instar de Roland, mais sans doute avec plus de succès. Portant la trompe à sa bouche, il souffla. Et l'expédient eut un effet miraculeux! Chacun se sauva dans sa tanière. Et Pimpolim le premier. Descendant du manoir par le chemin de la fontaine, les limiers avec leurs colliers hérissés de pointes et les deux saint-bernard aboyaient tant qu'ils pouvaient. Immédiatement derrière arrivait toute la troupe des valets avec son petit-fils.

– Pourquoi as-tu sonné, grand-père? demanda ce dernier du plus loin qu'il le vit.

– C'était une manœuvre, mon petit. Pour voir si mes troupes accouraient à mon signal...

Sur le chemin du retour, visiblement satisfait, il raconta que les Basques, commandés par un méchant pirate, l'avaient encerclé à Roncevaux et se disposaient à l'exterminer. Mais cette fois le son de l'olifan l'avait sauvé.

Par la suite, une fois seul avec son petit-fils, laissant de côté le langage métaphorique, il raconta ce qui s'était passé sans omettre un seul détail. Telminho serrait les dents :

– Ah! Si seulement j'avais été là!

– Qu'aurais-tu fait, mon petit?

– Ce que j'aurais fait ? J'aurais fait la peau à Pimpolim. Mais attends un peu, quand je le verrai, il va me le payer cher.

– Non, mon petit, si tu avais été là et si tu avais eu un peu de jugeote, tu aurais fait la même chose que moi. Un vieux gentilhomme portugais, le prudent Dom Aleixo de Meneses *, donnait ce conseil à un prince fou et téméraire : *Ce que vous pouvez obtenir par la paix, ne le prenez jamais par la guerre.* Et moi, je savais à qui j'avais affaire. Et puis, ma canne n'a rien à envier à Durandal.

Le savoir du père Tirteu était limité. En outre, le maître ne respectait pas le moins du monde la discipline pédagogique. Ils finissaient parfois la leçon en chantant tous les deux *Le Roi est arrivé* **. En somme, le père Tirteu ressemblait plus à un moine échappé de quelque abbaye de Thélème qu'à un pasteur d'âmes et moins encore au précepteur d'un jeune aristocrate.

Il fallut envoyer Telmo à Braga en qualité d'externe dans le collège réputé de la *Vierge Sans Peur*, dont la direction, assumée par le père Mariano, sage bénédictin, était célébrée tant à la ville que dans les environs. Il n'était pas de gentilhomme fortuné qui n'y envoyât ses

* Premier comte de Cantahede (?-1596). Il fut le précepteur du futur roi Sébastien Ier, dont la disparition lors de la désastreuse bataille d'Alcazarquivir (1578), laissa le Portugal à la merci de l'Espagne.

** Chanson des absolutistes en l'honneur de Dom Miguel.

rejetons. On leur enseignait à prier et à servir la messe, à écrire une belle lettre en gros caractères, à lire couramment dans la *Besta Esfolada* *. Récemment, on avait introduit la danse au nombre des bonnes manières que l'on prétendait faire acquérir dans ce collège, deux pas de gavotte *pro forma*, et les préceptes du manuel de savoir-vivre de João Rosado de Vila Lobos e Vasconcelos. Une éducation sur mesure pour des fils de famille, mais en retard sur l'époque, car Mouzinho da Silveira ** aiguisait déjà son couteau pour supprimer leurs droits et leurs privilèges. Mais elle était ce qu'elle était.

Ce fut un jour de Pâques que l'enfant, sautant de son cheval sur la place de Santa Ana devant la porte du marchand de cierges, cria vers l'intérieur de la boutique en apercevant Aniceto Côté Béni penché sur son comptoir :

– Papa, me voici... Et pour très longtemps!

Le marchand de cierges faillit avoir une attaque tant il était heureux, encore que le domaine du Bon-Secours lui servît de lieu de villégiature de temps à autre. Le « très longtemps » se résumait aux deux ou trois mois de période scolaire. Mais sur le moment, pour Aniceto et Felismina, ce fut comme si on leur avait offert le paradis à la droite de Dieu le Père et au milieu des anges.

Don Telmo, pénétrant d'un air majestueux dans la boutique, dit à son ami le marchand de cierges :

– Je vous amène votre enfant, mon bon. Embrassez-le

* Littéralement : *la bête écorchée*. Revue satirique de l'époque. Antilibérale, elle se caractérisait par son style grossier et son impertinence.

** Homme d'État, ministre des Finances sous le règne de Pierre IV, il fut à l'origine de toute une série de réformes entre 1832 et 1833, et supprima notamment un certain nombre de privilèges, dont l'institution du majorat.

et cajolez-le tant que vous voudrez, Dona Felismina et vous, mais faites-le travailler. C'est pour cela qu'il est là.

Ils se mirent aussitôt en demeure de l'installer dans la plus belle chambre de la maison, pourvue d'une fenêtre d'où l'on voyait les bigotes, jeunes et vieilles, trottiner en direction de Notre-Dame la Blanche.

– Ici, il sera comme un prince, renchérissait Felismina pour que l'aïeul sût qu'il était aussi bien traité qu'à Romarigães.

– On va faire de lui un savant s'il n'a pas la vocation d'être prêtre! émit à son tour Aniceto, participant de l'enthousiasme général.

– Tu donneras à manger à mon poney...? demanda l'enfant à son grand-père, au moment des adieux, en faisant la lippe.

– Je m'en occuperai moi-même. Ta mère ne peut pas le prendre dans ses bras parce qu'il est trop lourd. Sois tranquille et travaille bien. Adieu!

Il repartit au galop, laissant son petit-fils aux bons soins de ses parents adoptifs, les larmes aux yeux mais le sourire aux lèvres, tel le ciel de mai traversé par un nuage lourd, que de brusques averses viennent obscurcir de temps à autre. Au fond de son cœur, Don Telmo pleurait l'absence de son petit-fils avec lequel, jour après jour, il avait pris l'habitude de parcourir la propriété, les prés, le bois et les collines, tantôt au trot, tantôt au galop, toujours bons camarades, car rien ne ressemble plus à l'âme d'un vieillard que l'âme d'un enfant, non plus que le lever au coucher du soleil. Puis, Don Telmo se remit avec une ardeur nouvelle à rechercher, dans la population des couvents éparpillée par la suppression des ordres monastiques, la petite fille que Dom Luis de Azevedo avait abandonnée avant Telmo, dans le couvent des clarisses, à Vila do Conde. Tous les matins, Dona Maria Carantonha lui demandait, à genoux et les mains jointes :

– Et ma petite fille, père ?

De fil en aiguille, dans cet incroyable désordre, il alla frapper à la porte des franciscaines de Notre-Dame de la Miséricorde, à Caminha. On y avait hébergé une petite fille qu'on leur avait en effet envoyée de Vila do Conde en raison de la profusion d'enfants abandonnés. Mais, pour ce même motif, les sœurs l'avaient confiée aux bénédictines de Salvador de Vairão, dont la communauté était riche et s'adonnait peu à ce genre d'activité. Don Telmo se rendit dans ce couvent, animé par cette faible lueur d'espoir. Il était vrai qu'une petite fille avait séjourné là, une petite fille répondant au nom de Gracinda, triste et malingre, qui était décédée deux ans après son arrivée. N'était-ce pas celle-là ? Elles n'en connaissaient pas d'autre. Il fallait revenir au point de départ. Il suivit une autre piste, qui le mena à Guimarães, chez les dominicaines de Sainte-Rose. En effet, un enfant de sexe féminin était sorti de ce couvent et avait été emmené par un couple de paysans de Montalegre chez qui elle gardait les chèvres. Elle s'appelait Gertrudes et était brune comme un pruneau. Ce n'était pas elle non plus. Il entendit dire qu'à l'époque où elle avait été abandonnée, les sœurs du couvent des Chagas, à Lamego, recueillaient tous les enfants des couvents les plus démunis car elles pouvaient, grâce à leurs revenus, qui étaient considérables, payer les frais de leur entretien. Il sauta sur son cheval et se rendit à Lamego. Les bonnes clarisses, qu'il trouva, les yeux pleins de larmes, en plein déménagement *, lui montrèrent les registres des entrées et des sorties des enfants abandonnés, de même que la liste des filles adoptives des autres cloîtres de l'ordre de Sainte-Claire. Aucune d'elles, ni par le nom, ni par le signalement, ne correspondait à la fille de Maria Carantonha de Montenegro. La petite avait disparu dans le *mare magnum* monastique d'Entre Douro et Minho et alentours, avant même le ressac libéral. Vivait-elle encore? Maintenant on ne la retrouverait plus que par miracle. Malgré tout, ils envoyèrent les renseignements nécessaires aux tribunaux qui s'étaient occupés de la liquidation des communautés religieuses féminines du Portugal, et allèrent même jusqu'à visiter les cloîtres de Galice.

Une fois libéré de cette tâche à son grand regret, Don Telmo se mit à faire des travaux, de grands travaux de restauration et d'embellissement du domaine, revenant à son goût du faste et de la somptuosité. Il ne pouvait pas rester un seul moment en repos. Il prenait plaisir à faire aplanir les tertres, à dresser des murets, à faire édifier des murs et des toits. Dans ce but, il embaucha une armée d'ouvriers, de maçons, de ballastiers et de bons menuisiers.

Entre-temps, sa fille, Dona Maria Carantonha, était tombée malade, minée par un mal auquel, faute de manifestations extérieures, on donnait le nom d'hébétude. Les médecins disaient que cette maladie avait son

* Un décret du 28 mai 1834 supprima tous les ordres religieux et sécularisa leurs biens.

siège dans l'âme, sur laquelle ni les remèdes ni les saignées n'avaient d'effet. On avait beau l'entourer d'affection, il n'y avait pas moyen de venir à bout de cette profonde mélancolie, surtout depuis que son fils était parti à Braga. Don Telmo se dit que le grand manoir était trop silencieux et l'atmosphère chargée de spectres. Pour d'aussi grandes pièces, ils étaient trop peu nombreux. Alors, il fit venir de Salvatierra ses deux sœurs qu'il avait laissées là-bas jouir du patrimoine, deux vieilles filles sur lesquelles le temps n'avait pas de prise, dures, hiératiques, de vraies Castillanes, plus castillanes que la Sierra Morena. L'une d'elles s'appelait Dolores, et elle était si vaniteuse, si crédule et si archaïque qu'il aurait suffi de changer quelques lettres à son nom pour qu'elle fût la réincarnation de la Dolorida * de *L'Ingénieux Gentilhomme*. L'autre, Doña Escolastica, était très portée sur la prière; philosophe à ses heures, elle connaissait une quantité infinie d'adages, et savait confectionner mieux que n'importe quelle nonne confitures et friandises. Ces deux ombres contribueraient à peupler les salons déserts du manoir, et il faut reconnaître qu'elles les peuplèrent de fantasmagorie et de métaphysique. Enveloppés dans leurs crêpes noirs, ces personnages ne manquaient pas d'allure à côté d'une corbeille à ouvrage ou d'un carreau à faire la dentelle. Quand ils rencontraient d'aussi respectables matrones, les abbés rubiconds se signaient mentalement, très impressionnés, en les prenant pour des ectoplasmes de duègnes du temps de Philippe II.

Poussé par ce besoin d'activité qui le caractérisait et

* *La dueña dolorida* (la duègne doloride, ou affligée), personnage du *Quichotte*.

qui était son faible ou son fort, Don Telmo entreprit de démolir les masures d'Espinheiro et eut l'idée d'en utiliser les pierres pour refaire les murs de la propriété. C'était une tâche de longue haleine, mais, une fois le plan établi, rien ne le fit reculer. Peu à peu, du côté du sud, où la circulation et les pluies torrentielles avaient profondément raviné le chemin, on édifia une sorte de muraille féodale, solide et destinée à durer éternellement. Il fit aussi restaurer les murs d'enceinte de la propriété, du côté de Moldes, le long de l'artère qui reliait les villages entre eux, en y ménageant des fenêtres par où serviteurs et régisseurs pourraient voir passer les processions et s'agenouiller au passage du seigneur...

L'une des ailes de la maison, construite deux bons siècles plus tôt, du temps de Philippe II, par le licencié Gonçalo da Cunha, menaçait de tomber en ruine. Il n'y regarda pas à deux fois et la fit abattre. Puis, sur les fondations, il entreprit une reconstruction qui n'avait que le défaut de négliger la sobre et élégante simplicité du style primitif et d'adopter ce qui était alors à la mode, un magnifique style Jean V *, avec de hautes fenêtres pourvues de beaux chambranles et garnies de balcons, d'une corniche et d'un grand piédroit.

Don Telmo était à Romarigães une sorte de Laurent le Magnifique. L'ancien grenier à céréales était en ruines et laissait entrer les mulots. Le mulot est une entité quasi mythologique du Minho qui pénètre dans les panières sans que personne s'en rende compte, sans qu'on voie par où il entre, et qui grignote des boisseaux

*** Roi du Portugal de 1707 à 1750. Son règne se distingua par des dépenses somptuaires, notamment dans le domaine architectural, où le baroque portugais atteint son apogée.**

et des boisseaux d'épis de maïs. Est-ce le campagnol, est-ce la musaraigne, ou tout simplement le régisseur ? A l'ombre de leurs maléfices, le propriétaire du Minho est contraint d'accorder son pardon – encore une autre habitude locale – à ses serviteurs et à ses fermiers.

Pour se débarrasser une bonne fois pour toutes de ce farfadet méphistophélique, Don Telmo fit remplacer dans le grenier à maïs les planches de chêne pourries en les faisant alterner avec de petites colonnes en pierre. Surmonté d'un toit ressemblant à un grand chapeau à larges bords, paré d'un seuil de granit, et si grand qu'il n'a certainement pas son pareil dans cette riche contrée céréalière d'entre les deux fleuves, il s'impose de toute la longueur de ses trente mètres, superbe et majestueux, tel un véritable temple de Cérès.

Son caractère particulier d'homme entreprenant et insatisfait se manifestait de toutes sortes de façons. Pour ce qui est des vaches, il fit l'acquisition, dans les foires de Padornelo, de Paredes et de Ponte de Lima, des plus belles bêtes qu'on y eût jamais vues, sans regarder au prix. Quand il paissait dans le pré, le troupeau faisait pâlir d'envie les éleveurs. Il n'y avait rien de plus parfait. Le moindre défaut dans les cornes, une allure un tant soit peu irrégulière, et il n'en voulait plus dans son étable. Il avait là d'authentiques génisses de Barroso, avec des cornes en forme de lyre, longues et harmonieuses comme des hexamètres. Un taureau acheté dans le meilleur élevage, noble et impétueux, mugissait dans l'étable, et les entrailles des génisses palpitaient à l'idée du dard ardent qui allait les féconder.

Tous les matins, après que la nuit lui avait porté

conseil, comme au vieux Nestor, il se réveillait avec une idée nouvelle. Il lui vint à l'esprit de repeupler le ruisseau et l'étang avec les grosses truites si belles qui avaient fait l'admiration du licencié Gonçalo da Cunha. Et il envoya tous les coquins à sa solde les plus susceptibles de lui rapporter de bonnes espèces vivantes explorer le Coura, la rivière la plus riche en truites de tout l'univers. Cela lui coûta les yeux de la tête, mais il eut la satisfaction de voir les eaux de son domaine agrémentées de ces salmonidés aussi beaux que délectables. Pourtant, il ne permettait pas qu'on y touchât. Dona Maria Carantonha, si souvent contrariée de ne pouvoir présenter à ses hôtes de qualité un menu digne de ce nom, allait trouver cet intraitable Artaxerxès et lui demandait sur un ton suppliant :

– Vous permettez qu'Antonio aille pêcher une petite truite dans la rivière, père... ?

Il s'indignait. Les truites n'étaient pas là pour qu'on se remplît la panse; elles étaient au contraire comme les paons ou comme le blason sur le linteau du portail. Pouvait-on concevoir un domaine ancestral, appartenant à d'authentiques aristocrates, sans toutes ces belles choses inutiles en guise d'ornement? Dona Maria Carantonha argumentait : les truites s'étaient tellement multipliées qu'elles se mangeaient les unes les autres. Il y en avait même une qui était une véritable ogresse...

Après ses objurgations accompagnées de hochements de tête, il finissait par transiger. Antonio pénétrait dans le trou d'eau et, sans qu'il lui en coûtât trop d'effort, il revenait avec une truite aux couleurs éclatantes scintillant sous les soubresauts de la mort, aussi grande qu'une morue.

De toute évidence, Don Telmo, vieil hidalgo espagnol sensible à l'apparat, appréciait dans les choses beaucoup plus leur beauté et leur magnificence que leur utilité. S'il avait ses vaches, c'était beaucoup plus pour leur fière allure que pour le lait ou le travail qu'elles pouvaient fournir. Cultiver les champs, remplir la fromagerie et le garde-manger n'étaient pas pour lui des fins en soi. Il en allait de même pour les viviers à truites. Il les élevait pour que ces eaux fussent autre chose qu'une étendue cristalline, vaine et déserte, où une grenouille coassait en souveraine. Il voulait que l'on vît en elles un monde vivant, coloré, à la hauteur de son faste seigneurial.

Était-il rien de plus délicieux que de contempler les truites dans le courant du petit matin, l'eau du ruisseau tombant en cascade du haut des pierres, oxygénée par la fraîcheur de la rosée et par le bleu du ciel?

Le manoir gagnait en importance et en prestige. Un authentique seigneur redorait ses blasons; fermant les yeux à la réalité immanente, il faisait réaliser tout ce qui lui passait par la tête. Et l'argent pour payer tout cela? Don Telmo contracta des emprunts qu'il dut rembourser à des taux usuraires. Puis, coup de génie, il mit à contribution Aniceto Côté Béni qui avait de l'argent à ne savoir qu'en faire. A qui destinait-il tout ce qu'il avait? – Mon héritier, c'est votre petit-fils – lui avait-il entendu dire. Puisqu'il en était ainsi, il n'avait qu'à ouvrir les cordons de sa bourse. Ce qu'il fit. Aniceto Côté Béni paya la reconstruction de l'aile du manoir qu'il avait fallu abattre; il continuait à payer la muraille de Chine qui défendait la propriété du côté du mont d'Arga; il paya le grenier à maïs, il paya les vaches, il paya les truites. L'intrépide marchand de cierges de Braga aurait payé l'univers tout entier.

Avec un banquier comme celui-là pour assurer ses arrières, dans quelle aventure le fastueux seigneur castillan ne se serait-il pas lancé, qui avait senti couler à nouveau dans ses veines le sang orgueilleux de Favila?

Le blason des Montenegro brillait sur le linteau du grand portail, tout comme celui des Cunha Antas, fondateurs de la lignée, sur la façade de la chapelle. Et l'intérieur? Il projeta alors de monter la galerie de la maison. Il n'y avait dans le salon que le portrait de Dona Joana de Azevedo, avec des yeux à fleur de tête, une petite bouche dédaigneuse, un air pincé. Pour ce qui est des autres, robustes et conquérants, dames dévotes et au sang tumultueux, il ne restait que quelques croquis, peu dignes de foi, dans l'armorial qui avait été établi par un chapelain du manoir, mi-scribe, mi-barbouilleur. C'était en somme un point de départ, quoique chiche et aléatoire. Don Telmo apprit qu'à Astorga, le village qui avait dit au prince bourguignon : *Retourne d'où tu viens, chevalier* *, demeurait un peintre qui décorait les bannières des confréries religieuses et faisait le portrait des aristocrates à l'encre de Chine ou au fusain, selon la commande, et qui était, pour l'instant, les bras ballants, attendant qu'on fît appel à lui. A Braga, on lui parla également d'un autre peintre qui vivait du côté de Penafiel, mais, dans ses peintures, les nez étaient toujours de travers et les visages avaient une expression peu engageante. Don Telmo voulait voir dans les ascendants

* Allusion au comte Henri de Bourgogne, père du fondateur de la première dynastie portugaise, qui gouverna le comté qui devait devenir le Portugal, ainsi que les régions de Zamora, Oca et Astorga où il mourut en 1112.

de son petit-fils des gens *recios* *, avec un visage sévère mais racé, ne ressemblant pas au commun des mortels. Le peintre d'Astorga avait peint une *Cène* pour l'église matrice d'El Barco de Valdorras, qui faisait l'admiration de tous ceux qui la voyaient. Les apôtres, qui assistaient aux agapes autour du divin Maître, donnaient l'impression d'être en chair et en os, à tu et à toi les uns avec les autres, comme dans l'auberge du *Cojo* **, à Orense. Au centre se trouvait l'Agneau pascal, peint d'une façon si réaliste qu'il ne vous aurait pas davantage fait venir l'eau à la bouche s'il vous était arrivé tout doré sur un plateau au sortir du four.

Il fit venir le prodige. Ce dernier arriva incontinent. C'était un homme entre deux âges, au visage glabre, coiffé d'un béret, avec des yeux bleus et arborant un léger sourire dont on ne savait s'il était moqueur ou avenant.

– J'aimerais que vous fassiez le portrait des seigneurs de ce domaine. Pouvez-vous le faire?

– Voyons cela. Où sont-ils?

– Le premier est dans la chapelle de Rubiães. Il ne reste que ses cendres...

– Avez-vous quelque croquis le représentant?

– Pour ce bonhomme, je n'ai rien du tout.

– Alors?

– Vous n'avez qu'à inventer. C'était un prêtre et, à ce que j'ai entendu dire, il adorait Dieu, ça oui, mais il n'adorait pas moins les femmes et la dive bouteille.

* En espagnol dans le texte : *de caractère*.
** En espagnol dans le texte : *le Boiteux*.

Faites-le-moi bien en chair, le teint vif, avec de grosses lèvres...

– Avec un double menton et un cou de taureau...? renchérit le peintre avec la même expression indescriptible et ambiguë.

– Pourquoi pas? Mais ne me faites pas du fondateur de la maison un personnage ridicule, dit Don Telmo, en regardant fixement l'iris insondable du peintre.

– Soyez sans crainte, je représenterai le prêtre traditionnel du Minho et de la Galice. Qui a sa place au paradis, n'est-ce pas...? Qui ne quitte la terre que pour aller au ciel...

– Faites donc. Voici le nobiliaire. Tenez... Cet homme qui a tout d'un infant de Lara * est le fils du licencié et le premier seigneur en titre.

Don Telmo avait ouvert les archives généalogiques et désignait un portrait au lavis.

– Il a la bouche d'un homme du commun. Malgré tout il donne l'impression de ne pas manquer d'autorité, commenta le peintre.

– Sachez qu'il a été capitaine de milice et qu'il a fait la guerre. Représentez-le-moi avec d'épais sourcils, un regard étincelant et l'épée au côté. Vous comprenez, il nous faut mettre en valeur la lignée.

– Très bien. Et ensuite?

– Ensuite, cette brave matrone, ni chair ni poisson. Faites-en une dame de grande classe, droite comme un if. Donnez-lui l'air le plus aristocratique que vous pourrez.

* Allusion à la fameuse légende médiévale des sept infants de Lara qui, alors qu'ils essayaient de libérer leur père, prisonnier à Cordoue, furent assassinés par leur oncle. Leur histoire est à l'origine de « romances » ainsi que de nombreux poèmes et œuvres dramatiques.

– On peut la représenter jouant de la harpe ou une fleur de lys à la main...

– Que nenni. Une dame de haut rang, mais provinciale. N'oubliez pas que nous sommes à la campagne, à cent lieues de la cour.

– Je pourrais la représenter avec un lévrier à ses côtés, en train d'effeuiller pensivement une marguerite...

– Non, non, représentez-la plus terre à terre.

– J'y suis. Vous ne voulez pas une dame portée à la rêverie. Vous voulez quelqu'un de robuste. Et si je lui donnais un rouet... ? Ou alors, si je la montrais occupée à traire une chèvre... ?

– Le rouet, ça fait trop commun. Et pour ce qui est des chèvres, il n'en est pas question. Il se trouve justement que sa bru était originaire de Portela das Cabras *, ce qui ne lui a rapporté ni honneur ni profit, mais rien que des contrariétés. Je préfère un carreau de dentelière. Maintenant, voici son fils. Lui, c'était quelqu'un. Il a été le premier familier du Saint-Office de la maison, qui en a fourni un grand nombre...

– Sale affaire...

– N'en croyez rien! La charge de familier tenait lieu, j'en suis persuadé, pour celui qui en était titulaire, d'une sorte de sauf-conduit très appréciable. Il pouvait se permettre de ne pas aller à la messe tous les jours sans que personne lui demande de comptes. Il pouvait manger de la viande les jours maigres, et aucun sbire ne venait lui mettre la main au collet. C'était finalement le meilleur moyen de dormir sur ses deux oreilles, car on était sûr d'échapper au cachot. On se servait rarement de cette

* Littéralement : *col des Chèvres.*

charge en matière de religion. C'est ce Luis da Cunha qui a fait édifier la chapelle que je vous ai montrée, et cela suffit pour qu'on lui pardonne tous les crimes du monde, même d'avoir été familier du Saint-Office, en admettant qu'il ait fait brûler une demi-douzaine de juifs et autant d'hérétiques.

– Seigneur Dieu! Ici, il a l'air gentil et beau garçon. Grand, blond et candide. L'était-il réellement?

– Plus ou moins, d'après l'idée que je me fais de lui. Faites-en un homme qui inspire la sympathie. Imaginez que vous avez fait son portrait dans la force de l'âge, beau et un peu écervelé. Sa femme, c'est la personne que vous voyez ici sur cette peinture de Josefa de Obidos *...

Le peintre contempla la jeune femme mince et séduisante, avec ses frisons voletant sur un grand front à la Dürer, un fin visage angélique et voluptueux, une petite bouche faite pour les baisers honnêtes.

– Avec son air de personnage de conte de fées, dit-il, elle devait être de ces femmes qu'un mystique espagnol aurait qualifiée de délicieuse. Ce sont celles qui rendent les hommes fous et causent leur désespoir.

– En vérité, Dona Joana a été une femme exemplaire, ce qui ne l'a pas empêchée d'être voluptueuse. En revanche, celle-ci – et il désigna sur l'illuminure du nobiliaire une dame aux cheveux tressés à la Velasquez, à l'attitude réservée, sans pour autant avoir l'air d'avoir froid aux yeux – mine de rien, elle n'a pas été un prix de vertu.

* Josefa de Ayala Cabreira naquit à Séville en 1630 et mourut à Obidos en 1684. Elle est issue d'une famille de peintres : son oncle était un disciple de Zurbarán.

– C'est qu'elle a su profiter de la vie, rétorqua le peintre d'un air canaille. C'est tout ce qu'on peut avoir ici-bas.

Don Telmo, voyant qu'il avait à faire à un homme peu respectueux des commandements de Dieu, fit observer :

– Sachez, mon ami, que vous vous trouvez dans une maison dont tous les représentants, même les moins recommandables, étaient catholiques jusqu'au bout des ongles. Il est vrai que certains ont péché, mais cela ne change rien à l'affaire. Si le péché n'existait pas, la cité de Dieu n'aurait pas de raison d'être. Pourquoi diable y aurait-il des saints martyrs de par le monde, des docteurs en théologie passant leur vie à s'esquinter les yeux sur les livres sacrés, et des flammes en enfer ? Une maison noble sans pécheurs est plus ennuyeuse qu'une noce sans beuverie.

– Vive les pécheurs qui sont le piment et l'agrément de la vie! s'exclama le peintre. C'est des gens comme ça que j'aime peindre. Alors vraiment, cette Dona Angélica a donné des coups de canif dans le contrat de mariage?

– C'est ce qu'on suppose, répondit Don Telmo, gagné par la bonhomie et la médisance lyrique du peintre. Mais n'allez pas m'en faire une Messaline...

– Ne craignez rien, je représenterai une vertueuse Lucrèce. Une Lucrèce chaste comme un lys. Ensuite?

– Nous avons ici une certaine Dona Silvana de Bravães, qui est morte d'un coup de corne donné par une vache. Selon la légende, l'une des pointes lui a perforé l'intestin et est ressortie dans le dos.

– Sapristi, voilà une vache digne de figurer dans la race des Miuras *!

– Le seigneur du manoir l'a fait abattre sur le champ.

– Quel barbare! L'a-t-il mangée au moins ou en a-t-il fait faire des biftecks...?

– Ne vous moquez pas. Au Portugal, la justice punit aussi bien les hommes que les animaux. Il est arrivé récemment la même aventure aux mules qui avaient renversé la voiture dans laquelle voyageait Dom Miguel. Le prince s'est cassé une jambe, mais les mules ont été jugées et mises à mort. Vous n'en avez pas entendu parler?

– Non, des nouvelles aussi grandioses ne parviennent pas jusqu'à Zamora. On peut représenter la dame avec, à ses côtés, la vache pleurant des larmes de repentir...

– Pas question de faire de caricature. Veillez bien à ce qu'au Portugal on ne vous prenne pas en train de vous moquer. Je suis un nouveau venu dans cette maison, un Espagnol comme vous, *senõr*. Dans mon lignage on trouve des diables et des saints, des cas d'adultère, d'inceste, et aussi des âmes pures, tous à un degré supérieur. Les gens de cette maison, jusqu'à l'époque où sont arrivés ceux de mon sang, ont des vertus et des défauts en mode mineur, ils sont un tantinet honnêtes, un tantinet généreux, un tantinet gredins, un tantinet voleurs. C'est à cette même aune qu'il faut mesurer cette province, dont le nom semble précisément être l'écho de telles dimensions **. Mais surtout, ne le répétez pas!

Le peintre ignorait si le vieux gentilhomme plaisantait

* Célèbre élevage de taureaux de combat en Andalousie.

** Dans le texte portugais, le suffixe *inho*, que les différents adjectifs de la première phrase ont en commun avec le nom de la province – Minho –, a valeur de diminutif.

ou parlait sérieusement, s'il le taquinait ou s'il se contentait de bavarder. Alors, ne sachant trop sur quel pied danser, il dit :

– Je procéderai comme si j'étais un cicérone du panthéon. Tous les hommes seront grands, magnifiques, héroïques, et toutes les femmes belles et pudiques. Cela vous convient-il ?

– Tout à fait. Pourtant, faites en sorte que les hommes soient de vrais hommes, et que les femmes soient appétissantes. Elles ne sont pas venues sur terre pour être canonisées, alors autant en faire des saintes nitouches plutôt que des parangons de vertu.

– Comme vous voudrez.

Cas par cas, Don Telmo esquissa devant lui le portrait psychologique des seigneurs du manoir, en soulignant les traits les plus caractéristiques : celui-ci, représentez-le-moi comme quelqu'un qui a la tête près du bonnet, celui-là comme un rêveur toujours dans les nuages, ce troisième comme un honnête bourgeois.

– Très bien.

– Quand vous en serez arrivé à notre époque, prenez garde. Je veux que mon petit-fils, dont vous aurez l'occasion de faire le portrait quand il viendra en vacances, et qui est l'héritier en titre, soit beau comme un séraphin. Cette dame en noir, triste et inconsolable, est sa mère et ma fille. On n'a jamais vu de plus noble cœur dans toute l'Espagne.

– D'accord. Et vous, Monsieur ?

– Oui, moi aussi, je veux figurer dans la galerie en tant que patriarche des Montenegro. Regardez-moi bien, de quoi ai-je l'air ?

– D'un vrai hidalgo.

– C'est tout ?

– Un tant soit peu original, comme tous les Espagnols, autant que nous sommes : orgueilleux, un rien extravagant, mais au fond, bon comme le pain.

– Pas du tout, pas du tout. Je ne suis pas quelqu'un de bon, et je ne veux pas en avoir l'air. Représentez-moi tel que vous me voyez, extravagant, fou, quichottesque, avec de terribles moustaches, et surtout pas moins terribles qu'elles ne le sont. Mettez-moi une épée de gentilhomme au côté. Non, pas au côté, car cela ne se fait plus. Sur un coussin, à ma droite. Ajoutez-y une rose. Pour que plus tard on puisse dire en me voyant : voilà un vrai Montenegro!

XVI

Telmo de Montenegro se rendait tous les matins au collège de la *Vierge Sans Peur,* flanqué d'un apprenti de l'atelier qui portait le sac contenant les livres accroché à un doigt. Bien qu'il fût aux petits soins pour son fils adoptif, le marchand de cire n'allait pas jusqu'à lui offrir un laquais en livrée. C'était son sens de la parcimonie qui le lui interdisait, car pour le reste il était attiré au plus haut point par le faste et la magnificence.

Le garçonnet cheminait dans les rues pleines de curés qui allaient dire la messe dans leurs églises et de bigotes qui allaient y assister, de gens des faubourgs avec leurs ânes et leurs croupières débordant de marchandises, d'ouvriers partant d'un pas alerte à leur travail. Il s'arrêtait là où le portait sa curiosité et se remettait en route une fois qu'il avait vu ce qui l'intéressait, ou quand il avait distrait son esprit par une joute oratoire entre marchands à la criée ou par une éventuelle histoire entendue au passage. Dans cette promenade matinale, il avait pris l'habitude de s'arrêter plus particulièrement devant l'entrée de l'église de Notre-Dame de Populo dont les premiers offices attiraient les matrones bien en vue, accompagnées de leur fort intéressantes fillettes.

En dépit de son jeune âge, Telmo commençait à courir les jupons, d'après les rapports du page, retranscrits dans le langage du marchand de cierges. Vile calomnie, sans doute. Ce qu'il faisait d'instinct, sans que personne le lui eût appris, c'était échanger des regards langoureux avec les jeunes dévotes coiffées d'une mantille noire et portant un petit missel doré à la main. Dans cette ville, où la seule occupation consiste à s'intéresser à la vie des autres, elles savaient qui était le fils du marchand de cierges, enfant trouvé quoique nanti d'un nom aristocratique. Un halo plus réaliste que romantique auréolait son front, qui n'était pas vilain. Mais si les préjugés nobiliaires de ces demoiselles n'avaient que dédain pour la profession du père de Telmo, leurs mamans étaient là pour évaluer la quantité de doublons qu'il représentait. Une certaine Dona Engracia Verissimo Limpo de Sousa, héritière de São Salvador de Trandeiras, ne le qualifiait-elle pas de « garçon en or massif » en lui attribuant et le domaine de Romarigães et le pécule de Côté Béni ? Et tout naturellement, comme il convient à un « garçon en or massif », elles se composaient la physionomie la plus gracieuse et la plus attrayante que l'on puisse demander à une éventuelle belle-mère. Mais, devant le garçonnet aux grands yeux noirs, les petiotes elles-mêmes, pourtant si viscéralement imbues de leurs origines suèves, non seulement ne lui tournaient plus le dos, mais finissaient même par se le disputer en usant de mille ruses. Leurs amourettes se passaient plus *in mente* et en tapinois qu'autrement; cependant, elles le cachaient à leurs amies et à leurs cousines, ce à quoi se limitaient leur malice et le penchant naturel de leurs cœurs sensibles.

Un tour du côté de la fontaine de la Porte du Souto, un autre sur la place de la foire, si c'était jour de marché, et il arrivait au collège quand les cours étaient déjà bien avancés, ou dans la salle d'étude quand les internes en avaient par-dessus la tête de seriner *rosa rosa rosam*. Les préfets ne pouvaient pas le souffrir parce qu'il perturbait les classes. Par contre les maîtres louaient son intelligence, peut-être à juste titre, mais surtout pour pouvoir lui décerner le titre de tête en l'air et de sécheur de cours numéro un de l'établissement. En tant que tel, ils considéraient qu'il présentait un risque sérieux de contagion. Mais, compte tenu de ce qu'il était, ils ne pouvaient faire autrement que l'accepter tout en levant les yeux au ciel. Si on l'interrogeait, car tout, dans cette maison, obéissait aux préceptes scolastiques de saint Ignace de Loyola, il déclarait avec une effronterie sans pareille qu'il ne savait pas sa leçon : on ne lui en avait pas laissé le temps; il avait eu mal à la tête; il avait aidé son père dans la boutique... Avec la meilleure volonté du monde et en s'armant de patience, le maître condescendait à étudier la leçon avec lui au beau milieu du cours. Au bout de quelques pages, Telmo ne voulait plus rien savoir et s'entêtait à tel point dans son mutisme qu'il fallait qu'un autre vînt le remplacer.

Au début, dans ses rapports avec ses condisciples, il s'était prévalu de la supériorité naturelle que lui conférait sa situation de fils à papa, et sa façon de répondre aux maîtres, avec insolence et cynisme. Mais il fit des bourdes si retentissantes qu'elles finirent par déclencher dans les rangs un chahut de tous les diables. Au chahut succéda la raillerie. Une fois, dans le couloir, Telmo asséna deux coups de poing au premier rieur venu et s'empoigna vaillamment avec un second, plus vieux que lui, qui avait couru au secours de sa victime, et qui n'était autre que José Teles Girão da Paxiuta, grand nom de Bracara Augusta. Cet élève avait une bonne tête de plus que lui, mais Telmo, hargneux comme un petit coq, lui sauta au visage avec tant d'impétuosité et d'acharnement que le grand gaillard dut demander grâce en se protégeant le visage à deux mains, telle une autruche devant le danger, pour ne pas recevoir davantage de horions. Du coup, les autres respectèrent Telmo à cause de sa vaillance, mais lui, de son côté, devint plus réservé. Il n'ouvrit plus jamais la bouche, craignant de mettre en émoi toutes ces poules mouillées. Il était donc rare qu'on entendît sa voix pendant les cours du père Inocencio, un chanoine qui s'enfournait une incroyable quantité de tabac à priser dans les narines – vastes citernes caverneuses au bord desquelles poussaient d'épais buissons –, à la façon des chasseurs lorsqu'ils bourrent leur fusil en mesurant la poudre dans le creux de la main. De même, quand il étoupillait une de ses narines en pressant un doigt sur l'autre, les parois de la caverne aspiraient bruyamment et sifflaient avant d'expulser un nuage de particules immondes qui recouvrait le ciel alentour et laissait retomber par terre les scories du Vésuve.

Pourtant le père Inocencio était un maître ès latinités et passait pour rédiger, à la chambre ecclésiastique, les correspondances avec le Saint-Siège dans une langue qui, pour mieux célébrer la Sainte Vierge, s'était tout d'abord exercée à changer les cabrioles des faunes et des nymphes.

Prévenu par le directeur du collège, Aniceto Côté Béni n'eut pas le courage de censurer la mauvaise conduite du garçon; il aurait bien voulu, mais cela lui fendait le cœur. Doté d'une nature tout à fait hors du commun, d'une part obstiné et n'en faisant qu'à sa tête, d'autre part susceptible au dernier degré, Telmo était l'enfant le plus difficile à manœuvrer qu'on puisse imaginer. Après tout, ces histoires de collèges et de couvents, se disait Aniceto avec philosophie, il fallait les laisser à ceux à qui elles convenaient. Telmo ne supportait pas la discipline imposée aux élèves par la férule et les verges. Et ne parlons pas des contraintes pédagogiques. Le règlement engendrait des moutons et, bien ou mal, cet enfant aimait à penser par lui-même. Les élèves, généralement cadets de familles de passementiers et parfois de riches marchands, ou filleuls de ces messieurs les chanoines, n'avaient pas besoin d'avoir d'autres idées que celles que leur inculquaient les pères, prisonniers à leur tour des vieux livres d'étude aristotéliciens. Dans ces conditions, comme ils n'avaient pas d'idées personnelles, ils n'étaient pas enclins naturellement à en accepter chez les autres. Il s'agissait bien entendu d'idées banales, tout juste bonnes pour Braga et pour un usage domestique, n'ayant rien à voir avec la preuve ontologique, source lumineuse du système divin, des idées subalternes en somme, des idées de rien du tout et dont est faite la personnalité de tout un chacun, celle de l'habitant de Braga en particulier. Or Telmo, qui était riche, indomptable, mal élevé, enfant gâté, était tout le contraire de ces minables dressés sur la pointe des pieds pour avoir leur part du banquet de la vie. La seule chose qui comptait à leurs yeux était d'obtenir leur habilitation et d'y parvenir. Ils s'en sortaient en apprenant par cœur les précis et les auteurs du programme. En définitive, tout ce qu'il fallait, c'était une bonne mémoire. Pour en être pourvu, on s'adressait à l'infaillible sainte Catherine, avocate des étudiants auprès du Saint-Esprit. Ils la priaient tous les matins lors de la messe obligatoire, lorsqu'ils récitaient le chapelet, obligatoire lui aussi, et à l'occasion des autres prières liturgiques récitées avant et après le déjeuner et le dîner. Telmo, qui ne partageait pas les maigres repas du collège, passait pour libertin. Libertin en pensée et en actes.

On exposa à Aniceto Côté Béni les arguments suivants : cet enfant ne travaillait pas, cet enfant était un mauvais exemple dans le troupeau docile des élèves, cet enfant était nul en latin, tant et si bien que Felismina s'en fut trouver le fabricant de santons Badalhocas pour qu'il lui fît une statuette de la vierge sainte d'Alexandrie. Moins d'une semaine plus tard, l'artisan lui remit une statuette, de celles auxquelles on donnait le nom de « moutards », selon une comparaison irrévérencieuse et de mauvais goût : svelte, rubiconde et jolie comme un cœur. Elle l'installa illico dans la chambre du garçonnet, sur la commode, à côté d'une lampe à huile perpétuellement allumée.

Mais le miracle n'eut pas lieu. A vrai dire, Telmo n'était pas sot. Seulement, il n'avait pas envie de se casser la tête. En sorte que l'ineffable Eutrope * que les autres chantonnaient, sifflaient, connaissaient sur le bout du doigt, ne parvint pas à traverser les différentes couches de son cerveau imperméable à la lymphe insi-

* Historien latin du IVe siècle. Il écrivit un *Brevarium Historiae Romanae* très apprécié au Moyen Age.

pide de ce marécage latinisant. Chaque fois qu'Aniceto Côté Béni envoyait de la cire à la chapelle du collège, il n'oubliait jamais de préciser au révérend père Mariano :

– Cet enfant ne se destine pas à la carrière ecclésiastique, mon révérend. Soyez indulgent avec lui. C'est un aristocrate des pieds à la tête. Savez-vous ce qu'il lui faudrait apprendre ? Les belles manières qui mettent un homme en valeur à la cour ou dans la société. Nous avons même pensé à l'envoyer au collège des Nobles à Lisbonne. Mais cela nous aurait davantage privé de lui. Je m'y suis fermement opposé : non, non et non.

– C'est pourtant ce qui lui aurait convenu. La vocation du collège de la *Vierge sans Peur* est de former plus particulièrement des hommes d'Église, ministres de notre sainte religion...

– Je le sais bien ! Ah ! Je donnerais cher pour le voir tonsuré ! J'en ai rêvé jusqu'au jour où le seigneur de Romarigães est entré dans ma boutique. J'ai résisté tant que j'ai pu. Qu'est-ce que c'est que cette justice qui autorise un père dénaturé à m'enlever l'enfant après l'avoir abandonné ? Ce gredin n'est plus de ce monde, que la terre lui soit légère ! Mais, comme je vous le disais, mon petit est l'héritier d'un domaine, un riche domaine qui a été fondé à la fin du XVIIe siècle, et pour lui, étudier votre *Eutrope*, cela revient à mettre un emplâtre sur une jambe de bois. Vous voyez bien qu'il ne peut se mettre dans la caboche ni le latin ni la grammaire. Ce dont il aura besoin, c'est de bien parler, d'être sociable, de tourner une lettre comme il faut et d'écrire dans toutes les calligraphies, d'être en somme un parfait gentilhomme.

Le père Mariano, qui n'avait pas envie que le marchand de cierges lui présentât des notes trop salées, prit acte des propos de l'importun. Pour une bagatelle, à laquelle tout payeur attache un grand prix, on passe parfois des marchés de ce genre avec Mercure. On ne remarque pas la disproportion qui existe entre le service rendu et le profit qu'on en retire. Quoi qu'il en soit, le fait est que la situation de Telmo, du point de vue de sa commodité personnelle, s'améliora. On se mit à le considérer comme un auditeur libre, une sorte d'héritier de la couronne qui n'a pas besoin de se torturer l'esprit pour exercer la fonction à laquelle la grâce divine l'a destiné.

Telmo de Montenegro n'était pas meilleur élève en grammaire qu'en latin. L'analyse logique ne cadrait pas avec la façon de raisonner dont la nature l'avait pourvu. Il lui semblait vain de chercher à savoir par quelles sortes d'opérations mentales on parvenait à formuler telle ou telle idée, du moment qu'il la formulait tout aussi bien en en connaissant les mécanismes que sans les connaître. Grâce à l'expérience acquise, l'esprit devenait capable de fonctionner de façon à éliminer les contresens, les solécismes, les aberrations qui viennent se superposer à d'autres vices, lourde charge qui vous envoie les ânes bâtés en enfer. Était-il vraiment nécessaire de connaître les règles du solfège pour savoir chanter? Telmo détestait la grammaire parce qu'elle avait la prétention d'élaborer un code pour ce qui, dans l'esprit, était déjà codifié. Mais, en plus de la grammaire, avec ses règles plus ou moins hermétiques, il avait une sainte horreur de la rhétorique. Il ne se contentait pas de vouloir lui *tordre le cou* *, comme le conseillait le poète. Telmo

* En français dans le texte.

écrivait ses dissertations dans un style parlé. Le maître ne cessait de corriger dans ses rédactions le langage régional et libertin dont il émaillait ses descriptions, surtout quand celles-ci portaient sur des thèmes rustiques. L'irrigation des champs de maïs, par exemple, était pour lui un tableau vivant plein de jambes nues, fermes et hâlées, de jupes retroussées, retenues à la ceinture par un cordon, et qui dansaient la *ribaldeira* avec celles qui les portaient. Dans la description qu'il fit d'un pâturage, les vaches blondes, au pis gonflé comme des outres, aux sabots enterrés dans l'herbe, arboraient « une paire de cornes plus imposante que celle de certain roi de notre connaissance ». Tel que. Cette fois-là, il se fit sonner les cloches.

– Alors comme ça, vous qui êtes de la noblesse, vous osez railler et, plus que railler, injurier de façon insidieuse l'auguste personne d'un monarque, paix à son âme ? Avez-vous perdu la tête ?

– Tout le monde sait bien que sur la demi-douzaine d'enfants qui sont nés dans l'étable de Sa Majesté, aucun n'était de lui. La vérité avant tout.

– La vérité ? Ah çà ! mais quelle vérité ? Calomnie !

On le prit en grippe à cause de facéties de ce genre et d'autres du même style. Un jour, il y eut un vif échange de propos au sujet de l'explication d'une page d'un auteur régional, qui décrivait les terres traversées par le Minho, battues par l'hiver. Selon l'interprétation du maître, les terres avaient reverdi sous l'effet des pluies hivernales, et selon celle de l'enfant, elles avaient été brûlées par les intempéries. Et un mot poussant l'autre :
– C'est que, dans mon domaine de Notre-Dame du Bon-

Secours, j'ai souvent entendu les valets de ferme employer ce mot dans ce sens. – C'est que vous ne faites pas attention à ce qu'on vous dit et que vous racontez n'importe quoi –, le garçonnet lui lança alors de l'air le plus impertinent qui soit :

– Vous vous trompez lourdement, mon père. Vous n'avez jamais fréquenté les gens de chez nous en dehors des murs de Braga. Vous ne les avez jamais entendu parler. Vous savez ce que c'est qu'une binette ? Et un épi de maïs ? Vous faites-vous une idée précise de ce qu'est un pâturage... ?

– Vous êtes un idiot, mon garçon.

– Idiot vous-même, qui n'êtes qu'un papelard. Vous avez buté sur le mot « battre », et je vois bien pourquoi. Il vous a fait penser à un autre qui lui ressemble, n'est-ce pas ? Un mot qui indique ce qui va vous arriver une fois qu'on vous aura mis une chabraque sur le dos. Est-ce que je me trompe ?

Le silence se fit, dans la classe frappée de stupeur, puis on chuchota le mot, si particulier au dictionnaire des meuniers et des muletiers. Ce fut presque instantané. Le maître devint blanc comme un linge, il referma son livre violemment, se saisit de son tricorne, et, sans le mettre, sortit de la salle. Sans dire un mot et fou de rage, il fila tout droit chez le directeur. Ce dernier convoqua l'enfant insolent et grand d'Espagne. Il le réprimanda, le rappela à l'ordre, puis, quand il pensa l'avoir fléchi et ramené à la raison par son sermon, il lui dit :

– Par égard pour Monsieur Côté Béni et par respect pour la mémoire de votre grand-oncle, Monseigneur Domingos da Cunha, doyen de notre glorieux diocèse, le père Hilarião, votre digne professeur de grammaire, condescend à accepter vos excuses dans la classe, en présence de tous les élèves...

– Je ne présenterai pas la moindre excuse au père Hilarião. Non seulement le révérend est un parfait ignorant, mais par-dessus le marché il a cherché à m'humilier et m'a offensé. Il m'a traité d'idiot. L'idiot, c'est lui, ainsi que son père, qui ne savait pas ce qu'il faisait quand il l'a engendré.

– Il a cherché à vous humilier en vous disant que vous ne saviez rien de rien? Vous voulez rire! Que peut-on bien savoir à votre âge, même si on a une intelligence hors du commun, voulez-vous avoir l'obligeance de me le dire?... Vous n'avez pas honte? Il faut manger beaucoup de sel et passer beaucoup de nuits à s'user les yeux sur les livres pour savoir qu'on ne sait rien. Vous êtes à l'âge où l'on est bête, Monsieur, et c'est là votre excuse. Vous ne travaillez pas, vous n'ouvrez jamais un livre, vous vous imaginez qu'on peut avoir la science infuse. Voulez-vous que je vous dise le fin mot de tout cela? Vous êtes un enfant gâté. On vous a pourri à force de vous gâter.

– Puis-je me retirer?

– Oui, mais dites-vous bien que c'est une bonne fois pour toutes. Nous ne pouvons en aucune façon fermer les yeux sur votre insolence. Ou vous faites des excuses ou vous êtes renvoyé du collège. Vous avez le choix. Mais auparavant, je vous demande de réfléchir un instant au chagrin que vous allez causer à votre famille...

– C'est tout réfléchi. Vous n'avez rien d'autre à me dire, mon père?

Le père Mariano, qui était d'un tempérament sanguin, fut tenté de le mettre dehors à coups de pied dans le derrière. Mais il pensa au prix de la cire de Côté Béni, qui pourrait augmenter :

– Faites votre examen de conscience. Si tant est qu'un garnement de votre espèce puisse avoir une conscience.

– Eh bien, j'en ai une, mon père, et je l'ai déjà consultée. Pas plus tard qu'hier, le père Furão nous disait en classe : *ego sum qui sum*. Moi aussi, je suis comme je suis.

Aniceto Côté Béni fut informé du coup d'éclat provoqué par l'insolence de son fils adoptif. Le père Hilarião passait pour être à Braga l'un des sept sages de la Grèce, ressuscité, comme on peut l'imaginer, pour la plus grande gloire de l'archevêché. Côté Béni ne le connaissait pas sous cet angle, mais sous un autre : comme quelqu'un qui expédiait la messe en deux temps trois mouvements. A lui seul, il en avait à son actif plus de trois mille par an. Il ne savait les dire qu'en en avalant la moitié. C'est ce que répétait à tous les échos la servante, qu'il avait mise à la porte parce qu'elle était la maîtresse du sacristain de Santa Cruz, et qui avait abouti dans l'atelier de Côté Béni, où elle gagnait trois sous. Elle jurait ses grands dieux que c'était la pire des calomnies et, prenant le ciel à témoin, elle affirmait, sur son âme, que le misérable n'avait inventé cette histoire que pour ne pas lui payer les six mois de gages qu'il lui devait. Toutes ces messes, dont certaines à cent vingt réaux, ce qui était un prix exorbitant, auraient dû remplir le royaume du ciel d'âmes venant de Braga, selon les attestations données à leurs exécuteurs testamentaires.

Mais, étant donné le nombre d'âmes en peine qui hantaient les ruelles de la ville en pleine nuit en se lamentant à grands cris, elles allaient tout droit en enfer, toutes autant qu'elles étaient. Et qui en était le principal responsable ? C'était aussi bien Hilarião que la diminution des ventes dans la boutique de Côté Béni. C'est à cause de tout cela que le fabricant de bougies et autres articles de même espèce ne se donna pas la peine de chercher à faire revenir l'enfant sur une résolution aussi grave que celle qui consistait à vouloir quitter pour toujours le collège de la *Vierge Sans Peur*. Il se contenta d'envoyer un message à Don Telmo de Montenegro par le premier muletier qui se présenta : il fallait qu'il lui parle de toute urgence; ou Don Telmo voulait bien se rendre à la ville, ou alors c'était lui qui prendrait la route de Romarigães, s'il ne venait pas dans les deux jours qui suivaient. Don Telmo de Montenegro, troublé par la teneur terriblement vague du message, et rongé par l'inquiétude, fit atteler la calèche et partit pour Braga en compagnie de Dona Maria Carantonha, qui prit tout juste le temps de se jeter une mantille noire sur la tête et une cape sur les épaules. Ils descendirent la route de Pedras Finas à un train d'enfer. A Prado, on donna aux mules du pain trempé dans du vin après leur avoir mis une couverture sur le dos, car elles n'avaient pas un poil de sec, et hue cocotte! Quand ils arrivèrent, presque à la nuit, devant la porte d'Aniceto Côté Béni, et qu'ils trouvèrent ce dernier dans l'attitude qui lui était si particulière, penché sur son comptoir, les bras en avant comme des pinces de crabe, ils respirèrent. Et ils eurent aussitôt l'intuition que rien de grave ni d'alarmant n'était arrivé. Felismina était là, à côté de son mari, et si elle n'avait pas une mine réjouie, du moins avait-elle sa tête de tous les jours. Malgré cela, à peine Dona Maria Carantonha était-elle descendue de la calèche qu'elle poussa un cri angoissé qui correspondait aux sombres idées qu'elle avait pu se faire et qu'elle avait ruminées tout au long du voyage :

– Et le petit, Dona Felismina ?

– Notre petit est sorti il y a deux minutes. Il ne devrait pas tarder. Entrez donc, vous êtes en nage et si vous restez là, vous allez attraper la malemort.

Ils entrèrent. Puis vinrent les embrassades, toutes sortes de salutations, et les confidences :

– Il faut que je vous dise : il s'est amouraché des filles du corrégidor, je ne sais pas laquelle des deux, et à l'heure qu'il est, il doit roucouler sous leur balcon.

– Il se donne la bonne vie! dit Don Telmo de Montenegro y Valadares en souriant. Cela prouve que c'est un vrai gentilhomme, si son cœur est voué aux dames.

Bien qu'il résidât au Portugal depuis dix bonnes années, le gentilhomme espagnol n'avait pas une bonne connaissance du portugais, et encore moins de la littérature portugaise*. On ne peut donc lui reprocher de s'être trompé. Aniceto Côté Béni raconta avec force détails, en homme rigoureux et scrupuleux, ce qui s'était passé au collège de la *Vierge Sans Peur*. Le gentilhomme galicien partit d'un grand éclat de rire, ce qui décontenança Côté Béni, car ce dernier, ayant chaussé des cothurnes dramatiques, avait exposé l'affaire d'une voix lugubre et d'un air fort chagrin.

* Don Telmo croit citer des vers des *Lusiades* de Luis de Camoens dans lesquels le poète dédie son livre au roi Sébastien et fait son propre portrait :
« Pour vous servir, j'ai mon bras endurci au combat;
Pour vous chanter, mon âme vouée aux Muses. »

– Ne vous en faites pas pour cet enfant, mon ami, ne vous en faites pas, dit Don Telmo de sa voix sonore, sur un ton rassurant. Cela vaut mieux que d'avoir affaire à un cagot. S'il n'aime pas revenir sur ce qu'il a dit, c'est son droit, il a tout à fait raison. Moi aussi, j'étais comme ça.

– Et pouvez-vous me dire où vous allez l'envoyer, s'il vous plaît ?...

– Où je vais l'envoyer ? Tiens donc ! Là où il est chez lui. Au domaine du Bon-Secours. Où il voudra aller... Ici, chez vous, cela va de soi.

– Et il va donc rester ignorant toute sa vie ?...

– Ignorant ? Les pères vous ont faussé le jugement. Mon petit-fils est bien assez savant comme ça. C'est comme je vous le dis, mon bon ! La véritable science, c'est la vie. Notre petit Telmo en a déjà appris plus qu'il n'en faut pour être un véritable gentilhomme. Pour le mettre en garde contre les tromperies du monde, s'il a besoin de quoi que ce soit, nous avons notre chapelain... Et puis, je suis là, moi. Ne pouvons-nous pas servir à quelque chose, le chapelain et moi, hein ? A quoi donc cela sert-il d'avoir un curé chez soi ? Oui, à quoi cela me sert-il d'avoir le père Tirteu ? Il ne sait pas... Mais si, il sait, il suffit qu'il veuille, l'animal. Et moi, à quoi cela me sert-il d'avoir appris l'équitation et l'escrime ? Croyez-moi, un homme qui a du bien au soleil et des titres de noblesse a tout juste besoin de savoir signer de son nom, lire une lettre, déchiffrer ses parchemins, monter à cheval et manier les armes. Tout le reste n'est que foutaise.

– Cela était vrai du temps où l'on dansait la gaillarde ? Don Telmo ! Les choses ont changé. Aujourd'hui, on juge un homme sur ce qu'il est et sur ses aptitudes intellectuelles. D'ailleurs, le savoir ne pèse pas. Dites-moi un peu : vous-même, Don Telmo, qui êtes un bon cavalier et une fine lame, n'êtes-vous pas aussi un homme cultivé et savant? Même le père Hilarião, cette bête de l'Apocalypse qui empeste le tabac à priser, comme vous l'appelez, m'a dit il y a quelque temps : Don Telmo a certainement été à Salamanque. Il en sait plus que toute une assemblée de docteurs.

– J'ai en effet été à Salamanque, mais cela ne m'a pas servi à grand-chose. Ce que j'y ai appris est entré par ici et ressorti par là – et Don Telmo porta son index à l'une de ses oreilles, puis à l'autre. – Écoutez, mon ami, le savoir, ce savoir théorique dont on va se gaver à Coimbra et à Salamanque, il est comme la piquette dans les calebasses. Il ne se conserve pas, et même, plus on y touche et plus il s'abîme. Ce qui compte, pour mener sa barque, c'est l'expérience que l'on acquiert sa vie durant, ou plutôt quand on doit résoudre des problèmes en cours de route. La peau d'âne que délivrent les universités sert en fait à vivre aux frais de la princesse. Dans ce cas précis, oui, il vaut la peine d'user ses fonds de culotte sur les bancs des écoles supérieures. Mais, avec l'aide de Dieu, mon petit-fils n'aura pas besoin de la manne officielle. Ce n'est donc pas la peine de lui farcir la tête de choses inutiles. Il n'est pas très savant, mais je m'en moque éperdument. Si j'avais voulu lui faire obtenir un diplôme ès asinologie, je l'aurais envoyé à Coimbra. Je veux qu'il connaisse les quatre opérations pour que ses fermiers ne puissent pas le rouler dans ses comptes, et *quantum satis* de portugais et de latin de cuisine pour qu'on ne le prenne pas pour un sauvage. C'est d'ailleurs pour cette raison qu'il est venu à Braga, le pays des bonnes sacro-saintes bourriques. Si j'avais voulu qu'il porte culière et chabraque à franges, je l'aurais envoyé à l'université. Ne vous tracassez pas. Je suis même content de ce qui est arrivé. Comme ça, je retrouve mon petit. Ne faites pas cette tête-là, mon ami. L'enfant est à vous, ici ou ailleurs; vous savez bien qu'il est à vous plus qu'à quiconque. Et lui aussi vous aime plus, vous, Aniceto, et vous, Dona Felismina, que sa propre mère, qui l'a mis au monde. A vrai dire, la coupable n'est pas sa mère, sa vraie mère, Dona Maria Carantonha, ma fille, ici présente, qui ne me démentira pas. Pour lui, elle est comme une déesse. Sa maman, celle qu'il aime du fond du cœur, c'est Dona Felismina. Le coupable, c'est son gredin de père. Je souhaite que l'enfer existe pour de bon et que toutes ses fournaises soient allumées et en activité rien que pour qu'il ait le châtiment qu'il mérite.

Don Telmo de Montenegro y Valadares voyait, sur le visage du marchand de cierges, un œil lancer des éclairs à cause de ses sentences libertines et l'autre rire de ses conclusions sentimentales, quoique purement diplomatiques. Mais l'œil qui riait l'emportait sur l'œil sombre; alors, voyant qu'il avait obtenu l'effet désiré, Don Telmo se permit d'ajouter :

– J'emmène le petit avec moi, si vous êtes d'accord avec ma proposition, et s'il est d'accord lui aussi. Je ne le forcerai pas. D'ailleurs, il n'est plus un bambin qu'on emmène contre son gré. Vous dites qu'il fait les yeux doux à l'une des filles du corrégidor ? C'est bien du corrégidor Joaquim Meireles de Travanca e Ceia qu'il s'agit ? Bah, ce sont des enfantillages! Ça lui passera. Et même si ça ne lui passe pas, ce n'est pas grave. Le père appartient à une bonne maison, et c'est quelqu'un d'important; par contre, ses fils, à ce que j'ai entendu dire, sont de vrais écervelés, et même des vauriens de la pire espèce.

– C'est vrai, confirma Côté Béni. L'aîné a déshonoré une fille de la région, et ses frères lui ont aussitôt tendu une embuscade et l'ont roué de coups. Il a failli y passer. Cela ne lui a pas servi de leçon. On raconte qu'il a abusé de la nièce du chanoine Raimundo, une sainte-nitouche qui passait devant vous les yeux baissés d'un air si innocent qu'on lui aurait donné le bon Dieu sans confession.

– Oh! Son frère cadet est bien pire, cent fois pire, intervint Dona Felismina. Mais dans un autre genre. Il est connu pour être le plus grand carotteur de Braga, et pourtant, ici, on en a de fameux... Il doit de l'argent dans tous les cafés de la ville. Il en emprunte à tout le monde. Il est même venu frapper à notre porte alors qu'il ne nous connaissait que de vue, en alléguant une vague parenté avec les Cunha. Il a réussi à nous soutirer quelques dizaines de pièces d'or. Dieu fasse qu'il ne roule plus personne.

– Il est venu me trouver, moi aussi, en me racontant les mêmes sornettes : tant de parents communs d'un côté, tant de l'autre, tiercés en pal avec girons azur des uns, losanges d'argent des autres, proféra Don Telmo sur un ton condescendant. Moi aussi, il m'a extorqué je ne sais combien. Une belle somme. *Noblesse oblige* *, disait un illustre *Franciou*.

* En français dans le texte.

Ils se turent un instant pour écouter un bruit de pas qui s'approchait, sans que l'on pût savoir de qui il s'agissait car on était entre chien et loup. Ce n'était pas Telmo, alors le vieux gentilhomme reprit :

– Eh bien, ce n'est pas la meilleure façon de faire alliance avec cette maison. Le père est quelqu'un d'honorable, un homme comme il faut, digne d'estime à tous égards, parfaitement digne, une figure à l'ancienne comme je les aime. Mais il peut casser sa pipe un jour ou l'autre et ce sont ses vauriens de fils qui feront la loi dans la maison. Les jeunes filles ne seront qu'un jouet entre leurs mains. *Irribus!* Par conséquent, je ne m'oppose pas à l'inclination naissante de mon petit-fils, car ce serait cent fois pire, mais de là à l'encourager, il n'en est pas question!

– Je vous suis, dit Côté Béni.

– Ainsi soit-il, renchérit Dona Felismina.

– Eh bien, si le petit n'y voit pas d'inconvénient, je l'emmène avec moi. Je vais continuer à lui apprendre l'art d'être gentilhomme. C'est moi qui serai son mentor. J'ai encore quelques leçons à lui donner, notamment pour monter son cheval à la genette. Pour le reste, le père Tirteu s'en chargera; qu'il se creuse un peu les méninges! Morbleu! Pourquoi donc aurais-je chez moi cet abbé à la noix?

– Prenez garde que le petit ne devienne pas un âne bâté, Don Telmo!

– Allons donc! On en fera un jeune homme distingué! Les Saintes Écritures, un petit peu d'histoire, surtout l'histoire du Portugal, la géographie, c'est le père Tirteu qui les lui enseignera. Pourquoi pas? Vous savez, il n'est pas si bête que ça! Paresseux, ça oui! Il est comme l'âne Martin qui prend la fuite dès qu'il voit le moulin, c'est-à-dire dès qu'il s'agit de faire un effort. Sinon, je prendrai un autre chapelain. Il faut bien qu'un chapelain se rende utile et fasse autre chose que dire la messe et réciter le rosaire avec les serviteurs. Ou bien n'est-il là que pour boire le vin des burettes et servir de viatique aux grandes rasades de vin vert qu'il s'enfile à longueur de journée, et qui le conservent frais comme un gardon?

Don Telmo visait là d'une façon plus ou moins imagée les travers du père Tirteu, quand Telmo arriva inopinément. Il avait beaucoup grandi au cours des derniers mois. C'était un garçon qui ne manquait pas d'allure. Et ce furent des embrassades, des baisers, des questions suivies de réponses sur tout et rien, les paons, le poney, les serviteurs, les servantes, et même les truites du ruisseau : ils passèrent toute la nuit à ce jeu-là. Le lendemain, alors que la matinée était bien avancée, on remit la question sur le tapis.

– Finalement, tu veux retourner au collège ou venir avec nous au Bon-Secours? demanda le grand-père.

– N'importe où, grand-père, emmenez-moi où vous voudrez, mais surtout pas au collège. J'en ai par-dessus la tête des maîtres de Braga et de leurs tabatières qu'ils me secouent sous le nez. Et puis, j'ai l'impression d'en savoir déjà presque autant qu'eux.

– Mes félicitations, mon garçon! Si tu en savais autant qu'eux, tu pourrais devenir fou. Dans ce cas, va vite chercher ce que tu dois emporter et dépêchons-nous car il se fait tard. Et le mont de Labruja est infesté de voleurs.

Le grand-père vit sur le visage de son petit-fils comme une hésitation, ce qui l'amena à lui dire :

– Rien ne te retient à la ville en dehors de tes parents, n'est-ce pas ? Ils viendront nous voir un de ces jours. La maison leur est toujours ouverte...

Le jeune garçon demeura silencieux quelques instants, hésitant entre la crainte et la perplexité. Tous avaient les yeux fixés sur les siens. Il s'en rendit compte et se décida à dire d'un air un peu fiérot :

– Il y a là des jeunes filles que j'aime bien et qui m'aiment bien aussi. Cela ne vous ennuie pas, grand-père ? Vous m'avez toujours dit que le cœur était libre... Si vous n'y voyez pas d'inconvénient, je fais un saut jusque là pour leur dire que je retourne au domaine. Si je le voulais, elles seraient prêtes à quitter leur famille et à partir avec moi...

– Deux à la fois ? Comment est-ce possible ?

– Vous savez, grand-père, je les aime toutes les deux, mais je ne sais pas laquelle choisir. J'aime l'aînée, qui est la plus potelée et qui est un ange, une jeune fille adorable. Mais la plus mince, qui est aussi la plus jeune, a un je-ne-sais-quoi dans le regard, dans les gestes, dans sa chute de reins, qui vous attire comme un aimant.

Ils se mirent tous à rire, tandis que le grand-père lui lançait au moment où il sortait en courant :

– Eh là ! Attention ! Ne te transforme pas en Barbe Bleue !

XVII

Don Telmo Montenegro Antas de Mendonça e Meneses finit par épouser Dona Ana Adelaide, de la maison des Travanca e Ceia, fille du corrégidor Joaquim Meireles de Travanca e Ceia. Elle allait sur ses vingt-quatre ans, et c'était une jeune personne qui avait toutes les qualités, à tel point que tout le monde était en admiration devant elle. Elle écrivait des vers, correspondait avec la marquise d'Alorna *, et on se la disputait dans les soirées où l'on récitait des poésies et où l'on taquinait les muses, talent très apprécié depuis quelque temps dans les châteaux du Haut Minho. Une fois mariée, elle s'était détachée de toutes les activités mondaines pour se consacrer entièrement à la vie conjugale. Les premiers temps, elle était plus délicate et plus attrayante que ces fleurs, tels le lys ou l'arum, qui inclinent doucement la tête lorsque les perles de rosée s'accumulent sur leurs pétales. On ne saurait même imaginer que la coccinelle vagabonde ou le puceron poisseux pût s'aventurer sur leur robe de satin. On ne pouvait rêver épouse plus attentionnée. Si son mari sortait, elle se précipitait aussitôt sur le perron :

– Soyez prudent, Telmo : mettez votre cache-col. Le temps a fraîchi, vous savez!

Si on appelait ce dernier pour régler les affaires du

* Poétesse portugaise (1750-1839).

domaine ou pour s'occuper de la politique locale avec des gens retors et atrabilaires, elle ne manquait jamais de lui faire ses recommandations en lui parlant à l'oreille ou en le prenant à part :

– Méfiez-vous de ces gens-là, ils ne vous veulent que du mal.

Et, le matin, dans la demi-torpeur de l'alcôve, alors qu'elle se faisait toujours un devoir de se lever tôt, en bonne *domina* qui avait l'œil à tout, il lui arrivait de roucouler, câline :

– Telmo, restez donc au lit ce matin. Hier soir vous toussiez un peu. Vous avez sûrement attrapé froid.

Elle était adorable dans sa façon de défendre son bonheur conjugal, le bien-être et la santé de son époux, et on ne saurait lui en vouloir. Pour vaquer à ses occupations, elle se faisait un chignon, revêtait une superbe blouse en dentelles, et se mettait au travail. Non qu'elle fût très sévère avec les servantes, mais elle mettait un point d'honneur à faire en sorte qu'on pût la trouver en cas de besoin, et c'était une présence que l'on pourrait qualifier d'ineffable. C'est ainsi qu'elle passait la matinée et parfois une partie de l'après-midi allant de la cuisine au salon et du salon à la cuisine, revêtue de cet habit qui tenait aussi bien de l'aube d'une prêtresse que du plumage du paon blanc lorsqu'il fait la roue. Don Telmo, à qui l'amour conjugal n'avait pas fait perdre son sens critique, en Salomon désabusé comme il le fut toute sa vie, voyait en elle tantôt une odalisque, tantôt une bonne épouse un peu trop collante et un peu trop vertueuse. Le pire de tout, c'est qu'elle n'était pas un cordon-bleu. Après un an de mariage, la félicité conjugale repose sur des petits riens impondérables tournant autour de la *bonne chair** comme disent les Français: des caresses savamment dosées alternant avec de bons petits plats. Quand on a affaire à une maîtresse de maison peu douée en la matière, il est inutile de se demander pourquoi le feu de la passion s'est éteint dans un ménage. Très souvent, c'est le piment qui alimente l'amour; fichue nature humaine! Les vitres du palais de verre du septième ciel, c'est parfois un grain de sel qui les a cassées. Cette épouse, qui était tout le contraire des sept péchés capitaux, ignorait ce qu'était la gourmandise, si ce n'est par le pénitentiel romain. A cause de cette alliance de la grâce et des dix commandements, Dona Ana Adelaide n'avait pas suffisamment à cœur de mitonner des petits plats. Il y a une certaine candeur à ne pas croire ce qu'on ne voit pas et ce qu'on ne connaît pas. Mais cela compte-t-il lorsqu'il s'agit de satisfaire les papilles gustatives? Bien qu'attentive à tout, la bonne dame passait à côté de ces exigences nutritives des cellules, naturellement avides et voraces, dont il faut attendre, tôt ou tard, toutes les vengeance secrètes.

Comment se comportèrent les facultés gastriques de Telmo? De la façon la plus tortueuse et la plus inhumaine qui soit.

Dona Ana Adelaide n'avait pas des yeux de lynx pour ce qui était d'observer les faits et gestes de son mari car elle l'aimait. Ce qu'elle voyait ou croyait voir objectivement, c'étaient ses rhumes, les pièges que pouvaient lui tendre ses prétendus amis, ainsi que les calamités du temps, qui ne manqueraient pas de l'atteindre, comme

* Sic. En français dans le texte.

par exemple les nouvelles idées qui planaient au-dessus du domaine et de la cité de Dieu, à l'instar des quatre cavaliers de l'Apocalypse, et qu'aucune force, aucune loi ni aucune crainte de quoi que ce fût n'auraient pu arrêter.

Or, il se trouva qu'à côté du gynécée légitime, l'homme luxurieux devait se donner du bon temps avec tout ce qui portait jupon sur le domaine et dans le manoir. Sa devise était celle du coq hardi : toutes les poules du poulailler par mon ergot seront dominées. Il était implacable sur ce point. En sa qualité de roi du domaine, il faisait se lever le soleil, donnait son congé à la nuit, souhaitait le bonjour à tout le monde. Si d'aventure un petit coq avait l'audace de tourner autour de l'une de ses poulettes, il le faisait déguerpir à coups de pied dans le derrière. Après les servantes, ce fut le tour des journalières et de leurs filles. Le plus curieux de l'affaire, c'est que, bien qu'il leur arrivât de se hérisser et de se donner des petits coups de bec, elles s'accordaient toutes comme les poules bien côchées, qui bécotent, d'un air comblé, les barbillons de leur sultan, pour accomplir leur devoir avec diligence et dignité. Aucune d'elles ne le repoussait. Telmo n'aurait eu qu'à lever le petit doigt pour les voir se jeter dans le bûcher comme les veuves de Bénarès. En même temps, Dona Ana Adelaide étant toujours aussi candide, elles lui obéissaient toutes au doigt et à l'œil.

– Quel philtre magique avez-vous fait boire à vos servantes pour qu'elles ne jurent que par leurs maîtres ? demandaient les dames de la famille, tant du côté des Cunha que de celui des Ceia, qui n'étaient pas satisfaites de leurs domestiques.

– Je ne leur ai rien fait boire du tout! répondait Dona Ana Adelaide, fière de la façon dont le personnel féminin de sa maison accomplissait sa tâche.

– Alors, cela a à voir avec les gages? Vous les payez bien...

– Pas du tout, pas du tout, nous les payons au même tarif que la maison d'Angela. La gouvernante gagne deux mille deux cents réaux par mois; les bonnes à tout faire mille deux cents, la repasseuse mille huit cents. Notre femme de chambre, Felisberta, une très gentille fille, très propre et toujours tirée à quatre épingles, qui a été pendant six ans au service de Dona Maria Tinalha Veruaguas, de la maison de Faïm, gagne deux mille quatre cents réaux. Mais c'est exceptionnel. Croyez-m'en, ce n'est pas ce qu'elles gagnent qui les retient...

– Mais qu'est-ce qui peut donc bien les attirer...?

Alors cette âme innocente souriait, fière de ses talents de parfaite maîtresse de maison. Mais, hormis ces dames respectables, véritables gardiennes des bonnes mœurs, et elle-même, tendre et candide épouse, tout le monde savait qui faisait la pluie et le beau temps au manoir. Le grand-père avait bien vite compris sur quelle sorte d'empire régnait son petit-fils. Mais au fond, fier de ce descendant digne de Salomon, et peu strict en matière de morale, il se contenta de lui dire :

– N'abuse pas, n'abuse pas. Ces excès ne se font sentir que lorsqu'il est trop tard.

Telmo reçut l'admonestation de son grand-père en baissant la tête et en souriant, ce qui équivalait à lui donner raison.

Il était unanimement considéré comme un fieffé coureur de jupons. C'était chose connue de tous ceux qui avaient les yeux en face des trous, même du côté des Travanca e Ceia Dionisia, sa belle-sœur, Dionisia, y compris.

Par ailleurs, prétextant les soins constants qu'exigeait l'administration du domaine du Bon-Secours, Telmo se mit à s'absenter souvent. – Il sort beaucoup – disait son épouse. Les petits plats domestiques, que, sans qu'elle le sût, il appelait avec dédain « chou, hachis et riz blanc », refroidissaient sur la nappe immaculée. Il préférait encore les haricots au lard et les tripes très épicées et baignant dans la sauce que l'on servait dans les auberges, à cette nourriture saine et presque de régime. C'est pourquoi il lui arrivait de prendre la calèche et de partir sans crier gare pour aller jusqu'à Ancora, Melgaça ou Vigo, le pays des bons fruits de mer. Il en revenait le ventre plein, le sourire aux lèvres, rayonnant, rotant, empestant le vin de Ribero et la langouste, parfois en compagnie de cette hypocrite de Felisberta, qui avait fait semblant d'aller rendre visite à sa mère à Formariz.

Et tout était pour le mieux dans la plus riche des propriétés.

– Sacré Telmo, tu es né coiffé! s'exclamait son cousin Basilio da Rocha Piscalho, seigneur de Portela das Cabras. Tu es de ceux à qui le ciel envoie la pluie sur les plants de maïs et le soleil sur l'aire de battage. Vrai de vrai! Chez toi, les bœufs font des petits alors que chez moi, même les vaches n'en font pas!

– C'est que la providence n'est pas avec toi, mon cousin. Tu es un angoissé, tu es trop austère, trop à cheval sur les principes. Détends-toi, prends du bon temps.

Dieu et la nature, et plus particulièrement la nature, ne s'entendent bien qu'avec les pécheurs. Tu ne crois pas que tu mènes une vie trop vertueuse?

Telmo était aimé de tout un chacun. Si, du fait qu'il avait du sang suève dans les veines, il avait le sentiment d'appartenir à la plus haute noblesse et prenait la défense des privilèges de sa caste, le menu peuple lui était on ne peut plus dévoué. Ne parlons pas du clergé, car il suivait à la lettre les préceptes de la chrétienté, payait la portion congrue en temps voulu, était généreux lorsqu'il s'agissait de donner son obole, plein de largesse quand il fallait payer le casuel. Pour un peu, les libéraux auraient voté pour lui à côté des absolutistes lors des élections législatives. Ses affaires avaient également le vent en poupe. S'il lui arrivait quelque contretemps et qu'on le sût, aussitôt parents et amis accouraient, plus empressés les uns que les autres, pour lui venir aide. Une année où il avait perdu sa récolte, ils se cotisèrent pour lui offrir une grande quantité de boisseaux de maïs et on ne sait combien de sacs de châtaignes séchées et de pois chiches.

Il en allait tout autrement chez les Travanca e Ceia, où il était allé chercher sa moitié. Sa belle-mère avait rejoint le sein d'Abraham, à force de messes et de prières, au milieu du chœur des anges qui ne pouvaient manquer de conduire au royaume des cieux celle que l'abbé de São Pedro de Maximinos appelait la mère des pauvres. Restait son mari, un vieillard décrépit, mais à l'esprit encore alerte, devant qui son épouse n'avait jamais eu autre chose à dire qu'amen, et qui avait maintenant l'usufruit des revenus que tous deux s'étaient légués réciproquement. C'est pourquoi, lorsque Don Telmo réclama la part qui revenait à sa femme, il se heurta à la résistance passive de la famille et plus particulièrement de ses beaux-frères, rejetons qui vivaient accrochés à la cime de l'arbre familial, en parasites et en vauriens qu'ils étaient, ayant tout intérêt à garder l'héritage indivis, ce qui, d'après leurs allégations, ne pouvait durer bien longtemps étant donné l'état de santé de leur père. Telmo s'inclina poliment, et apparemment de bonne grâce, mais au fond contrarié et en proie aux plus sombres pressentiments. A l'abri de l'indivision, non seulement les garçons, qui passaient leur temps à jeter l'argent par les fenêtres, mais la seconde fille, Dionisia, pouvaient mener la maison à sa perte en un rien de temps. Eux, parce qu'ils étaient naturellement voraces, elle, dans ses efforts pour faire la conquête d'un éventuel prince charmant grâce aux pommes d'or des Hespérides qui ne lui appartenaient pas. Cette perspective l'effrayait sans qu'il se demandât d'abord pourquoi. Il avait courtisé Dionisia du temps où il hésitait entre les deux sœurs. Elle avait vingt ans, était élancée, inculte, assez insignifiante, tant aux yeux de la famille que dans le cercle de leurs relations, ce qui réjouissait Telmo qui, là aussi, mit un certain temps à en comprendre la raison. Elle était blonde, avec des reflets cuivrés dans son abondante chevelure d'un joli châtain clair, et avait une peau fine agrémentée de taches de rousseur. Ces taches de rousseur ne l'enlaidissaient pas, bien au contraire. Quand elle parlait, et bien plus encore quand elle riait, elles s'animaient, parcourues d'étranges frémissements, tels de petits grains de sable sur lesquels souffle le vent, et cela lui donnait un piquant qui le rendait fou, lui qui s'y connaissait tant en femmes. Mais elle se gardait pure comme le lys virginal, surtout parce que, n'étant pas sotte, elle pressentait que c'était là le viatique qui lui permettrait de forcer la porte de certains châteaux que gardaient jalousement, sous l'apparence de vieilles douairières, des dragons, qui ne laissaient entrer que de vraies jeunes filles, comme on disait dans la région. Cependant, de toute la sensualité emprisonnée dans son corps émanaient des effluves qu'un eunuque seul n'eût point perçus. Telmo avait été immédiatement sensible à cette sensualité frémissante, divine, susceptible de faire vibrer les cordes les plus mystérieuses de la volupté. Comment décrire la fermeté et la finesse de ses jambes? Et cependant, elles étaient de celles qu'on n'aurait pu qualifier de sveltes colonnes du temple sans verser dans le gongorisme. Quant à sa taille de guêpe, qui ployait comme un roseau lorsqu'elle se déplaçait, quel bonheur ce serait pour le bienheureux qui en apprécierait la souplesse jusqu'à avoir follement envie de la prendre à deux mains!

Elle était d'une taille bien proportionnée à sa minceur, avait des hanches étroites, de petits seins, et sa bouche faisait une moue, non chagrine mais boudeuse. Était-ce parce que les baisers manquaient à ses lèvres si fraîches? En dehors d'autres qualités, apparemment négatives, comme le fait d'être une *fausse maigre* *, elle était timide, et même farouche, prête à rendre aussi bien la caresse que le coup de patte,

* En français dans le texte.

toutes qualités que les hommes normalement constitués et un tant soit peu avertis apprécient au plus haut degré.

A force de la voir ainsi incarnée dans la réalité, et de la revoir en pensée se refléter dans le miroir de son esprit comme à la surface de l'eau d'un puits, Telmo en vint à ne plus penser qu'à elle et à la désirer comme un fou. Cette attirance sexuelle finit bientôt par avoir raison de lui et par le ronger comme un cancer. Il était obsédé par l'image de sa bien-aimée et s'était forgé autour d'elle tout un monde imaginaire mirobolant. En son for intérieur, tantôt il soupirait d'aise, tantôt le désespoir le plongeait irrémédiablement dans un gouffre sans fond. C'était pourtant la seule façon de temporiser, de crainte de voir arriver l'oiseau de malheur qui s'intéresserait à cette petite cendrillon. Car l'oiseau de malheur viendrait à coup sûr! En attendant, il ne laissait rien transparaître de sa passion ni de ses tourments. Il avait surtout peur de faire naître dans l'esprit de son épouse, calme comme un océan vierge de bateaux, ne fût-ce que l'ombre d'un soupçon qui aurait pu mettre un point final à ses espérances.

Et voici que ce jour funeste arriva. Le fils du seigneur de Valgouvinhas, Abel Couto Orbacem da Jola, après avoir bamboché et chassé le sanglier dans les réserves de chasse du Gérès * avec les frères de la jeune fille, lui déclara sa flamme à Braga. Mi-troublée, mi-interdite, la jeune fille écrivit à sa sœur pour lui demander conseil.

Il apparaissait clairement dans sa lettre qu'elle était

* Voir note p. 74.

tentée par la proposition, qu'elle cèderait infailliblement si on ne la retenait pas, et même avec empressement si on l'y encourageait. Ce fut pour Telmo comme s'il avait reçu un coup de couteau en plein cœur. C'était son monde secret, le plus secret et le plus fragile des mondes qui s'écroulait sur lui et l'écrasait. Sa femme elle-même s'en aperçut :

– Qu'avez-vous, Telmo? Comme vous êtes pâle!...

– Vous avez de la camomille, n'est-ce pas? murmura-t-il en faisant un effort sur lui-même. Faites-moi une tisane. Je vous ai entendu dire que la camomille était bonne pour les reins...

– C'est encore une crise? Ah! mon Dieu, mon Dieu! Felisberta!

La servante accourut tandis qu'Ana Adelaide, affolée, disait aux vieilles tantes qui arrivèrent aussitôt, sans tambour ni trompette, légères comme des ombres :

– C'est ses calculs! Ce ne sera rien, avec l'aide de Dieu! Il faut prier Notre-Dame du Bon-Secours! Il faut prier aussi pour moi...

– C'est une de ces maudites crises qui me prennent de temps en temps. Le docteur Oliveira prétend que ce sont des coliques néphrétiques..., expliquait Telmo à sa tante Escolastica qui était un puits de science.

Dona Ana Adelaide et Felisberta allèrent vite faire la tisane en laissant Telmo aux mains de ses tantes galiciennes et de sa mère, Dona Maria Carantonha, que l'inquiétude avait fait redescendre du nirvana dans lequel elle végétait. Doña Escolastica, la plus intemporelle des tantes de ce monde sublunaire, réincarnation d'une madone du Greco, connaissait par cœur Sabuco de Nantes. Elle les fit donc profiter de tout son savoir, ne déconseillant pas la camomille, mais recommandant qu'on y mêlât quelques pincées d'aneth, de rue et de bourrache, les plus efficaces des plantes médicinales. Afin que la tisane fût efficace, il fallait y ajouter deux petites cuillerées de réglisse râpée.

Doña Dolores fut d'avis de faire appeler le père Tirteu qui était allé pêcher la truite, afin qu'il confessât son neveu, à toutes fins utiles. Telmo, qui s'était remis de son émotion, lui éclata de rire au nez; elle se tut, honteuse d'avoir eu l'idée de lui faire administrer l'extrême-onction, mais en même temps toute contente de voir que le malade n'allait pas trépasser. Cependant, toute la propriété était déjà en émoi, et Don Telmo Montenegro Iraizoz y Valadares, seigneur de Salvatierra y Moz, accourut du fin fond du Meijoeiro aussi vite que le lui permettaient ses membres à demi perclus, en s'aidant de sa canne en bois de renne. Quand il vit sa fille, Dona Maria Carantonha, rire et pleurer tout à la fois en se frottant les mains, ce qui était son geste habituel, il comprit qu'il n'y avait rien de grave. Et en effet son petit-fils arborait cet air pimpant qui le caractérisait. Le vieillard lui mit la main sur l'épaule, la lui secoua, comme on secoue un arbre pour en faire tomber les fruits puis, le voyant d'aplomb et solide sur ses pieds, il s'exclama :

– Viens avec moi voir les jeunes plants de vigne, Telmito! J'ai besoin là-bas de quelqu'un qui sache montrer aux hommes comment manier un sarcloir. Moi, je suis trop vieux.

– Allons, mon frère, laissez-le donc prendre son infusion! dit Doña Escolastica. Ça lui a passé... ça lui a passé! La Vierge del Pilar* m'a entendue. Je lui ai adressé une prière et elle m'a entendue.

– C'est Notre-Dame du Bon-Secours qui commande ici, ma tante. La vôtre, c'est uniquement de l'autre côté de la frontière...

– Bois ta tisane, mon enfant... Allez, bois...

Telmo prit la tasse pleine de l'horrible mixture de plantes médicinales que sa femme lui présentait. Cette dernière se montrait si attentionnée et si douce qu'il en eut presque honte. Alors, d'un trait, il avala résolument ce remède chimérique, pour un malade non moins chimérique, et ne s'en trouva pas plus mal. La machine réagit aux quatre coins de la rose-des-maladies sous l'effet de n'importe quel principe stimulant, qu'il soit fantaisiste ou non, même s'il s'agit de tromper les gens crédules. Le tout est de provoquer un choc.

Quant Telmo eut repris ses couleurs, ce qui ne tarda pas, les tantes galiciennes retournèrent à leur oratoire, Dona Maria Carantonha à sa chambre d'hébétude, Don Telmo de Valadares à ses vignes, et mari et femme purent s'entretenir de sang-froid du cas de Dionisia. Qu'allait-elle bien pouvoir dire à sa sœur? Telmo ne savait pratiquement rien de cet Abel Couto Orbacem da Jola, si ce n'est qu'il avait la réputation d'être un nigaud, riche, oisif, et qu'il tenait excessivement à sa peau. A la fête de São Torquato, Chico Prelada lui avait cassé la figure, mais il ne s'était pas défendu et s'était borné à porter plainte. Cette douceur de caractère n'était-elle pas le signe d'une bonne nature?

* Allusion au célèbre sanctuaire de Saragosse.

– Doux Jésus! Je ne conseillerais pas à ma sœur d'épouser un poltron! s'exclama Ana Adelaide en poussant un petit cri de réprobation.

– Chacun voit midi à sa porte, cousine! Le Christ n'a-t-il pas demandé qu'on tende la joue droite quand on a reçu une gifle sur la gauche?

– Allons, allons, Telmo! C'est tout ce que vous savez sur cet individu?

Comme la jeune femme était très chatouilleuse sur les questions d'honneur, et d'une grande fierté, ce défaut suffisait à discréditer le prétendant. Il surenchérit:

– Je ne sais rien de plus. Attendez: il semblerait que ce garçon ait collectionné les amourettes partout où il est passé, à la plaine comme à la montagne. Toutes les jeunes filles qu'il courtise finissent par l'envoyer promener. Je ne sais pas pourquoi. A Ponte de Lima, il a courtisé une nièce du vicomte; à Barcelos, une jeune fille de Santa Maria de Lijo; on dit qu'il en a aussi courtisé d'autres à Montedor et à Fafe. Ça a toujours tourné court. Écoutez, cousine, vous n'avez qu'à dire à Dionisia qu'elle ne s'avance pas trop avec un tel énergumène.

Dona Ana Adelaide, qui était l'innocence même, ne vit que du feu dans les propos de son imposteur de mari, et les reproduisit *mutatis mutandis* dans la lettre qu'elle écrivit à sa sœur.

Mais Telmo n'en fut pas tranquillisé pour autant. Au mieux, cela pouvait écarter le danger pour un temps. A quel autre stratagème pourrait-il avoir recours à coup sûr?

Les jours suivants, Telmo les passa sur des charbons ardents. Il ne tenait pas en place. De bon matin, il prenait son fusil à capsule et à canon rubané, le dernier cri en matière d'arme de chasse, et partait dans les bois. Le plus souvent, il montait tout droit à Portela Grande, d'où la vue s'étendait jusqu'à Braga et où l'on recevait de plein fouet le vent qui vous enveloppait des pieds à la tête comme un drap. Les perdrix s'envolaient et les lièvres détalaient à son passage sans qu'il leur fît de mal, car il avait la tête ailleurs ou était tourmenté. *Médor* tournait vers lui son horrible museau de chien navarrais aux oreilles basses, à la gueule baveuse, au regard sarcastique, et remuait la queue, très étonné de ces coups de fusil ratés.

Il rentrait à des heures indues, oubliant les repas, épuisé, la carnassière aussi vide au retour qu'à l'aller. Peu lui importait. Ses fermiers le trompèrent deux fois dans les comptes. Il répondait à côté quand on lui parlait des prix et des semailles. Il avait l'air d'être dans la lune et de ne pas vouloir en sortir. Sa fureur sexuelle avait redoublé comme s'il avait été pris de priapisme aigu. Servantes et soubrettes avaient des visages radieux. Jamais il ne les avait autant cajolées ni ne s'était montré aussi généreux à leur égard. Elles avaient toutes de belles toilettes, et même, certaines d'entre elles faisaient leur pelote. Felisberta en vint à se persuader qu'elle était la favorite et regardait les autres d'un air supérieur et méprisant. Comme elle était rousse et maigre et qu'elle avait le nez retroussé et une démarche ondulante, on l'appelait *la Chatte écorchée*. Tout le monde se moquait d'elle parce qu'elle était prétentieuse et se donnait de grands airs :

– Quelle mijorée! Qu'est-ce que le patron peut bien

lui trouver pour qu'elle le mène ainsi par le bout du nez? Elle a dû lui faire boire une potion magique.

Ni la femme de chambre ni les autres n'auraient pu imaginer que la femme qu'il serrait dans ses bras en étreignant Felisberta n'était autre que Dionisia, qui avait la même démarche ondulante, les mêmes battements de paupières par instants, et surtout le même tic qui retroussait la commissure de ses lèvres, ce qui lui donnait une expression angélique doublée de sensualité. Mais comme personne ne l'avait détrompée et qu'en amour les actes comptent plus que les paroles, Felisberta était très heureuse et se berçait d'illusions.

Sur ce, Ana Adelaide tomba malade, en proie à de fortes fièvres, juste au moment où ses enfants eurent coup sur coup la rougeole puis la varicelle avec ses miasmes maléfiques. Quoique diligentes, les servantes ne suffisaient pas à la tâche, car elles étaient incapables de prendre des initiatives :

– Et si je demandais à ma sœur Dionisia de venir passer une semaine avec nous? Les enfants sont négligés, ils sont tout pâlots et il y a trois jours qu'on ne leur a pas lavé les pieds... proposa Ana Adelaide en dégageant un peu sa tête des oreillers, dans un accès de fièvre.

Pour Telmo, ce fut comme si la terre s'ouvrait sous lui. Puis, comme s'il avait reçu un grand choc, il répondit en balbutiant sur un ton hésitant :

– Cela m'étonnerait que ce genre de corvée puisse l'enchanter!... Nous avons mes tantes galiciennes, faisons appel à elles.

– Vous avez de ces idées, Telmo! Est-ce que vos tantes savent faire autre chose que prier? – Puis, après une longue pause passée à réfléchir, elle ajouta : – Bon... vous avez pris la pauvre fille en grippe.

– Quelle fille? Dionisia? Mille pardons, cousine, ce n'est pas du tout ça. Ce n'est pas du tout ça. J'ai toujours eu la plus grande estime pour elle. Je ne fais peut-être pas grand cas de ses talents de maîtresse de maison, mais je n'ai jamais dit que ce n'était pas une gentille fille. Gentille et vertueuse, proféra-t-il sur un ton qui manifestait déjà son souci de cacher son intérêt sans pour autant forcer dans la dissimulation.

Il se fit un nouveau silence que Telmo se décida à rompre de peur de laisser s'installer un vide qui ne lui permît pas de reprendre la conversation, en revenant un peu sur son semblant de désaccord :

– Je n'ai fait qu'émettre une opinion. Vous êtes convaincue qu'elle est capable de bien tenir une maison..? Vous avez peut-être raison. Maintenant, qu'elle ait envie de le faire... qui me le prouve?

– Qui vous le prouve? Vous qui semblez être si intelligent, vous ne voyez pas ce qui se passe autour de vous! Existe-t-il une jeune fille au monde plus généreuse que Dionisia? Elle donnerait sa chemise si on le lui demandait. Elle ne sait pas dire non. Vous ne l'avez pas remarqué?

– Oui, certainement, c'est bien possible. Mais elle ne doit pas toujours dire oui. Vous voudriez qu'elle dise oui à tout? Supposez qu'on s'en prenne à sa vertu... Hein?

– Ne dites pas de bêtises. Il y a le bien et il y a le mal. Quand il s'agit du bien, Dionisia ne dit jamais non. Mais pour ce qui est de mener la maison, dites-moi un peu : qui est-ce qui s'occupe de tout depuis que ma mère est morte?

– Eh bien, n'est-ce pas votre tante Ambrosia?

– Allons donc! Ma tante Ambrosia! C'est un vrai gendarme, ça oui. Mais celle qui veille à ce que chaque chose soit à sa place, bien rangée, propre et nette, et à ce que le linge soit impeccable, c'est Dionisia.

– Très bien, très bien. Je ne lui connaissais pas tous ces talents. Dieu veuille que vous n'ayez pas à vous en repentir!

– Me repentir de quoi?

– Eh bien, vous ne voulez pas la faire venir?

– N'en parlons plus. Dieu m'en garde! Je préfère encore mourir sans ouvrir la bouche et que les enfants soient dévorés par les poux. Notre petite Narda a des croûtes sur la tête que c'est à vous en donner la nausée!

– Voyons, cousine, par Notre-Dame du Bon-Secours, ce n'est pas moi qui commande dans la maison. Moi, je commande dans le domaine; ce qui est de mon ressort, ce sont les fermiers, les valets, le maïs, les chiens et les chevaux. Mais à l'intérieur de ces murs, c'est vous qui faites la loi. Vous êtes la reine. Régnez donc, ce n'est pas moi qui m'y opposerai.

– Pas du tout, pas du tout. Je suis votre esclave. Je me contente d'obéir à vos ordres et de vous voir satisfait.

– Dans ce cas, si c'est moi qui donne des ordres, je vais vous en donner... Faites venir votre sœur.

– Ah! ça, il n'en est pas question.

– Vous ne voulez pas la faire venir? Maintenant, c'est moi qui vais me fâcher. C'est parce que j'ai mis en doute ses merveilleuses qualités de maîtresse de maison? Très bien, je retire tout ce que j'ai dit. C'est comme si je n'avais rien dit.

– Non, je ne la ferai pas venir!

– Ne soyez pas aussi obstinée! Faites-la venir, c'est moi qui l'exige. Je l'exige au nom de mon confort et du bien-être des enfants. Ils sont en effet dans un bien triste état. Les servantes ne peuvent suffire. Nous pourrions faire venir maman Felismina. Mais maintenant, avec les fêtes, il lui serait difficile de laisser sa boutique. Dites à Dionisia de venir, et dites-le-lui tout de suite.

Après une longue discussion – on la fait venir, on ne la fait pas venir – Telmo tint bon et, pour la plus grande satisfaction de son épouse, qui affichait pourtant un air contrit, on décida de l'inviter et, si elle acceptait, il irait la chercher à Braga dans leur calèche en compagnie de Doña Escolastica.

La réponse arriva avec deux jours de retard, car Dionisia se trouvait du côté de Capareiros avec Dona Ofélia Ninfa de Orbacem da Jola Larim, épouse du seigneur de Larim et sœur d'Abel Couto Orbacem da Jola, son prétendant. Elle était à la disposition de sa chère sœurette, et ce n'est que parce qu'on lui annonçait l'arrivée de la voiture qu'elle ne partait pas sur-le-champ.

XVIII

Il était déjà tard quand ils sortirent de Braga et la cloche de Notre-Dame la Blanche faisait entendre les six coups alertes, au rythme binaire, de la dernière messe conventuelle. On voyait le révérend père Hilarião avancer dans l'air limpide de la place, le tricorne sur la nuque et le calice de la consécration sous le bras dans un petit sac à ramages. Il marchait de son pas nonchalant, promenant d'un air conquérant ses bas rouges sur les pierres de la chaussée et sous les yeux des tendrons qui étaient accroupis avec leurs cabas et leurs couffins devant le seuil des maisons car, tout vieux et flemmard qu'il était, c'était, de tous les célébrants de la Rome lusitanienne - et Dieu sait s'il y en avait - le célébrant le plus pimpant.

Le soleil était déjà haut dans le ciel; pourtant, l'aube commençait tout juste à poindre quand Zé Robim avait amené devant la porte du juge la voiture et les chevaux recouverts d'une couverture les protégeant de l'aiguillon du froid. Il était allé ensuite frapper au volet du marchand de cierges, à cette heure trop matinale, en donnant de grands coups de la paume de sa main : pan! pan! Papa Côté Béni était déjà à pied d'œuvre. Croyant qu'il s'agissait d'une bigote des environs qui venait à toute vitesse demander de la cire pour un décès survenu dans la nuit, il entrouvrit sa porte et sortit le bout du nez pour voir ce qui se passait. Quand il eut reconnu, dans cette tête ronde qui se découpait sur l'encadrement, la jolie frimousse de Robim, il s'emporta :

– La peste t'étouffe, maudit garçon! Tu veux donc réveiller ton maître à une heure pareille? Que le diable t'emporte tout droit en enfer!

– C'est lui qui m'a dit...

– Comment ça, il t'a dit? Tu ne sais pas comment il est, non?

– Comment il est...?

– Bien sûr, comment il est! Il se plaît à vous mener en bateau. Il vous fixe une heure et puis après il arrive quand bon lui semble.

Telmo, qui avait passé une mauvaise nuit, entrecoupée de cauchemars et d'insomnies, entendit bien la discussion animée qui avait lieu dans la boutique; il fut amusé en son for intérieur par le langage assez pittoresque de papa Aniceto. Et c'est juste pour ne pas le faire mentir qu'il ne sauta pas du lit. Il se tourna de l'autre côté, mais ne parvint pas à se rendormir. En bas, le postillon insistait, d'une voix à la fois grondante et hésitante :

– Vous voulez que je vous dise, Monsieur Côté Béni? La voiture est là. Le patron viendra quand il viendra.

– Eh bien, voilà qui est bien parlé, mon brave!

Finalement, il entendit Robim s'éloigner d'un pas lent et traînant; comme il aimait bien lever le coude, peut-être se dirigeait-il vers la taverne de Penagate, ouverte dès l'aube pour accueillir les marchands à la criée qui arrivaient de Merelim et Adaufe, les sacristains, les colporteurs des jours de foire, et les prostituées des rues de derrière la cathédrale qui ne s'étaient pas couchées de la nuit. On eût dit un bistrot comme il y en a dans les ports. On s'y retrouvait au petit matin, debout au comptoir, en train de siroter de l'eau-de-vie, et souvent le couteau à cran d'arrêt avait son mot à dire. Telmo imaginait ce qui devait se passer dans le bouge tandis qu'on sortait de la messe de sept heures et que les cloches sonnaient pour annoncer celle de huit heures. Dans la boutique, on commença à s'affairer. C'étaient ses deux chers vieux. Quand les ouvriers arriveraient, ils se seraient déjà beaucoup démenés et auraient fait une bonne part de leur tâche quotidienne, infatigables et toujours de bonne humeur, comme si leur travail avait été semblable à celui du chant des oiseaux et à celui des ruisseaux qui coulent dans les prés pour donner à boire aux herbes qui ont soif. Felismina balayait et chassait la poussière en frottant minutieusement. A cause de lui, il en était bien conscient, elle devait marcher sur la pointe des pieds et déplacer les objets avec des doigts de velours. Mais les bruits les plus subtils, quand on ne parvient pas à dormir, retentissent comme des roulements de tambour. Dans la rue, de temps en temps, des sabots arrêtaient leur clap-clap devant la vitrine, sans doute des péquenots qui admiraient les ex-votos – petites mains, pieds, figurines entières en cire – par lesquels les mamans remerciaient les saints d'avoir empêché leurs enfants de se transformer en anges lors d'une épidémie.

Impossible de dormir. Le soleil traversa la place, accrocha aux carreaux son étincelante dalmatique en or et bondit dans la chambre. Au milieu des effluves d'encens et de suif qui montaient de l'atelier, et de l'odeur de renfermé propre à la pièce longtemps inhabitée, on eût dit un majordome venu saluer son patron prodigue enfin de retour. Tout, dans la chambre, était parfaitement propre et astiqué. Tel qu'il l'avait laissée voilà plus de dix ans. Rien n'avait bougé : la commode en acajou avec la petite coiffeuse au miroir terni, dont l'acier s'était patiné avec le temps et sous l'effet de l'humidité, le bois de lit en noyer massif, l'oratoire dans un coin. Maman Felismina avait juste oublié d'allumer la lampe, car la bonne sainte Catherine, toujours l'objet des mêmes attentions, resplendissait, avec son péplum bleu, sous sa cloche de verre. Elle n'avait pas réussi à lui ouvrir le chemin de Coimbra, mais elle l'avait certainement empêché de commettre de bien plus grosses bêtises. Salut à toi, ineffable patronne des cancres! La lumière du miroir lui renvoyait l'image du lit où il était étendu le ventre en l'air en train de rêvasser, le chapelet pendu à l'une des colonnes du lit et, sous la table de nuit renfermant le pot de chambre, une institution de Braga aussi pudique que courtoise, des mules en peau de cabri pointaient le bout de leur nez moucheté, toutes prêtes à recevoir ses pieds. Tout baignait dans le même enchantement, exactement comme à l'époque où il avait habité cette chambre; il n'y manquait que son insouciance et sa liberté d'esprit. Quant à ses parents adoptifs, bien avancés en âge, la vieillesse les accompagnait comme une lunaison sans fin. Ce n'était pas elle qui les empêchait et, Dieu merci, ne les empêcherait pas de sitôt, de continuer à être les cellules actives et spontanées de la chrétienté de Braga, ce qu'ils considéraient comme un devoir sacré et une obligation naturelle. Ils avaient eu tôt fait de combler la brèche que Don Telmo, seigneur de Salvatierra y Moz, avait ouverte dans leurs biens avec sa folie des grandeurs, imitant en cela les castors dans leur affairement à restaurer leur terrier démoli. Ils devaient même avoir déjà dépassé leur niveau de fortune antérieur. Quelques neveux tournaient autour de cette sénescence dorée. Mais, d'un commun accord, pas plus Aniceto Côté Béni que Felismina do Coração de Jesus n'avaient d'autre héritier que Telmo, dont ils avaient fait leur légataire universel. Ce dernier le savait, mais il n'en montrait aucune fierté et cela ne lui faisait ni chaud ni froid, tant il est vrai que nul excès de générosité n'aurait pu augmenter l'affection qu'il leur portait. Elle était née pure et limpide, et c'est ainsi qu'elle avait grandi. La veille, quand il avait fait irruption inopinément dans la boutique, Felismina en avait pleuré de joie. Après le dîner, ils ne voulaient même pas le laisser aller dire bonsoir à Dionisia et à Doña Escolastica qui avait passé la nuit chez la jeune fille.

A force de rêvasser d'une part et de s'efforcer vainement de se rendormir d'autre part, il laissa passer la moitié de la matinée. Puis il entendit à nouveau la voix de rogomme du postillon qui s'expliquait avec Côté Béni. Il sauta hors du lit, s'envoya de grandes giclées d'eau dans les yeux, et alla à la fenêtre, la serviette à la main, en s'essuyant le visage :

– C'est toi, Robim? Attelle les chevaux, je descends tout de suite...

– Ils sont attelés depuis l'aube...

– Nous avons tout notre temps. Si tu cours trop vite, tu ne feras pas de vieux os! et il revint à l'intérieur de la chambre pour finir de s'habiller, tout en sifflant la *Casta Diva* *.

Une bonne demi-heure plus tard, il traversait à grandes enjambées la place envahie par les mendiants et par les mouches, devant Côté Béni et Felismina qui le suivaient en soufflant. Les deux dames attendaient, penchées à la fenêtre qui donnait sur la place, les mains dans leurs manchons, le col de leur manteau de fourrure relevé. Il les aperçut de loin et se dit avec amusement que Dionisia avait dû modérer plus d'une fois l'impatience de sa tante Escolastica. C'était quelqu'un qui ne tenait pas en place, et, en cela, on ne pouvait être plus castillan. L'horloge d'un clocher, probablement celui de Notre-Dame de Populo, était en train de sonner et la jeune fille était penchée vers la vieille demoiselle. Elle devait lui dire ce que l'on dit dans ces cas-là : – Ne vous inquiétez pas, Doña Escolastica. Il est tout juste neuf heures. L'autre devait répondre, et il croyait l'entendre : – Mon neveu Telmo est quelqu'un qui ne s'en fait pas. A cette heure-ci, nous pourrions être du côté de Vila Verde. Et si Ana Adelaide allait plus mal, mon enfant?

Elles le virent surgir de la rue étroite, et Dionisia devait certainement se préparer à lui envoyer une pique, conformément à la causticité qui lui était naturelle. Mais elle avait dû se reprendre, car elle se contenta de dire en souriant :

* Air de la *Norma* de Bellini.

– Voilà ce qui s'appelle bien dormir...

– Et bien, figurez-vous que je n'ai pratiquement pas fermé l'œil. Autrefois, je me couchais dans ce lit et je dormais dix heures d'affilée. Il fallait qu'on vienne me secouer pour que je ne manque pas le cours du père Urbano. Maintenant, plus moyen de dormir. Vous ne trouvez pas que j'ai la tête de quelqu'un qui a passé une nuit blanche? Je me suis couché dès que je vous ai quittées. C'est comme si j'étais tombé dans un nid de vipères!

– Sainte Vierge, des vipères!.. Ne seraient-ce pas plutôt des punaises...?

– Il peut y en avoir une ou deux, car ce sont des bestioles dont on a du mal à se débarrasser, s'exclama Felismina de fort méchante humeur en voyant que l'on s'en prenait à sa maison. J'ai encore frotté le lit et le plancher à l'eau bouillante et au savon noir il y a quelques jours.

– Des vipères, c'est une façon de parler. Et pour ce qui est des punaises, n'en parlons pas, quoiqu'elles figurent en tant que faune particulière à la ville de Braga chez Contador de Argote *, si je ne m'abuse. Ce sont les soucis, Dionisia..., les soucis qui mordent comme des vipères et nous torturent le corps et l'esprit! et il dit cela sur un ton mélodramatique en lui lançant à la dérobée un regard tendre et malheureux.

– Montez boire un verre de lait, dit-elle en évitant son regard.

* Écrivain et archéologue portugais (1676-1749), Jeronimo Contador de Argote écrivit les *Mémoires pour l'histoire ecclésiastique de l'archevêché de Braga*, ouvrage auquel il est fait allusion ici.

– Il est à point, répondit Felismina de la même voix revêche qu'un peu plus tôt, en transposant dans la vie ordinaire la terminologie chimique de son laboratoire.

Les dames descendirent l'escalier de pierre, suivies du corrégidor à la retraite, à qui sa haute taille, ses cheveux blancs et sa dignité donnaient un air solennel, et qui s'appuyait sur sa grosse canne à pommeau d'argent, à droite d'Ambrosia, sa sœur et gouvernante. Telmo s'inclina en regardant la jeune fille du coin de l'œil. Comme elle était belle, avec son voile en soie verte à fleurs jaunes enroulé en turban autour de son front, les pointes ressemblant à des branches de genêt, et sa redingote en mérinos réséda, très cintrée, qui lui emprisonnait les seins en leur donnant la forme arrogante que prend le blé quand il s'accumule sous le van! Sur son cou, d'une blancheur qui aurait ouvert l'appétit à un cannibale, voletaient deux ou trois cheveux blonds qui avaient échappé au peigne, à moins qu'on ne les eût négligés par coquetterie. Ce tableau, si voluptueusement pimenté, était complété par la bouche, qui n'était pas parfaite, et peut-être même pas belle, mais possédait je ne sais quel sortilège dans son contour, et une expression empreinte de volupté et pleine de *sex-appeal* *. Telmo avait beau détourner son regard, il revenait à tout bout de champ se repaître de cette vision délicieuse.

Dionisia remarqua l'impression qu'elle avait produite, et il lui vint un sourire aux lèvres, un de ces sourires fulgurants, involontaires et révélateurs. Telmo se rendit compte bien vite de ces discrètes minauderies,

* En anglais dans le texte.

et il n'en fallut pas plus pour l'enivrer complètement et le rendre plus vaniteux qu'il ne l'était naturellement; Avait-il pu se tromper? Non, car l'émoi de Dionisia se manifestait de façon on ne peut plus transparente par des manières artificielles et des gestes un tant soit peu incohérents.

En dépit de l'ivresse qui s'était emparée de lui, Telmo demeurait attentif à tous les signes que, par vanité ou par manque de rouerie, elle laissait transparaître. Il était plus attentif qu'un timonier occupé à diriger son bateau. Capable de toutes les folies, il connaissait par expérience le danger qu'il y a à se laisser aller soit à la timidité paralysante, soit à la hardiesse irréfléchie, attitudes tout aussi improductives l'une que l'autre sur le plan de la séduction. Il avait toujours eu plutôt confiance en lui et dans les lois impérieuses de la nature. N'est-il pas vrai qu'entre l'homme et la femme tout se ramène au sexe?

En haut du perron, le vieux corrégidor Dom Joaquim Meireles de Travanca e Ceia, chaussé de mules de tapisserie, une pèlerine sur les épaules et un cache-col autour du cou, battait la mesure avec la pointe de sa canne et arborait une mine renfrognée. Au fond, cela devait le choquer, et même le répugner un peu de voir sa fille en compagnie d'un homme dont tout le monde savait de longue date que c'était un vaurien de marque et un chaud lapin. La tante Ambrosia, qui se tenait à ses côtés, ne montrait pas plus d'enthousiasme. Mais ils ne doutaient certainement pas de la fermeté de caractère ni de la pureté foncière de Dionisia. Elle avait été la première à se donner carte blanche. Telmo comprit clairement que c'était à contrecœur qu'ils l'avaient vue imposer son point de vue de façon aussi énergique et aussi péremptoire en cette occasion :

– Si Ana Adelaide me demande de venir, c'est parce qu'elle a besoin de moi. Je ne peux pas abandonner ma sœur. Tante Ambrosia reste ici...

Ils durent s'incliner. Maintenant, devant l'air réservé et très naturellement fraternel de Telmo, leurs appréhensions réprimées finirent par se dissiper. Et puis, les deux jeunes gens n'avaient-ils pas comme chaperon une *dueña* * invulnérable, véritable incarnation des vertus théologales, en la personne de Doña Escolastica ?

Celle-ci fut la première à s'installer dans la calèche, à gauche, dans le sens de la marche. Dionisia en face d'elle. Alors, comme il était de bon ton de laisser le plus d'espace possible à la vénérable vieille dame, Telmo se mit à côté de Dionisia. Sur la place vide, on entassa les diverses choses nécessaires au voyage : sacs, valises, panier de victuailles. Jusqu'à Romarigães il pouvait y avoir huit bonnes lieues. En tenant compte du temps nécessaire pour donner leur ration aux chevaux, cela faisait bien six heures, et plutôt plus que moins.

C'était une superbe matinée de printemps, malgré un petit vent frisquet qui faisait se balancer dans le ciel la cime des pins, hachant les deux notes du roucoulement des tourterelles. Dans les blachères et les fourragères, l'herbe courait, et c'était drôle de voir ses milliers de pattes partir du haut des labours et des-

* En espagnol dans le texte : duègne.

cendre toute la bordure des champs en une curieuse course reptilienne qui n'en finissait pas. Par contre, dans les terrains bas et abrités, c'était un joyeux enchantement, et on avait l'impression que sur certains arbres, comme les pommiers et les pêchers couverts de leurs premiers bourgeons, s'étaient posés des essaims de papillons, que d'autres, comme les aulnes et les saules, servaient de pâture à des essaims de lézards velus et annelés, avec une énorme tête et des yeux d'onyx. D'autres encore, avec leurs rejets fins et innombrables, semblaient être recouverts d'un voile gris et rose semblable à la gaze de la brume s'effilochant à la surface d'une rivière. Déjà les oiseaux se disputaient, oubliant leur pâture. Lequel était le plus beau et le plus fort et l'emporterait sur le terrain de la compétition? On était arrivé à l'époque de l'année où le diable a la bride sur le cou.

Avec les chevaux qui trottaient dans les plaines ou traînaient dans les montées, les clochettes de leurs colliers faisant retentir leur tarentelle, l'atmosphère du voyage se créa peu à peu. Silencieux, les voyageurs contemplaient distraitement le spectacle du monde. Les yeux étaient presque comme ces vitres tournées vers la rue qui n'ont personne derrière elles pour regarder. Les champs constellés de primevères et de corymbes violets étaient là, et ils les voyaient, certes, mais sans les voir, comme on a coutume de dire. Le mot « extase » appliqué à Telmo ne suffirait pas à définir son état de lévitation. Dionisia incarnait apparemment la voyageuse impassible qui ne pense pas à autre chose qu'à arriver à destination. Mais, sous son masque placide, Telmo se plaisait à voir s'établir, ne serait-ce que pour refléter ses désirs, une attitude nullement indifférente. Oui, Dionisia devait être au courant du tourment qui l'habitait, corps et âme. Ne s'en était-elle pas encore aperçue? Oh si! et combien! Il suffisait que la passion se fût emparée de ses sens à lui et finît par les dominer pour que ses sens à elle en soient avertis, sinon touchés. Dans ces cas-là, l'intercommunication lubrique s'effectue aussi naturellement que celle de la chaleur ou de l'électricité. Tout, dans le monde, n'est-il pas moléculaire? Un sixième sens, particulièrement aigu chez les femmes, leur désigne celui qui les désire. On comprend que, comme elles sont faites pour être des réceptacles, la faculté de détection soit plus développée chez elles. L'homme peut être aimé et ne pas s'en apercevoir. Elles s'en aperçoivent toujours. Quand on aime une femme et que le courant passe, on peut partir du principe qu'elle en est consciente. Toute déclaration d'amour n'est que redondance.

Dionisia avait été pour lui un amour de jeunesse, tout comme Ana Adelaide. Ce sentiment devait avoir laissé son germe. Pourquoi ne devrait-il pas, à un moment donné, éclore et fleurir sous les rayons d'un soleil favorable? Grâce à cette anticipation, il espérait maintenant trouver un moyen propice pour pousser plus avant son entreprise. Le premier objectif à atteindre était de faire dériver leurs relations du plan familial à un autre supérieur, purement humain, celui du sexe. Heureusement, le silence même qui régnait à présent entre eux était plein de voix, des voix qui, peu à peu, agissaient sur leurs deux natures, au fond rétives à toute contrainte. Il lui semblait bien entendre ses récriminations :

« Tu as épousé Ana Adelaide alors que je t'aimais et que tu m'avais fait comprendre que je ne t'étais pas indifférente. Oui, tu m'aimais, comme moi je t'aimais. Ce genre de choses, qui évoluent sans se soucier du reste du monde, ne se comprennent pas sans réciprocité. Tu t'es laissé influencer par je ne sais quel concours de circonstances, et tu as choisi Ana Adelaide comme si le fait de contrarier la logique des sentiments pouvait rester impuni. Tu as mis longtemps à savoir que cela avait été plus grave que de commettre un assassinat. Mais maintenant il n'y a plus rien à faire. Je me rends bien compte que tu te meurs d'amour pour moi, d'amour ou de concupiscence, ce qui revient au même. J'en suis flattée. L'hommage qui flatte le plus une femme, c'est qu'on la désire. Qu'on la désire, lèvres contre lèvres, dans les bras l'un de l'autre, les pores communiquant aux pores toute la lie dont est faite l'attraction universelle. » – « Ah! Dionisia, tu sais combien je t'aime! Puisque tu le sais, je n'ai pas encore perdu l'espoir de satisfaire le désir qui se prévaut de cet ordre suprême. Je pressens que j'aurai à vaincre quelques résistances, mais le principal est fait. Je t'ai ici à mes côtés, et je te communique insensiblement le feu qui m'embrase. Quelle délicatesse t'a empêchée jusqu'à présent de me parler de l'homme qui t'a demandée en mariage? A quels remords de conscience obéit cette réserve qui fait que tu n'abordes même pas un sujet aussi important pour ton avenir? Tu acceptes que je me taise et que je fasse le silence là-dessus, ce

qui ne peut être qu'une marque de réprobation et de condamnation. Ah! Dionisia, tout cela n'est que la preuve de l'engagement tacite qui s'établit entre nous au fur et à mesure que les effluves de notre chair s'interpénètrent et communient entre eux. Si tu es aussi généreuse et douce que le prétend Ana Adelaide, ce que j'ai moi-même deviné il y a bien longtemps, il est inutile que tu veuilles me fuir. Dionisia, tu es déjà dans mes bras.»

D'immenses ombres en forme de stries, qui obscurcissaient les champs selon que les grands cirrus nonchalants se mettaient devant le soleil, dotaient la matinée d'une certaine fraîcheur, légère mais perfide. C'était pourtant l'époque du printemps où le froid est agréable et salutaire. L'air que l'on respire a un arrière-goût de sorbet. Doña Escolastica s'était recroquevillée et emmitouflée encore plus dans son châle en mérinos; Telmo s'en aperçut, et il en profita pour lui dire:

– Comment? Vous avez froid et vous ne dites rien? Tenez, ma tante, prenez cette couverture...

Il n'eut qu'à la prendre sur le siège en face, puis il la déplia pour en recouvrir les genoux de la vieille dame. Elle lui jeta un regard reconnaissant: quel bien-être! Mais la couverture était trop large et elle s'étalait sur Dionisia et sur lui, énorme et moelleuse comme un nuage de coton qu'on n'aurait pas encore emballé. Telmo prit alors la peine de bien l'installer, la faisant gonfler d'un air à la fois souriant et nonchalant, et il la borda bien de chaque côté autour d'eux trois, en lui donnant de petits coups du tranchant de la main. Cela fait, tout doucement, en prenant mille précautions, il appuya son épaule contre l'épaule de Dionisia. Elle ne fit pas le moindre geste; elle aurait dû s'étonner : *pourquoi cela?* Puis, soudainement, il s'appuya contre elle de tout son corps. Cette manœuvre, il l'exécuta en deux temps, pas assez rapides pour qu'on ne les distinguât pas à l'accélération de la pulsation sanguine.

Comme s'il eût été incorrect de voir dans ce geste autre chose qu'une rencontre fortuite, Dionisia s'écarta de la façon la plus naturelle du monde. Mais elle ne s'écarta qu'à peine, très légèrement. A telle enseigne que Telmo n'eut qu'à se pousser d'un millimètre vers la droite pour sentir son genou frôler la jupe qu'elle portait. Les minutes s'écoulèrent, et il resta en suspens. Il se dit qu'elle devait peut-être raisonner de la façon suivante : *cet individu est un séducteur impénitent. N'importe quelle femme fait son affaire : mariée ou célibataire, noble dame ou paysanne. N'était-ce pas le père Hilarião qui avait dit : Telmo est un danger pour les Onze Mille Vierges s'il va au ciel? Je peux en conclure que s'il s'est rapproché de moi, c'est avec de mauvaises intentions.*

Quoi qu'il en soit des pensées de Dionisia, ce qui est certain, c'est qu'il sentit le corps de la jeune fille s'écarter du sien. Il n'y avait pas de doute. Il avait beau pousser sa jambe sur le côté, il ne sentait plus le contact froufroutant de la soie. Le regard fixe noyé dans le vague, mais très intentionnellement, le souffle peut-être un peu plus court, l'air d'un sphynx, c'est ainsi que lui parut Dionisia. La réaction devait se faire sentir bien profondément sur le plan purement sensoriel. Mais attends un peu.

– A force de vous retourner, vous vous êtes découverte, ma tante. Et justement du côté d'où vient le vent...

Ce disant, il alla lui border la couverture d'une main pleine de sollicitude.

Avec des mines exprimant la béatitude, la vieille dame ferma les yeux. Pour qu'elle fût couverte bien comme il faut, il passa les pointes de la couverture sous son corps, puis sous celui de Dionisia. De cette façon, la couverture les entourait tous les trois. Se sentant serrée contre lui, la jeune fille ébaucha un rictus de contrariété indéfinissable, accompagné d'une résistance, mais rien de plus qu'un semblant de résistance. Une réaction formelle, tout aussitôt suivie d'abandon.

Maintenant, Telmo avait, dans le souterrain du plaid, le corps de Dionisia tout contre le sien à l'exception de la hanche qui s'écartait, un rien rebelle. Mais il ne tarda pas à avancer timidement son genou à la rencontre du genou de la jeune fille, qu'il découvrit à la distance d'un cheveu. Il le toucha et rétracta le sien comme s'il se fût agi d'un contact occasionnel. Mais il revint aussitôt le toucher et se rétracta, avançant et reculant, apparemment au gré des cahots de la voiture. Et peut-être, dans l'imagination magnétisée de Dionisia, le doute s'exprimait ainsi : *le fait-il exprès ou non ?* En accord avec cette cadence, le genou de la jeune fille, par des mouvements presque imperceptibles, acceptait le contact ou l'esquivait. Et, de la façon dont Telmo l'imposait, cette manœuvre était plus discrète qu'une plume au vent, poussée par un souffle intermittent.

Dionisia finit par se lasser de résister, poussée peut-être par son démon familier : *Après tout, n'est-il pas ton beau-frère ?* Et son genou s'immobilisa contre celui de Telmo. Il ne chercha pas à savoir si, en dernière analyse, elle avait cédé en raison de son sens des convenances et par délicatesse, ou sous quelque impulsion de son cerveau insouciant. L'important était qu'il possédait enfin le corps de Dionisia, de la cheville frémissante à l'épaule pleine, consentante et confiante. Soudain, un tremblement de terre. A quoi ce tressaillement était-il dû ? Ce n'était qu'une alarme intempestive. Et son genou, maintenant à découvert, sans hypocrisie, comme s'il avait ramené à la raison une amante boudeuse, quoique avec délicatesse et mille douceurs, repartit à la recherche de la jambe appétissante. La voilà! Quel mal y avait-il, pour eux, pour leurs proches, pour l'harmonie infinie de l'univers, que les pores de leurs corps se pénètrent de volupté au-dessus du gouffre sans fond de la vie et de la mort ?

Dionisia se laissa aller sur les coussins, ferma les yeux, et ses paupières légèrement mauves cachèrent le reflet de ses sentiments sur l'iris. Telmo voyait sur la membrane les fines veinules embuées d'une sorte de brume bleutée, plus légère que celle d'un beau rêve doré. La bouche, si excitante par sa sensualité, avait toujours son pli naturel, et la jeune fille respirait régulièrement. Doña Escolastica devait se promener dans le ciel; elle remuait les lèvres à la façon des léporidés, murmurant sans doute des prières pour le salut du monde. Quant à Telmo, le regard perdu dans le vague, tourné vers les prairies, il divaguait dans son paradis mahométan.

A proximité de Moure, Dionisia feignit de se réveiller du sommeil qu'elle n'avait pas connu. Mettant une certaine exubérance dans ses gestes et dans ses propos, afin qu'on ne doutât pas de son collapsus, elle demanda :

– Où sommes-nous ?

– Nous arrivons à Moure.

– Déjà ? ... Il faut que nous passions voir notre cousine Camara Coutinho...

On avait décidé qu'ils descendraient à Moure pour saluer leur cousine Mafalda, qui y était mariée à Adeodato Tralhão Viegas Camara Coutinho; elle aussi était une Camara, par les Camara de Pico de Regalados. En effet, l'un de ces derniers, Gastão Joseph da Camara Pantafufo, seigneur de la maison des Taipa et commandeur de Santa Maria de Casevel, avait épousé Dona Maria Teresa de Noronha, fille du comte d'Assumar, et cette dame, par sa tante, Dona Brunilde Oia Rinchuevos de Montenegro, était la cousine germaine de Doña Brites Aldonsa Iraizoz de Montenegro, la respectable génitrice du grand-père de Telmo, Don Telmo de Montenegro, seigneur de Salvatierra y Moz.

– Vous allez bien, ma tante ? demanda Telmo d'un air désinvolte.

– Très bien. J'avais froid aux genoux, mais maintenant j'ai bien chaud. Vous dégagez plus de chaleur qu'une fournaise.

– Et vous n'avez pas une petite faim, Doña Escolastica ? s'enquit Dionisia, en changeant de conversation, tout en regardant Telmo du coin de l'œil.

La vieille dame ébaucha un geste de la tête comme pour dire qu'il ne s'agissait pas d'une faim de loup;

alors, Telmo ouvrit les mains pour manifester sa courtoisie de la façon la plus expressive :

– C'est vous qui commandez, Mesdames.

– Dans ce cas, après Moure.

Quand ils s'arrêtèrent à la porte des Camara Coutinho – cinq étoiles en sautoir et une tour d'argent à deux lions dressés lampassés de sinople – la servante et le majordome, un petit vieux qui avait une barbe de quinze jours, accoururent. Après avoir échangé force salamalecs, ils gravirent le double perron; sur le palier, surgit la cousine Mafalda, avec ses grandes mamelles de vache laitière dans une robe sale en drap noir, les pieds nageant dans des babouches en velours brodées de violet au point d'épine. Elle passait pour être une âme charitable et n'avait rien d'une sotte, la pauvre. Les dames s'embrassèrent, se firent mille caresses, car Dionisia et elle avaient souvent joué aux osselets sur la place São Paulo quand elles allaient au collège des Ursulines. Mafalda, s'étranglant presque, toute rouge et honteuse, rentra en s'excusant : Adeodato était à la chasse. Mais que ses cousines veuillent se donner la peine d'entrer et que Telmo remette son chapeau, car il n'y avait pas de saints dans la maison...

A certains regards du majordome, surpris du coin de l'œil, et à en juger par la gêne de Mafalda et à son air embarrassé, Telmo en conclut que le cousin Adeodato da Camara n'avait pas envie de se montrer et qu'il s'était esquivé. D'autant plus que, comme chasseur, il ne lui connaissait pas d'autre talent que celui d'expédier en deux temps trois mouvements deux perdrix en escabèche, accompagnées de deux grands bols de soupe au pain de maïs et un grand pichet de vin vert. Quelle canaille! Cela n'avait rien d'étonnant; les manières du hobereau étaient bien connues, car il avait la réputation d'être sournois, retors, et il n'y avait pas plus grand grigou dans la contrée. Il suffisait de regarder les enfants, quatre petits gamins morveux, affublés de méchantes culottes fendues au derrière et déchirées aux genoux, pour se faire une idée de la négligence ou de la lésine de cette famille.

Les mioches en question allaient et venaient, comme s'ils avaient été des commissionnaires chargés de rapporter ce qui se passait là à une puissance invisible qui ne pouvait être que leur cher papa. Ce maudit bonhomme avait dû se dire qu'il valait mieux faire le mort, quoique, tout le temps que les autres avaient attendu à la porte, cette attitude eût été le motif d'une altercation avec son épouse, qui ne devait pas avoir envie de se retrouver toute seule pour supporter la corvée. Et il avait bien raison. Qui lui prouvait que ce Telmo ne venait pas lui emprunter de l'argent, soit pour lui, qui était un panier percé, soit pour Dom Miguel qui lui devait déjà une somme rondelette? Sa femme n'avait qu'à supporter ses cousins à la gomme; il fallait bien qu'elle serve à quelque chose pour une fois. Quant à lui, il n'était pas fait pour les demi-mesures ni pour supporter des importuns de cette espèce.

Telmo imaginait cette discussion à mi-voix entre mari et femme, tandis que cette dernière lui fournissait maintenant des explications qu'il écoutait d'un air navré, le plus innocemment du monde. Il l'assura alors qu'ils ne pouvaient s'attarder, et que, s'ils s'étaient arrêtés, c'était, bien entendu, pour présenter leurs félicitations à l'occasion de la naissance de la petite Adosinda, dernier rejeton des Tralhão e Camara Pantafufo, et aussi parce que Doña Escolastica et Dona Dionisia voulaient prendre les quelques minutes de repos nécessaires aux dames qui font un long voyage. Alors, la bonne dame grassouillette retrouva sa sérénité et, dès cet instant, le sourire revint sur ses lèvres comme le millet dans le bec des poules pondeuses quand elles picorent un épi.

– Alors, Dionisia, j'ai appris que tu allais te marier! Ah! Ce sera un bon mari! Un bon mari! Et puis, c'est un beau garçon! Tu le mérites bien..., caquetait maintenant la bonne dame.

Dionisia écouta ces éloges inattendus avec le sourire, mais sans sourciller. Sous prétexte qu'il allait voir si on avait bien donné à manger aux chevaux, Telmo quitta la pièce. Il le fit si précipitamment que, comme il se retournait pour maudire les armes des Camara Coutinho, sculptées sur le linteau de la porte, tout en descendant l'escalier, il aperçut un visage barbu et terreux qui épiait derrière les volets. Gêné, il détourna le regard, blessé dans son honneur d'avoir comme parent un homme aussi peu reluisant, la honte de la noblesse du Haut Minho.

Quand il reparut, Dona Mafalda disait à Dionisia, dans la galerie des portraits, devant une dame couverte de franfreluches, le teint rose, et vêtue d'une robe à vertugadin à la Velasquez :

– Tiens, ma belle, voici la fille de Dom Pedro de Almeida, premier comte d'Assumar, dame d'honneur de Dona Maria Sofia *, qui fut notre auguste reine. Son père et son mari ont été successivement grands

* Marie-Sophie de Neubourg, épouse de Pierre II.

veneurs des rois Dom Afonso VI * et Dom Pedro II **. C'est par elle que Doña Escolastica est ma cousine au sixième degré, mais il nous faut remonter à la génération des Assumar en Galice. Par la branche collatérale des Tralhão, qui sont venus se marier à Braga et y ont donné naissance à un Dom Manuel Balafrazes, qui a été chef de haras à Mormugão, notre lignée rejoint celle des Travanca e Ceia. C'est également de ce côté que toi et moi sommes apparentées à Abel Orbacem da Jola, notre cousin au septième ou huitième degré.

– Partons, partons, il se fait tard! les interrompit Telmo avec brusquerie, en s'approchant du groupe et en marchant en direction de la porte.

Malgré leurs protestations, les servantes finirent par préparer un rafraîchissement qui fut servi dans l'antichambre, dans de belles pièces anciennes en argent, et sur des plateaux non moins somptueux. Mais les visiteurs demandèrent d'une même voix la permission de ne pas accepter, sauf Doña Escolastica qui fit mine de tremper ses lèvres dans l'hydromel aux câpres et à la bergamote de Fafe, qui passait pour être éminemment carminatif, et dont les chantres de la cathédrale faisaient grand usage. Mais Telmo insistait : ils étaient attendus à Portela das Cabras par le cousin Basilio Piscalho, qui leur avait promis un saumon arrivé la veille de Lanhelas, ainsi qu'un petit cochon de lait cuit au four par sa tante Dona Maria da Porciuncula, qui avait été tourière à Tamanca, et n'avait pas sa pareille pour vous faire de

* Alphonse VI (1656-1668).
** Pierre II (1683-1706).

bons petits plats. Puis, ayant mis l'eau à la bouche des quatre marmots, du majordome et de Dona Mafalda elle-même, qui semblaient tous mourir de faim, ils se retirèrent après avoir échangé force salamalecs et souhaits de bon voyage, ce qui ne coûte pas cher.

Doña Escolastica reprit sa place, et Dionisia la sienne. Le cocher agitait déjà son fouet pour le faire claquer en vue du départ quand Telmo sauta à l'intérieur de la calèche. Il redéploya la couverture et l'étendit de nouveau sur leurs genoux et, comme si cela avait été convenu d'avance entre eux, il se rapprocha de Dionisia, épaule contre épaule, genou contre genou, ce qu'elle accepta de bon gré, comme la chose la plus légitime et la plus naturelle du monde. Sur les lèvres de Doña Escolastica flottait un sourire à la fois angélique et moqueur. Une fois que la voiture eut démarré et que les vieux mouchoirs sales des Pantafufo eurent fini de flotter sur le perron surmonté par les lions arrogants, elle ouvrit son sac à malice :

– Vous avez remarqué la pâte de coings qu'on nous a offerte, Dionisia ? Sur le papier, il y avait même des crottes de rat.

– Je l'ai fort bien remarqué. Et que dites-vous de la liqueur ?

– On aurait dit de l'huile de ricin. Je l'ai juste goûtée du bout de la langue, et j'en suis encore tout écœurée. Et le vin au fond d'une carafe en cristal de Bohême, vous l'avez vu ?

– Je l'ai parfaitement vu, dit Telmo. Quatre mouches, dont une à viande, nageaient là-dedans, les goulues.

Pendant ce temps, Telmo jouissait de la possession de

ce qui était à lui. A lui selon un incontestable droit de conquête. Il avait l'impression de se dilater, et sa petitesse, ses désirs, ses problèmes quotidiens faisaient place à une forte et débordante personnalité.

Les Anglais avaient quitté la péninsule depuis peu. Çà et là, dans la campagne, ils avaient laissé quelques boulets de canon, quelques épées rouillées, et deux ou trois vocables. L'un d'eux, cri de victoire des pirates, et qui s'était déjà fait entendre de cette même façon du duc de Lancastre * à Wellesley, le vieux Don Telmo de Montenegro l'avait toujours à la bouche : c'était *all right!*

Pendant ce temps, Dionisia s'amusait à écouter les cancans de Doña Escolastica avec qui elle échangeait des commentaires banals sur ce hobereau tapi dans sa masure, au milieu de ses choux et de plus en plus grippe-sou. Maintenant, la voiture traversait des étendues semi-désertiques, mais qu'un soleil froid barbouillait d'un jaune doux, d'un jaune de fleur de sargasse qui porte à l'optimisme. Un vent léger continuait à faire ployer herbes et plantes, produisant le bel effet d'un peigne qui aplatit une frange.

Ils ouvrirent les paniers de victuailles. Les genoux de Telmo et de Dionisia firent office de table. Les infaillibres croquettes de morue au vinaigre avaient un goût de revenez-y, et le poulet de grain rôti à la broche était digne du roi Jean VI, grand amateur de volaille. Ils mangèrent et se pourléchèrent, et firent honneur à un petit vin de Leitões, des vignes du corrédigor, capiteux,

* Fils du roi Edouard III d'Angleterre, le duc de Lancastre (1340-1399) fut l'allié des Portugais dans leur lutte contre les Castillans. Il donna sa fille Filipa en mariage au roi Jean Ier.

de ceux qui montent à la tête. Doña Escolastica en ingurgita plus qu'une vieille dinde gavée une matinée entière sous la baguette impitoyable du paysan. Elle fit un signe de croix sur sa bouche pécheresse et, comme le repas lui avait donné une certaine torpeur, elle s'endormit, la tête penchée sur l'épaule droite, comme un tournesol quand le soir tombe. Aidée de Telmo, Dionisia débarrassa la table improvisée. A chaque fois que l'occasion se présentait, les doigts malhabiles de Telmo se plaisaient à toucher les doigts agiles de Dionisia. Et comme cela était, ou pouvait avoir été, le fruit du hasard, elle ne se dérobait pas. A un moment donné, les mains du seigneur de Romarigães rencontrèrent celles de la jeune fille au fond du panier. Telmo attarda la sienne sur celle de Dionisia. Elle la retira avec une certaine véhémence. Mais Telmo, tel un oiseau de proie, la saisit au vol en murmurant tout bas, presque dans un murmure :

– Quelle jolie main!

Elle le regarda droit dans les yeux puis, devenant rouge comme une pivoine, elle dit à mi-voix, sans lui abandonner sa main, mais en la retirant avec indolence :

– Ne dites pas de bêtises!

Ils remirent la vaisselle et les victuailles dans les paniers qu'ils posèrent à côté de Doña Escolastica, affalée devant eux. La bonne vieille dame dormait comme une cariatide d'autel, et cette fois, ce fut Dionisia qui lui mit la couverture autour des genoux pour qu'elle n'eût pas froid. Puis, elle se laissa aller en arrière sur son siège et, sans dire un mot, ferma les yeux. Telmo la voyait de profil et, dans cette attitude de repos, où l'on n'apercevait qu'un coin des lèvres si tentantes, ses traits sereins étaient d'une divine pureté. Telmo en fut ébloui et la dévora des yeux, saisi, non de crainte, mais de respect devant ce spectacle qui reflétait la fragilité et la beauté. Avait-il le droit d'être pervers avec une jeune fille qui ne tenait sa sensualité que de sa nature et qui devait, tout compte fait, être facile à vaincre tant elle était faible et sans défense? Un nez fin, aux arêtes linéaires, et les courbes parfaitement symétriques des sourcils qui suivaient le contour du globe oculaire, formant comme des conques de nacre, les joues lisses et le front droit, mais pas exagérément, et, comme on ne voyait pas le pli sensuel de sa bouche, son expression dénotait une jeunesse d'une pureté nivéenne implorant la pitié. Tout en la contemplant, il eut soudain le pressentiment qu'elle l'épiait par une fente imperceptible de l'œil gauche, aussi exiguë que la pupille d'un chat en plein midi. Cela suffit pour l'enflammer. Il était déjà en position d'adorateur, et, par une exagération calculée, il ouvrit de grands yeux et poussa un gros soupir pour bien souligner son extase.

Était-ce pour fuir cette expression, considérée ou non comme feinte, qu'elle s'était tournée de l'autre côté, d'où elle ne pourrait pas le voir? Faisant semblant de dormir, elle laissa glisser sa main, qui était sur la couverture, par-dessous, sur son genou. Aussitôt, il avança la sienne pour la saisir. Le mouvement fut si brusque que la couverture tomba jusqu'au sol, du côté de la jeune fille. Mine de rien, comme si l'intermède s'était passé dans son sommeil, Dionisia fit un geste pour se dégager. Mais ce fut un geste discret, qui ne troubla ni le bon ordre ni le calme qui régnaient dans le véhicule. Telmo serra la jolie main, très légèrement d'abord, et elle finit par se rendre à sa merci. Ce fut pour commencer une reddition passive. Les doigts forts pressaient les doigts fins et les entouraient de caresses insinuantes. Puis, aussitôt, la serre se relâcha, se faisant humble devant sa proie pâmée, la parcourant du coude, palier le plus élevé du sanctuaire, au poignet, son premier degré. Une fois, deux fois, trois fois... la caresse de velours remonta la voie voluptueuse, légère et douce, avec plus de science que celle d'un charmeur qui module sur sa flûte l'air qui saura subjuguer le serpent. A un moment donné, il lui sembla que la main délicieuse semblait regretter de rester inerte. Telmo se fit alors plus caressant. Peu à peu, il sentit le sang artériel battre plus fort, et un ineffable frémissement parcourir le corps de la jeune fille comme un pentacorde. Oui, la main sortait de sa torpeur et répondait avec langueur aux doigts amoureux. Lentement et timidement, ils enlacèrent les autres doigts. Pour s'assurer qu'il ne se trompait pas, Telmo arrêta sa manœuvre. Il sentit alors les doigts charmants ébaucher une légère, une très légère pression pour avouer leur consentement.

La voiture avançait en cahotant, roulant à vive allure quand le chemin était en pente. Le postillon jurait tant qu'il pouvait et Doña Escolastica, en passe d'être momifiée, ouvrait un œil pour le refermer aussitôt, se balançant sur l'éternité.

Dionisia et Telmo, la tête appuyée contre les rideaux de la calèche, fermaient les yeux. Leurs mains se parlaient en cachette. Elles étaient passées aux aveux complets, sans savoir mentir, comme le faisaient les amants dans les premiers temps du monde, à l'entrée de leurs cavernes. Maintenant, les doigts fins et frémissants s'enroulaient autour des doigts forts et nerveux. C'était l'abandon total et sans retenue.

Telmo commandait à la main vaincue, et celle-ci se laissait faire. Avec une certaine mollesse, indifférente, feignant d'être inerte. Un léger tressaillement, et le conflit éclata. L'ongle rose s'enterra dans le creux de la main, entre le pouce et l'index, comme la lame d'un couteau. Et la main divine, quoique avec des gestes de somnambule, se laissa entraîner dans l'aventure. Avec son cou penché en avant, au-dessus d'eux, Doña Escolastica avait tout d'une gargouille de cathédrale.

XIX

Les médecins ne comprenaient rien aux maux d'Ana Adélaide. Des plus obscurs aux sommités les plus glorieuses, les diagnostics étaient hésitants et même contradictoires. Finalement, on envoya chez le barbier de Covas, mi-herboriste mi-sorcier, une ambassade dont on parla autant que de celle du Prêtre Jean *, avec les symptômes de la maladie.

– Il faudrait que je la voie! dit le guérisseur. Vous ne m'avez même pas apporté une chemise de la malade pour que je puisse me faire une idée!

– Venez au manoir, vous ne perdrez pas votre temps...

Le sieur Euclides Fragoso – tel était son nom – chaussa ses bottes de montagne et les guêtres qu'il mettait pour débroussailler, enfila son manteau à plusieurs collets, se coiffa de son bonnet en poil de lapin et partit pour Romarigães.

Entre la froideur réservée de Dionisia et les réticences de Telmo, le magicien s'enquit des malaises de la malade. Après avoir entendu cette dernière, interrogé les proches, fait les yeux blancs pour capter les voix des esprits évanescents, tordu les lèvres, au paroxysme d'une demi-transe, il se prononça :

– Ça, c'est le mauvais œil, quoi que vous puissiez en

* Souverain chrétien légendaire au Moyen Age dont on situait vaguement le royaume en Extrême-Orient ou en Abyssinie. Le roi Jean II envoya deux expéditions à la recherche de ce royaume, dont celle de Bartolomeu Dias qui, à cette occasion, passa pour la première fois le cap de Bonne-Espérance.

dire. Cette dame a un mal qui la ronge tout au fond d'elle, c'est sûr, mais ça ne suffit pas à expliquer un aussi grand abattement. Il faut lui faire des fumigations et la saigner...

Le barbier énuméra les ingrédients qui devaient entrer dans la composition du remède; il abordait un autre chapitre quand Dionisia lui fit observer :

– Je ne pense pas qu'il soit recommandé de la saigner, car elle est bien assez anémiée. C'est justement de sang qu'elle manque...

– Eh bien, le fils de mon père, qui n'est pas né d'hier, vous garantit qu'il vaut mieux ne pas avoir de sang plutôt qu'avoir celui qui coule dans ses veines. Il est plus empoisonné que l'eau croupie d'une mare. Si vous voulez qu'elle se rétablisse, saignez-la au bras...

Ils continuaient à échanger leurs vues sur un remède aussi radical quand le médecin de Paredes arriva à l'improviste et se fit annoncer. Alors, plus parce qu'ils se sentaient honteux d'avoir fait venir le guérisseur que parce qu'ils craignaient une rencontre entre les deux hommes, ils firent sortir le sorcier par une porte dérobée, en le renvoyant avec une mesure de maïs sur le dos, deux litres de haricots et une coupe de drap pour se faire faire un pantalon. Ils ne lui donnèrent pas d'argent, car il n'y avait pas un sou vaillant au manoir.

Les vénérables médecins attribuaient le dépérissement physique et le lymphatisme d'Ana Adélaide au fait qu'elle avait allaité quatre années de suite quatre enfants, dont seuls les aînés avaient survécu, et ne s'était pas correctement alimentée. Par manque d'appétit, sans doute, car il ne lui manquait rien de ce que l'on trouve généralement sur la table d'une noble famille. Ana Adélaide avait en effet fini par admettre qu'elle ignorait ce que c'était que d'avoir un palais. Il fallait en tenir compte. Les personnes dépourvues du quatrième sens vivent plus vieilles que les autres en utilisant les substances nutritives comme une machine utilise des combustibles, ou alors elles passent de vie à trépas à la première indisposition un peu sérieuse. Cela se comprend : la loi de la conservation les a privées de son stimulus essentiel qui a le palais pour principal organe. Pour Dona Ana Adélaide, la meilleure thérapeutique devait donc être à base de féculents, de bouillons gras et de viandes rouges. On n'avait qu'à lui présenter ce genre d'aliment, et on allait voir comme elle allait se requinquer.

Cette analyse de la maladie ne parut pas dépourvue de bon sens à ses proches. Et comme tout se ramenait à une question de moyens, on s'efforça de suivre les conseils du médecin. Le chapelain fut envoyé à Braga faire une saignée, pour remplacer celle que le sorcier n'avait pas faite à Ana Adelaide, dans la bourse de Côté Béni, celle-ci ayant toujours du cruor à verser, et du bon, car il portait bien son nom.

Bien qu'on l'eût fait venir pour s'occuper de la maison, Dionisia prenait très au sérieux son rôle d'infirmière, qu'elle remplissait avec zèle, discrète et silencieuse. Telmo ne cessait de tourner autour d'elle, mais, ou elle n'y prêtait pas attention, ou elle n'en avait cure. A chaque fois qu'elle était obligée de l'entendre, elle lui accordait une attention toute dénuée d'arrière-pensées. S'il leur arrivait de se croiser, elle continuait son chemin avec tant de naturel qu'il eût été impardonnable de l'en faire dévier. Bref, chaque fois que, par la force des circonstances, elle devait s'occuper de lui, elle le faisait sans baisser les yeux ni détourner le regard, comme si sa rétine s'était dépersonnalisée, en reflétant une image aussi extérieure et vide d'expression que celle que reçoit un miroir.

Ils prenaient leurs repas en commun autour de la table ronde. Mais les tantes galiciennes tenaient leur rôle de sentinelles de Dieu pour veiller à faire respecter certains de ses commandements, et rien ne leur échappait. D'ailleurs, Dionisia se comportait avec une politesse toute de réserve, une civilité très aristocratique, une certaine lenteur dans la dégustation, une façon très gracieuse de tenir sa fourchette en allongeant les doigts, l'ensemble témoignant d'un art tout de retenue qui imposait le respect. Et, sans l'empressement qu'elle marquait aux enfants, quelqu'un d'étranger à la maison aurait pu demander :

– Dans quel établissement *up to date* * êtes-vous allés chercher cette infirmière?

Soumis à un régime aussi inflexible, Telmo enrageait et souffrait. Et son cœur était au martyre. Avoir là, à sa portée, sa bien-aimée, d'autant plus désirable qu'elle se montrait farouche, être loin d'elle tout en l'ayant à ses côtés, était à chaque instant un supplice de Tantale. Il se vengeait en assouvissant sa fureur érotique sur les servantes et les fermières, plus spécialement sur cette Felisberta aux yeux pailletés d'or et bridés à l'orientale, qui avait une sapidité délétère de *Chatte écorchée* et qui, à

* En anglais dans le texte.

ses heures, en y mettant de la bonne volonté, rappelait Dionisia. Cependant, même si elle était la favorite, elle était loin d'être la seule. La lascivité de Telmo débordait comme celle d'un sultan héroïque, perpétuellement excité, sans qu'il eût besoin de recourir au régime spécifique des mandragores ou aux dragées d'ambre. Simultanément, jamais l'argent ne lui brûla autant les doigts. Dès qu'il en avait un peu en poche, il le jetait par les fenêtres. Il dota une foule de maîtresses et légua des terres à de nombreux enfants qui venaient lui demander la bénédiction comme à leur père naturel. Pour subvenir à toutes ces dépenses, qui étaient considérables, il signa des lettres de crédit et contracta des hypothèques à tort et à travers.

Ana Adélaide ne voyait rien de ce qui se passait autour d'elle. Elle se contentait de promener son regard sur la tête des deux bambins qui venaient s'amuser à son chevet. Accroupis sur le tapis, ils jouaient, heureux et insouciants, avec les choses les plus invraisemblables. Leur imagination leur faisait convertir aussi bien les marrons d'Inde en petits ânes et en meuniers que les coquilles de noix en calèches, pour lesquelles ils découpaient des roues dans des peaux de citrouilles et d'aubergines. A la fin de la journée, on se serait cru dans une porcherie, mais pour elle, cette porcherie était aussi belle que le paradis car elle était le théâtre des jeux de ses petits anges. Pour ce qui est de la maladie, il n'y avait pas moyen de vaincre sa répugnance pour les remèdes, et ce n'est que par crainte de les désobliger, tant elle était délicate, qu'elle n'envoyait pas promener les médecins. La seule qui pouvait la remettre sur pied – on le lui entendait souvent dire – c'était Notre-Dame du Bon-Secours, infaillible patronne des Cunha e Montenegro. Pour elle, elle ne lésinait ni sur les vœux, ni sur les promesses, comme aux temps héroïques du domaine.

Quoique détachée du monde pour tout ce qui ne touchait pas à ses petits innocents, elle ne manqua pas de remarquer le mutisme qui régnait autour de son lit et le peu de propos qu'échangeaient sa sœur et son mari. Un jour que le soleil automnal, joyeux et folâtre, pénétrait à l'intérieur de la chambre, invitant à la franchise et à l'optimisme, elle dit, alors que Dionisia lui donnait un bouillon de poule au vermicelle et que son mari se tenait à ses côtés, silencieux et raide :

– Vous ne vous parlez plus?

Providentiellement, les enfants firent irruption dans la pièce comme deux cyclones, en poussant des hurlements et en tirant, en guise de traîneau, une chaise Jean V encombrée des objets les plus hétéroclites allant des livres aux chaussures. De sorte que la question insolite, si gravement barométrique, se perdit dans le vacarme. Mais elle laissa dans l'atmosphère quelque chose de son irradiation toxique, une sorte d'ozone moral. L'attitude qu'ils avaient adoptée de part et d'autre – *Bonjour! Bonjour!* – ne s'en fit que remarquer davantage, et Dionisia, affairée, rapide, légère, s'adonnait exclusivement à sa besogne, comme si elle était née pour accomplir cette tâche, imperméable à toute interférence venue de l'extérieur. Lui, en revanche, était taciturne, contrairement à son habitude. Indifférence chez l'une, trouble chez l'autre, que fallait-il de plus pour dénoncer une certaine animosité entre les deux? Alors, Ana Adélaide redemanda :

– Vous ne vous parlez plus?

Cette fois, la question ne se perdit pas dans l'air. Dionisia fit entendre un petit rire. Quant à Telmo, il sourit, d'un sourire jaune, et répliqua de son côté, en essayant de donner le change :

– Tu voudrais peut-être qu'on se dispute...? Le médecin n'a-t-il pas ordonné le plus grand calme autour de toi, ma chérie?

– Ce n'est pas le calme qui me manque, rétorqua-t-elle avec une certaine amertume. Sans les espiègleries des enfants, je pourrais penser que je me trouve dans la chambre d'une moribonde.

Outre la terrible signification que cette mise en quarantaine pouvait avoir aux yeux de Telmo, elle le rendait fou. Son désespoir le portait de plus en plus à l'intempérance sexuelle. Tous les matins, Felisberta reprenait son service les yeux battus, indolente et l'air langoureux. Ses mines d'amoureuse comblée étaient scandaleuses. Telmo le faisait exprès, dans l'espoir d'éveiller chez Dionisia ce sixième sens féminin prêt à capter les effluves et les signes de la volupté qu'exhalent les autres femmes.

Or, si, au fur et à mesure que les jours passaient, leur réserve mutuelle ne cessa d'augmenter, le manoir devint en même temps froid et sinistre comme un hôpital. Les vieilles dames galiciennes erraient dans les pièces désertes comme des ombres élyséennes. Dionisia allait de la chambre de sa sœur à la cuisine et de la cuisine à la chambre, lui préparant ses repas et ses tisanes, et là, à table, en tout lieu, il n'était rien qui fût susceptible d'infléchir son horaire immuable. Le soir, après avoir couché les enfants et préparé sa sœur pour la nuit, jamais avant dix heures, elle se retirait dans sa chambre où elle s'enfermait à double tour. En dépit de ces airs de sphynx, Telmo était persuadé que la jeune fille était parfaitement consciente de son désespoir et de son émoi. Mais se pouvait-il qu'il n'y eût rien d'autre en elle que de la dissimulation?

Devant cet insoluble dilemme, Telmo, après s'en être remis *pro forma* à son bon génie, consulta le mauvais. Le premier était d'avis qu'il devait abandonner une entreprise perverse qui, au bout du compte, ne pourrait que lui causer de très gros soucis et lui coûter cher. Le mauvais génie, quant à lui, se garda bien de lui faire la morale et se limita à lui montrer le chemin en lui indiquant la ruse qui lui permettrait d'arriver à ses fins. La vertu s'arme contre les échecs terrestres afin d'obtenir une plus grande récompense au ciel. Telmo n'acceptait pas de lettres de crédits à si long terme. Il préférait le mal et ses plaisirs intrinsèques, sans se préoccuper des peines encourues dans l'autre monde. Il embobinait les servantes et en faisait ainsi des travailleuses actives et honnêtes. Il pensait maintenant, avec un cynisme dont il était à peine conscient que, s'il séduisait sa belle-sœur, il deviendrait l'administrateur de ses biens, ce qui ferait tout à fait son affaire et lui permettrait de joindre l'utile à l'agréable.

Conformément à son plan machiavélique, il sortit de chez lui un beau matin, le fusil à l'épaule, comme pour aller se promener. Il descendit le sentier qui menait à la fontaine puis, faisant un détour par la forêt, il obliqua en direction du domaine du Meijoeiro, autrement dit à l'extrême sud-est de la propriété. C'était là que Gabriel, un de ses garçons d'écurie, habitait avec sa femme; ce dernier lui servait de garde du corps et de muletier dans les expéditions périlleuses. On disait même que le gentilhomme avait pris du bon temps avec Esperança, la femme de Gabriel, à qui il l'avait donnée couverte d'or et avec une bourse pleine de livres. Gabriel était un robuste gaillard qui se serait jeté dans le feu pour lui et aurait tué père et mère s'il le lui avait demandé. Ce jour-là, Telmo attendit de le voir sortir dans la cour et lui fit signe dès qu'il l'aperçut. Ayant tout de suite compris qu'il y avait anguille sous roche, le valet s'empressa d'aller à sa rencontre, sous le couvert des arbres. Il s'entretint avec lui puis, une fois la commission faite, ils partirent furtivement, chacun de son côté.

Au manoir, le dîner tirait à sa fin quand une servante vint dire que Gabriel venait tout juste d'arriver, porteur d'un message très urgent de Padornelo.

– Un message très urgent de Padornelo...? répéta Telmo d'un air étonné. Ce doit être ma sœur qui me l'envoie. Que peut-elle bien me vouloir? Qu'on fasse entrer Gabriel...

Comme c'était l'usage dans les vieilles maisons, le valet se présenta devant son maître, qui resta à table. La chemise ouverte sur la poitrine, son chapeau dans la main droite, un bâton dans l'autre, il avait l'air de quelqu'un qui venait de parcourir quelques bonnes lieues à toute allure.

– Eh bien, Gabriel, qu'y a-t-il? s'enquit Telmo, un coude sur la table, l'autre soulevé, la fourchette presque à la bouche.

– J'arrive de Padornelo. Dona Maria Egéria vous demande d'y aller tout de suite, Monsieur. Monsieur Joaquim a eu une attaque...

– Mon beau-frère a eu une attaque?... Le pauvre! Tu l'as vu? s'exclama-t-il sur un ton pathétique.

– Non, Monsieur, je ne l'ai pas vu. Mais là-bas, toute la maison était en effervescence. Un valet était parti à cheval à Arcos appeler le médecin.

Il se fit une courte pause, puis Telmo proféra, en jetant un regard à la ronde, allant de Dionisia aux deux dames zurbaranesques.

– C'est sa deuxième attaque. Il peut y passer. Quelle affaire! La nuit est-elle claire?

La question s'adressait au valet, qui répondit :

– C'est le dernier quartier de lune, Monsieur. Mais le croissant est déjà très bas...

– Très bien. As-tu soupé? Sinon, va manger un morceau, et après tu viendras avec moi. Tu n'es pas trop fatigué? Je vais me préparer...

Il se leva précipitamment, sans finir de manger. Les dames échangèrent des regards consternés. Dionisia ne dit pas un mot. Au contraire, elle resta comme elle était, termina son repas sur un rythme légèrement accéléré et alla de son pas naturel avertir sa sœur de ce qui se passait. Peu après, Telmo reparut, enveloppé dans une grande cape de cavalier, le pistolet à la ceinture, sa cravache à la main :

– Dieu veuille qu'il s'agisse d'une fausse alerte. Mais s'il meurt, cela va être terrible pour ma sœur, surtout en ce moment, dit-il en guise d'adieu. Dors bien, Aninhas. Demain matin, si tout va bien, je serai de retour. Bonsoir, Dionisia! Bonsoir, mes tantes!

– Fais bien attention à toi! s'écria Ana Adelaide, en reprenant ses vieilles habitudes, excessive comme toujours dans son empressement. Par une nuit pareille!... Tu peux rencontrer des loups sur le chemin... des voleurs...

– J'ai tout ce qu'il faut pour ne craindre ni les uns ni les autres, rétorqua-t-il sur le ton de la plaisanterie en se retournant pour montrer la crosse de son pistolet, avec une mine si réjouie que Dionisia, qui l'observait, immobile et d'un air intéressé, en fut toute surprise.

Au passage, il repoussa Felisberta qui s'était mise en travers de son chemin pour l'aguicher, en odalisque prête à recevoir une caresse du pacha. Le cheval trépignait sur les dalles de la cour. Il monta, puis, précédé de son valet, disparut sur le chemin qui borde les défilés au levant. Une fois sur la route de Sampaio, il dit au valet :

– Emmène le cheval à Meijoeiro. Et que personne ne le sache, tu as bien entendu ? Emporte aussi ma cape...

– La nuit est froide, patron...

– Je sais ce que je fais. File!

– Vous ne voulez rien d'autre, patron ?

– File!

Le valet partit à travers champs, tenant le cheval par la bride, pensant à coup sûr que Telmo se rendait au village, à l'un de ses innombrables rendez-vous avec une gamine honteuse ou la femme d'un homme qui avait dû aller gagner sa vie au loin. Telmo s'enfonça dans les broussailles, s'amusant à imaginer ce que devait se dire ce balourd de Gabriel, à savoir : *Encore une idiote qui va passer à la casserole*. Si seulement cela pouvait être vrai! Ah! cette fois, il s'agissait d'un gibier de qualité.

D'en haut, à la lumière blafarde du dernier quart de lune, il promena son regard sur la vallée de Moldes. Dans les hameaux, çà et là, les lumières s'éteignaient. Les femmes avaient lavé les écuelles du souper et, l'une après l'autre, allaient se mettre au lit. Tout en bas de l'espace sidéral, quelques courtilières entonnaient leur chant plaintif. L'eau du ruisseau dévalait la pente en tintinnabulant, et se ramifiait au fond; partant d'un côté arroser les champs de sainfoin et de fourrage, et de l'autre, contournant le manoir sur la droite, elle descendait en cascade par-dessus le tertre. Rien de tel que l'eau vive pour signaler une belle propriété. Nuit et jour, de tout côté, la voix divine proclamait que c'était là le Bon-Secours, terre riche en pâturages et en champs labourés.

Une fois franchie la colline, quand il n'entendit plus les pas du cheval, Telmo rebroussa chemin. Tout doucement, s'arrêtant par moments, l'oreille aux aguets, il marcha jusqu'à ce que la masse du manoir apparût à ses yeux au milieu de l'obscurité, telle une grande caravelle ancrée dans une lagune. Un faisceau de lumière sortait encore de l'une des fenêtres. Il devait venir de la chambre de Dionisia, qui donnait sur la forêt. S'approchant des grilles du portail, il entendit un bruissement et vit deux formes se précipiter sur lui en grondant.

– Chut, *Turc*! Chut, *Gandin!* – dit-il à voix basse. – Chut!

Les molosses qui, en le reconnaissant, s'étaient mis à japper de joie à voix basse, se calmèrent et retournèrent dans leur niche en remuant la queue. Telmo ouvrit la petite porte et la referma derrière lui, sans faire de bruit. Il passa dans l'ombre de la chapelle. Notre-Dame du

Bon-Secours était bien là, entre saint Pierre et saint Paul, et elle le suivait certainement de ses beaux yeux. Il ne put s'empêcher de lui adresser une fervente prière :

– Notre-Dame du Bon-Secours, patronne de notre maison de génération en génération, pardonne-moi ce que je vais tenter de faire et, s'il t'est possible d'intervenir dans ce genre d'affaires, aide-moi. Du résultat de celle-ci dépendent mon repos et l'avenir de mon âme. Tu sais bien qu'un péché est bien souvent la marche qu'il faut gravir pour atteindre le chemin du bonheur et de la gloire. Je jure d'habiller cent pauvres de pied en cap, de doter cent pucelles pauvres qui voudraient épouser d'honnêtes travailleurs, de faire dire cent messes dans cent églises du diocèse, si cette entreprise trouve une heureuse issue. Notre-Dame du Bon-Secours, je t'en supplie, entends ma voix et aide-moi!

Il revint du côté de la cuisine et de l'office. La lumière de la chambre de Dionisia continuait à projeter sa faible lueur orangée dans la nuit blafarde et formait des taches sur les branches déchiquetées des arbres fruitiers du verger. Quant aux autres fenêtres, c'est à peine si la luminescence du quartier de lune décroissant, qui descendait, de plus en plus pâle, derrière les communes du Raposa, éclairait leurs vitres d'un vague reflet. Se demandant s'il ne valait pas mieux attendre que l'obscurité se fît totalement dans le manoir, il finit par se dire que l'une ou l'autre des situations avait ses avantages et ses inconvénients. En conséquence de quoi il se décida. A pas de loup, il monta l'escalier qui desservait la chapelle du côté de la cour. Il le fit le plus discrètement qu'il put, et fit tourner tout doucement la clef qu'il avait prise avec lui, en retenant sa respiration et en veillant à ce que les gonds ne fissent pas de bruit. Encore quelques pas, et il était devant la chambre de Dionisia. La flamme dorée de la lumière modelait le trou de la serrure. Et maintenant? Que faire? Il n'eut pas l'ombre d'une hésitation. Dieu soit loué, cette nuit-là, elle ne s'était pas enfermée à clef! Ainsi, elle avait bel et bien peur de lui; elle se couchait et se levait en pensant à lui! Mais, pour l'instant, cela présentait peu d'intérêt. Il fit tourner le loquet, la porte céda, et il se trouva devant la jeune fille, assise dans son lit, en peignoir, les cheveux lâchés dans le dos. C'était un charmant tableau, et son cœur se dilata devant tant de beauté. Dionisia le vit aussitôt. Et, comme il allait faire un pas en avant, elle proféra, les lèvres déformées par la surprise, et d'une voix altérée :

– Que venez-vous faire ici? Si vous faites un pas de plus, je crie!

Elle s'était redressée un peu dans son lit et affichait un air courroucé, résolument hostile. Telmo repoussa la porte et répondit, en prenant juste le temps de sortir son pistolet de sa ceinture :

– Criez donc! Mais soyez-en certaine : si vous le faites, je me tue sur-le-champ...

Et il avança, l'arme à la main. Elle se contint, car elle savait qu'il était homme à tenir sa promesse.

– Je veux seulement que vous m'écoutiez, reprit-il. Je n'en ai pas pour longtemps...

Dionisia détourna les yeux puis, la voix serrée au fond de la gorge par l'affliction, elle dit d'une voix plaintive :

– Je ne veux pas vous entendre. Oh! mon Dieu! Quel homme! quel homme!

– Vous avez raison, quel homme! Je suis un méchant homme, je suis un misérable, et même l'enfer ne voudra pas de moi, mais je ne puis plus vivre ainsi. Avant de me tuer, je voudrais seulement vous dire pourquoi je le fais...

Dionisia, les ongles enfoncés dans ses doigts repliés, était le vivant portrait de la désolation, et on lisait la force de son émoi sur sa chair, son visage angoissé déformé par un rictus. D'un ton où s'exprimaient tout à la fois la douleur, la haine et le désespoir, elle dit :

– Tuez-vous donc!... Pourquoi ne vous tuez-vous pas...? Qu'attendez-vous?

– Dionisia, je vous le jure, je vous le jure encore une fois, ce jour est le dernier de ma vie!

....

Dionisia tendit le bras en pointant le doigt pour désigner un endroit au-dessus de la fenêtre où elle croyait avoir entendu un bruit. Ils furent alors tous deux pris de frayeur, et retinrent leur souffle. Le bruit s'accentua; elle souffla la chandelle. Ils demeurèrent comme en suspens sur l'escarpolette des ténèbres. Puis, le silence du manoir les enveloppa, tel le plus doux des velours. Qu'il était bon, après les larmes, après une intense souffrance, de se réfugier dans la sincérité de la nuit et la pureté de son attrition! Ils entendirent battre leur cœur à l'unisson. Une clochette de brebis tinta du côté des bergeries. Seule la vrillette – crac, crac – s'attaquait aux vieilles planches du parquet qu'avait fait faire le licencié Gonçalo da Cunha. Au bout d'une longue pause, elle reprit, dans un murmure :

– Allez-vous-en, Telmo! Ana Adelaide peut se réveiller...

– Je m'en vais, oui, je m'en vais... Laissez-moi seulement vous baiser la main... Je vous en prie... Ce sera la dernière faveur... avant que je n'en finisse.

Elle éloigna sa main, cette main si charmante qui évoquait de si doux souvenirs. Telmo la chercha dans et sous les draps. Il rencontra la rondeur ferme d'un sein. Il le pressa, le pressa encore. Dionisia se tordit des pieds à la tête. Ah! c'était la sonnette qui ouvre la porte du temple d'Aphrodite une fois que son timbre s'est répercuté dans tous ses méandres et dans tous ses corridors!

– Laissez-moi, Telmo, laissez-moi! Ne soyez pas si cruel! Ah! pourquoi êtes-vous si cruel?...

En voulant éviter l'attouchement excitant, son corps retomba sur le côté, et sa tête sur l'épaule de Telmo. Ce fut comme si elle avait offert ses lèvres.

– Non, Telmo! Non, Telmo! Attention, je vais crier...

Ah! Quelle bonne entremetteuse que la nuit! Tous les démons de la sensualité sortirent en même temps de leurs tanières, du ciel, de l'enfer, de l'âme et de la chair, et renforcèrent leur pouvoir abyssal.

XX

Le vingtième chapitre de cette chronique, fastidieuse mais véridique, s'ouvre sur une invective d'ordre céleste contre la volupté. Toucher à un parterre de giroflées aussi odorant serait irrévérencieux, et l'œuvre d'un sacripant. Aussi en ferons-nous ici une scrupuleuse et fidèle transcription :

O monde, ô monde, les ravages que t'a fait subir la luxure sont plus terribles que ceux de la peste, de la famine et de la guerre! Horrible vipère dans ses anneaux de fer et de velours, elle étreint et étouffe les êtres vivants. C'est elle qui fut à l'origine de la chute de dizaines d'empires, si on y regarde de près, et qui précipita plus de saints qu'il n'y a d'étoiles dans la constellation des Pléiades dans les peines éternelles, alors qu'ils étaient déjà en vue de la cité de Dieu. C'est la luxure qui causa la perte de David, qui causa la perte de Samson, qui causa la perte d'Amnon. Avant que le monde ne fût monde, Adam et Ève coururent à leur perte, puisque tout, dans la pomme, n'était que leurre destiné à abuser les sens.

C'est la luxure qui fit sombrer dans l'océan de ses sables l'Égypte de Cléopâtre, et qui permit aux barbares du Nord de noyer dans le sang la répugnante Rome des Césars dissolus. C'est la luxure qui causa la perte de la monarchie wisigothe, jardin des Cinq Plaies du Christ, et qui fit enterrer vivant le roi Rodri-

*gue * dans une sépulture de pierre avec un serpent qui s'alimenta de son corps. – Il me dévore! Il me dévore là par où j'ai tant joui! – l'entendait-on dire dans ses plaintes, sans que la main du Seigneur tolérât que le gardien vînt en aide au pénitent mutilé. Saint Antoine la définit d'une façon lapidaire:* Luxuria inquinat; irretit; inviscat; foedera rumpit. *O, Père de la vie, ici elle rompit les liens les plus sacrés de la parenté et de l'honneur: simultanément inceste, stupre et adultère. Triple damnation!*

Attendez-vous, misérables, au châtiment du ciel! Dans le manoir, les pommiers des vergers luxuriants peuvent bien continuer à fleurir et à se couvrir de fruits; les vignes à donner de délicieux raisins, les eaux légères des montagnes à descendre chanter dans les prés pour enivrer les truites vagabondes et friponnes, faire pousser les herbes que paissent les poulains hennissants, apporter l'abondance dans les coffres. L'ineffable Notre-Dame du Bon-Secours peut même ne pas se voiler la face quand vous passez, et continuer à sourire – vous serez châtiés pour ce péché inouï! Tremblez, amants, qui attendez l'heure où le manoir et le monde sombrent dans la nuit inviolée pour vous livrer à de babyloniennes et folles bacchanales, lèvres contre lèvres, membres enlacés aux membres, créatures faites à l'image et à la ressemblance du Dieu pur, métamorphosées en serpents de la fornication. Tremblez, malheureux, car le fer qui vous transpercera est déjà dans la forge, brandi par un ange ou par un démon, dans votre abominable lit de turpitude!

* Rodrigue ou Rodéric, dernier roi wisigoth de la péninsule ibérique, fut vaincu par Tariq à la bataille du Christ ou de Guadalete, en 711, bataille à l'issue de laquelle la péninsule fut occupée par les Arabes.

Comme on peut en conclure de cette imprécation du chroniqueur, rude comme celles du prophète Ézéchiel, les amants ne furent pas assez prudents pour ne pas laisser transpirer la vérité. Dionisia était heureuse et Telmo au comble de la félicité. On peut encore cacher les misères, mais le bonheur fait plus de fumée qu'un grand feu de bois vert. Et pourtant, pendant que Dionisia s'absenta pour aller au chevet de son père malade, Telmo fit faire du rez-de-chaussée à la chambre de la jeune femme un passage si secret que, lorsque l'on démolit cette aile du manoir, c'est à peine si l'on vit sur le parquet l'emplacement de la trappe.

Cependant, même si le scandale n'y fut pour rien, tout changea dans la propriété sous l'effet de cette folle passion. Se voyant remplacées dans les bonnes grâces du maître, les servantes s'en allèrent. L'intrépide et généreux débauché leur manquait comme un coq peut manquer dans le poulailler. Mais, pour leur clore le bec, il fallut les cajoler d'abondance. Sous prétexte qu'ils allaient résider à Lisbonne, comme ils le firent réellement, Telmo en habilla quelques-unes de pied en cap et leur acheta de belles chaînes en or, donna à d'autres une maison et un potager, et accorda même des rentes viagères à telle ou telle âme vagabonde. Felisberta fut la dernière à partir, et Telmo lui fit don par-devant notaire de biens susceptibles d'appâter, en vue du mariage, quelque ambitieux d'un certain rang, ou de lui permettre de vivre dans l'aisance jusqu'à la fin de ses jours. Elle aurait tout refusé, mais ses parents l'asticotaient par-derrière :

– Prends donc son argent, nigaude. Sinon, tu vas rester sur le pavé comme une malheureuse, et même les chiens se détourneront de toi.

Elle accepta donc. Comme ils revenaient de chez le notaire de Ponte de Lima, où ils étaient allés en cachette, elle l'attendit de longues heures, triste et désespérée, dans un bois en haut de la colline qui sert de démarcation entre le domaine et le Labruja. Quand elle le vit enfin arriver au trot, elle avait les yeux si rouges à force d'avoir pleuré qu'il en fut ému et descendit de cheval pour la consoler :

– Il faut que tu m'oublies, ma mignonne, il faut que tu m'oublies... Tu vois bien que je ne peux pas t'emmener à Lisbonne. Nous nous sommes trop fait remarquer. Mais je te le répète encore une fois : épouse un garçon qui ait de l'estime pour toi et compte sur moi en toute occasion...

– Tout cela m'est bien égal...

– Dis-moi, en quoi puis-je t'être utile...?

– Emmenez-moi avec vous...

– Impossible, ma belle! Tout le monde sait que nous avons été ensemble, même Madame...

– Oh! Madame sait... Qu'est-ce que Madame peut savoir?... Madame est toujours dans les nuages...

– On est allé le lui dire...

– On est allé le lui dire?... Pour qui me prenez-vous? Je ne suis pas tombée de la dernière pluie. Que Dieu vous protège.

– Qu'il te protège, toi aussi, tu en as bien besoin.

Il se fit entre eux un silence lourd de menaces, de toutes ces pensées reptiliennes qui ne s'expriment pas, mais que chacun voit traverser l'esprit de l'autre. Après avoir coupé un brin de bruyère sèche et l'avoir mordillé, elle reprit, en le regardant bien en face :

– Pourquoi vous êtes-vous attaqué à moi? N'aviez-vous pas juré que vous ne m'abandonneriez jamais...?

– Mais je ne t'abandonne pas.

– Ah! Ah! vous ne m'abandonnez pas...? Je sais bien pour qui vous m'abandonnez, mais ne vous en faites pas, Madame le saura...

– Allez, va le lui dire. Dépêche-toi!

Il l'attrapa violemment par le bras, comme quand il s'en prenait à quelqu'un qui le contrariait, surtout lorsqu'il s'agissait de personnes de condition inférieure. Il la secoua sans pitié. Alors, ses pleurs redoublèrent tandis qu'elle s'accrochait désespérément à son cou. Il crut voir une branche de mimosa en fleurs secouée par une rafale de vent. Quand elles pleurent, les femmes deviennent plus jolies, et plus les hommes les traitent avec brutalité, plus elles triomphent. Pour elles, l'humilité est toujours la meilleure des tactiques. Ainsi, elles excitent le mâle et remportent la victoire. Telmo la prit par la taille; alors, dans les yeux de la jeune femme éperdue d'amour et de félicité, un sourire tremblant, doux et fugace, perçait par moments le brouillard formé par les pleurs. Ce matin-là, il avait plu à verse, et la terre était gorgée d'eau. Il prit la housse du cheval ainsi que la couverture. Aidé de la jeune femme, il les étendit sur le sol. La faible lumière du crépuscule, filtrée par les branches des pins, faisait briller dans les yeux de Felisberta, qui battait des paupières, la clarté d'eau salée qui se reflétait à certains moments dans les pupilles de Dionisia. Cela suffit pour le transporter. La gorge de colombe de la jeune femme palpitait. Elle n'avait jamais été aussi belle qu'à ce moment-là après ce déluge de larmes, avec son buste serré dans sa robe réséda, son foulard rouge descendu sur les épaules et, sur son cou ambré, un charmant grain de beauté couleur de sardoine. Son visage était figé dans cet air grave qui trahit le climat intérieur de bonheur et de reconnaissance, et dans ses prunelles, ni tout à fait vertes, ni tout à fait dorées, se reflétait comme dans un miroir le feu bleuté de sa passion. Il lui titilla le sein comme il savait le faire, et le timbre ineffable résonna dans toutes les salles du palais. Au-dessus d'eux, pardessus les pins, la nuit était peuplée d'ailes de velours et de cristal.

Avant d'aller s'établir à Lisbonne, ils firent le partage de leurs biens par-devant notaire, sur le conseil du corrégidor. A l'aîné, conformément à la tradition, reviendrait le domaine du Bon-Secours, avec le Meijoeiro et les biens annexes qui faisaient partie du patrimoine constitué par le licencié Gonçalo da Cunha, sous réserve d'usufruit. Dans les mêmes conditions, Leonarda recevrait ce qui revenait à Ana Adelaide du côté de sa mère dans les districts de Braga et de Guimarães. Leur restaient, libres et allodiaux, la ferme de Padornelo, riche en pâturages et en terres ensemencées, les rentes foncières d'Infesta et le fabuleux héritage constitué d'établissements commerciaux, de vignes, d'oliviers et de grandes propriétés à Esporões et à Merelim, provenant d'Aniceto Côté Béni et de sa femme Felismina do Espirito Santo. Un beau matin de Pâques, à Braga, où la Résurrection est célébrée par les chants alternés des rossignols et des prêtres, l'admirable marchand de cierges avait rendu l'âme, et, quelques jours plus tard – fait qui donna lieu à d'abondants commentaires –, sa vertueuse compagne l'avait suivi dans sa montée au ciel par la Voie lactée. Après avoir mis en balance leurs bonnes et leurs mauvaises actions, saint Pierre trouva que, quand des gouttes de cire échappaient aux mains malhabiles de leurs ouvriers dans la fabrication des bougies, ils les recommandaient dévotement à Dieu – *pour le salut des âmes*! – suivant la dévotion liée à leur profession. Ces pieuses paroles eurent pour bienheureux effet d'attendrir le gardien des portes du paradis. En l'occurrence, tant vaut une goutte qu'un océan de cire.

Donc, grâce aux gouttes perdues, à quelques messes à cent vingt réaux, à l'affection profonde qu'ils avaient portée au petit malheureux qu'ils avaient recueilli, et en dépit des imprécations que leur adressèrent leurs parents évincés, ils gagnèrent leur salut.

Maria Camela, la voyante de la Porta Nova, qui les vit en songe éclairer le Seigneur avec de gros cierges pascals, pouvait en témoigner, ainsi qu'une colombe blanche qui, des jours durant, alla roucouler des plaintes sur leurs tombeaux.

Or, tous ces biens, à commencer par la boutique et la fabrique de cierges, Telmo les liquida en deux temps trois mouvements, quand il songea à aller habiter à la capitale.

Il avait fallu peu d'années pour que le manoir se transformât. Il y avait longtemps que la dépouille mortelle de Don Telmo, l'aïeul espagnol, avait rejoint celles des Cunha Antas dans la chapelle de São Bartolomeu à Rubiães. Il n'y eut pas assez de place en cet endroit pour les vieilles tantes galiciennes, et il fallut leur trouver une ultime demeure dans le cimetière public, s'opposant ainsi aux sœurs Teresa et Urraca *, désunies dans la vie et dans la mort. C'est là aussi qu'allèrent reposer les ossements de Dona Maria Carantonha, la plus humble et la plus sublime des femmes.

Grâce aux importants capitaux qui lui échurent de tous côtés, Telmo put liquider des hypothèques, régler des dettes chroniques et préserver ses propriétés qui menaçaient de tomber en ruine. Au manoir, il installa un fermier qui lui parut remarquable, et au printemps, le merveilleux printemps du Minho avec ses arbres fruitiers en fleurs, ses eaux limpides, bouillonnantes à certains endroits, murmurantes à d'autres, ils prirent le chemin de la capitale, considérée comme une terre promise, et dont le mirage avait suffi à aider Ana Adelaide à se rétablir tout à fait.

A Lisbonne, ils avaient une foule de parents, aussi bien du côté des Cunha Antas que de celui des Travanca e Ceia. A cette époque, on parlait beaucoup à la cour du grand train que menait une certaine Dona Micaela Ninfa de Castro, de la maison des Reguengo, épouse d'Antonio Brandão Pais de Castro qui avait été gouverneur de la place de Valença et qui, après s'être retiré à Lisbonne, était devenu l'un des lieutenants du roi proscrit **. Telmo et lui étaient cousins des deux côtés. C'est donc sur cette noble famille que les Meneses e Montenegro – le nom de Cunha de Antas avait fait long feu – prirent modèle pour leur vie en société. Ana

* Filles d'Alphonse VI, roi de Castille (1030-1109). Ce dernier partagea ses biens entre ses enfants, qui se livrèrent des guerres incessantes. Teresa, mariée à Henri de Bourgogne, reçut le comté que son fils, Alphonse Ier, transforma en royaume, fondant ainsi le Portugal.

** Il s'agit de Dom Miguel, contraint de s'exiler en 1834.

Adelaide était secondée par sa sœur, toujours avec le consentement empressé de Telmo qui disait amen à tout ce qu'elles entreprenaient de faire. Ils se montèrent une maison rue das Chagas, dans l'hôtel particulier d'un noble ruiné, une belle et luxueuse demeure, qui avait une remise, un *hall,* un verger et un jardin à la française, remarquable par ses allées de buis, ses tonnelles et ses pièces d'eau. Tout cela coûtait les yeux de la tête et, pour accompagner leur faste, ils durent engager un nombreux personnel, un chapelain, des précepteurs et des préceptrices, aussi bien pour la fille que pour le garçon, un professeur de danse, et même un maître d'armes. Outre les dignitaires, la maison de Dona Micaela Ninfa, qui était aussi apparentée au monarque, ne comptait pas moins de vingt-neuf domestiques, pour ne mentionner que ceux qui venaient après le majordome : sommeliers, portiers, postillons et gouvernantes. Pour satisfaire son désir de rivaliser avec sa cousine, Telmo devait régler à la fin de chaque semaine une somme rondelette. Mais, tandis qu'il payait les gages qu'il devait rubis sur l'ongle, en provincial un peu simplet, aussi bien Dona Ninfa que la sérénissime maison d'Angeja, qui battait tous les records de faste à la cour, devaient régulièrement de l'argent à leurs serviteurs et à leurs employés. Passer pour escroc aux yeux des uns ou des autres leur était indifférent, et cela ne pouvait même pas ternir leur blason, du moment que l'habitude de carotter les autres était devenu une institution aristocratique nationale. Que les serviteurs, malins et astucieux, se servissent tout seuls, en les volant sur une grande échelle et en douce, cela était inévitable. Sous prétexte de vouloir donner à sa femme le plus grand faste possible, ce que Telmo voulait, en fait, c'était combler Dionisia de présents, car il était de plus en plus fou d'elle. Comme elle disposait de l'héritage qui lui venait de sa mère, elle était en droit d'arborer les bijoux les plus coûteux et les toilettes les plus en vue. Elle avait quantité d'hommes à ses pieds, dont Orbacem e Jola, qui était venu à Lisbonne sur ses pas, et ne cessait de soupirer après elle et de lui faire les yeux doux. Il ne savait pas que rue de São João dos Bem-Casados, dans un immeuble semblable aux autres immeubles, les amants avaient leur paradis secret où, deux fois par semaine, ils s'adonnaient copieusement au péché, comme le rapporte la chronique du bon révérend que nous suivons ici.

Pendant les grandes vacances, le corrégidor Travanca e Ceia vint à mourir. Dionisia se trouvait à ses côtés. Comme elle était excessive en tout, le décès de son père la bouleversa si profondément qu'il ne serait pas exagéré de dire qu'elle resta en état de choc. Il y avait deux semaines qu'elle n'avait pas vu Telmo et, quand il apparut, forci et hâlé par le soleil des parties de chasse, elle lui fit signe de monter dans la mansarde. Là, frémissante et sanglotante, elle se donna à lui. Que ce fût sous l'effet du désir amoureux exacerbé par la tristesse du moment, ou de l'atmosphère génésique due à la mort, toujours est-il que son orgasme finit dans un cri qui mit toute la maison en émoi. Les personnes de haut rang, qui veillaient l'illustre défunt, échangèrent un regard alarmé. Ana Adelaide courut vers les combles. Elle y trouva Dionisia à demi-dévêtue, qui fit mine de rien, et aperçut aussi une silhouette qui disparaissait dans l'ombre des corridors. Cela venait confirmer des soupçons qu'elle avait depuis longtemps, mais elle fit comme si de rien n'était.

Ils s'en retournèrent à Lisbonne, et, pendant dix ans, la roue de la fortune les écrasa de son poids, tel un rouleau compresseur. Le domaine de Notre-Dame du Bon-Secours menaçait ruine. La forêt était dévastée, les pâturages minés par les inondations, et les murs d'enceinte s'écroulaient. Dans le manoir, aux parquets brisés et aux vitres en mille morceaux, il pleuvait comme à l'air libre.

Dionisia avait institué Telmo son mandataire, et son héritage, avec le manque de scrupule qui caractérisait le gentilhomme dans le domaine des affaires, servit à trouver des ressources pour pallier la ruine imminente. Mais il fallait changer de train de vie s'ils ne voulaient pas se trouver sur la paille, et ils décidèrent de se défaire de la maison de Lisbonne. Ils firent leur entrée au manoir par un après-midi brumeux, entre deux rangées de valets et de fermiers, vieillis et en haillons, alignés dans la cour, en face de la petite chapelle de Notre-Dame. Ana Adelaide tenait Leonarda par la main. Elle regarda la Vierge, la seule qui semblât demeurer inaltérable, et dit à la jeune fille :

– Tu as le cœur pur. Demande-lui de nous secourir.

Telmo entreprit de restaurer la maison, mais à la va-vite, en commençant naturellement par les habitations. Ce qu'il voulait, c'était faire un nid tout propre et tout beau pour sa maîtresse. Son fils, par bien des côtés, était un vaurien qui ne s'intéressait qu'aux chevaux, aux lévriers et aux femmes. Il passait son temps à se bagarrer dans les foires et les fêtes de village tout en maintenant la ligne romantique des gentilshommes *vieille roche* *. Il savait à peine lire et écrire.

Mais qu'importait à Telmo le reste du monde, du moment qu'il avait à ses côtés la dame de ses pensées, puisqu'elle l'était de son cœur.

Subitement, Ana Adelaide fut prise de mélancolie et commença à dépérir. Les médecins firent le lien entre son état morbide et la réapparition des anciens malaises qui l'avaient minée. Alors, ils reprirent leur bâton de pèlerin pour aller faire le tour des médecins, des sommités et même des sanctuaires. On ne négligea rien. Telmo se demanda s'ils ne feraient pas mieux de retourner à Lisbonne.

– Ce serait pire! Tel fut l'avis du médecin qui, à l'oreille du mari et sous réserve de se tromper, ce qui était peu probable, diagnostiqua une phtisie galopante.

Le manoir était devenu un désert pour la malade. Tout le monde l'abandonnait à son sort. Leonarda qui, jusqu'à quinze ans, avait été une sorte de cendrillon, plutôt renfrognée et taciturne, s'épanouit avec l'âge et devint une belle jeune fille. Elle était gracieuse, coquette, et avait du charme à revendre. De plus, elle passait pour être un bon parti. Elle fut courtisée par des jeunes gens appartenant aux plus illustres familles, par de riches héritiers; elle finit pas accorder sa main à un hobereau peu fortuné de la vallée d'Orense, Don José Padilla. Mais elle était heureuse, à ce que l'on dit, et cela vaut bien tous les trésors du monde.

Lorsque, sentant les affres de la mort, sa mère la fit appeler, elle arriva tout juste à temps pour lui fermer les

* En français dans le texte.

yeux. Mais Ana Adelaide avait son fils avec elle; elle demanda qu'on les laissât seuls, et elle chassa tout le monde, y compris son mari et sa sœur. Puis, d'une voix ténue, prête à se détacher de tout lien terrestre, elle lui dit :

C'est un mauvais héritage qui t'échoit, mon fils! La maison de tes aïeux est en ruine. Auras-tu la force de la relever? J'en doute, pardonne-moi, mais j'en doute. Ce qui reste par ailleurs est une misère qui ne suffira pas à ton père. J'ai le cœur déchiré à cause de toi, parce que je t'aime et parce que je pressens que tu seras malheureux... dépensier comme tu l'es, tête en l'air, incapable de gagner ta vie; et pourtant, tu as un bon fond... tu es un homme qui a un bon fond. Ton père, tu peux me croire, est de la pire engeance. C'est lui et ta tante Dionisia qui m'ont poussée dans la tombe. Je l'ai su trop tard, quand il n'était plus temps pour moi de refaire ma vie. Que Dieu leur pardonne, car de leur côté aussi je pressens que tout finira mal. C'est pourquoi, mon fils, il ne te faut compter que sur toi-même. N'attends rien de ton père qui sacrifie tout à ses vices. Fuis-le!

Ana Adelaide mourut le fiel aux lèvres, sans vouloir ni son mari ni sa sœur à son chevet. Elle eut droit à une messe et à un service funèbre, puis, au bout de quelques semaines, quand vint le printemps, un couple de moineaux enleva le crêpe qui recouvrait l'écu des Meneses e Montenegro, et fit son nid au milieu des sculptures de la couronne. Au cadastre, les ronds de cuir manipulaient les titres de propriété du manoir, les collationnaient et notaient nonchalamment sur leurs registres le noms des nouveaux propriétaires.

Dans la chambre de Dionisia où, désormais, Telmo, qui avait fait murer le passage secret, entrait par la porte, un soir, après une heure d'amour sans passion, elle lui dit, en tournant la tête vers lui alors qu'elle était à sa coiffeuse, occupée à relever ses cheveux :

– Et si nous nous mariions...?

– Croyez-vous que ce soit nécessaire, Dionisia...?

Il y eut une petite pause, très légère, impondérable, puis elle se retourna à nouveau avec, dans les yeux, un éclair sombre qu'on eût dit détaché de l'acier du vieux miroir :

– Nécessaire, non, ce n'est pas nécessaire, mais cela me serait agréable...

Il se fit entre eux un nouveau silence. On entendit sur le versant de la colline une jument, qui venait de pouliner, hennir pour appeler son petit. Telmo bâilla, et Dionisia dut s'en apercevoir. Maintenant, elle nouait ses cheveux d'une main nerveuse. Elle avait une épingle à la main, et elle se piqua. La passion n'était donc plus pour eux l'ardente pâture des affamés? Ce qu'il y avait en elle de si délicieux et de si raffiné était-il perdu à tout jamais, maintenant qu'elle n'était plus interdite? Comment lui redonner sa saveur et son feu par-delà les yeux de Dieu et des hommes?

– Si cela vous est agréable, pourquoi pas? reprit-il finalement, tout en secouant la cendre de sa cigarette. Mais ne croyez-vous pas que cela se réduirait à faire apposer un tampon sur notre bonheur...? Et puis, il y a le problème des enfants; Antonio Telmo n'est pas quelqu'un à qui l'on peut se fier.

– Eh bien, n'en parlons plus! rétorqua-t-elle en coupant court à la conversation et en se dirigeant vers la porte. Vous restez ici?

– Je vais aller tirer deux ou trois perdrix, si vous n'y voyez pas d'inconvénient.

Il prit son fusil de chasse, siffla le *setter* et prit le sentier de la fontaine, tout droit en direction de la forêt. Quand il revint, au coucher du soleil, Dionisia n'était pas là pour l'attendre. Il eut comme un pressentiment et monta l'escalier en courant. Il trouva dans la chambre le relatif désordre de l'invité qui est reparti.

– Savez-vous où est Dona Dionisia? alla-t-il demander aux servantes en dominant son angoisse, mais se sentant lui-même pâle comme un mort.

– Madame vous fait dire qu'elle est allée à Braga voir ses frères.

– Quelqu'un est-il venu?

– Personne, à notre connaissance.

– Avec qui est-elle partie?

– Elle est partie toute seule. Elle vous fait dire de ne pas vous faire de souci, qu'elle connaît très bien le chemin. A l'heure qu'il est, elle est plus près de Braga que du manoir, si toutefois elle n'a pas changé de direction. Vous n'aviez pas tourné le dos qu'elle faisait seller la jument.

Il n'y réfléchit pas à deux fois. Il harnacha lui-même son cheval et partit au galop sur la route de Pedras Finas. Vers Calheiros, son cheval perdit un fer. Quand il arriva à Prado, il n'y avait plus un chat dans les rues. Il frappa tant et tant à la porte du loueur de chevaux qu'un homme tout ensommeillé vint s'occuper de lui. Il laissa son cheval harassé et prit un mulet. A Braga, dans l'hôtel des Travanca e Ceia, il y avait longtemps que tout le monde dormait à poings fermés. Il mit la maison en émoi par son arrivée intempestive qui pouvait donner à penser qu'il y avait le feu. Dona Ambrosia vint lui parler :

– Ma nièce Dionisia n'est pas venue ici. A Ponte de Lima, elle a dû obliquer vers Pico de Regalados. Si je vous le dis, c'est que j'ai mes raisons...

– Vous ne me trompez pas?... Vous pouvez me le jurer?

– En douteriez-vous? Je le jure sur le salut de mon âme.

– Adieu, ma tante...

Elle remarqua certainement qu'il avait la mine défaite, le regard trouble et, comme il y avait longtemps qu'elle voyait clair dans leur jeu, elle devina qu'il allait se passer des choses graves.

– Attention, Telmo, n'allez pas vous attirer des ennuis.

Il arriva à Vila Verde plus mort que vif, mais s'entêta à aller plus avant. A Pico de Regalados, il se laissa tomber sur le banc d'une auberge, hors d'haleine, les jambes molles, le cœur battant la chamade. Il reprit des forces avec ce qu'on lui servit à manger et à boire puis, après avoir largement graissé la patte au gargotier, il le poussa à se renseigner pour savoir, directement ou par des voies détournées, s'il n'était pas arrivé une dame de qualité étrangère au pays. Informé que personne n'était arrivé là, il prit un guide et piqua des deux en direction de Valgouvinhas, qui se trouvait au diable vauvert. Ils traversèrent des vallées et franchirent des montagnes abruptes, passèrent deux nuits dans les bois et, au beau milieu d'une matinée embrumée, ils aperçurent, perdu dans les rochers et les champs de seigle, le village troglodyte.

– Le seigneur d'Orbacem e Jola est parti à Porto.

– Il est parti à Porto? Comment? Ce porc est parti à Porto...?

Il parla du seigneur du domaine d'une façon si irrespectueuse et si insultante qu'il ne tarda pas à avoir autour de lui une foule de gens prêts à le rouer de coups. Il se tira d'affaire comme il put, avec l'aide du muletier qui était un homme aussi résolu que sensé, et battit en retraite. Ils dormirent à la belle étoile à Amares, et le lendemain, vers midi, ils arrivaient à Famalicão. Il entra dans l'auberge d'Eugénia où il déjeuna. Il mangea sans appétit. Il demanda une chambre et, dans l'après-midi, quand il voulut se lever, il n'en eut pas la force. Il était plus qu'à demi-mort. Quand il eut recouvré l'usage de ses cinq sens, il envoya l'estafette, qui ne l'avait pas abandonné, appeler son fils.

Ce dernier lui répondit sur une demi-feuille de papier à lettre, et sa missive était si truffée de fautes que son propre père, qui était pourtant un parfait analphabète, n'en croyait pas ses yeux et se disait en lui-même : *Non mais, quel âne!* Voici, débarrassé de ses énormités par notre bon chroniqueur, l'essentiel de ce qu'avait écrit l'héritier du manoir :

« Vous me faites dire d'aller vous voir... Je m'en garderai bien. *Comme on fait son lit on se couche*. Maintenant que j'ai pris possession du Bon-Secours, je vois dans quel triste état il se trouve. Jésus, Marie, Joseph! même le toit de la chapelle est en train de s'écrouler! Tous ces dégâts, c'est vous qui en êtes responsable. Vous pouvez être fier de vous! Savez-vous ce que je vous demande?... Ne remettez plus les pieds chez moi! Je ne peux plus vous voir en peinture. Ma mère m'a raconté vos exploits sur son lit de mort. Allez, allez donc retrouver votre bonne amie là où je n'entendrai plus parler de vous. Je suis décidé à me mettre au travail pour voir si je peux relever ces ruines et je veux être seul. Si vous cessez de m'importuner, je dirai que mon fou de père a tout de même su garder un minimum de vergogne sur son front d'airain. »

Et le gredin signait pompeusement en guise d'adieu : Dom Antonio Telmo da Cunha Antas Meneses e Montenegro.

Quand il eut fini de lire la lettre, Telmo se mit à pousser des hurlements; les yeux lui sortaient des orbites et il avait le visage congestionné : «*Il allait tordre le cou à ce bandit! Il était pire que le serpent qui avait mordu celui qui l'avait réchauffé dans son sein!*» On n'eut même pas besoin de le calmer. La rage et l'impuissance le firent tomber dans la prostration. Au plus fort de la crise, cependant, il n'oubliait pas les atouts qu'il avait en main. Il lui revint qu'il pouvait faire perdre complètement la mise à Dionisia, puisqu'il était son fondé de pouvoir. Alors, il courut fébrilement chez le notaire de Braga. Quelle ne fut pas sa déconvenue! La veille, on lui avait retiré son mandat. En contrepartie, on l'informa que Dona Dionisia de Travanca e Ceia et Abel de Orbacem e Jola avaient déjà signé leur contrat de mariage. Il sortit de l'étude chancelant. Et maintenant, qu'allait-il faire?

Il eut l'idée de demander à sa fille Leonarda de l'héberger. Mais elle devait encore pleurer sa mère et pouvait bien lui fermer la porte au nez. Soudain, Felisberta, sorte d'Agar dédaignée, lui revint à l'esprit. Alors il demanda au muletier de le conduire à Formariz où elle habitait avec sa mère; là, il recevrait son dû.

XXI

Les projets d'Antonio Telmo, pour ce qui était de restaurer le manoir qu'il avait reçu en héritage grâce à la prudente détermination de sa mère, n'allèrent pas plus loin que les bonnes intentions. Son tempérament de gaspilleur fut le plus fort. Il changeait de cheval tous les mois. Il passait son temps à courir les jupons et à battre les fourrés. Lui disait-on qu'il y avait, dans le mont d'Arga, un épagneul excellent pour débusquer les lapins, qu'il le faisait acheter à n'importe quel prix. Un jour, il acheta à un chasseur de Bico, pour la somme de cent mille réaux, un furet qu'il avait vu agrippé au cou d'un renard sans lâcher prise. Il se piquait pourtant d'être un excellent cultivateur, et, dans ses prairies, paissaient les plus jolies vaches de tout le Haut Minho. Sa devise était : *le mieux et le plus beau*, prédicats qui ne sont pas toujours compatibles. Il choisissait ses servantes suivant le même critère : pas question d'avoir des maritornes. Et comme cela s'était déjà produit du temps de son père, elles devaient toutes passer sous son ergot. Il s'ensuivit que la joie régnait et que le domaine du Bon-Secours avait le vent en poupe. Ses conquêtes étaient parfaitement au courant du régime auquel elles étaient soumises. Si, quand elles se querellaient, elles en venaient aux mains et se crêpaient le chignon, tout cela restait en famille. Bien souvent, le maître n'en était même pas informé. D'autres fois, il se félicitait du zèle et des rivalités amoureuses qu'il suscitait.

Les servantes amenaient leurs frères et leurs cousins, qui trouvaient toujours une place à table chez le gentilhomme. Les agapes devenant fréquentes, il se forma autour d'Antonio Telmo une sorte de Table ronde. Mais finalement, il devait y avoir plus de douze pairs, et, pour ce qui est de leur qualité, il y aurait eu beaucoup à redire. Antonio Telmo allait parader dans les foires et les fêtes des environs avec sa garde prétorienne, et il faisait la pluie et le beau temps. Avec son gourdin, plus gros qu'une canne mais moins qu'un bâton de maréchal, si grand qu'il lui arrivait à la poitrine, surmonté d'un pommeau d'argent auquel était attachée une lanière en cuir dans laquelle il passait son poignet, il décidait des élections, nommait les officiers civils, faisait et défaisait les conseils municipaux de la région. Le vicomte de Vila Nova da Cerveira, descendant du grand vicomte, Dom Diogo de Lima, comprit tout l'intérêt qu'il aurait à avoir cet homme dans son camp pour faire régner l'ordre dans la contrée, et il sut lui passer la main dans le dos. De son côté, le franc-tireur se dit qu'il aurait tout intérêt lui aussi à avoir l'appui de quelqu'un qui faisait la loi à la capitale. Ils conclurent un pacte. C'était l'alliance du loup et du renard. Des années durant, à la force du poignet et grâce à un appui venu d'en haut, Antonio Telmo fut le cacique de cette partie du Minho, sous la bannière de Xavier de Lima, allié électoralement à l'abbé de Cabração et aux Infias de Braga. Dans ses occupations politiques, il lui arriva de commettre bien des bévues et de fendre bien des crânes. Un jour, à Paredes, non content d'avoir cassé le bras du pharmacien, Bento Gonçalves Pereira, dit Bento da Ponte, alors maire de la commune, il laissa son valet pour mort. Le fils de Bento, un garçonnet à l'esprit vif, aux traits énergiques, au regard incisif, Miguel Dantas – Dantas du nom de son parrain –, aida son père à se relever et fit un serment qui surprit tout le monde :

– Je veux bien être pendu si je ne le lui fais pas payer un jour.

Grand, bien fait de sa personne, arborant une moustache frisée, avec son large chapeau de Braga sur l'oreille, son veston en gros drap, sa grosse chaîne en or qui allait d'un gousset à l'autre et avait pour breloque un cheval qui lui servait également de cachet, son pantalon bien tendu sur le mollet et ses bottes reluisantes en vernis lui montant jusqu'aux genoux, Telmo était la coqueluche de ces dames. Il avait des bonnes amies dans tous les villages, de celles qui dansent la *vira* sur une pièce d'un sou, vont à la messe en sabots – *Me voilà! Me voilà!* – et sont ardentes au travail et au lit. Mais cela ne lui suffisait pas. A Cerdal, il rencontra sa cousine Maria Angélica, de la maison des Paço de Afe, et lui fit la cour. Il se dit en même temps qu'il allait ramasser ce qu'en plaisantant on appelle un *sac d'or*, mais il ne trouva qu'un *sac d'os*. La maison d'où venait cette demoiselle était encore plus ruinée que la sienne. Et les mauvaises langues renchérissaient en disant, en jargon de savetier, pour faire allusion au fait que la fiancée n'était pas un prix de beauté : il est allé chercher chaussure à son pied et n'a même pas rapporté de quoi rafistoler de vieux souliers.

Quoi qu'il en soit, une dame fit son entrée au Bon-Secours et, avec elle, un semblant de la splendeur passée. Mais le manoir était vermoulu dans toute son originale construction remontant à Philippe II. Les murs tombèrent à nouveau. Du côté du grand salon, un chéneau s'affaissa; sous les avant-toits, les hirondelles ne faisaient plus leur nid, de peur de recevoir les tuiles déséquilibrées sur la tête. Dans la chapelle, une mousse minuscule, glauque comme des yeux de sauterelle et aussi proliférante que la variole, s'attaqua à la façade, envahit les pierres sculptées, et commit l'infamie de ronger le visage de Notre-Dame du Bon-Secours et de ses deux saints gardiens, Pierre et Paul. Les yeux de la Vierge, qui était toujours aussi jolie et charmante avec ses joues rondes, semblaient désormais somnolents, ainsi recouverts de l'herpès malfaisant. Qui pourrait libérer la sainte patronne du manoir d'un tel affront?

Antonio Telmo ne pensait qu'à son armée de fiers-à-bras, à son harem, au *dog-cart* dans lequel il en mettait plein la vue aux hobereaux timorés et grippe-sous, et se souciait fort peu de Notre-Dame. Sur les conseils d'un intendant, il fit supprimer la galerie qui reliait le manoir au chœur de la chapelle et permettait d'assister au saint sacrifice de la messe sans recevoir les averses, si fréquentes en ces lieux, ni respirer les effluves nauséabonds provenant de la populace dévote. La chapelle en était ainsi réduite à son seul corps d'architecture, sans qu'il en coûtât beaucoup de descendre jusqu'à son parvis, au lieu de passer par la galerie couverte. Ce qui se produisit pour la chapelle se produisit également pour la fontaine. Il avait fallu cimenter les jointures du réservoir. On déplaça la pierre du dessus, une belle et plantureuse gorgone. Bien des années plus tard, elle était encore à l'abandon dans les parages, et les bergers cassaient dessus noisettes et pignons. On trouvait également, gisant par terre, deux pinacles de la chapelle qui, du temps où ils s'élevaient tous les quatre autour du clocher, très sveltes dans le ciel bleu, lui donnaient un air exotique de pagode.

Les ruines d'une part, les dilapidations de l'autre amenèrent Antonio Telmo à aller frapper à la porte de toutes les institutions pieuses de la région susceptibles de lui avancer de l'argent. Il hypothéqua, auprès de la congrégation et de l'hôpital des vieux invalides de Notre-Dame de la Charité de Viana do Castelo, auprès des hospices de Sainte-Claire de Vila do Conde et auprès de la confrérie de Notre-Dame de la Miséricorde de Caminha, les domaines du Bon-Secours et du Meijoeiro, avec les terres qui leur étaient annexes. Grâce à ces hypothèques, il souscrivit des emprunts onéreux. Comme il ne paya ni les intérêts, ni le capital, il fut déclaré en faillite. Les hommes sont le produit des vices et des vertus de leurs ancêtres. On retrouvait chez Antonio Telmo, non seulement son père, mais aussi cet aïeul galicien, tête brûlée et original, dissipateur et extravagant, capable de vendre son âme le même jour à Dieu et au diable. Alors qu'il était déjà sur le déclin, la fortune s'amusa à le mettre à l'épreuve. Deux tantes très riches, du côté de sa mère, lui léguèrent une splendide propriété dans les environs d'Esporões. Il s'empressa de la vendre aux enchères. Il gaspilla tout le produit de la vente en un rien de temps. Entre la fortune qui continuait à lui sourire et le prodigue qui ne connaissait pas de frein, lequel l'emporterait? A Salvatierra s'ouvrit une succession dans une branche collatérale des Montenegro y Moz. Il eut vent de l'affaire. Il fit reconnaître ses droits d'héritier et eut gain de cause. Cela lui rapporta une bourse toute pleine de doublons. Moins de trois ans plus tard, il n'avait plus un sou vaillant. Ses hommes de main, ses concubines, ses chevaux, tout cela s'ajoutant au faste redoublé du manoir, ce qu'un prêtre qui n'était pas de ses amis appelait danser sur un volcan, engloutissaient tout ce qu'il possédait et viendrait à avoir. Pour comble de malheur, sa femme partit avec Ilidio Bacelar, qui était aussi le frère de son beau-frère. Elle était plutôt laide, mais avait la saveur du fruit défendu. Cela faisait une symétrie de plus entre les rejetons aberrants de l'arbre généalogique. Son père avait séduit sa belle-sœur. Maintenant, c'était son presque beau-frère qui lui enlevait sa femme. Il songea à laver son honneur bafoué dans le sang. Finalement, il préféra s'acoquiner avec Canedo d'Arcos pour se battre au couteau et au revolver. Il se remit à boire de plus belle et à préparer les élections à sa façon.

C'est au moment où il s'y attendait le moins que tout s'écroula autour de lui. Les créanciers ne le lâchèrent plus. Qu'allait-il lui arriver? Ses biens furent mis à l'encan. Il ordonna alors à ses hommes de main :

– Liquidez-moi tous ceux qui oseront enchérir sur ce qui m'appartient.

A cette époque, celui qui faisait la loi à Coura était le fils de cet homme qui avait été le maire de la commune, Bento Gonçalves, Bento da Ponte, qu'Antonio Telmo avait bastonné un jour, de même que le valet qui était venu à son secours. Il était allé tout jeune au Brésil, en tant que passager de troisième classe sur l'*Amélia.* Pour ses frais personnels, il avait six *patacões*, en tout et pour tout. A bord, il en avait donné deux à un malheureux, et en avait dépensé trois. A son arrivée à Rio, il ne lui en restait donc plus qu'un, c'est-à-dire neuf cent cinquante réaux. Le lendemain, il vendait des billets de loterie dans la rue. Quelque temps plus tard, il était commis dans un petit magasin de la rue de Quitanda : au bout d'un lustre, il était l'associé du patron; puis, il fut sucessivement courtier en pierres précieuses, commerçant de gros avec l'intérieur, et banquier. Au moment de la guerre du Paraguay, le Brésil eut besoin de lancer un emprunt. On chargea Miguel Dantas de l'opération. Il devint millionnaire du jour au lendemain.

Il revint au Portugal richissime. Grâce à lui, Paredes, petit village de l'intérieur, devint une importante bourgade. Les routes irradient de sa place centrale comme les baleines d'un parapluie. Il fit construire un bel hôtel de ville, des hôpitaux, des écoles, et d'autres locaux municipaux. Une année où la famine sévit, il ouvrit ses greniers à la population en prêtant les céréales à l'ancien prix et, dans la plupart des cas, sans même les faire payer. Il importa des wagons de maïs dans les meilleures conditions. La crise était conjurée dans la région. Affable et despote à ses heures, c'était un homme qui n'avait peur de rien.

– Alors, comme ça, le fier-à-bras de Romarigães veut tuer celui qui voudra acquérir ses biens par adjudication ? Tant mieux, les enchères monteront moins haut!

Je vais me présenter. Nous avons de vieux comptes à régler...

Ville de Ponte de Lima. Greffier Augusto Forte-Gatto. Jugement d'adjudication des biens et droits immobiliers passés en faveur de l'adjudicataire, le conseiller Miguel Dantas, marié, propriétaire, du domaine de Mantelães, sis à Paredes de Coura, et extrait de la saisie que Dona Emilia Sottomayor, veuve, propriétaire, demeurant dans la commune de Calheiros, de ce même canton, a requise contre Antonio Telmo de Meneses Montenegro, résidant dans la commune d'Arcozelo, de ce même canton, et son épouse Dona Maria Angélica Teles de Meneses, demeurant dans la commune de Cerdal, dans le canton de Valença. Nous, Charles Ier *, *roi de Portugal, des Algarves et de ses territoires d'outre-mer, par la grâce de Dieu, faisons savoir à toutes nos justices, autorités, tribunaux et autres juridictions de nos royaumes et territoires portugais, à tous ceux à qui et devant qui la connaissance et la mise en exécution de cet acte authentique d'adjudication sera présenté, et à qui il reviendra d'en prendre connaissance et de le faire exécuter, que, par-devant le juge compétent de la ville de Ponte de Lima et le greffe de la quatrième chambre, ont été établis et consignés en bonne et due forme les actes des procès-verbaux entre les parties suivantes : le créancier poursuivant, Dona Emilia Sottomayor, veuve, et propriétaire du domaine de Rego, sis dans la commune de Calheiros, de ce même canton, et la partie saisie, Antonio Telmo de Meneses*

* Charles Ier (1863-1908) fut l'avant-dernier roi du Portugal. Il mourut en 1908 dans un attentat qui coûta également la vie au prince héritier. La république fut proclamée deux ans plus tard.

Montenegro et son épouse Dona Maria Angélica Teles de Meneses et que, dans le même procès-verbal où ces actes ont été consignés se trouve l'acte de saisie qui dit en substance : Acte de saisie; en l'an de grâce de mil huit cent quatre-vingt-onze, le vingt-sept juin, en cette commune de Romarigães, canton de Paredes de Coura, où moi, greffier, suis venu accompagné de l'huissier de justice José Maria de Lima. J'ai procédé sur place à l'inventaire et à la saisie effective de biens mobiliers et immobiliers ainsi désignés : les biens meubles et immeubles du Bon-Secours... etc., etc.

Entre deux sessions judiciaires de la saisie, voyant qu'il allait être dépossédé de ses biens, Antonio Telmo réagit de la sorte :

– J'autorise quiconque sera intéressé à aller dans la forêt du Bon-Secours couper tous les arbres qu'il voudra et à les emporter. A une condition : qu'on abatte les murs pour pénétrer dans la forêt; qu'on les abatte en ressortant, et que personne ne passe par où un autre sera passé.

A genoux devant le Christ noir renversé sur sa croix, il crut que c'était ce dernier qui l'inspirait. Mais il ne tomba pas une seule pierre des murs.

Le gentilhomme s'en fut habiter à Insalde avec une de ses concubines. Son père vivait lui aussi à Formariz avec Felisberta, l'ancienne servante du manoir. Encore une symétrie dans la famille. Le vieux Dom Telmo, très décrépit, et près de voir sa dernière heure arriver, avait ramassé toutes les miettes tombées de la table, qui était bien garnie, et avait fait de sa bonne amie une matrone bien en vue. Elle était grosse et lascive, et plus d'un attendait qu'il passât l'arme à gauche pour s'installer dans la maison, aux accents de la *marche nuptiale*.

Après avoir vécu de longues années à Paris et s'être laissé aller à la dérive comme un bateau dans un golfe, sans avoir connu trop de revers de fortune, voguant au fil de l'eau, Hilario Barrelas vint jeter l'ancre dans ce coin du Haut Minho. Il y rencontra cette jeune fille aux grands yeux marrons et loyaux, et il l'aima. Lorsque, à la suite de la mort du conseiller, grand-père de sa femme, il alla visiter le manoir, dont la glorieuse Notre-Dame du Bon-Secours achevait de tomber en ruine, sans toutefois rien perdre de son immarcescible beauté, il fut ébloui. Et, comme on procédait au partage du patrimoine, et que les héritiers, plus enragés, plus acharnés et plus stupides que des loups affamés, se jetaient les uns sur les autres, il dit à sa femme :

– Choisis Romarigães, la belle ruine du Bon-Secours.

Le toit de la belle chapelle s'était écroulé, les fermiers en avaient brûlé les portes, ainsi que les boiseries sculptées de l'autel et du chœur, et ils avaient fait disparaître les statues et les peintures. Dans le manoir, l'un des murs construit sous Philippe II avait bombé et s'était finalement écroulé. L'eau pénétrait par les toitures comme à travers des passoires, et les lattes du parquet, si on mettait le pied dessus, craquaient et se brisaient, formant traîtreusement des précipices béants au-dessus du rez-de-chaussée. Pour comble de malheur, l'État s'était emparé du grand salon pour y installer le cours préparatoire, ce grand salon où Don Telmo de Montenegro, le vrai, l'Espagnol, le quichottesque, avait donné des fêtes somptueuses aux deux noblesses du Minho et de la Galice. Il ne restait pas un seul chambranle debout ni une seule fenêtre intacte. Les meubles, qui étaient tous des meubles d'époque, un brocanteur les avait achetés pour une bouchée de pain et les avait emportés à Porto. Avec la complicité d'un fermier voleur et fourbe, les petits-fils du conseiller avaient aliéné des eaux qui appartenaient aux propriétés, et procédé à des coupes successives dans la forêt qui avait vu chasser le sanglier dans ses breuils, à chaque fois qu'ils avaient eu besoin d'argent pour bambocher, la scalpant impitoyablement. C'est pourquoi l'homme des horizons abstraits, le rêveur Hilario Barrelas, l'ami des *midinettes* * de la rue Gay-Lussac, ne trouva plus véritablement indemne que le regard pur de Notre-Dame du Bon-Secours. Mais, avec l'aide du regard angoissé d'un Christ du XVIIIe siècle qui avait assisté, dans la maison enfumée des fermiers, à leurs bagarres et à leurs beuveries, il n'en fallut pas davantage pour le séduire.

Un beau matin, il se promenait dans la propriété, à l'heure où tous les oiseaux entonnent leurs chants et où le soleil entrouvre dans le ciel sa belle et douce pâquerette. C'était l'époque des semailles. On voyait sur les coteaux les grands champs labourés où trois ou quatre paires de vaches en attelage creusaient un

*** En français dans le texte.**

interminable sillon, et où des groupes de gens levaient et abaissaient en cadence leur pioche pour retourner la terre. Pour les paysans du Minho, le maïs est la seconde divine providence. Si la tige monte, s'orne d'un panache et fait du lait comme il faut, tout va bien pour le cultivateur. Si elle ne se développe pas, faute de soleil ou de pluie – là encore, c'est dans le juste milieu que réside la vertu –, le Haut Minho connaît la famine. Les années d'abondance, le Minho ne sait que faire de tout le maïs qu'il a dans ses greniers. Entre avril et mai, le maïs est sec, archisec. On en prend une poignée, et il tinte comme de l'or. Le vieil Antas avait coutume de dire :

– N'allez pas m'évaluer la récolte avant le mois de mai. Jusqu'en mai, le maïs est plein. Il fait du lait. Pour qu'il soit à point, il faut qu'il absorbe l'humidité comme le buvard absorbe l'encre. C'est l'abbé de Padornelo qui s'y connaissait. Il prenait de vieilles bottes et les plaçait au milieu des épis. S'il les retrouvait sèches le lendemain matin, cela signifiait que c'était le bon moment pour égrener.

Hilario Barrelas assistait à tout ce renouveau et, insensiblement, il était conduit à faire le compte de ses ans qui, s'ils ne lui pesaient pas encore, ne tintaient pas non plus comme le maïs sec dans le tamis. Age fatidique que celui qui commence avec la quarantaine!

D'un bout à l'autre des champs, les équipes bruyantes allaient et venaient. Le bavardage lui-même, le son des voix, les couleurs, la tarantelle des clochettes, tout indiquait que l'on semait avec optimisme.

Par sa joie et son travail, le paysan du Minho mérite toutes les faveurs de Dieu et des bons génies de la terre. Le sol y est fécond, et les gens regardaient Hilario d'un air très avenant. Devant les vignes, qui grimpaient sur le tronc des chênes, des ormes, des saules et des aulnes sur lesquels elles avaient laissé comme une queue de milan pour pouvoir vivre et supporter leur charge gracieuse, il s'attendrissait de voir la nature se soumettre à ce point. Quelle humilité! Là où la vigne ne s'étendrait pas sur les arbres, elle s'en irait grimper très haut au-dessus du sol, sur des treilles sveltes, toujours appuyées contre des murs et des murets, et faites d'étais en pierre ou en ardoise, fines comme les colonnes d'un dais. On l'avait exilée sur le bord de la route et des chemins, du ruisseau et du tertre, là où elle ne pourrait pas faire de l'ombre ou prendre l'humus nécessaire aux cultures particulièrement délicates. En fin de compte, la vigne était comme les ronces. Elle n'avait pas besoin de soins particuliers, se contentant d'un petit coin et des restes d'une table bien garnie. Elle était pauvre mais joyeuse. Les grappes de raisins des vignes qui grimpaient sur les arbres, quand elles étaient mûres, ne faisaient-elles pas penser tout à fait au chant d'un merle ou d'un pivert qui se seraient perchés sur les branches au bord du chemin?

Puis vint le mois de mai, mois terrible et admirable; dès le lever du jour, Hilario Barrelas allait alors se promener dans la propriété où, à chaque pas, la nature offrait à la vue ses laboratoires d'intégration ou de désintégration, sans cacher quoi que ce fût, il suffisait d'ouvrir les yeux. Ses soixante ans pesaient détestablement sur les épaules d'Hilario. A force de regarder autour de lui, il avait remarqué qu'une force mystérieuse et créatrice, aussi sourde que régulière, et procédant toujours selon la même cadence, était contrebalancée par une autre qui œuvrait, tout aussi ouvertement, avec une brusquerie inouïe et destructive par excellence. La vie, ce que l'on nomme la vie, n'était rien d'autre que le moment d'équilibre, aussi éphémère qu'un battement de paupières, des corps organisés sous l'action combinée de ces forces. Cependant, ce moment, ou cette parenthèse, représentait, dans le panorama universel, avec sa beauté et ses drames, une raison suffisante, pourrait-on dire, pour justifier l'existence du monde. Et c'était, à coup sûr, un spectacle émouvant que celui qui s'offrait aux yeux lorsque l'on assistait aux rapides et formidables mutations qui s'effectuaient au sein de la nature parfaitement insensible et neutre en matière de bien et de mal, ne marquant aucune préférence pour qui que ce fût, quoiqu'elle dispensât à certaines créatures des prérogatives qui semblent être le fait de la partialité. Rien n'était jamais en repos. On en avait un exemple, éloquent dans la façon dont les choses disparaissent en peu de temps, parfois d'un moment à l'autre, de la surface de la terre, dans ce domaine d'Espinheiro, enregistré, lui aussi, dans les actes d'adjucation de 1891-1892 du grand-père Miguel Dantas. Même si on y lisait que la maison était en ruines, où pouvait-elle avoir été édifiée? Il n'en restait plus une seule pierre. Il n'en restait plus que le nom en un lieu hypothétique. Quant au monde des êtres vivants, sans doute une fatalité biologique les conditionnait-elle, et l'individu n'était-il libre, ou ne se croyait-il libre, que sur cette scène minuscule où il lui était donné de se mouvoir. Je le voudrais bien, mais ce n'est pas moi qui commande : « Quand je décide de faire quelque chose, si j'en ai envie, je ne fais rien d'autre que de me soumettre à des forces qui se sont déchaînées pour que j'accomplisse cet acte qui semble relever de mon libre arbitre. Au-dessus de ma volonté, formant des cercles apparemment sans lien les uns avec les autres, mais qui se multiplient concentriquement jusqu'à être aussi petits qu'un point, la loi de l'interdépendance universelle, avec son empire et ses contraintes, ne peut manquer d'agir et de peser sur l'insignifiance de mon être. A un certain degré de son importance, elle commence à influer graduellement sur moi. Finalement, tout, dans le monde, n'est qu'enchaînement et association, ce qui donne lieu à cette belle tresse d'ail que sont les choses, différenciées dans le temps et dans l'espace. »

Dans toute l'étendue de la forêt, les oiseaux chantaient à qui mieux mieux. La tête penchée vers la terre, car c'est là que réside le secret du monde qui s'offre le plus spontanément à la spéculation de notre esprit, Hilario se disait : – C'est dit : tout meurt et tout renaît. Je remarque qu'une force créatrice, sans doute instillée par le soleil, palpite avec tant d'intensité que, chez l'homme, le sentiment de la vieillesse est empreint d'une tristesse funèbre et affligeante. Quel dommage que l'on ne puisse régler la vie comme une montre en faisant avancer ou reculer les aiguilles à sa convenance! Comme je ferais du domaine du Bon-Secours un merveilleux jardin, le séjour d'où je pourrais ignorer le monde, et de Notre-Dame, cette douce image aux joues rebondies, ma très chère amie! Le printemps, si souvent rebelle au calendrier, rajeunit tout, sauf l'homme. Les lois qui régissent les cycles physiques le veulent ainsi. L'an prochain, à cette même époque, les oiseaux recommenceront à chanter. Qu'il pleuve ou qu'il fasse un soleil radieux, que le monde végétal soit gorgé de sève ou plus ou moins desséché, la triste plante humaine, elle, n'aura rien pour l'écarter de sa course vers la mort. Serait-elle le plus grand des chefs-d'œuvre ou la pire des créations?

Lisbonne, hiver 1956-1957.

Un testament littéraire

Quand Aquilino Ribeiro s'éteint en 1963, à l'âge de soixante-dix-huit ans, c'est une figure de premier plan qui disparaît des lettres et du monde intellectuel d'un Portugal encore soumis à la férule de Salazar. En témoignent les innombrables hommages *post mortem* dont ce patriarche des lettres lusitanes est alors l'objet, mais aussi des démarches comme l'initiative prise par ses amis organisant, de son vivant, une fête à l'occasion de ses cinquante ans de vie littéraire. Quelques années plus tôt, d'ailleurs, par une lettre comportant la signature de la quasi totalité des intellectuels portugais, ces derniers avaient proposé la candidature au prix Nobel de littérature de celui qui faisait alors figure de patriarche, et auquel tous conféraient respectueusement le titre de Maître. Cet artisan de la plume, comme il aimait à se présenter lui-même, laissait derrière lui quelque soixante-dix volumes – romans, nouvelles, contes, essais historiques et polémiques, ouvrages de critique littéraire, livres pour enfants, sans compter de nombreuses traductions et une foule d'articles les plus divers.

Le Domaine, publié en 1957, est l'un de ses derniers livres. On peut y voir, avec nombre des ses exégètes, l'aboutissement et comme un résumé de son œuvre, car on y retrouve l'essentiel de ce qui caractérise sa pensée et son écriture si particulière, avec, en plus, le recul que confèrent l'âge et l'expérience. Il y a loin, en effet, du bouillant jeune homme qui conspirait contre la monarchie dans les premières années du siècle, puis contre la dictature militaire de 1926 – ce qui lui valut deux emprisonnements suivis d'autant d'exils en France et d'un exil intérieur qui dura jusqu'à la fin de ses jours après son retour au Portugal – au vieillard désabusé qui s'exprime dans les dernières pages du roman sous un nom d'emprunt. Mais, sous la bonhomie apparente, filtre clairement la satire d'un système social qu'il a toujours condamné, ainsi qu'un anticléricalisme qui n'a rien perdu de sa virulence. Plus encore, cette « chronique romancée », comme il l'appelle lui-même, ne saurait être cantonnée à son seul niveau diégétique. Au-delà de l'histoire d'un morceau de terre du nord du pays, il semble que se profile bel et bien une représentation figurée du Portugal sous les Bragance, dont, à la fin du siècle dernier, le grand Eça de Queiros avait, lui aussi, souligné la décadence dans l'un de ses derniers romans, *L'illustre Maison des Ramires.* En effet, le destin des sept générations qui défilent au long des pages du *Domaine* correspond très exactement à celui de cette dynastie, tant par les dates, qui vont du milieu du XVIIe siècle à la fin du XIXe, que par son évolution qui suit de très près les vicissitudes de l'histoire du pays. L'état du domaine du Bon-Secours, fait d'une alternance de splendeur et de délabrement, semble en effet en être un écho, la faillite finale correspondant, à quelques années près, à la chute de la monarchie. Et ces gentilshommes campagnards, que l'auteur se plaît à nous montrer dans leur vie la plus intime, ne sont pas sans présenter des ressemblances avec tel ou tel souverain. Mais si le parallèle, quoique souvent suggéré, n'est pas explicitement établi par le texte à ce niveau, la satire de l'aristocratie, elle, ne fait aucun doute : elle constitue comme l'axe vertébral d'un récit qui lui tient lieu d'illustration. A une vision, plus ou moins mythique et mystifiante, d'une noblesse fondée sur une tradition ancienne, enregistrant les mérites physiques et moraux, le roman oppose une vision drue et décapante qui, avec une belle constance, rapproche les titulaires du manoir de la lanterne révolutionnaire, illustrant à sa façon la thèse du *Contrat social* selon laquelle l'aristocratie héréditaire est le pire de tous les gouvernements; le républicain convaincu que fut toujours Aquilino Ribeiro l'avait d'ailleurs déjà défendue avec vigueur dans un petit livre qui avait fait scandale en son temps, *Grandeurs et misères des princes du Portugal,* où il présentait Viriathe, le père de toute l'aristocratie ibérique, comme un « bandit de grands chemins ». La lignée des seigneurs de Romarigães, à travers la représentation qu'en donne l'auteur, se distingue en effet beaucoup plus par leurs défauts que par leurs qualités, à commencer par leur origine, due aux amours illicites d'un prêtre et d'une paysanne; et l'histoire de chacun, contée, il est vrai, avec beaucoup de verve et parfois de cocasserie, ne dresse que des portraits peu flatteurs : opportunistes, intéressés, couards ou physiquement tarés, quand ils n'ont pas de crime sur la conscience, ils sont en outre, au fur et à mesure que la lignée s'avance, tyranniques, débauchés et d'une ignorance crasse quasiment érigée en vertu. Ce regard critique sur l'aristocratie englobe la condamnation d'une Église dont la hiérarchie a partie liée avec elle et ne se distingue pas non plus par ses qualités morales ou intellectuelles, et contraste avec l'hommage que rend l'écrivain au paysan du Minho qui, selon lui, « mérite, par sa joie et son travail, toutes les grâces de Dieu et des bons génies de la terre ».

Qu'on ne s'attende cependant pas à lire ici une philippique indignée. L'auteur a pris le parti de s'amuser aux dépens de ceux qu'il met en scène en les présentant finalement comme de pauvres diables qui rejoignent le commun des mortels dans leur passage transitoire sur la terre, ce qui lui permet de les peindre sans acrimonie et de leur accorder, à l'occasion, quelques traits sympathiques. Et c'est également pour s'amuser et amuser le lecteur qu'il prête sa plume à un censeur sévère et déclamatoire qui menace des foudres de l'enfer les amants incestueux. Pour le reste, son récit est plaisant, fait d'anecdotes piquantes et variées, contées avec cette truculence dont le Maître avait le secret et qu'il partage par bien des côtés avec un certain Cervantes dont il traduit alors le *Quichotte*, et auquel il rend plusieurs fois hommage dans le cours de son récit. Mais il se fait parfois plus lyrique lorsque, au détour d'une phrase, il se lance dans une description émerveillée de la nature qu'il présente comme la seule maîtresse du monde, et sur laquelle d'ailleurs il ouvre et clôt son récit. On retrouve là, quoique transposé dans une autre province, le grand chantre de la Beira qui lui a inspiré quelques-uns de ses plus grands romans ainsi que la savoureuse nouvelle *Le Malhadinhas*. C'est dans la Beira également que plonge un style qui fait d'Aquilino Ribeiro l'un des maîtres de la prose portugaise, et dont le présent roman offre un exemple des plus saisissants.

MICHELLE GUIDICELLI

NOTE DES TRADUCTRICES

Aquilino Ribeiro est un écrivain que ses compatriotes jugent volontiers comme étant d'un accès très difficile. Cette difficulté tient à la rencontre de deux facteurs différents : l'ampleur de l'éventail lexical qu'il utilise et l'abondance des références culturelles dont il émaille son roman. En ce qui concerne l'étage lexical, l'auteur recourt à un vocabulaire extrêmement riche et diversifié, qui puisse aussi bien dans le fonds érudit, classique, volontiers latinisant et parfois cosmopolite, que dans celui, plus populaire et paysan, qu'il doit à ses origines et vers quoi le poussent sa connaissance et son amour du milieu rural. A chaque fois que la narration lui permet de glisser vers l'évocation d'une nature aimée, le texte s'attarde sur un paysage ou sur le comportement de tel animal familier au narrateur. Le lecteur portugais est alors frappé par la profusion de termes régionaux, que l'auteur puise dans un répertoire ignoré du grand public, mais dont le paysan du nord du Portugal détient le secret.

Or, non seulement bon nombre de ces vocables ne sont pas connus des dictionnaires courants, quand ils ne sont pas totalement introuvables, mais Aquilino Ribeiro les fond dans un style qui n'hésite pas à les utiliser avec une liberté où figurent aussi bien la métaphore frisant la trivialité que le lyrisme le plus apparemment naturel. Il y a là une évidente recherche d'un style pittoresque, d'une langue savoureuse, au besoin truculente, qui recourt abondamment aux adages et aux proverbes de la sagesse populaire, probablement dûs, pour certains, à l'imagination de l'écrivain, mais aussi aux jeux de mots, notamment sur les noms des personnages.

Nous nous sommes efforcées, dans toute la mesure du possible, de rendre compte de ces différents aspects, en conservant telles quelles les images choisies par l'auteur, et en nous efforçant de trouver ou d'inventer des formules conformes aux intentions du romancier. Il va de soi que nous nous sommes cependant attachées à rendre cet ouvrage parfaitement compréhensible, d'une part en adoptant un vocabulaire connu de tous – exception faite de quelques termes techniques –, d'autre part en accompagnant le texte de notes destinées à expliciter des allusions qui, faute d'être comprises, pourraient gêner la lecture.

N.B. La présente traduction est établie sur la base de la dernière version du roman, dont certains passages sont parfois radicalement différents de ceux de la version primitive.

Cet ouvrage a été réalisé sur
Système Cameron
par la SOCIÉTÉ NOUVELLE FIRMIN-DIDOT
Mesnil-sur-l'Estrée
pour le compte des Éditions Messinger
le 20 février 1989

Imprimé en France
Dépôt légal: février 1989
N° d'impression : 11350